Arne Dahl

Stummer Schrei

ARNE DAHL

STUMMER SCHREI

EVA NYMANS ERSTER FALL

Aus dem Schwedischen von Kerstin Schöps

PIPER

Mehr über unsere Autorinnen, Autoren und Bücher:
www.piper.de/literatur

Wenn Ihnen dieser Krimi gefallen hat, schreiben Sie uns unter Nennung des Titels »Stummer Schrei« an empfehlungen@piper.de, und wir empfehlen Ihnen gern vergleichbare Bücher.

Von Arne Dahl liegen im Piper Verlag vor:

Misterioso • Böses Blut • Falsche Opfer • Tiefer Schmerz • Rosenrot • Ungeschoren • Totenmesse • Dunkelziffer • Opferzahl • Bußestunde • Der elfte Gast

Gier • Zorn • Neid • Hass

Ghost House

Sieben minus eins • Sechs mal zwei • Fünf plus drei • Vier durch vier • Null gleich eins

Stummer Schrei

Unser Versprechen für mehr Nachhaltigkeit
• Klimaneutrales Produkt
• FSC®-zertifiziertes Papier
• Hergestellt in Europa

FSC www.fsc.org
MIX
Papier | Fördert gute Waldnutzung
FSC® C083411

ISBN 978-3-492-07241-0
2. Auflage 2024

Titel der schwedischen Originalausgabe: »I cirkelns mitt«, Albert Bonniers Förlag, Stockholm 2023

Gesetzt aus der Stone Serif
Satz: Eberl & Koesel Studio, Kempten
Druck und Bindung: CPI Books GmbH, Leck
Printed in the EU

PROLOG

1

»Das da vorne muss eine Frau sein. Hundertpro«, denkt er wütend und tritt aufs Gaspedal. Vorbei an dem ersten Sitzpisser in seinem E-Auto, um ihn mit dem bösen Blick zu strafen. Den Mittelfinger hebt er sich für später auf.

Man muss wissen, wann es sich zu kämpfen lohnt.

Der Abteilungsleiter Alf Stiernström ist an diesem Frühlingsmorgen mit dem falschen Bein aufgestanden. Genau genommen ist es schon lange her, dass er mit dem richtigen Bein aufgestanden ist. Kein Wunder, die erste Mail, die er auf seinem Handy gelesen hat – den Kopf noch tief im Kissen versunken, die Augen vom Schlaf verquollen –, war von seinem Anwalt, einem notorischen Frühaufsteher.

Was er am meisten an seiner Position im Unternehmen hasst, auf die er sein ganzes Leben lang hingearbeitet und die er jetzt erreicht hat, war das frühe Aufstehen. Aber es lässt sich leider nicht vermeiden. Die Leitung eines der führenden schwedischen Stahlkonzerne muss schon früh am Morgen bereitstehen, und nicht nur das. Früh aufzustehen ist ein Zeichen von Überlegenheit. Lange bevor der Gegner aufwacht, ist man ihm schon weit voraus. Man muss vor dem Feind auf dem Schlachtfeld sein, hat schon der chinesische General und Philosoph Sun Tzu gesagt.

Stiernström versuchte, sich von dieser Führungsphilosophie tragen zu lassen, während er die Mail seines Anwaltes überflog. Als er aber begriff, dass es darin um weitere Forderungen seiner zukünftigen Ex-Frau ging, löste sich die ganze Philosophie in Luft auf. Er hat sich auf alle Zugeständnisse eingelassen, aber nie ist es genug. Die Alte will alles haben, was er jemals erwirtschaftet hat.

Das mit diesem Feminismus geht wirklich zu weit.

Da sieht er, hinter Uppsala, wie vor ihm ein E-Auto ein anderes überholt. Er drückt das Gaspedal durch, schickt eine Benzinwolke über die wogenden Rapsfelder und hängt sich an die Klimadeppen. Mit großem Vergnügen bemerkt er die zunehmende Unsicherheit des Überholmanövers, als der Fahrer die Motorhaube seines eleganten BMWs im Rückspiegel sieht. Die Karosse des künstlich motorisierten Elektronikprodukts wackelt hin und her, und der überbezahlte Computernerd, wahrscheinlich mit Migrationshintergrund, reißt panisch das Steuer nach rechts, um sich vor den minimal langsameren Kollegen zu setzen.

Als Stiernström das sogenannte Auto überholt, streckt er seinen Mittelfinger in die Luft. Ein bisschen zu spät, der Fahrer wird es nicht mehr sehen können.

Aber er hat sich für einen Kampf entschieden.

Erst als er erneut beschleunigt, bemerkt er, dass sein Wagen sich sonderbar verhält.

Von einer Anhöhe wird durch ein Fernglas das zweite Überholmanöver verfolgt. Vor allem aber, was mit dem Wagen auf der linken Spur passiert. Er fängt Feuer, der Fahrer verliert die Kontrolle und schert in der Kurve in die falsche Richtung aus, rast von der Autobahn und pflügt wie ein Feuerball durch das goldgelbe Rapsfeld.

Das Letzte, was von dem Fahrer zu sehen ist, ist sein ausgestreckter Mittelfinger, der wie eine Fackel brennt.

Das Fernglas senkt sich in der einen Hand, der Fernzünder in der anderen.

Das Universum hört einen tiefen Atemzug.

Es hat begonnen.

2

Es ist ein wunderschöner Frühlingstag, mitten im tiefsten schwedischen Laubwald. Schwache Sonnenstrahlen suchen zögernd ihren Weg zwischen den hohen Baumstämmen. Der kleine Waldsee ist finster und spiegelglatt, als würde er ein dunkles Geheimnis verbergen. Die Luft vibriert, summt, zwitschert und birgt allerlei Gerüche, Gestank und Düfte. Ein Hauch von Wehmut weht durch den Wald, als er aus seinem Winterschlaf erwacht.

Weil er weiß, dass er zum Tode verurteilt ist.

Auf der einen Seite des Waldsees erstreckt sich eine kleine Lichtung, dichtes Unterholz markiert das hintere Ende. Etwas bewegt sich dort. Eine ungewöhnliche Bewegung. Aber auch als deutlich wird, dass dort ein Mensch hockt, kann man ihn kaum von der Umgebung unterscheiden. Das liegt nicht nur an der zerschlissenen Camouflagekleidung, die der Mann trägt, sondern auch an der Selbstverständlichkeit, mit der er sich im Wald bewegt. Er gehört hierher. Das ist seine Welt.

Er schneidet sich die letzten grauen Haarsträhnen ab, dann spült er sich das frisch rasierte Gesicht mit dem Wasser aus einem Holzgefäß, richtet sich auf und steckt das große Jagdmesser in seinen Hosenbund. Er ist um die fünfzig, sehnig, wettergegerbt, und als er aufschaut und Witterung aufnimmt, besteht kein Zweifel daran, dass sein ausgeprägter Geruchssinn alles Wesentliche wahrnehmen kann.

Er ist froh, dass er nicht schon wieder einen Bären wittert, sondern nur ein paar Rehe, die sich im Laufe der vergangenen vierundzwanzig Stunden auf die Falle zubewegt haben.

Glücklicherweise hat er die Sprengladung bereits demontiert.

Denn er ist im Aufbruch begriffen. Er hat eine lebenswichtige Entscheidung getroffen. Ist seinen Überzeugungen gefolgt, bis zum Schluss. Die Zeit ist gekommen.

Es hat begonnen.

Jetzt muss er sich nur wieder an seinen Namen erinnern. In der Natur existieren keine Namen, nur Duftspuren, Geräuschmuster und Verhaltensweisen. Aber jetzt ist es Zeit, seinen Namen zurückzuerobern, und niemand wird ihn übersehen.

Er hebt das Fernglas und lässt seinen Blick über den kleinen Waldsee gleiten. Alles ist still. Auf dem Weg zum See, dessen Oberfläche wie Teer aussieht, kehrt sein Name zurück.

Lukas Frisell.

Daran kann er sich erinnern.

Hinter dem Namen verbirgt sich eine Vergangenheit, eine Lebensform, eine Geschichte, die anders hätte verlaufen sollen. Er klappt die Falle zusammen, die unten am Ufer des Waldsees angebracht war. Er entfernt die Halterung an den Baumstämmen und wischt die Reste des Sprengstoffs ab. Die Falle landet in seinem Jutebeutel. Dann lässt er den Blick über die schwarze, glatte Oberfläche des Waldsees gleiten.

Er muss zurück, zurück zu den Ruinen des Verfalls.

Die er vor langer Zeit hinter sich gelassen hatte, um niemals wieder umzukehren.

Lukas Frisell wirft sich den Beutel über die Schulter und verabschiedet sich von der Welt, von der er so lange Teil sein durfte. Die Natur hatte ihn willkommen geheißen, ihn aufgenommen.

Seine Dankbarkeit ist grenzenlos.

Er geht schneller, um die Niedergeschlagenheit abzuschütteln. Doch das ist unmöglich. Es ist Zeit, zu den Ruinen zurückzukehren, um den nächsten, unabwendbaren Schritt in seinem Leben zu nehmen.

Die Natur begleitet ihn auf seinem Weg, als würde sie Abschied nehmen wollen und sich versichern, dass er weiß, was er tut. Der Reichtum der Erde überwältigt ihn von Neuem, und einen Moment lang glaubt er, die Natur wolle ihn von seinem Vorhaben abhalten. Als würde sie versuchen, sein drastisches, doch notwendiges Handeln zu verhindern.

Lukas Frisell hat sich nie einsam gefühlt. Obwohl er so viele Jahre in Abgeschiedenheit verbracht hat, fernab von anderen Menschen, hat er sich nie einsam gefühlt.

Es erfordert einen geübten Blick, um die vagen Umrisse neben dem kleinen Hügel zu sehen und zu erkennen, dass es sich nicht um eine natürliche Erhebung handelt. Aber tatsächlich *ist* dort etwas. Die Stelle, an der die Anhöhe in eine kleine Senke übergeht, sieht ungewöhnlich aus. Das ist sein Ziel.

Dort befindet sich sein Unterschlupf.

Während er sich den Abhang hinuntergleiten lässt, ergreift ihn eine große Wehmut. So viele Jahre lang ist das hier sein Zuhause gewesen, sein Versteck. Das Zentrum seines Daseins. Bis zu dem Tag, an dem er die einzig richtige Konsequenz angesichts des immer sichtbarer werdenden Verfalls seiner Umwelt ziehen musste.

Sein Weg führt ihn durch seinen versteckten Garten, in dem er Gemüse und Kräuter anbaut. Alles wächst, strebt der Sonne entgegen. Aber in diesem Jahr wird er die Ernte den Tieren überlassen.

Kurz bevor er den sorgfältig getarnten Unterschlupf erreicht, bleibt er instinktiv stehen. Etwas stimmt nicht. Er greift nach dem großen Jagdmesser, das an seinem Hosenbund hängt. Und dann sieht er es. An seinem Türpfosten ist etwas eingeritzt worden. Ganz frisch.

Ein Kreis, der von einem zweiten Kreis umgeben ist.

Erneut hebt er seinen Blick, sieht hoch in den Himmel und versucht, eine Witterung aufzunehmen. Doch das Einzige, was er riechen kann, ist ein so flüchtiger Geruch, dass er nicht mit Bestimmtheit sagen kann, ob er überhaupt real ist. Er erinnert ihn an Kastanien, aber in der Nähe wachsen keine Kastanien.

Ein Windstoß weht durch Lukas Frisells Waldstück und wirbelt die frischen Holzsplitter auf.

3

HERBST 2008

In dem schwachen Licht, das auf den Tisch des Vernehmungszimmers fällt, kann man zwei Personen sehen. Sie sitzen nebeneinander, die andere Seite des Tisches ist leer. Auch der Kontrollraum hinter dem Spiegel ist leer.

Kriminalkommissarin Eva Nyman ist die rechte Hand ihres Chefs, neben dem sie sitzt. Zaghaft streicht sie mit der Hand über ihr sehr elegantes Markenjackett und sieht dem besagten Chef in seine hellblauen Augen. Es ist unverkennbar, wie sehr er sich bemüht, seine Ungeduld zu zügeln.

Denn Geduld hatte noch nie zu den Stärken von Kriminalhauptkommissar Lukas Frisell gehört.

»Gibt es schon Neuigkeiten von Peter?«, fragt er.

Eva Nyman schüttelt den Kopf und zuckt mit den Schultern, was ihren lockigen, braunen Haarschopf in Wallungen bringt.

»Er hat eine neue Spur verfolgt und wollte sich melden.«

Frisell schnaubt. Er nickt, streicht sich das dünne, dunkel blonde Haar aus der Stirn und klopft mit dem Stift auf den Tisch. Wie immer geht es nur um diesen einen Fall. Den ganzen Herbst 2008 ging es um nichts anderes als um die Entführung von Liselott Lindman. Von ihr hat die Presse vor etwa einer Woche ein Foto zugespielt bekommen, auf dem Liselott gefesselt auf dem Boden neben einer aktuellen Tageszeitung liegt. Sie sieht ausgemergelt und apathisch aus.

Das war nun sieben Tage her. Der Entführer hatte das einmonatige Jubiläum gefeiert, indem er den Medien ein aktuelles Foto seines Opfers schickte.

Das Schlimmste ist, dass sie wissen, wer der Täter ist. Sie sind davon überzeugt, dass der Mann, der verantwortlich ist für die Entführung, die vor über einem Monat auf offener Straße stattfand, Liselotts Ex-Freund Dick ist. Nur wissen sie nicht, wo er sich versteckt.

Mit ziemlicher Sicherheit weiß das aber Robban Svärd, Dicks bester Freund, der vor Kurzem wegen Steuerhinterziehung auf den Malediven festgenommen wurde. Doch er hält sie hin. Sie vernehmen ihn heute zum zweiten Mal, aber bisher hat er noch keine Angaben gemacht.

»Heute knacken wir ihn«, sagt Lukas Frisell und hört auf, mit dem Stift auf den Tisch zu klopfen. Stattdessen dreht er den Ehering an seinem Ringfinger. Eva Nyman entgeht das nicht, sie kontert und legt ihr neues Handy auf den Tisch.

Das sieht nicht aus wie die anderen, handelsüblichen Handys 2008. Es ist ein iPhone, das erste seiner Art, das gerade in Schweden herausgekommen ist.

Frisell verzieht das Gesicht, versteckt seine Hände unter der Tischplatte und konzentriert sich auf die Buchstaben, die neben dem Handy in den Tisch geritzt wurden. »F. R. E. I.« Vielleicht hat ein Verhafteter seine Hoffnung ausdrücken wollen, die er noch nicht aufgegeben hatte. Aber wie zum Henker war es ihm gelungen, einen so spitzen Gegenstand in den Vernehmungsraum zu schmuggeln?

Ist das schon Freiheit?

»Diese neue Technik ist nichts als Gehirnwäsche.«

»Das ist die Zukunft«, erwidert Nyman. »Ob wir das wollen oder nicht.«

Keiner von ihnen hat wirklich Lust, darüber zu streiten. Sie wollen mit dem Verhör beginnen und den neuesten Anhaltspunkten folgen, um endlich Liselott Lindman zu finden. Aber vorerst sind sie noch sich selbst überlassen.

»Du weißt doch genau, wie es zu der Entführung kam, oder nicht?«, fragt Frisell.

Eva Nyman nickt. Über Facebook. Liselott hatte durch ein Zeugenschutzprogramm eine neue Identität bekommen. Aber dann tauchte auf Facebook, das in Europa gerade in Mode kam, ein Foto von einer Gartenparty auf. Im Hintergrund war Liselott zu sehen. Zwei Tage später wurde sie direkt vor ihrer neuen, streng geheimen Haustür entführt.

Eva Nyman ist erleichtert, dass es nicht wieder in einer endlosen Diskussion endet. Viel zu oft gerieten sie in letzter Zeit in eine Sackgasse. Zwar ist Frisell für sie der Chef, keine Frage, und hat das Sagen. Aber es gibt auch andere Kollegen, die anders zu dem Thema stehen. Peter zum Beispiel.

»Eine neue Spur also?«, sagt Frisell, als hätte er ihre Gedanken gelesen, was ihm ein bisschen zu oft gelingt. »Peter wollte sich melden?«

Nyman zuckt nur mit den Schultern, weil sie weiß, dass da noch etwas kommt.

»Wir können die Polizeiarbeit nicht einer Technologie überlassen, die weder getestet ist noch Rücksicht auf die Privatsphäre nimmt. Außerdem ist die Triangulation eine verdammt unsichere Methode, die unsere Handys zu zweifelhaften Petzen macht. Wir verraten damit die klassische Ermittlungsarbeit und entfremden uns von der Natur. Wir leben in den Ruinen des Verfalls und entfernen uns immer weiter von unserem Ursprung. Man löst Fälle mithilfe der Spurensicherung und von Vernehmungen, nicht mit Computern und … so was da …«

Frisell zeigt auf Nymans nagelneues Handy und verzieht verächtlich das Gesicht.

»Warte nur, bis die da ihre ganze Kraft entwickelt haben«, sagt er und verstummt dann, als draußen im Flur Schritte zu hören sind.

Sofort wächst die Anspannung. Der Wachmann bringt Robban Svärd, der sie mit dem bereits bekannten sarkastischen Grinsen begrüßt. Sein Anwalt betritt nach ihm den Raum, Svärd lässt sich auf den freien Stuhl fallen.

Plötzlich zerreißt ein ohrenbetäubendes, schrilles Geräusch die Stille. Sekundenlang herrscht Verwirrung. Es dauert, bis Lukas Frisell begreift, dass er noch nie ein iPhone hat klingeln hören. Vor allem müssen eigentlich alle Telefone im Verhörraum ausgeschaltet sein.

Eva Nyman geht ran.

»Eva hier. Mensch, Peter, du sollst mich doch nicht anrufen ... Was? Okay, warte.«

Frisell reagiert sofort. Er bugsiert den Verdächtigen, seinen Anwalt sowie den Wachmann unsanft nach draußen und schlägt die Tür hinter ihnen zu. Nyman schaltet den Lautsprecher an und legt das Handy auf den Tisch. Peters Stimme hallt durch den Raum. Sie klingt fremd und abgehackt.

»Noch mal von vorne«, fordert ihn Frisell auf.

Man hört, wie Peter mehrmals tief Luft holt, um sich zu beruhigen.

»Die Triangulation hat funktioniert. Wir haben endlich einen Treffer«, sagt er.

Frisell sieht Nyman mit zusammengezogenen Augenbrauen an. Die schüttelt den Kopf. Sie hatte zwar vermutet, dass Peter und sein Team hinter Frisells Rücken heimlich eine Triangulation machen würden, aber ganz sicher war sie nicht gewesen.

»Und der hat uns zu einem Haus in der Einöde außerhalb von Järna geführt«, fährt Peter fort. »Wir sind rein, aber da war niemand, zumindest nicht mit einem Handy. Es gab jedoch einen Keller, und der Boden des Kellers ist aus Lehm ...«

Lukas Frisell gibt einen unartikulierten Laut von sich. Er weiß, wie der Satz enden wird. Und das tut Eva Nyman auch.

»Sie ist so winzig«, sagt Peter leise. »Wie ein Vogeljunges. Ein gefesseltes, kleines Vogeljunges.«

Es herrscht vollkommene Stille. Todesstille. Sowohl im

Vernehmungszimmer in der Polizeidienststelle in Stockholm als auch im Keller außerhalb von Järna.

»Sie ist noch warm, Frisell«, durchbricht Peter mit jetzt fester und wütender Stimme die Stille. »Hätten wir mit der Triangulation nur ein bisschen früher begonnen, dann …«

Eva Nyman springt auf und beendet das Telefonat.

Aber es ist zu spät. Frisell hat es gehört.

»Wenn wir mit der Triangulation nur ein bisschen früher begonnen hätten«, sagt er kaum hörbar, »dann wäre Liselott Lindman noch am Leben.«

Seine Stimme ist nicht mehr als ein Flüstern. Er starrt auf die eingeritzten Buchstaben vor sich auf dem Tisch.

Frei.

Nyman legt zaghaft einen Arm um ihn, aber Frisell schiebt ihre Hand ohne den Hauch von Aggressivität weg. Da gibt das Handy einen Laut von sich, und auf dem Display erscheint ein Foto. Eva klickt es weg.

Es zeigt die Tote. Liselott Lindman sieht wirklich aus wie ein Vogeljunges.

Mit geschlossenen Augen sitzt Frisell am Tisch.

»Ich habe hier nichts mehr verloren«, flüstert er.

I

DIE ERSTE JAGD

4

Jedes Mal, wenn er von der Odengatan in die Dalagatan einbiegt, sieht er hoch zu dem Stock, in dem Astrid Lindgren gewohnt hat. Die Tatsache, dass sie dort oben gesessen und ihre vielen Kinderbücher geschrieben hat, verleiht dem ganzen Viertel eine kreative Aura. Und ab und zu empfindet Jesper Sahlgren seinen Schreibtisch, von dem man einen Blick über den Vasapark hat, als neues kreatives Zentrum des Viertels. Heute ist so ein Tag. Die Frühlingskampagne der Werbeagentur hat bereits erste Wellen geschlagen.

Ebendiese Kampagne hat Jesper Sahlgren an diesem Sonntagmorgen im Mai zu nachtschlafender Zeit aus dem Bett gejagt. Er hat seine Familie in der Vorstadtvilla in Täby weiterschlummern lassen und ist mit seinem Tesla nach Stockholm gefahren. Die Stadt ist menschenleer. Auch noch um diese Uhrzeit, es ist 6:23 Uhr. Was ihm die Möglichkeit gibt, auf der falschen Straßenseite zu parken. Mit dem iPad Pro unterm Arm betritt er das Gebäude und läuft die Stockwerke hoch bis zu der imposanten Tür, auf der in hippen, kantigen Buchstaben »Luspank AB« steht. In einer kleineren Schrift steht darunter: »Vielleicht doch nicht deine Agentur«. Er kann sich noch genau daran erinnern, wie er den Slogan dem Vorstand gepitcht hat. Die Sekunden, die verstrichen, ehe die Erkenntnis ihre abweisenden, reservierten Mienen aufhellte.

Sahlgren tippt den Türcode ein, starrt in den Irisscanner und hofft, dass er sich auf die SMS von gestern Abend verlassen kann. Und dass das Mädchen-für-alles, dessen Name ihm gerade nicht einfällt, sich tatsächlich von ihrem Zuhause in Vallentuna oder Märsta oder so aufgemacht hat, um das Paket mit den Probedrucken entgegenzunehmen.

Als die Panzertür endlich aufgeht, kann er kaum noch an sich halten. Während er mit schnellen Schritten durch das Großraumbüro geht, das er in der Pandemie schmerzhaft vermisst hatte, öffnet er auf dem iPad die Fotoserie mit geradezu kongenialen Aufnahmen der Vorsitzenden aller bürgerlichen Parteien an Zapfsäulen.

Er platzt förmlich vor Neugierde, diese Kampagne endlich gedruckt zu sehen.

Ohne seinen Blick abzuwenden, passiert er die Fenster, die zum Vasapark hinausgehen. Abgesehen vielleicht von einer unbedeutenden Bewegung, ein Schatten hinter einem der Bäume, wirkt auch die Welt dort draußen menschenleer.

Jesper Sahlgren hat seinen Arbeitsplatz erreicht, ein erleichtertes Seufzen hallt durch den Raum. Auf seinem Schreibtisch steht ein zylinderförmiges Paket.

Er zieht den Moment künstlich in die Länge. Sein Blick fällt auf seine massive Armbanduhr. Sie zeigt 06:28.

Ein ganzes Jahr lang hat er gewartet, bis er endlich eine echte Omega Speedmaster Moonwatch Titanium bekam. Wahrscheinlich die schlag- und stoßfesteste Uhr der Welt. Diese Titanvariante trug Neil Armstrong damals am Handgelenk, als er auf dem Mond landete.

Ein kleiner Schritt für einen Menschen, aber ein großer Schritt für die Menschheit, geht Jesper Sahlgren durch den Kopf. Dann öffnet er das Paket.

Als das Fernglas die Bewegungen im Gebäude einfängt, geht der Schatten hinter einem der Bäume in Deckung.

Dann wird das Fernglas gesenkt.

Das Universum hört einen tiefen Atemzug, dem eine dumpfe Detonation folgt. Das Geräusch von berstendem

Glas zerreißt die morgendliche Stille. Etwas fliegt, wie ein Astronaut, durch die Luft und landet mit großer Wucht auf dem Rasen des Vasaparks.

Im Rasen des Vasaparks.

Der Schatten löst sich aus dem Schutz des Baumes und wendet sich ab von dem unförmigen Gegenstand, der aussieht wie ein qualmender, deformierter und verkohlter Fleischhaufen.

Das Einzige, was an einen Menschen denken lässt, ist eine Armbanduhr, die unbeirrt weiterläuft. Es ist 6:29 Uhr.

Am Fuß des Baumstammes liegen frische Holzsplitter.

5

Auf dem Weg zu dem dicken Stapel Post auf ihrem Schreibtisch wirft Kriminalhauptkommissarin Eva Nyman einen kurzen Blick in den klassizistischen Spiegel. Er ist das i-Tüpfelchen ihres Versuchs, das trostlose Büro aufzupeppen. Aber es bleibt nicht bei dem kurzen Blick.

Eva Nyman hält sich in Sachen Privatleben gern bedeckt. So macht sie es seit fünfzehn Jahren, als alles den Bach runterging. Sie weiß, dass die meisten Kolleginnen aus ihr nicht schlau werden und nicht einschätzen können, auf welcher Seite der fünfzig sie sich befindet. Deshalb hat sie nicht einmal ihrer besten Freundin erzählt, warum ihre Haare über Nacht grau wurden.

Dabei kennt sie den Grund genau. Es war falsch, dass sie den Kontakt abgebrochen haben. Das Universum war anderer Meinung. Sie hätten sich nicht trennen sollen. Sogar die Natur protestierte dagegen.

Sie weiß es ganz genau, und trotzdem bleibt sie vorm Spiegel stehen.

Sind ihre Haare wirklich schon zur Hälfte grau?

Mit dem Finger fährt sie über ihre Falten, die ihrem Gesicht zu allem Überfluss einen mürrischen Ausdruck verleihen. Auf Höhe der Schläfen teilt sie die Haare und dreht den Kopf zu allen Seiten, um besser sehen zu können.

Und in der Tat, es gibt braune und graue Stellen.

Sie lacht und wendet sich ihrem antiken Schreibtisch zu. Bevor sie sich setzt, streicht sie ihre elegante, farblich passende Kleidung glatt, greift nach der Lesebrille und seufzt vernehmlich auf. Dann erst zieht sie den Stapel zu sich. Es wundert sie immer wieder, dass sie nach wie vor so viel Post erhält. Leben wir nicht im digitalen Zeitalter?

Einer der Umschläge scheint ihre Fragen unterstreichen zu wollen.

»Wie ein Gruß aus einer anderen Zeit«, flüstert sie, als sie den Adressaufkleber mit der Schreibmaschinenschrift sieht: »Kriminalhauptkommissarin Eva Nyman, NOA, Polizeipräsidium, Stockholm«.

Mit einem Brieföffner schlitzt sie den Umschlag auf und holt ein dicht beschriebenes Blatt Papier heraus. Sie seufzt erneut und überfliegt den maschinengeschriebenen Text.

Bei der Polizei treffen täglich viel zu viele Briefe von Querulanten und Fanatikern ein. Offenbar hätte eine Mail nicht denselben Effekt für den Absender. Wahrscheinlich hat das mit dem physischen Akt zu tun, dem Bedürfnis, etwas mit den eigenen Händen zu vollbringen.

Ihr Blick bleibt an mehreren Formulierungen hängen. *Es wird Zeit, dass sich der heilige Zorn über das verdorbene Land ergießt, auf dem einst Menschen lebten. … Die sanfteste der Explosionen hat den Stahlmann schon über das gelbe Meer verteilt. … Wir müssen die Schuldigen auf der anderen Seite der Ruinen des Verfalls ausfindig machen.* Ein ungewöhnlicher, fast poetischer Stil – aber es ändert nichts daran, dass der Brief in ihrem Papierkorb landet.

Eva Nyman hat wichtigere Dinge zu erledigen.

Obwohl das nicht wirklich der Wahrheit entspricht. Sie und ihr Team befinden sich gewissermaßen »zwischen zwei Aufträgen«. Zwar gibt es noch ein paar lose Enden, die sie verfolgen mussten, aber es wird nicht mehr lange dauern, und die Mitglieder ihres ohnehin kleinen Teams werden von anderen Abteilungen der Nationalen Operativen Abteilung, kurz NOA genannt, angefordert und dorthin abgezogen werden.

Der Dienstag wird überschattet von den sonntäglichen

Schlagzeilen. Die Explosion und die verbrannten Leichenteile, die bis in den Vasapark geflogen sind. Eva Nyman hat die Fotos gesehen. Der Fall gehört den Kollegen von der Kripo Stockholm. Ein großer Fall, beneidenswert groß. Der sogar schon die Landesgrenzen überschritten hat.

Aus welchem Grund würde jemand eine Werbeagentur in die Luft jagen wollen? An einem Sonntagmorgen?

Sie schüttelt den Kopf und überfliegt die Meldungen der Verbrechen des letzten Monats. Irgendetwas arbeitet in ihr. Sie kann es nicht richtig greifen, es ist eher das Gefühl, dass sie irgendetwas übersehen hat.

Da stößt sie auf den Folgebericht zu einem Unfall, der vor ein paar Tagen angefertigt wurde und den Hergang vollkommen neu beschreibt. Aus einem zunächst angenommenen Leck im Benzintank wurde nach genauerer Untersuchung durch das Nationale Zentrum für Forensik ein Sprengsatz.

Eva Nyman hat schon weitergeblättert, als sie plötzlich innehält. Ein Detail macht sie stutzig.

Ein Rapsfeld.

Sofort schrillen die Alarmglocken.

Es dauert einen Augenblick. Rapsfeld. Das gelbe Meer. Der Stahlmann.

Wer war das Opfer bei der Explosion auf der Autobahn? Der Abteilungsleiter des Stahlkonzerns SSAB, der auf der Autobahn hinter Uppsala ein waghalsiges Manöver fuhr, dessen Wagen explodierte, in ein Rapsfeld raste und ausbrannte.

Ja, und? Die Querulanten ließen ihre Frustrationsfantasien nicht selten an aktuellen Verbrechen aus. Warum sollte es hier anders sein?

Eva Nyman denkt nach.

Dann beugt sie sich nach unten und holt den Brief aus dem Papierkorb. Obwohl sie auf dem Umschlag und Briefpapier bereits ihre Fingerabdrücke hinterlassen hat, legt sie ihn nun mit spitzen Fingern zurück auf ihren Schreibtisch.

Der Brief ist bis an den Rand des DIN-A4-Blattes beschrieben. Die Nachricht eindringlich, sie wird mehrmals wiederholt, bis das Blatt ganz vollgeschrieben ist. Die Rückseite ist leer.

… Nehmt euch in Acht, ihr Nachfahren des Homo sapiens. Es wird Zeit, dass sich der heilige Zorn über das verdorbene Land ergießt, auf dem einst Menschen lebten. Die Sonnenstrahlen werden schon bald nicht mehr durch die Ruinen des Verfalls dringen und ihren Weg zu den Seelenlosen finden. Es hat begonnen. Die Uhr tickt nicht mehr von allein, sie muss mit Gewalt vorgestellt werden. Die Bremsklötze müssen beseitigt werden, damit wir überleben können. Die sanfteste der Explosionen hat den Stahlmann schon über das gelbe Meer verteilt. Während diese Zeilen geschrieben werden, stürzt der größte Lügner in sein grünes Grab. Und schon bald wird sich der Höllensaal mit Schrecken füllen. Das ist erst der Anfang. Die Genesung hat gerade begonnen, wir müssen die Schuldigen auf der anderen Seite der Ruinen des Verfalls ausfindig machen. Nehmt euch in Acht, ihr Nachfahren des Homo sapiens …

Kriminalhauptkommissarin Eva Nyman schiebt sich die Lesebrille in die braungrauen Haare und starrt auf den Brief.

Er ist doch konkreter, als sie beim Überfliegen gedacht hat. Eine bedrohliche, apokalyptische Aufbauschung der üblichen Klimaargumente. Unsere Zeit ist abgelaufen, die Uhr tickt, aber nicht mehr von allein, die Bremsklötze müssen beseitigt werden … Aber danach folgt eine Art kryptische Aufzählung der kürzlich begangenen Attentate? Eine Bombe hat den *Stahlmann* über das Rapsfeld verteilt. Auch die Überreste des *größten Lügners* – der Werber – wurden von einer Bombe in das grüne Grab im Vasapark geschleudert. Und das Gleiche wird wahrscheinlich auch für den *Höllensaal* gelten.

In naher Zukunft.

Was sie aber noch stutziger macht, ist die Zeitangabe: *Während diese Zeilen geschrieben werden.*

Eva Nyman legt den Brief beiseite, mustert den Umschlag und den aufgedruckten Strichcode. Dann greift sie zum Hörer und ruft bei Postnord an.

Während sie wartet, gehen ihr zwei Fragen durch den Kopf.

Warum ist dieser Brief ausgerechnet an sie adressiert worden?

Die zweite Frage hängt mit einer ganz bestimmten Formulierung zusammen. Und in gewisser Weise hängen die beiden Fragen auch miteinander zusammen.

Die Ruinen des Verfalls.

6

Der Chef der Nationalen Operativen Abteilung sitzt in seinem nicht besonders stattlichen Büro und hebt mit grimmiger Miene den Kopf. In der Hand hält er den Brief, der in einer Plastikhülle steckt, und wedelt damit herum.

»Dieser Text ist ja vollkommen crazy!«

Kriminalhauptkommissarin Eva Nyman sitzt ihm gegenüber und versucht unauffällig, ihre Lesebrille aus den Haaren zu befreien. Ihre Antwort ist eine Frage.

»Wurden die beiden Explosionen bereits miteinander in Verbindung gebracht?«

Der Chef der NOA schneidet eine Grimasse und schüttelt langsam den Kopf.

»Nein«, gesteht er ein. »Aber jeder Depp kann so eine Verbindung herstellen, schließlich sind die beiden Verbrechen in den Medien breitgetreten worden. Und vor allem war eines davon spektakulär.«

Nyman ist gezwungen, ihre Haarangelegenheit pausieren zu lassen.

»Der Code«, sagt sie und bemüht sich zu verbergen, dass ihre Brille in ihren Haaren mittlerweile nicht mehr sitzt, sondern *hängt*.

Ihr Chef starrt sie fragend an.

»In der anderen Plastikhülle, Peter«, sagt sie.

Er hebt die Hülle mit dem Umschlag hoch.

»Der hat einen Strichcode«, erklärt Nyman. »Die moderne Version eines Poststempels. Heute ist Dienstag. Der Code verrät, dass der Umschlag am Freitag aufgegeben wurde.«

Ihr Chef nickt und seufzt.

»Und der Werber wurde erst am Sonntagmorgen in die Luft gejagt.«

Schweigend mustern sie sich, mit gegenseitigem Respekt und ebensolcher Skepsis.

»Der Absender«, fährt Eva Nyman fort, »übernimmt nicht nur die Verantwortung für zwei Bombenanschläge mit zwei Toten – wovon der eine *zu diesem Zeitpunkt* noch nicht stattgefunden hat –, er kündigt einen dritten Anschlag an. Der Höllensaal, der sich mit Schrecken füllen wird.«

»Ich bin noch nicht ganz überzeugt.«

»Der Stahlkonzern SSAB ist wohl der schlimmste Klimasünder in ganz Schweden, je nachdem, welche Zahlen man nimmt. Und die Werbeagentur Luspank AG hat gerade eine landesweite Kampagne für die Ölindustrie fertiggestellt, in der Vorsitzende aller Parteien grinsend neben Zapfsäulen stehen. Im schlimmsten Fall haben wir es hier mit einem gesellschaftskritischen Wilden vom Typ *Unabomber* zu tun. Oder aber einer extremistischen Klimaorganisation oder -gruppe.«

Sie wird auf keinen Fall betteln. Argumente anbringen, das kann sie, sie wird bis zum bitteren Ende Argumente anführen. Aber auf keinen Fall wird sie Peter anbetteln.

Alles, außer betteln.

Ihr Chef runzelt die Stirn und klopft mit seinem Kugelschreiber auf den Tisch.

»Was ich mich vor allem frage, Eva, ist, warum dieser Brief an dich adressiert wurde? Gibt es da einen Zusammenhang? Eine persönliche Verbindung?«

Eva Nyman hat diese Frage erwartet. Doch sie will die Antwort noch herauszögern, bis ihr der Fall übertragen wurde. Nur, was soll sie sagen, ohne zu lügen? Ohne etwas preiszugeben, was ihr später auf die Füße fallen könnte?

»Ich habe mich das auch gefragt, kann den Finger aber nicht draufhalten.«

Ihr Chef nickt und verzieht das Gesicht. Dann wird es wieder ganz glatt.

»Ich sehe keinen Anlass, die Fälle den jeweiligen Polizeidirektionen zu entziehen, und werde sie *jetzt* noch nicht zusammenbringen«, sagt er.

Eva Nyman hat eine ganze Batterie an Argumenten auf Lager. Aber sie wartet ab, ihr Chef scheint noch nicht fertig zu sein.

»Allerdings«, fährt er tatsächlich fort, »allerdings könnte es sich lohnen, diese potenzielle Terrorspur zu verfolgen.«

Nyman bewegt sich keinen Millimeter.

»Dein Team ist im Moment ziemlich inaktiv und droht, in alle Richtungen auseinanderzufallen. Trommel sie wieder zusammen, und verfolg mit ihnen diese Aktivistenspur. Das bedeutet, dass ihr auch eine offizielle Bezeichnung bekommt. Die teile ich dir nach unserer Vormittagskonferenz mit. Aber es darf kein Wort über *Terror* und *Aktivismus* an die Öffentlichkeit gelangen. Wir dürfen das Wort *Klimaterror* nicht einmal denken, bevor wir nicht stichfeste Beweise haben. Verstanden?«

Nyman nickt. Ihr Chef sieht ihr lange in die nussbraunen Augen.

»*Aber*, Eva ... Ich bin mir nicht sicher, ob du schon bereit bist für so einen Posten. Nach allem, was passiert ist.«

Nyman schließt die Augen, unerwartet durchströmt sie eine starke Freude.

»Ich bin absolut sicher, dass ich bereit bin«, sagt sie mit fester Stimme.

Sie öffnet ihre Augen und blickt direkt in die des NOA-Chefs. Als wollte er die Wahrheit irgendwo in der Tiefe finden. Dann folgt ein kurzes Nicken.

»Gut! Dann setzen wir jetzt dein Team auf diese Sache an, Eva. Bitte diskret. Und bitte versuch, die laufenden Ermittlungen nicht zu stören.«

Nyman bemüht sich, keine Miene zu verziehen.

»Aber vorher musst du noch das Problem mit deiner Brille lösen.«

Sie verbirgt ihr Lachen hinter einem Räuspern. Dann steht sie auf und geht zur Tür. Zögernd bleibt sie stehen, die Türklinke in der Hand. Es gibt einen Ausdruck in dem Brief, den sie am liebsten ansprechen würde.

Die Ruinen des Verfalls.

Aber sie widersteht diesem Impuls. Es wäre dämlich, sich damit ausgerechnet jetzt schon Steine in den Weg zu legen.

Sie muss einen Weg finden, diese Rätsel zu lösen.

Und zwar hinter verschlossener Tür, denkt sie und zieht sie hinter sich zu.

7

Eva Nyman steht am Pult im Konferenzraum, der aus unbekannten Gründen *Wartesaal* genannt wird. Sie wartet auf ihr winziges Team, das zu diesem Zeitpunkt allerdings noch aus null Personen besteht.

Das Naheliegendste wäre, dass es ein Saal ist, in dem man auf etwas wartet. Auf seine Mitarbeiter natürlich, aber auch auf die Rente, den Tod – oder auf eine Karriere, die zum Stillstand gekommen ist.

Rein sprachlich könnte es aber auch der Saal selbst sein, der wartet. Der wartende Saal. Ein Saal, der trotz seines miserablen Zustands dazu verdammt ist, bis in alle Ewigkeit zu warten.

Eva Nymans spiritueller Gedankenfluss wird von der Ankunft des ersten Teammitgliedes unterbrochen. Annika Stolt, die alle nur Ankan nennen, betritt den Raum und sieht sich überrascht um. Normalerweise ist sie nie die Erste. Die eindrucksvolle Blondine, die Eva Nymans Ansicht nach immer eine Uniform tragen sollte, hat sich nach den einschneidenden Erlebnissen im vergangenen Jahr erstaunlich gut erholt. Sie weiß nicht genau, was Ankan gemacht hat, aber seit etwa einem Monat hat sie dieses gewisse *Leuchten*.

Leuchten? Wie kam sie denn darauf? Eva Nyman muss schmunzeln. Vielleicht hat auch sie dieses gewisse Leuchten, denn als Shabir Sarwani den Wartesaal betritt, bleibt sein Blick länger als üblich an seiner Chefin hängen. Unter Umständen hat ihr Meister der Beobachtung aber auch registriert, dass mit ihrer Frisur etwas nicht stimmt. Sie war am Ende nämlich gezwungen, die Lesebrille mit Gewalt aus ihren Haaren zu befreien und ein paar Strähnen abzuschneiden.

Als Nächstes kommt Anton Lindberg und mit ihm die Gewitterwolke, die ihn ständig umgibt. Der gut gebaute Familienvater setzt sich und versucht wie immer, sein langes, widerspenstiges hellbraunes Haar nach hinten zu streichen.

Während Eva Nyman auf das letzte Mitglied ihres Teams wartet, schweift sie ab und landet erneut bei der Formulierung *Die Ruinen des Verfalls*. Es ist bestimmt nur ein Zufall. Ansonsten gibt es keinerlei Hinweise. Wahrscheinlich ist sie gerade dabei, sich in etwas zu verbeißen. Und das könnte die *eigentliche Ermittlung* gefährden.

Als eine kurz geschorene, durchtrainierte Frau in ziemlich weiter Kleidung endlich den Wartesaal betritt, hat Eva Nyman noch keine endgültige Entscheidung getroffen, wie sie sich verhalten will.

Sonja Ryd nickt ihr kurz zu und lässt sich zwischen Ankan und Sarwani auf einen Stuhl fallen. Glücklicherweise scheint sie heute in guter Form zu sein, was Nyman wieder einmal über diese außergewöhnliche Kombination aus diszipliniertem Training und … ja, und eben dem anderen staunen lässt. Und darüber, wie Sonja Ryd es geschafft hat, ihre Vergangenheit in der Abteilung für Sexualdelikte mit den schrecklichsten Fällen, die man sich vorstellen kann, hinter sich zu lassen.

Eva Nyman ist gespannt auf die Reaktion ihres Teams, wenn sie die Neuigkeiten erfahren.

»Es ist schon eine Weile her, dass wir uns hier versammelt haben«, sagt sie, umrundet das Pult und springt vom Podest. »Da hatten wir einen Fall zu lösen, als Team. Und genau an so einem Punkt stehen wir jetzt wieder. Ein ziemlich hochkarätiger Fall, der lange und laut in den Medien nachhallen wird.«

Alle Blicke auf sie gerichtet. Sie hat ihre ungeteilte Aufmerksamkeit. Volle Konzentration. Erwartungsvoll. *Sehr gut.*

»Sind wir schon dran?«, fragt Sonja Ryd.

»Wir folgen *einer* Spur, die *zwei* Fälle miteinander verbindet, aus denen *drei* Fälle werden könnten«, sagt Nyman und hält sich damit an ihr Skript. »Und wenn es drei werden, haben wir einen.«

»Das klingt wie ein ziemlich konstruiertes Rätsel«, sagt Ryd.

»Wir sollen ermitteln, ob wir es hier in Stockholm mit einem hochaktiven Bombenleger zu tun haben, vielleicht sogar mit einer Terrorgruppe, die sich den Klimaschutz auf die Fahnen geschrieben hat«, ergänzt Nyman.

»Geht es um den Vasapark?«, fragt Anton Lindberg. »Gehört der Fall nicht den Kollegen von der Kripo?«

»Der Fall gehört ihnen«, nickt Nyman. »Aber nicht der Aspekt einer potenziellen Terrorbedrohung. Den sollen wir auch nicht an die große Glocke hängen. Unsere Aufgabe ist es, einen möglichen Zusammenhang zwischen dem Bombenanschlag vom Vasapark und einem anderen Fall zu ermitteln, der weitaus weniger Aufmerksamkeit bekommen hat und als Verkehrsunfall behandelt wurde. Eine Woche bevor der siebenunddreißigjährige Jesper Sahlgren von einer Bombe in die Luft gesprengt wurde und durchs Fenster in der Dalagatan flog, verunglückte ein BMW auf der E4, nahe der Abfahrt Knivsta hinter Uppsala, und explodierte. Im Wagen saß der sechzigjährige Alf Stiernström, Abteilungsleiter des Stahlkonzerns SSAB. Außerdem sollen wir herausfinden, ob wir es mit einer ernst zu nehmenden dritten Morddrohung zu tun haben. Dafür hat unser Team einen offiziellen Namen erhalten.«

»Einen Namen?«, ruft Ankan.

»Wir heißen ab sofort NOVA.«

»Wie bitte?«, schnaubt Anton Lindberg. »Soll das ein Witz sein? Unser dämliches IT-Supportsystem heißt NOVA.«

»Ich weiß«, nickt Nyman. »Wir haben die Ehre, denselben Namen zu tragen wie unser EDV-System. Das weitaus Wichtigere ist aber, dass wir als offizielles Team etabliert werden. So ist es viel schwieriger, uns aufzulösen.«

»NOVA in der NOA«, sagt Sarwani und schnaubt verächtlich.

»Du hast vorhin was von Klimaschutz gesagt?«, fragt Sonja Ryd nach einer kurzen Pause. »Bedeutet das, es gibt eine Art Manifest?«

Nyman mustert ihre Kollegin. Mit einem Mal weiß sie, dass sie jemanden wie Ryd braucht. Ryd in Topform.

»Ich weiß nicht, ob man es ein Manifest nennen kann«, sagt Nyman und drückt eine Taste auf ihrem Laptop. An der Wand hinter ihr erscheint der Brief in Großformat.

… Nehmt euch in Acht, ihr Nachfahren des Homo sapiens. Es wird Zeit, dass sich der heilige Zorn über das verdorbene Land ergießt, auf dem einst Menschen lebten. Die Sonnenstrahlen werden schon bald nicht mehr durch die Ruinen des Verfalls dringen und ihren Weg zu den Seelenlosen finden. Es hat begonnen. Die Uhr tickt nicht mehr von allein, sie muss mit Gewalt vorgestellt werden. Die Bremsklötze müssen beseitigt werden, damit wir überleben können. Die sanfteste der Explosionen hat den Stahlmann schon über das gelbe Meer verteilt. Während diese Zeilen geschrieben werden, stürzt der größte Lügner in sein grünes Grab. Und schon bald wird sich der Höllensaal mit Schrecken füllen. Das ist erst der Anfang. Die Genesung hat gerade begonnen, wir müssen die Schuldigen auf der anderen Seite der Ruinen des Verfalls ausfindig machen. Nehmt euch in Acht, ihr Nachfahren des Homo sapiens …

Nachdem Eva Nymans Stimme verstummt ist, legt sich ein drückendes Schweigen über alle Anwesenden. Niemand scheint zu wissen, womit man in die Diskussion einsteigen soll. Also steigt Nyman gleich mit einem Knaller ein.

»Der Brief wurde an mich persönlich, in der Dienststelle NOA, adressiert.«

»Und hast du eine Idee, weshalb?«, fragt Shabir Sarwani.

»Nicht wirklich, nein. Also, was sagt ihr zu dem Text?«

»Literarisch«, erwidert Sonja Ryd. »Ein gebildeter Mensch.«

»Großer Wortschatz, aber vollkommen durchgeknallt«, kontert Anton Lindberg.

»Das klingt nach großer Überzeugung«, meldet sich Ankan zu Wort.

»Die Opfer waren also beides Klimasünder«, stellt Sarwani fest. »Vielleicht haben wir es mit einer Art Unabomber zu tun? Fehlgeleiteter Idealismus?«

»Oder es ist einfach ein ganz gewöhnlicher Irrer«, schlägt Lindberg vor.

»Sehr gut!« Eva Nyman nickt. »Ich freue mich, dass ihr in Fahrt kommt. Die zentrale Frage lautet natürlich: Wie sind die Bomben in Stiernströms Auto und Sahlgrens Büro gekommen? Wenn wir das Wie beantworten können, dann finden wir auch das Wer.«

»Aber unser Hauptaugenmerk sollte darauf liegen, diesen *Höllensaal* zu finden, oder nicht?« Ryd zeigt auf den Text an der Wand. »*Und schon bald wird sich der Höllensaal mit Schrecken füllen.* ›Und schon bald‹ heißt ja, wenn wir dem Ganzen denn Glauben schenken, dass wir nicht mehr viel Zeit haben. Zwischen den ersten beiden Anschlägen lag eine Woche. Vielleicht ist es dieses Mal noch weniger?«

»Schon wieder so ein Rätsel«, brüllt Lindberg. »Was soll denn bitte ein Höllensaal sein? Sitzen wir in einem? Ist unser Wartesaal der Höllensaal?«

Lautes, befreiendes Lachen.

»Ist es überhaupt möglich, etwas so Vages zu verhindern?«, fragt Sarwani.

»Wir müssen unser Bestes geben«, erwidert Eva Nyman. »Zuerst werden wir uns einen Überblick verschaffen. So umfassend, wie es nur geht. Dann tauschen wir uns mit den ermittelnden Beamten und Kriminaltechnikern aus, um so schnell wie möglich zu klären, ob wir es tatsächlich mit Terroristen zu tun haben. Das bedeutet für heute, dass NOVA mit folgender Arbeitsverteilung loslegt: Anton kümmert sich um den BMW und den Abteilungsleiter im gelben Meer. Ankan kümmert sich um den Vasapark und den gegrillten Werber, und Shabir versucht, etwas über den geheimnisvollen Höllensaal herauszufinden.«

Als sie das Seufzen von Shabir Sarwani hört, gibt sich Eva Nyman einen Ruck.

»Und Sonja, du kommst zu mir.«

8

Als die beiden Kolleginnen Eva Nymans Büro betreten, steuert Sonja Ryd direkt auf die Sitzgruppe vor dem Fenster zu und lässt sich auf einen Sessel fallen, lehnt sich zurück und sieht sich um.

»Du hast wirklich ein Händchen für Inneneinrichtung.«

Nyman lacht und setzt sich ihr gegenüber.

»Das war in der Tat eine Herausforderung«, sagt sie und zeigt auf die beige Raufasertapete.

Sie sehen sich schweigend an. Das ungleiche Freundinnenpaar existiert, seit Eva Nyman Kommissarin geworden ist. Die beiden verbindet ein gegenseitiges, freundschaftliches Vertrauen. Die Kriminalhauptkommissarin in eleganter, die Kriminaloberkommissarin in schlecht sitzender Kleidung. Sie betreten einen Raum, in dem alles gesagt und gedacht werden darf, in dem die üblichen Hierarchien aufgehoben sind. Nyman ist um die fünfzig, Ryd ein paar Jahre jünger, aber auch dieser Altersunterschied löst sich auf. In diesen Momenten ist Eva Nyman mal nicht rätselhaft, auch für sich selbst nicht.

»Wolltest du mich nur abchecken, oder hast du einen geheimen Auftrag für mich?«, fragt Sonja und streicht sich energisch über die raspelkurzen Haare.

»Das eine schließt doch das andere nicht aus?«, erwidert Nyman. »Geheim ist vielleicht ein bisschen übertrieben. Maximal inoffiziell. Aber du weißt auch, dass ich dich im Auge behalten und ab und zu nachfragen muss. Wie zum Teufel hältst du dich so fit?«

Sonja Ryds hellblaue Augen sehen sie ernst an.

»Der eine Missbrauch bedingt den anderen«, sagt sie. »Wenn sich gegen Abend die Versuchung meldet, dann gehe ich zum Training. Sonst würde ich zur Flasche greifen. Jetzt sag schon, was ist das für ein geheimer Auftrag?«

»Und sie kommt nur gegen Abend?«

»Die Sucht nach dem Training ist hauptsächlich morgens, wenn die Angst sich über Nacht aufgestaut hat. Aber du weißt genau, dass das keinen Einfluss auf meine Arbeit hat.«

Nyman schneidet eine Grimasse, was Ryd veranlasst, sich vorzubeugen.

»Du hast weitaus größere berufliche Einschnitte erleben müssen als ich, Eva.«

Nymans Grinsen wird breiter.

»Die *Ruinen des Verfalls.*«

Ryd nickt.

»Die Formulierung kommt zweimal in dem Brief vor. Die einzige Wiederholung.«

»Ich wusste, dass es dir auffallen würde. Das ist ein sehr ungewöhnlicher Ausdruck. Und du hast einen ungewöhnlich guten Blick, Sonja. Habe ich dir eigentlich von meiner Anfangszeit als Polizistin erzählt?«

»Viel zu wenig.«

»Ich hatte einen Chef, der mir alles beigebracht hat, was ich heute kann. Er ist nach wie vor der beste Polizist, mit dem ich je zusammengearbeitet habe. Er hasste alles Digitale, sah nur die Risiken, nicht die Vorteile. Und ging damit zu weit. Er verwehrte eine Triangulation, um ein Entführungsopfer ausfindig zu machen. Das endete tödlich. Ein schrecklicher Tod. Und der Täter wurde nie gefasst.«

»Sprechen wir gerade von Liselott Lindman?«, fragt Sonja Ryd überrascht. »Das ist ein Klassiker. Ich hatte keine Ahnung, dass du etwas damit zu tun hattest?«

»Das Präsidium hat es von der Öffentlichkeit ferngehalten, und das Team löste sich auf.«

»Und dein Chef?«

»Er quittierte den Dienst.«

»Und was hat das mit der Sache hier zu tun?«

Nyman seufzt.

»Er war ein Naturfreak und Klimaaktivist. Und sein Lieblingsausdruck waren die *Ruinen des Verfalls*. Das waren seine Worte für unsere verdorbene Gesellschaft.«

»Nein, verdammt«, ruft Ryd.

»Natürlich sind zwei Textstellen zu wenig, um eine eigene Ermittlung zu rechtfertigen. Aber ich habe diesen Ausdruck noch nie in einem anderen Zusammenhang gehört. Die Sprache des Briefs ist seine. Und er passt ins Profil.«

»Wenn das so ist, brauche ich alles, was du mir über ihn sagen kannst. Aber eine Sache vorweg: Warum schickt er das Manifest, oder wie wir das nennen wollen, ausgerechnet *an dich*? Standet ihr euch so nahe?«

»Ich war seine rechte Hand.«

»Und hast du das getan, was die rechte Hand eines Mannes so macht? Jetzt sag schon, Eva. Habt ihr gebumst?«

Nyman räuspert sich.

»Er war verheiratet und ein engagierter Polizist, der selbst aus schwierigen Verhältnissen stammt und beinahe Berufskrimineller geworden wäre. Seine Liebe zur Natur hat ihn davor bewahrt. Und ein sehr hartnäckiger Polizist, den er in einer der vielen Erziehungsanstalten kennengelernt hatte und der ihm den Kopf gewaschen hat. Er fing an, an einer Universität für Agrarwissenschaften und Umweltschutz zu studieren. Aber ich weiß nicht, an welcher. Das Studium hat er dann abgebrochen, um Polizist zu werden. Er hat seinen Kontakt in der Polizei aktiviert, und der hat geholfen, ihn an der Polizeihochschule unterzubringen, und wurde sein Mentor.«

»Mir scheint, dass es zwei Leute gibt, mit denen ich mich mal unterhalten sollte. Wie ging das mit ihm nach der Entführungskatastrophe weiter? Was macht er heute?«

»Das weiß ich nicht. Wir haben uns aus den Augen verloren. Ich glaube, er hat das Studium an der Uni wieder aufgenommen. Später habe ich das Gerücht gehört, er sei Prepper oder so etwas geworden. Ich habe ihn gegoogelt, aber es gibt keine Einträge über ihn. Er ist allerdings auch nicht als tot gemeldet.«

»Prepper? Dein Ernst? So ein Survivalist? Ein Überlebenskünstler, der im Wald lebt ohne Strom und fließend Wasser? Großes Misstrauen dem Staat und der Gesellschaft gegenüber?«

»Das ist bisher nur ein Gerücht. Versuch, so viel wie möglich herauszufinden. Und fang am besten mit dem an, den du eh schon im Visier hast: Frisells ehemaligen Mentor Edward Rasmusson, ein mittlerweile pensionierter Kriminaler, dessen Einsätze damals in den Jugendeinrichtungen legendär sind. Und seine Ex-Frau Nina Strömblad. Aber bitte mach es unauffällig.«

»Wie? Auch dem NOVA-Team gegenüber?«

Nyman verzieht das Gesicht.

»Zumindest am Anfang. Wenn es eine Sackgasse ist, können wir es einfach unter den Tisch fallen lassen.«

Sie schweigen. Sonja Ryd sieht sich erneut in dem sehr kleinen, aber stilvollen Raum um.

»Ich werde deinen ehemaligen Chef finden«, sagt sie. »Schon allein um herauszubekommen, ob ihr was miteinander hattet. Warum hat er den Brief an dich adressiert, Eva? An dieser Frage kommen wir nicht vorbei.«

Eva Nyman seufzt.

»Ich glaube, Lukas Frisell will, dass ich ihn jage.«

9

Shabir Sarwani war mit einer der afghanischen Flüchtlingswellen als unbegleiteter minderjähriger Flüchtling nach Schweden gekommen und von einer ungeeigneten Pflegefamilie zur nächsten weitergeschoben worden, die entweder islamistisch oder einfach nur gierig waren. Seine logische Schlussfolgerung war, dass er so schnell wie möglich schwedischer Staatsbürger werden musste.

Er würde lügen, wenn er behauptet, dass er bei diesem Vorhaben keine Hindernisse überwinden musste. Seine Ausbildung an der Polizeihochschule der Universität von Umeå schloss er mit Bestnoten in allen Fächern ab. Unabhängig voneinander hatten mehrere Polizeihistoriker festgestellt, dass es so etwas in Schweden noch nie zuvor gegeben habe.

Als Sarwani vor zwei Wochen aber seinen dreißigsten Geburtstag feierte, war kein einziger Schwede weit und breit zu sehen. Unbemerkt von seiner Umwelt, hatte er es sich nämlich zur Lebensaufgabe gemacht, Jugendliche auf Abwegen wieder auf die richtige Bahn zu bringen. Indem er mit ihnen redete, in ihrer Sprache, und zwar bevor sie sich in die kriminellen Netzwerke in den besonders gefährdeten Stadtteilen verstrickten. Auch er hatte in einem dieser gefährdeten Stadtteile gelebt, aber das Glück gehabt, schließlich in einer nicht dysfunktionalen Familie zu landen, eine gute Schullaufbahn absolvieren und seine Freizeit sinnvoll gestalten zu können. Die Zeiten hatten sich geändert, keine Frage, aber er war nach wie vor der Überzeugung, dass auch ein so verschriener Stadtteil wie Rinkeby gute, nützliche Mitbürger und Mitbürgerinnen hervorbringen konnte.

Und mit diesen Jugendlichen hatte er seinen Geburtstag gefeiert.

Zwar verschwendet er daran keinen Gedanken, als er allein in dem Büro sitzt, in dem das neue Team von NOVA untergebracht ist. Doch es ist gar nicht so einfach, sich zu konzentrieren, wenn alle anderen einen richtigen Auftrag im Außendienst zugeteilt bekommen haben. Seine Aufgabe lautet, sich Gedanken über den *Höllensaal* zu machen.

Der sich schon bald mit Schrecken füllen wird.

Das ist eine richtige Scheißaufgabe. Unter Umständen aber vielleicht eine *wichtige* Scheißaufgabe.

Wenn es sich denn tatsächlich um einen Fall handelt …

Also fängt er von vorne an. Was zeichnet die Hölle aus, und was zeichnet einen Saal aus? Die Hölle ist heiß, dort wird das Böse bestraft. Aber was, was genau ist ein Saal? Ein großer, offener Raum? Ein Konzertsaal, ein Versammlungssaal, ein Festsaal, ein Speisesaal, ein *Wartesaal*, der sich plötzlich mit Schrecken füllt und dadurch zu einem Höllensaal wird?

Sarwani geht in Gedanken alle Säle in Stockholm durch. Der Saal im Rathaus, im Grand Hôtel, im Erbfürstenpalais, sogar an die Säle im Königlichen Schloss denkt er und streift durch die schwedischen Pracht- und Luxusbauten, bis er innerlich auf einen Widerstand stößt.

Ist das die einzige Möglichkeit? Aus einem Festsaal wird ein Höllensaal? Könnte es sich nicht von Anfang an um einen Höllensaal handeln? Und dann kommt noch der Schrecken dazu?

Ein heißer Saal also. Ein heißer, weitläufiger … Raum. In einem Industriegebäude vielleicht? Das genaue Gegenteil vom Prunk eines Festsaals.

Was könnte das sein? Ein Stahlwerk? Das erste Opfer, Alf Stierström, war Abteilungsleiter beim Stahlriesen SSAB.

Man kann sich so ein Stahlwerk sehr gut als Höllensaal vorstellen, in dem flüssiger Stahl fließt.

Der Werber wiederum hatte eher mit Petroleum zu tun.

Sarwani tritt einen Schritt zurück. Wenn der Brief und somit alle drei Taten – zwei bereits ausgeführt, eine angekündigt – zusammengehören, wenn es also *tatsächlich* einen Täter gibt, wer ist das dann? Er versucht sich an einer vorläufigen Skizze.

Das Engagement fürs Klima scheint echt und aufrichtig zu sein, tiefgreifend sogar. Vielleicht sollen die Taten verschiedene Klimaverbrechen aufzeigen. Bisher hat der Täter die Stahl- und Ölindustrie angeprangert. Was kommt als Nächstes? Welche Klimaverbrecher haben irgendetwas mit einem heißen Saal zu tun?

Plötzlich fügt sich eins ins andere. *Das Internet.* Das schon jetzt für zwanzig Prozent des weltweiten Stromverbrauchs verantwortlich ist. Die schwedische Stromkrise, Stromknappheit. Die Cloud. Die digitalen Giganten Facebook, Google, Amazon, Microsoft verfügen über energieverschlingende Serverhallen in ganz Schweden. Die romantisch klingende *Cloud* existiert nicht. In Wirklichkeit handelt es sich um heiße, lärmende und Energie schluckende *Höllensäle,* über die das kleine Land im hohen Norden in unproportional hoher Anzahl verfügt. Schweden ist so geschmeichelt von diesen Giganten, dass es ihnen enorme Steuervorteile gewährt, obwohl sie kaum nennenswerte Mengen an Arbeitsplätzen schaffen.

Er findet etwa zehn riesige Serverhallen im Netz, von Luleå im Norden bis Staffanstorp im Süden. Facebook hat sich nach Norden begeben, Microsoft ist überall verteilt, Amazon sitzt im Mälardalen und Google in Dalarna. Natürlich haben auch die fiesen IT-Firmen ihre eigenen Serverhallen, aber davon gibt es zu viele.

Sonderbarerweise findet man im Netz keine Fotos von den Serverhallen der Giganten, und Sarwani geht von einer umfassenden Geheimhaltung aus, die wohl weit über die Landesgrenzen hinausgeht. Er ruft Eva Nyman an und bekommt die Ankündigung – zusätzlich zu einer winzigen, aber berechtigen Portion Lob –, dass sie sich damit sofort an den NOA-Chef wenden wird. Vielleicht gelingt es ihnen, diskret und schnell eine Warnung rauszugeben.

Shabir Sarwani erstellt eine Liste aller Höllensäle, auf die er in der Kürze der Zeit kommt. Dabei sieht er sie mit den Augen der Klimaterroristen: Sie sind heiße, donnernde gigantische Orte, an denen das untergebracht ist, was am Ende unsere Zivilisation zerstören wird.

Und er ist sich ziemlich sicher, dass sich einer dieser Säle sehr bald schon mit Schrecken füllen wird.

10

Bei den gewalttätigen Osterkrawallen 2022 in Schweden waren viele seiner Kollegen verletzt worden. Dieses Trauma hat Anton Lindberg nicht mehr losgelassen, es hat sich in seine Seele gefressen. Er kann die Ereignisse bis heute nicht hinter sich lassen. Sie sind wie eine dunkle Wolke, die ihn ständig begleitet.

Es war im April 2022. Schweden war sowohl mit dem grotesken Angriff Russlands auf die Ukraine beschäftigt als auch mit einer eventuell notwendigen Unterstützung des Landes seitens der NATO. Da hatte ein Rechtsextremist nichts Besseres zu tun, als Ostern in Schweden zu feiern. An mehreren ausgewählten Orten, um dort öffentlich den Koran zu verbrennen. Diese Kundgebungen hatten durchschlagenden Erfolg, denn es kam zu heftigen Reaktionen gewaltbereiter Protestierender – und die richteten sich nicht etwa gegen den Initiator, sondern gegen die schwedische Polizei.

Von den Angreifern wurden sehr wenige verletzt.

Dagegen gab es mehr als dreihundert verletzte Polizisten und Polizistinnen.

Anton Lindberg gehörte nicht dazu. Aber er war im Einsatz. Am fünfzehnten April stand er mit den Kollegen in Rinkeby. Er hatte gedacht, dass seine hochgewachsene, stattliche Statur abschreckend genug wäre. Doch dann musste er mit ansehen, wie seine Kollegen von Pflastersteinen getroffen wurden. Er sah den grenzenlosen Hass in den Augen der Angreifer. Der polizeiliche Führungsstab zeigte Schwäche – trotzdem stand Anton Lindberg auch jetzt noch hinter der

Entscheidung, nicht scharf zu schießen. Er wünscht sich nur, dass es Alternativen gegeben hätte, Alternativen dazu, sich Steine an den Kopf werfen zu lassen.

Von diesen Gedanken begleitet, erreicht er die Abfahrt Knivsta hinter Uppsala, wo der Streifenwagen schon auf ihn wartet. Der uniformierte Kollege hat eine relativ frische Narbe im Gesicht. Er würde ihn am liebsten fragen, ob die Wunde von einem der Pflastersteine stammt. Aber wozu?

Er unterdrückt den Impuls und fährt sich durch das widerspenstige hellbraune Haar. Sein Kollege zeigt mit der Hand auf das knallgelbe Rapsfeld, das sich neben der Autobahn erstreckt.

»Der Diesel ist ungebremst im Biodiesel gelandet«, sagt der Kollege, lässt den Arm sinken und streicht sich über die Narbe.

»Biodiesel?«, wiederholt Lindberg.

»Und der Scheiß blüht auch viel früher als sonst.«

Lindberg kann am Dialekt hören, dass der Kollege aus der Gegend stammt.

»Rapsmethylester«, setzt er erklärend hinzu.

Erst jetzt sieht Anton Lindberg genauer zu der Stelle, die ihm der Kollege gezeigt hat. Noch ist es den Pflanzen nicht gelungen, die Feuerspur in der gelben Fläche ganz zu verdecken, man kann die Zerstörung durch die Feuersbrunst noch gut erkennen.

»Was meinen Sie damit?«, fragt Lindberg.

Sein Tonfall lässt den anderen zusammenzucken.

»Ich meinte damit nur«, sagt er, wesentlich zurückhaltender, »dass hier der perfekte Ort ist, um ein Zeichen fürs Klima zu setzen. Der Raps blüht ungewöhnlich früh dieses Jahr. Und wenn ich das richtig verstanden habe, wurde die NOA informiert, weil der Unfallort als so ein Klimazeichen angesehen wird.«

»Und warum ist das hier der perfekte Ort dafür?«

»Aus Rapsmethylester, kurz RME, kann man Biodiesel

als Ersatz für herkömmlichen Diesel herstellen. Oder ihn mischen. Und der Unfallwagen war so ein BMW, der tierisch viel Diesel schluckt. Mehr wollte ich nicht sagen.«

»Und warum sind Sie so lange davon ausgegangen, dass es sich um einen normalen Unfall gehandelt hat?«

»Weil es keine weiteren Anhaltspunkte gab.«

»Lassen Sie mich raten«, sagt Lindberg. »BMW. Zeugenaussagen, dass er hier mit fast zweihundert langgerast ist, ein Abteilungsleiter im gehobenen Alter, der einfach zu schnell fuhr?«

»Ja, und der Finger«, fügt der Kollege mit der Narbe noch hinzu.

»Der Finger?«

»Wenden Sie sich an die Rechtsmediziner, dann werden Sie es herausfinden.«

Auf der Rückfahrt nach Stockholm beschäftigt Anton Lindberg die Frage, was für ein Polizist er ist. Er ist kurz davor, seine Haltung dahingehend zu ändern, dass ein Polizist bei Bedrohung das Feuer eröffnen darf. Aber auf der anderen Seite wurde er in einer demokratischen, einer humanistischen Tradition erzogen. Er ist nicht zur Polizei gegangen, um Menschen zu töten, sondern um die Welt ein klitzekleines bisschen besser zu machen. Um die Dinge in Ordnung zu bringen. Aber das war im Schweden vor den Osterkrawallen.

Seit seine ältere Tochter in die Mittelstufe gekommen ist, hat sich seine Angst manifestiert. Sie dürfen nicht die nächsten Opfer werden.

Er hat mit vielen kompetenten Kollegen zusammengearbeitet, die einen Migrationshintergrund haben. Shabir Sarwani zum Beispiel, obwohl besonders der ungewöhnlich nervig ist. Lindberg hat auch viele Leute kennengelernt, die ihr Leben in den Problemvierteln im Griff haben.

Manchmal wacht er nachts auf und wird von schrecklichen Bildern geplagt, wie seine Töchter nicht mehr nur Hure genannt werden, sondern leiden müssen. Physisch leiden. Er wüsste genau, was zu tun wäre. Aber dann wäre es schon zu spät. Dann bliebe ihm nur die Rache.

Vorbeugen ist das Mittel der Wahl. Zuvorkommen, verhindern, aufhalten. Was er sich vorstellt, darf niemals eintreten.

Aber wie hält man das auf, fragt er sich und biegt auf das Geländer des Nationalen Zentrums für Forensik in Solna. Mit der Legalisierung von Drogen?

Er wird in das Büro der stellvertretenden Kriminaltechnikerin gebracht, da der zuständige Kollege beschäftigt ist. Die Stellvertreterin präsentiert ihm die erwünschten Unterlagen.

»Mich interessiert vor allem das mit dem Finger«, sagt Anton Lindberg, als sie gerade mit ihrer Analyse anfangen will.

Sie starrt ihn an. Zwar versucht sie, es zu verbergen, aber ihr Gesichtsausdruck verrät durchaus, dass sie ihn verstanden hat. Das mit der Maskerade ist ihr nicht so gut gelungen.

»Wir wissen auch nicht mehr, als dass wir ihn so vorgefunden haben«, sagt sie nach langem Zögern.

»Ich wäre Ihnen dankbar, wenn Sie das ein bisschen genauer ausführen könnten«, erwidert Lindberg lächelnd.

Sie begreift sofort, dass dieses Lächeln keine weiteren Umwege zulässt.

»Er hatte den Mittelfinger ausgestreckt«, sagt sie. »Wahrscheinlich war der für den Autofahrer bestimmt, den er gerade überholt hat.«

»Kennen wir diesen Autofahrer?«

»Noch nicht. Aber an der verkohlten Hand kann man noch sehr gut den Stinkefinger erkennen. Sie können es sich hier auf den Fotos ansehen.«

»Das ist ja wie aus einem Horrorfilm«, sagt Lindberg und lehnt sich vor. »Sagen Sie bitte noch etwas Scharfsinniges über die Bombe?«

Der Stellvertreterin sieht ihn fassungslos und mit offenem Mund an. Dann sagt sie etwas Scharfsinniges über die Bombe.

»Es deutet vieles darauf hin, dass sie mit einer Fernbedienung gezündet wurde. Hochexplosiver Sprengstoff. Noch kennen wir die genaue Zusammensetzung nicht, aber sie war genauestens austariert. Die Primärladung besteht wahrscheinlich aus Pikrinsäure, die sekundäre möglicherweise aus Diazodinitrophenol, kurz DDNP.«

»Und die Primärladung zündet dann die weitaus kräftigere Sekundärladung?«

»Ja, die erste ist sehr instabil und entzündet die stabilere und auch sehr viel potentere Sekundärladung.«

»Ist die Bombe selbst gebaut?«

Sie zuckt mit den Schultern.

»Vermutlich. Wahrscheinlich auf Basis von Kunstdünger. Der detaillierte Bericht folgt.«

»Und das bedeutet, dass jemand mit dem Fernzünder in der Nähe gestanden haben und so die Detonation ausgelöst haben muss?«

»Das können wir noch nicht genau sagen. Aber es ist möglich. Allerdings gibt es definitiv auch Fernzünder, die über eine beträchtliche Reichweite verfügen.«

Lindberg nickt. Aus dem Augenwinkel sieht er den Chef des Instituts durch den Flur laufen. Im Schlepptau einer so stabil gebauten wie elegant gekleideten Blondine mit hochgesteckten Haaren und schneidigen Schritten.

»Ankan«, ruft Anton Lindberg ihr verwirrt hinterher.

Ankan dreht sich zu ihm um, verzieht das Gesicht und hastet weiter.

»Hegemoniewechsel!« Die Stellvertreterin lächelt ihn an und zuckt mit den Schultern. »Machen Sie sich keine Sorgen, so ist es überall. Die Frauen übernehmen das Ruder.«

Anton Lindberg lacht. Wahrscheinlich ist das wirklich so. Und er kennt viele, weitaus schlimmere Alternativen.

»Ich maile Ihnen dann die gesamte Dokumentation, wenn sie abgeschlossen ist«, sagt sie und nickt ihm fast mitleidig zu.

11

Der Chef des Nationalen Zentrums für Forensik führt Ankan in sein Büro und zeigt auf einen niedrigen Stuhl vor seinem Schreibtisch. Wortlos dreht er seinen Monitor in ihre Richtung.

In den vergangenen Monaten hat sie das menschliche Verhalten zur Genüge studieren können, um sofort zu sehen, dass es sich um eine Machtdemonstration handelt. Aber sie weiß inzwischen auch, dass sie das null interessiert.

Außerdem hatte sie schon den Schock ihres Lebens erleben müssen. Das Foto auf dem Bildschirm ist im Vergleich dazu wie eine sanfte Frühlingsbrise.

Sie sieht eine fast gänzlich verkohlte Leiche auf einer Grünfläche.

»Darf ich Ihnen Jesper Sahlgren vorstellen?«, sagt der Kriminaltechniker lächelnd.

»Hallo, Jesper«, antwortet Ankan entspannt und wendet sich dann an ihren ein Stück weit lebendiger wirkenden Gesprächspartner. »Jesper scheint im Moment kein Wort rauszubringen, vielleicht ist es besser, wenn Sie mir seine Geschichte erzählen?«

Ihr Gegenüber räuspert sich, sichtbar enttäuscht von ihrer Reaktion.

»Die erste Analyse hat ergeben, dass die Primärladung aus Pikrinsäure besteht, die sekundäre aus DDNP.«

»Dann stimmt der Sprengstoff vom Vasapark mit den Resten überein, die Sie im BMW im Rapsfeld sichergestellt haben?«

»Also«, erwidert der Kriminaltechniker zögernd, »wir sind noch weit davon entfernt, irgendwelche Schlussfolgerungen zu ziehen …«

»Tun Sie es trotzdem«, unterbricht ihn Ankan.

Er stöhnt.

»Die Sprengladungen sind sich in der Tat sehr ähnlich. Allerdings entsprechen sie denen selbst gebauter Bomben. Deren Bausatz man ganz einfach im Internet finden kann.«

»Und sie haben dieselbe Sprengkraft?«

»Nein, die Bombe im Vasapark war deutlich potenter als die auf der Autobahn. Wenn wir uns für viel zu voreilige Schlussfolgerungen erwärmen können, dann könnte man sagen, dass es dem Bombenbauer gelungen ist, beim zweiten Mal eine effektivere Mischung herzustellen.«

»Er hat sich weiterentwickelt?«

»Ich würde mich damit zurückhalten, wenn …«

»Und es waren auch zwei verschiedene Zünder?«, unterbricht ihn Ankan.

»Ja. Zwei verschiedene Funktionsweisen. Mit einem Fernzünder beim BMW und einem mechanischen Zünder in der Werbeagentur. Keine weiteren Auffälligkeiten.«

»Das Opfer sieht etwas deformiert aus …?«

Der Kriminaltechniker scheint seine Enttäuschung über Ankans ausbleibenden Schock verwunden zu haben und entfacht nun seine professionelle Begeisterung.

»In der Verpackung befanden sich Schrauben, Muttern und Nägel. Die Rechtsmediziner haben insgesamt hundertzwölf Gegenstände aus seinem Körper geborgen. Eigentlich wie die klassische Bombe eines Selbstmordattentäters.«

»Diese Verpackung«, sagt Ankan, um seinen Eifer ein bisschen zu dämpfen, »handelt es sich da um ein Paket?«

»Den Angaben zufolge war es ein Paket von der Druckerei, mit Probedrucken«, sagt er widerstrebend. »Angeblich die Plakate einer großen Werbekampagne für die Ölindustrie.

Aber die Details müssen Sie mit den ermittelnden Beamten klären.«

»Das werde ich«, sagt Ankan und verlässt grußlos das Büro.

Auf dem Rückweg ins Polizeipräsidium schüttelt sie verblüfft den Kopf über ihr neues Auftreten. Wie schnell sich das verändert hat. Sie richtet ihre schulterlangen blonden Haare und wirft einen schnellen Blick in den Rückspiegel. Vor einem halben Jahr noch wäre das undenkbar gewesen. Damals war sie siebenunddreißig, hatte eine fünfzehnjährige Tochter und war tot. Zumindest innerlich, seelisch tot.

Jetzt ist sie achtunddreißig, hat eine sechzehnjährige Tochter und lebt. Ankan lebt. Seelisch wie körperlich. Es geht ihr gut.

Sie hat keine Veranlassung, ihren Spitznamen loszuwerden, den sie seit ihrem ersten Tag an der Polizeihochschule trägt. Annika Stolt trägt ihren Spitznamen – der auf Schwedisch nun einmal Ente bedeutet – mit großem Stolz.

Niemand, der es selbst noch nicht erlebt hat, kann das Gefühl nachempfinden, eine Todesnachricht überbracht zu bekommen. Wie aus dem Nichts, ganz und gar unvorbereitet. Man steht mit dem Schneebesen in der Hand am Herd, als es an der Tür klingelt, man lächelt, bereitet gerade das Abendessen zu. Sie erinnert sich daran, wie die Béchamelsoße vom Schneebesen tropfte, wie in einer absurd langsamen Zeitlupe. Ihre Tochter Lina saß in der Küche und bekam alles mit.

Jörgen war Bauingenieur gewesen, es war ein Arbeitsunfall. Ein Betonblock war von einem Kran gefallen und hatte ihn unter sich begraben. Es gab praktisch keine Überreste, die man hätte beerdigen können.

Als hätte das einen Unterschied gemacht.

Ankan ging schon wenige Wochen später wieder zur Arbeit.

Damit kannte sie sich wenigstens aus. Wie man trauert, wusste sie hingegen nicht. Und sie ist sich nicht sicher, ob sie es heute weiß.

Aber jetzt weiß sie, wie man weiterlebt.

Wenn man sich fast ein ganzes Jahr lang verboten hat zu leben, staut sich eine Menge Leben auf. Sie hat die Schleusen geöffnet.

Online-Dating. So einfach war das.

Jörgen war ihr erster Freund gewesen. Niemand vor ihm, niemand in der Beziehung und auch niemand danach. Bis jetzt. Und es fühlt sich wie eine Offenbarung an.

Sie biegt in die Dalagatan und sieht das große schwarze Loch in der Fassade des Hauses, wo sich einst Fenster befunden haben. Die Absperrungen sind bereits entfernt worden und das Loch im Gebäude zum Schutz gegen Feuchtigkeit mit Plastikfolie verklebt. Trotzdem hat sich eine kleine Menschenmenge auf der Seite des Vasaparks versammelt. Zweifelsohne ein spektakulärer Anblick.

Sie erspäht die beiden Männer, die sie dort treffen soll, schon von Weitem. Entschlossen parkt sie schräg auf dem Bürgersteig, steigt aus und schüttelt die ausgestreckten Hände.

»Kriminaloberkommissarin Stolt«, sagt der Ältere der beiden zum Gruß und zeigt erst auf das Loch in der Fassade, dann auf einen schwarzen Fleck im Park gegenüber.

»Das nenne ich mal einen Flug!«

»Hat Jesper Sahlgren das Paket selbst geöffnet?«

Der Jüngere der beiden sieht sie mit offenem Blick an. Er hat schwarze Haare und dunkelbraune Augen, die eine besondere Strahlkraft haben. Sie kann sich kaum davon losreißen.

»Er hatte wohl gehofft, das Paket bereits am Freitagnachmittag zu bekommen. Aber der Bote hat es erst am Samstagabend gebracht. Die gute Seele der Werbeagentur, Frida Söder, ist extra aus Rimbo im Norden in die Stadt reingefahren, um es entgegenzunehmen, und gab an, dass sie mehrere Stunden darauf warten musste. Als das Paket endlich eintraf, hat sie Sahlgren sofort eine SMS geschickt, der es vor Neugier nicht ausgehalten hat und Sonntagmorgen ganz früh ins Büro gefahren ist.«

»Gegen sechs Uhr morgens, vermutlich vollkommen nüchtern«, sagt Ankan und nickt dabei. »Ich gehe davon aus, dass Sie bereits mit den beiden gesprochen haben? Mit Frida Söder und dem Paketboten?«

»Wir schicken Ihnen Kopien unserer Berichte zu«, brummt der Ältere. »Offensichtlich wird ja die NOA ihre Nase dort reinstecken.«

»Und?«, hakt sie nach und wendet sich an den Jüngeren, der keinen Ehering trägt und zuvorkommender wirkt.

»Söder erschien sehr glaubwürdig. Den Paketboten – ein Dedik Jaya, indonesischer Mitbürger – haben wir leider noch nicht sprechen können. Die Lieferung vom Samstagabend war seine letzte, bevor er in den Urlaub gefahren ist. Aber wir haben nichts über ihn gefunden, keine Auffälligkeiten. Das einzig Bemerkenswerte war, dass der Wagen, mit dem er ausgeliefert hat, auf dem DHL-Parkplatz in Västberga nicht sauber geparkt wurde und die Schlüssel im Handschuhfach lagen. Aber das kommt wohl öfter vor, wenn die Fahrer unter Zeitdruck stehen.«

»Irgendjemand muss doch wissen, wo er ist ... Verzeihung, wie heißen Sie bitte ...?«

»Ich bin Polizeiobermeister Rahim Abdulhamid. Freunde von Dedik Jaya haben Nordnorwegen angegeben. Er hat wohl von den Fjorden dort geträumt. Wir haben den Kollegen vor Ort eine Anfrage geschickt, aber es ist ein sehr weiträumiges Gebiet.«

»Okay, Rahim«, sagt Ankan daraufhin. »Was halten Sie denn davon?«

Der junge Beamte sieht sie verwundert an, als könnte er es nicht glauben, dass ihn jemand nach seiner Meinung fragt.

»Jesper Sahlgren hat der Druckerei großen Druck gemacht«, sagt er dann. »Sie haben auch am Samstag gearbeitet, um den Auftrag fertigzustellen. Der Probedruck wurde am Nachmittag fertig. Der Zuständige in der Druckerei in Jordbro hat daraufhin die Kurierfirma beauftragt, mit der sie immer zusammenarbeiten, und schließlich, wie vereinbart, Jesper Sahlgren informiert. Der hat wiederum umgehend Frida Söder benachrichtigt.«

»Und Sie haben Frida Söder mithilfe eines Polizeizeichners selbstredend ein Phantombild des Boten erstellen lassen, der das Paket geliefert hat? Und dann haben Sie dieses Phantombild mit einem Foto von Dedik Jaya verglichen, der die Sendung von der Druckerei in Jordbro abgeholt hat? Außerdem wurde auch die Zeit überprüft, die der Kurier zwischen Abholung und Lieferung gebraucht hat?«

Als der junge Kollege verschämt schweigt, ist Ankan fest entschlossen, dass heute kein Online-Dating auf dem Programm steht.

»Alles klar«, sagt sie. »Ich nehme an, Sie haben Ihre Handynummern in den Unterlagen vermerkt, damit wir Sie jederzeit kontaktieren können?«

Sein Blick ist eindeutig. Er willigt in den Flirt ein.

Ihrer Tochter Lina war es nach der langen Durststrecke gelungen, die Mutter wieder zum Leben zu erwecken. Nachdem sie eines Abends wie so oft auf dem Sofa lag und Löcher in die Luft gestarrt hatte, haben sie Linas Worte aufgerüttelt: »Ich vermisse ihn auch sehr, aber du musst etwas ändern, Mama. Jetzt und sofort.« Wie in einem Feel-Good-Film.

Die beiden Beamten nicken irritiert und verabschieden sich. Ankan gibt Rahim ein Zeichen. Er zögert. Sie versucht, den Blick in seinen dunkelbraunen Augen zu deuten, ist sich aber nicht hundertprozentig sicher, dass er sie verstanden hat. Wahrscheinlich würde es seine Intelligenz beleidigen, wenn sie noch deutlicher würde? Sie tut es trotzdem und hebt ihre rechte Hand mit abgespreiztem Daumen und kleinem Finger ans Ohr.

Er lächelt und nickt.

Lächelnd sieht sie den beiden hinterher, wie sie in ihrem Zivilwagen nach Kungsholmen fahren. Danach bricht sie auf zu einem kurzen Spaziergang, in konzentrischen Kreisen um den Fundort der Leiche.

Sie genießt es, ungestört zu sein. Ein Stück weiter die Straße hinunter kommt sie an einem Baum vorbei. Von dort aus kann sie die Fassade auf der anderen Straßenseite gut sehen.

Jemand hat etwas in die Baumrinde geritzt. Kurz unterhalb ihrer Augenhöhe.

Das ist der Vasapark, am Odenplan im Zentrum von Stockholm, und somit ein Teil der Welt, der praktisch rund um die Uhr von Menschen bevölkert ist. Dieses Zeichen hätte jederzeit eingeritzt worden sein können. Und könnte alles Mögliche bedeuten.

Aber Ankan ist Polizistin, eine gute Polizistin. Und ihr Gefühl sagt ihr, dass es eine Spur sein könnte. Sie zückt ihr Handy und macht Fotos.

Es sind zwei Kreise.

Ein Kreis, der von einem zweiten Kreis umgeben ist.

12

In dem Raum, in dem Sonja Ryd Platz nimmt, riecht es nach altem Witwer. Nicht, dass dieser Geruch unangenehm wäre, aber ihr fällt auf, dass es bei allen Witwern, die sich gut gehalten haben, identisch riecht. Bei Witwen hingegen riecht es vollkommen anders.

Die Frühlingssonne fällt durch die ungeputzten Fenster auf den alten Mann, der den Kaffee und die Tassen hereinträgt, dazu Schlagsahne, eine Zuckerdose und eine Schale mit Keksen. Während das Kaffeeservice und die Art seiner Bewegungen auf eine vergangene Zeit hinweisen, scheint sein Schatten einem bedeutend jüngeren Mann zu gehören, seinem jüngeren Ich.

Ryd fährt sich mit der Hand über die Haare und lächelt Edward Rasmusson zu, während sich dieser auf seinen Schatten setzt.

Er war bis 2015 leitender Polizeidirektor des Citydistrikts, einem von acht Distrikten im Großraum Stockholm. Bei der Polizeireform in jenem Jahr nahm er die Gelegenheit wahr und ließ sich pensionieren. So weit waren sie in seiner Erzählung gekommen, als er aufstand, um Kaffee zu machen.

»Und ich habe es nie bereut«, sagt er, als wären seit seinem letzten Satz nicht bereits zwanzig Minuten vergangen.

»Die Reform hatte nicht wirklich den erwünschten Erfolg«, gab Ryd zu.

»Ich hatte einfach die Nase voll von der Bürokratie.«

Schweigend trinken sie einen Schluck Kaffee. Ryd ertappt sich dabei, wie sie einen Keks in ihre Tasse taucht.

»Lukas Frisell«, sagt Rasmusson, »war einer der vielversprechendsten Polizisten, die mir je begegnet sind. Er hatte die richtige Einstellung, und er durchschaute die Kriminellen.«

»Es heißt, Sie hätten ihn davor bewahrt, auf die schiefe Bahn zu geraten.«

Der schmächtige alte Mann sieht aus wie ein Vögelchen, als er schmunzelt und die Schultern hochzieht.

»Er hat sich selbst gerettet. Aber es stimmt, dass mir mein Job damals sehr viel mehr Spielraum gelassen hat, als das heute denkbar wäre. Als Kriminalbeamter in Jugendeinrichtungen zu gehen und direkt in den gefährdeten Gegenden mit den Jugendlichen zu sprechen. Lukas war sechzehn und definitiv gefährdet. Das war Anfang der Achtzigerjahre. Er war sehr naturverbunden, ist im Norden auf dem Land aufgewachsen. Leider war sein Vater aber auch schwerer Alkoholiker. Seine Mutter hat ihren Sohn mitgenommen, als sie sich von ihrem Mann trennte und nach Vällingby zog. Was folgte? Kulturschock, Unzufriedenheit, alles das. Aber ich erinnere mich besonders an ein Gespräch mit ihm, an das Leuchten in seinen Augen, wenn wir über die Natur gesprochen haben.«

»Die Natur? Sie meinen, sein Interesse für die Natur?«

»Ja. Ich habe ihm erklärt, was es für Möglichkeiten gibt. Und dass er nur verhindern muss, im Strafregister zu landen. Es hat lange gedauert, ihn davon zu überzeugen. Ich hatte ihm unter anderem vorgeschlagen, zu den Gebirgsjägern in Norrland zu gehen, die Einheit mit der größten Naturnähe innerhalb des Militärs. Aber davor sollte er die Schule beenden und Abitur machen. Er wählte den naturwissenschaftlichen Zweig, was mit Chemie und Technik. Ich glaube, dass ihn die Zeit bei den Gebirgsjägern wieder mit der Natur in Einklang gebracht hat. Danach hat er angefangen, Agrarwissenschaften an der SLU zu studieren.«

»Agrarwissenschaften? Er wollte Bauer werden?«

»Na ja«, erwidert Rasmusson grinsend. »Aber meinetwegen, Sie können auch Bauer sagen. Er lernte dort, den Boden richtig zu bestellen. Doch irgendetwas hat ihn damals bewogen, die Richtung zu ändern. Er rief mich eines Nachts an und fragte, wie er Polizist werden könne.«

»Und Sie haben ihm da zugeredet und sich für ihn eingesetzt?«

»Das ist zu viel gesagt, vielleicht habe ich ihm nur deutlich gemacht, wie wertvoll seine Vergangenheit innerhalb des Korps sein könnte.«

»Können wir hier kurz innehalten und zusammenfassen, über welche Qualitäten er verfügt: pragmatisches Naturverständnis, Kriminalität, Chemietechnik, Gebirgsjäger, Wissen über Anbau und Kultivierung von Lebensmitteln. Er hätte schon perfekt in unser Täterprofil gepasst, bevor er seine Polizeikarriere begonnen hat.«

Rasmusson seufzt.

»Zu diesem Zeitpunkt war seine Technikfeindlichkeit noch nicht so ausgeprägt.«

»Die 2008 Liselott Lindman das Leben gekostet hat?«

»Das werden wir nie erfahren. Aber Lukas hat das tief erschüttert, er hat danach sofort den Dienst quittiert und ist in eine tiefe Krise gestürzt. Die Klimakrise hatte es ihm angetan, er hat früh davor gewarnt, dass wir unseren Planeten zerstören. Es hat ihn zurück zur Natur gezogen, er nahm sein Studium der Agrarwissenschaften wieder auf, hat dort alles Mögliche studiert und ist Dozent geworden.«

»Dozent an der Universität für Agrarwissenschaften?«

»Ja, er wollte ein Offline-Leben. Ich habe ihn nie aus den Augen verloren, habe seine Aktivitäten aus der Ferne beobachtet.«

»Und haben Sie auch beobachtet, wie er zum Prepper wurde und in den Wald zog?«

»Nein, wie hätte ich das tun sollen«, lächelt Rasmusson. »Aber … warten Sie …«

Der alte Mann steht auf, als hätte er mit seinem Schatten den Platz getauscht. Geschmeidig verschwindet er hinter einer Tür, die bis dahin geschlossen gewesen ist. Ryd hört ihn kramen und poltern.

Irgendetwas fühlt sich falsch an. Sie hat den Eindruck, dass der ehemalige Polizeichef Informationen zurückhält. Oder ist es nur eine Generationenfrage? Fakten statt Emotionen?

Rasmussons Schatten hat noch immer die Oberhand, als er sich schwungvoll auf seinen Sessel fallen lässt, einen Zeitungsausschnitt aus einer Plastikhülle holt und ihn vorliest.

»›Wir alle wissen, dass es an der Zeit ist. Es gibt riesige Städte auf dieser Welt, in denen kein einziger Sonnenstrahl den Boden erreicht. Wir dürfen nicht länger warten. Jeder Einzelne von uns muss handeln. Und die Verantwortlichen müssen zur Rechenschaft gezogen werden, wenn wir überleben wollen. Wir müssen die Schuldigen ausfindig machen.‹«

Ryd ertappt sich dabei, häufiger zu blinzeln als beabsichtigt. Der Tonfall klingt bekannt, vielleicht etwas sachlicher, aber die Botschaft des Briefes ist unverkennbar. Sogar einige Formulierungen sind identisch.

»Ein Leserbrief von 2013«, sagt Rasmusson und korrigiert den Sitz seiner Lesebrille. »Im Greenpeace Magazin für die Mitglieder. In seiner Zeit an der Uni hat Lukas viele solcher Beiträge geschrieben. Zum Teil ziemlich überdrehte Texte.«

Ryd lehnt sich vor und starrt den alten Mann an.

»Ist Ihnen die Formulierung *Die Ruinen des Verfalls* ein Begriff?«

»Nein.« Rasmusson runzelt die Stirn. »Aber so etwas könnte durchaus in seinen Texten stehen.«

Ryd nickt.

»Ich habe trotzdem das Gefühl, dass Sie diesen Lukas Frisell nicht wirklich kennen …«

Rasmusson kichert, der Schatten wird wieder tief in den Sessel gedrückt.

»Als junger Mann fühlte ich mich immer irgendwie falsch«, sagt er. »Viel zu spät habe ich von neuropsychiatrischen Störungen erfahren und endlich begriffen, dass ich zu den Menschen mit einer Autismus-Spektrum-Störung gehöre. Stellen Sie sich vor, Sie bewältigen ein ziemlich erfolgreiches Berufsleben, ohne die geringste Ahnung davon zu haben. Verzeihen Sie mir die Direktheit, Sonja Ryd, aber kann es sein, dass auch Sie eine Diagnose bekommen haben?«

Ryd bleibt reglos sitzen, dann streicht sie sich über ihre Haarstoppeln.

»HSP«, sagt sie, ohne den Blick abzuwenden.

Rasmusson nickt ihr zu, sein Lächeln hat etwas Väterliches.

»Hochsensibilität, verstehe. Ich habe eine Enkeltochter, die die Dinge auch sehr intensiv empfindet und erlebt. Aber so bin ich nicht. Lukas Frisell ist mein Ersatzsohn gewesen. Ich kenne ihn dennoch nicht wirklich gut, da muss ich Ihnen recht geben – ich habe nie gelernt, Gefühle zu lesen und Bindungen aufzubauen. Da sollten Sie mit seiner Ex-Frau Nina sprechen.«

»Ich bin auf dem Weg zu ihr«, sagt Ryd und steht auf.

Edward Rasmusson bringt sie zur Haustür. Sie verabschieden sich, ein unbeholfener Händedruck. Ryd hat den Garten des Reihenhauses fast durchquert, als er ihr etwas hinterherruft.

»Sie wissen, dass es Hilfe gibt? Eine bessere Hilfe als das.«

Sie nickt, ohne sich umzudrehen, biegt schnell um die Ecke und wirft sich in ihren Streifenwagen, den sie neben einem Fußballplatz abgestellt hat. Mit zitternder Hand greift sie nach der halb vollen Mineralwasserflasche, die zwischen den Sitzen steckt. Der Inhalt ist hellgelb und ohne Sprudel.

Der Geschmack von lauwarmem Sauvignon Blanc bleibt nicht lange in ihrem Mund, sie schluckt ihn viel zu schnell hinunter, es folgen zu viele weitere Schlucke. Sonja Ryd verzieht das Gesicht. Die Flasche ist fast leer. Sie steigt wieder aus und umrundet mit zügigen Schritten den Fußballplatz. Einmal, zweimal, dreimal. Dann setzt sie sich wieder ins Auto und holt ein kleines schwarzes Gerät aus der Jackentasche, in das sie kräftig hineinbläst. Die Anzeige flattert unentschieden zwischen Rot und Grün hin und her, bis die grüne Diode das Spiel gewinnt.

Sonja Ryd streckt sich, bis es im Nacken knackt. Als sie den Schlüssel umdreht und den Motor startet, hört sie eine innere Stimme. Die Stimme eines Schattens.

Sie wissen, dass es Hilfe gibt? Eine bessere Hilfe als das.

13

In dem majestätischen Gebäude herrscht wie gewöhnlich eine unangenehme Hitze. Es sind nur wenige Menschen vor Ort, das Unternehmen zeichnet sich nicht durch eine hohe Personaldichte aus. Obwohl es allen so verkauft wurde.

Mehrdad Golbahar, der technische Leiter der Amazon-Serverhalle am Standort Västerås, macht seine Runde, um alle Server zu kontrollieren. Die Hitze ist die eine Sache, für ihn ist der Lärm aber immer das Schlimmste gewesen. Er war lange auf der Suche nach guten Kopfhörern, die auch den Lärm ausschalten können, hat nie die richtigen gefunden. Außerdem wird es unter den Kopfhörern so entsetzlich heiß.

Mittlerweile trägt er einen Kapselgehörschutz, die Musik hört er dann eben in seiner Freizeit. Leider ist dieser Gehörschutz von schlechter Qualität und lässt Geräusche durch. So wie jetzt gerade.

Er hat eine SMS erhalten, von der Versandabteilung. Ein neues Paket vom Hauptquartier ist eingetroffen.

Der Posttisch befindet sich nicht auf seiner vorgesehenen Route zum nächsten Checkpoint, aber er könnte einen kleinen Umweg machen. Hoffentlich löst das keinen Alarm im Hauptquartier in Seattle aus, wo das eigentliche Geschäft stattfindet. Wo eine Datenzentrale die anderen Datenzentralen überwacht. Er hat keine echte Veranlassung, von seiner Route abzuweichen, lediglich die Lust, die Routine zu durchbrechen. Wie eine Minirevolte. Und diese Lust ist heute sehr stark.

Mehrdad Golbahar weicht also von seiner Route ab und biegt nach links ab statt wie sonst nach rechts. Normalerweise werden ihm als technischer Leiter aktualisierte Speicherkarten geschickt, nichts Aufregendes.

Als er den letzten der schmalen Servergänge hinter sich lässt und einen breiteren Flur betritt, hebt er den Blick und sieht in eine der hochauflösenden Kameras an der Decke. Er fragt sich, ob Seattle ihn in dieser Sekunde beobachtet.

Am Ende des Flurs steht zwischen Regalen mit blinkenden Servern ein Tisch. Und tatsächlich liegt auf diesem Tisch ein ziemlich großes Paket.

Vom Hauptquartier.

Nichts Lebenswichtiges.

Die Überwachungskamera zeigt eine Ecke in einem anonymen Gebäude. Da es kaum Referenzpunkte gibt, kann man die Größe des Gebäudes nicht genau abschätzen. Es ist still.

Vollkommen still.

Die Abwesenheit von Geräuschen macht das folgende Geschehen noch gespenstischer.

Die Ecke wird vom Rest des Gebäudes weggerissen und vom Boden verschluckt. Staub wird durch die Luft gewirbelt und bedeckt alles andere. Irgendwann hört er auf zu wirbeln. Als wäre die Übertragung abgebrochen worden. Alle Details verschwunden.

Allmählich legt sich der Staub.

Wie bei Drohnenaufnahmen aus dem Irak. Ein winziger Mensch kommt aus dem Gebäude gestolpert und stürzt zu Boden. Dabei rollt etwas von ihm weg.

Das könnte ein Kopf sein.

Der Laptop wird zugeklappt, die Aufnahme ist beendet.

Alles, was man hört, sind die tiefen Atemzüge des Universums.

14

Lukas Frisells Ex-Frau gefällt Sonja Ryd von der ersten Sekunde an. Vor allem, als sie durch das Wohnzimmer in der ansehnlichen Villa in Nacka, östlich von Stockholm, geführt wird.

»Ich mag ja das Wort *wiedergeschieden* besonders gern.«

Achtzig Prozent aller Terrassen in Schweden sollen beeindrucken. Diejenige, auf die Ryd geführt wird, gehört eindeutig dazu. Zwei Gläser Champagner funkeln in der Frühlingssonne, als wären sie wie durch Zauberhand von einem diskreten, bis dahin unsichtbaren Butler dort hingestellt worden. Ryd lässt sich in eine Hollywoodschaukel sinken und sieht die Anzeige ihres inneren Alkometers zwischen Rot und Grün hin- und herzittern.

»Sie sind demnach *wiedergeschieden*?«, fragt sie Nina Strömblad, die sich mit der Grazie und Geschmeidigkeit einer ehemaligen Balletttänzerin hinsetzt.

»Das ist in der Tat so«, sagt Strömblad und hebt das Glas.

Obwohl Nina Strömblad sich hauptsächlich auf ihr Äußeres zu konzentrieren scheint, macht sie auf Ryd einen hochintelligenten Eindruck. Vor allem hat sie mindestens zwei Scheidungen überlebt, ohne daran zugrunde zu gehen.

»Ein Hoch auf die Scheidung«, prostet ihr Strömblad zu.

Auch Ryd hebt ihr Glas, nippt aber nur daran.

»Können wir uns jetzt Lukas Frisell zuwenden?«, fragt sie.

»Oh, ist das sensibles Terrain?«, erwidert Nina Strömblad lächelnd. »Sie umgibt auch die Aura der Geschiedenen, das habe ich Ihnen gleich angesehen. Erzählen Sie.«

»Ist das der Schlüssel?«, fragt Ryd. »Mit dem ich Sie zum Reden bringe?«

»Das können Sie nennen, wie Sie wollen. Schlüssel, Passwort, Code, *whatever. Quid pro quo, darling.*«

Sonja Ryds erster Impuls ist, sie anzulügen. Sie entscheidet sich dagegen.

»Ich habe ihn betrogen, und er hat mich verlassen.«

»Und Sie haben sich daraufhin die Haare abrasiert? Weil Sie sich wie eine Verräterin fühlten?«

Ryd gelingt es nicht, die intuitive Geste zu unterdrücken, sie streicht sich über ihre Haarstoppeln.

»Mir gefällt es. Ich habe mich damit angefreundet. Ist die Tür jetzt aufgestoßen worden?«

»Sie ist einen Spalt offen! Was wollen Sie denn wissen?«

»Wo sich Lukas Frisell aufhält.«

Strömblad lehnt sich zurück, nickt und nimmt einen Schluck Champagner.

»Verstehe. Ich nehme an, Sie wissen, dass er ein hervorragender Polizist war?«

»Darüber versuche ich mir gerade einen Eindruck zu verschaffen. Wir wollen nur mit ihm reden.«

»Sein Lieblingssatz war: ›Wir wollen nur mit ihm reden.‹ Darüber hat er besonders laut gelacht. Es wäre einfacher, wenn Sie ehrlich sind, Sonja.«

Ryd mustert ihr Gegenüber. Es ist offensichtlich, dass Nina Strömblad noch Gefühle für ihn hat.

»Es geht um Verbrechen im Namen des Klimas«, sagt sie.

»Verstehe«, sagt Nina Strömblad und wird plötzlich eine andere.

»Was verstehen Sie?«

»Bei diesem Thema war er unversöhnlich. Ansonsten hat er nur so getan als ob.«

»Er war unversöhnlich, wenn Sie über Klimafragen diskutiert haben?«

»Ja, aber das ist lange her«, wiegelt Strömblad ab. »Heute nicht mehr.«

»Woher wissen Sie das? Stehen Sie *jetzt* noch in Kontakt?«

Strömblad taucht ab in ihrem Gewand einer wiedergeschiedenen Frau von Welt und lächelt.

»Nur auf spiritueller Ebene natürlich.«

»Ich wäre Ihnen sehr dankbar, wenn Sie meine Zeit nicht verschwenden würden.«

»Wir haben überhaupt keinen Kontakt mehr, meine Liebe. Er hat sich an sein Versprechen gehalten, nie wieder zurückzukommen. Man kann durchaus behaupten, dass wir ein sehr ungleiches Paar waren.«

»Gegensätze ziehen sich an?«

»Am Anfang: unbedingt. Aber auf lange Sicht: niemals.«

»Und die Kluft zwischen Ihnen hatte mit seinem Engagement fürs Klima zu tun?«

»Mit dem Engagement hatte ich keine Probleme, dahinter steckte wenigstens Leidenschaft. Aber seine Unzufriedenheit hat mich fertiggemacht. Er konnte die Stadt nicht ausstehen. Wollte sich ein Wochenendhaus kaufen. Für mich war Stockholm ein einziges Wochenendhaus, wozu sich noch eins anschaffen?«

»Nun ja, hier ist doch auch ziemlich viel Natur«, sagt Ryd und deutet auf den großzügigen, beinahe obszön gepflegten Garten.

»Das ist doch gestutzte Natur«, sagt Strömblad lächelnd. »Glauben Sie wirklich, dass Lukas das gefallen hätte? Der Gärtner kommt jeden zweiten Tag, um die Büsche zu beschneiden.«

»Passt das denn zu der urbanen Nina Strömblad?«

»Damals war ich noch Nina Frisell. Die Balletttänzerin Nina Frisell, geborene Silfversparre. Lukas hätte bei der Scheidung die Hälfte meines Vermögens bekommen können, ich wusste damals nicht, was ein Ehevertrag ist. Aber er wollte nichts. Er hat mir sogar einen Haufen Müll hinterlassen, der jetzt bei mir auf dem Dachboden steht. Den Grund dafür können Sie sich, als eindeutig Durchtherapierte, selbst zusammenreimen.«

»Sie haben noch Gefühle für ihn?«

»Lukas war eine Urkraft, durch und durch authentisch. Danach bin ich nur noch gestutzten Männern begegnet. Ich habe mir wahrscheinlich das genaue Gegenteil von ihm gesucht. Und der gute Strömblad passte perfekt. Er hatte keinen Funken Anstand im Leib, und dieses Mal war ich die, die den Ehevertrag nicht unterschrieb. Und deshalb sitze ich jetzt hier, habe einen Gärtner und einen Butler und genieße meine *Wiedergeschiedenheit* in den Ruinen des Verfalls.«

»Das sind Lukas' Worte, stimmt's?«

Strömblad mustert Ryd lange und durchdringend.

»Und ihr wollt ›nur mit ihm reden‹?«, sagt sie dann. »Dabei kennt ihr seinen absoluten Lieblingsausdruck? Der stammt aus einer Grabrede des finnlandschwedischen Romantikers Frans Michael Franzén. *Nur der Glanz der Erinnerung strahlt über den Ruinen des Verfalls*. Gemeint ist damit die Gegenwart.«

Sonja Ryd macht sich Notizen.

»Und Sie wissen wirklich nicht, wo er sich jetzt aufhält?«

Nina Strömblad schüttelt den Kopf.

»Auch wenn es mir gar nicht so vorkommt, ist das alles schon ziemlich lange her. Wir haben uns im Frühjahr 2009 scheiden lassen. Und seitdem hatten wir keinen Kontakt mehr.«

»Was ist mit Freunden? Eine Beziehung? Jemanden, den wir fragen können?«

»Sein Mentor Edward Irgendwas-son. Lukas war kein geselliger Mensch. Seine Eltern sind tot, Geschwister hat er keine. Es gab einen Rudolfsson, vielleicht Aron mit Vornamen, mit dem er Marathon gelaufen ist. Und ich erinnere mich an zwei komische Typen, Kalle Råman und Lelle Bergis.

Und dann diese Polizistin. Wie heißt sie noch gleich? Eva Nyström oder so ...«

»Eva Nyman?«

»Stimmt, das war es«, sagt Strömblad. Ihre Stimme hat sich verändert.

»Und was für ein Verhältnis hatte er zu dieser Nyman?«, fragt Sonja Ryd und versucht, so neutral wie möglich zu klingen.

Frisells Ex-Frau sieht sie neugierig, fragend an.

»Er nannte sie seine beste und einzige Freundin.«

»Und Sie haben nie etwas anderes vermutet?«

»Es gab keinen Anlass dafür. Was uns bis zuletzt geblieben ist, war unsere Leidenschaft. Er hat mich von hinten genommen, während ich unseren Ehering im Klo herunterspülte.«

Ryd versteckt ihr Lachen hinter einem dezenten Hustenanfall.

»Das hört sich eher so an, als hätte er die Scheidung nicht akzeptieren wollen?«

»Doch, das hat er. Die Scheidung war zwar eine Niederlage für ihn, aber gleichzeitig sehnte sich ein Teil von ihm nach einer richtigen, wilden ... wie soll ich das nennen ... Junggesellenzeit. Die hatte er übersprungen. Und das war offenbar wichtig für ihn. Im Unterschied zu mir.«

»Die sich für Herrn Strömblad entschied.«

Lautes Lachen.

»Das war eher eine finanzielle Entscheidung.«

»Kinder waren in Ihrer ersten Ehe kein Thema?«

Strömblad lächelt und schüttelt den Kopf.

»Wir wollten beide keine Kinder. Allerdings aus unterschiedlichen Gründen. Lukas weigerte sich, Kinder in die Ruinen des Verfalls zu setzen. Und ich war viel zu egozentrisch dafür. Oder sagen wir, ich habe es nicht so mit der Kernfamilie. Das gilt auch für Sie, nehme ich an?«

Sonja Ryd starrt auf ihre Hände und schweigt.

»Wäre es zu viel verlangt, die Sachen vom Dachboden zu holen?«, fragt sie schließlich.

Es dauert einen Moment, bis Strömblad versteht, dann taucht wieder ihr schelmisches Lächeln auf ihren Lippen auf. Ryd folgt ihr und leert auf dem Weg ihr Champagnerglas.

Während Strömblad auf dem staubigen, heißen Dachboden nach dem Karton sucht, erhält Ryd eine SMS. »Sofortiges Meeting im Wartesaal. Der Höllensaal ist in Västerås. Checkt die Medien.«

Der Abschied von Nina Strömblad fällt überstürzter aus als geplant. Während Ryd durch den prätentiösen Garten zu ihrem Auto läuft, wirft sie einen Blick in den Umzugskarton mit den Erinnerungsstücken aus Lukas Frisells Vergangenheit. Sie sieht ein paar zerfledderte Taschenbücher, Kabelsalat mit verschiedensten Steckern, eine fleißig benutzte Haarbürste und ein Hochzeitsfoto.

Sie schiebt den Karton auf den Rücksitz und steigt ins Auto. Doch bevor sie den Motor startet, vertieft sie sich in das Hochzeitsfoto in ihren Händen.

Nina tanzt lieblich in ihrem perfekt sitzenden Hochzeitskleid. Auch Lukas sieht in seiner Polizeiuniform hervorragend aus. Ryd bleibt an dem Blick seiner hellblauen Augen hängen. Dann wirft sie das Foto kurzerhand nach hinten in den Karton und greift nach ihrer Wasserflasche.

Zu ihrer großen Enttäuschung ist die fast leer.

15

Sonja Ryd trifft als Letzte im Wartesaal ein. Dafür kassiert sie einen vorwurfsvollen Blick von Eva Nyman, die vorne am Pult steht. Hinter ihr an der Wand ist eine Aufnahme projiziert, die vor allem sehr grobkörnig ist.

Nach und nach wird es begreiflicher. Rauch, dichter Staub, der sich langsam legt. Dahinter erscheint eine umgestürzte Wand, ein Gebäude, das zu großen Teilen eingerissen wurde. Aus den Trümmern taumelt ein winziger Mensch, der dann vornüber zu Boden stürzt. Ein Gegenstand rollt von ihm weg.

Das könnte ein Kopf sein.

Ein kollektives Stöhnen geht durch den Wartesaal. Eva Nyman räuspert sich. Trotz der angespannten Lage kann sie ein zufriedenes Lächeln nicht unterdrücken.

»Aus einem Fall sind drei geworden, was?«, fragt Sonja Ryd mit einem Grinsen.

Nyman fühlt sich ertappt, aber nickt.

»Wir wissen jetzt ganz sicher, dass in Stockholm ein Klimaaktivist herumläuft, der Bomben legt. Bleibt abzuwarten, wie sich dieser Fall entwickelt. Denn er hat eine neue Dimension angenommen.«

Ihr Blick wandert von einem Mitglied ihres Teams zum nächsten. Alle haben begriffen, was passiert ist. Die NOVA ist mit einem einzigen lauten Knall von der Peripherie ins Zentrum des Geschehens katapultiert worden.

»Wir sehen hier die Serverhalle von Amazon in Västerås. Man könnte meinen, es wäre ein Krieg ausgebrochen. Der Höllensaal wurde wie angekündigt mit Schrecken erfüllt.

Sarwani, Lindberg und Ankan, ihr fahrt dorthin. Und zwar sofort.

Anton Lindberg sitzt am Steuer. Er lehnt sich zurück und fährt, so schnell er kann, zögert auch nicht, das verborgene Blaulicht in der Zivilstreife und ab und zu die Sirene einzuschalten, um sich durch den dichten Berufsverkehr zu drängen.

»Wir hätten den Hubschrauber nehmen sollen«, brummt Shabir Sarwani auf dem Rücksitz. »Immerhin leitet NOVA jetzt die wichtigste Ermittlung des Landes.«

Ankan sitzt schweigend auf dem Beifahrersitz. Ihr ist durchaus klar, dass sie sich im Zentrum des Geschehens befindet und dass dieser Fall richtig groß werden kann. Doch sie hatte sich darauf gefreut, am Abend den jungen, attraktiven Rahim Abdulhamid zu treffen. Um Unterschiede und Gemeinsamkeiten festzustellen und ein Gespür für die Lage zu kriegen. Deshalb hofft sie, dass sie nachher doch noch rechtzeitig loskommt.

Lindberg konzentriert sich voll und ganz auf die Straße. Sie erreichen Västerås und können problemlos den Rauchsäulen folgen, die auch zwei Stunden nach der Explosion noch in den Himmel steigen.

Es sind bereits einige Kriminaltechniker und Zivilbeamte vor Ort. Ankan meint, einen gut aussehenden Kollegen von der SÄPO zu erkennen, aber als er zum Gruß nickend auf sie zukommt, ist es doch nur ein ganz normaler Beamter mit ein paar Kilos zu viel.

»NOA, was?«, fragt er, ohne wirklich zu fragen. »Wir haben euch schon erwartet.«

»Berufsverkehr!«, murmelt Lindberg angestrengt.

»Was gibt es Neues?«, kommt Sarwani direkt zur Sache.

Der leicht übergewichtige Kollege heißt Nilsson und stellt sich als Leiter der lokalen Dienststelle heraus.

»Sie rücken nicht wirklich mit Informationen heraus«, sagt er und zeigt hinter sich auf die noch qualmenden Serverhallen. »Der Chef soll unterwegs sein, der hatte ausgerechnet heute eine Sitzung in Randers. In Dänemark! Das Einzige, was wir bisher erhalten haben, sind die Aufnahmen der Überwachungskamera, die wir Ihnen haben zukommen lassen. Sowie eine weitere Aufnahme aus dem Inneren des Gebäudes.«

Nilsson legt sein iPad auf die Motorhaube und schiebt es unachtsam über den Lack, damit es alle sehen können. Dann öffnet er eine Datei.

Die Bildqualität ist überraschend gut. Ein robuster Mann in Shorts und Gehörschutz hebt seinen Kopf und wirft einen skeptischen Blick in die Kamera über ihm. Dann geht er auf einen Tisch zu, der zwischen den blinkenden Serverpaneelen steht. Er beugt sich über das große Paket, das dort liegt, und öffnet es. Das Einzige, was man sieht, bevor das Bild schwarz wird, ist ein Riss, der sich über die Kameralinse zieht.

Nilsson schiebt den Cursor auf der Zeitleiste zurück, immer langsamer, bis er den Moment erreicht, als der Mann das Paket berührt. Dann zoomt er auf eine Stelle am linken Bildrand. Hinter einer Serverreihe sieht man ein Stück Haut, ein Körperteil.

»Das ist ein Ellenbogen«, sagt Nilsson.

Sie starren auf den Ellenbogen.

»Der Mann, der das Paket geöffnet hat, ist Mehrdad Golbahar, der technische Leiter der Serverhalle. Von ihm ist nicht viel übrig geblieben. Der Ellenbogen gehört einem gewissen Andreas Grahn, den Sie in der Aufnahme aus der Halle haben wanken sehen.«

»Der mit dem Kopf …?«, fragt Ankan vorsichtig.

»Ja, leider.« Nilsson nickt. »Aber trotz des massiven materiellen Schadens scheinen die beiden die einzigen Opfer zu sein.«

»Und gibt es Verletzte?«, fragt Anton Lindberg.

Nilsson zuckt mit den Schultern.

»Zumindest keine schweren Verletzungen. Die Rettungssanitäter haben fünf Personen mit Rauchvergiftung evakuiert. Keine weiteren Opfer bisher.«

»Und was wissen wir über dieses Paket?«, fragt Shabir Sarwani.

»Um 14:43 Uhr hat die Versandabteilung eine SMS verschickt, dass eine neue Lieferung vom Hauptquartier eingetroffen und auf dem Posttisch deponiert worden sei. Dort, wo die Lieferungen aus den USA für die technische Abteilung immer abgestellt werden.«

»Haben Sie den Weg der Sendung über den Atlantik schon nachverfolgen können?«

»Das sind in der Regel streng geheime Sendungen, die nicht von normalen Transportunternehmen geliefert werden. Die haben eine eigene Fluggesellschaft, die Amazon Air. Zum jetzigen Zeitpunkt konnten wir die Lieferung online noch nicht verfolgen. Aber das Flugzeug ist hier in Västerås gelandet.«

»Die Bombe war wohl kaum schon im Flieger aus den USA installiert«, sagt Sarwani. »Irgendwo zwischen der Landung hier am Flughafen von Västerås und der Lieferung muss der Inhalt des Pakets ausgetauscht worden sein. Genauso wie bei dem Paket vom Vasapark. Darauf müssen wir unsere Aufmerksamkeit richten. Der Bote muss identifiziert werden.«

»Wahrscheinlich ist er gerade nach Nordnorwegen in die Ferien gefahren«, murmelt Ankan, die mittlerweile einsehen musste, dass sich ihr abendliches Date erledigt hat.

Shabir Sarwani schüttelt den Kopf bei dem Anblick der zerstörten Gebäude. *Es hatte auf seiner Liste gestanden.* Waren die Mitarbeiter nicht ausreichend gewarnt worden? Hatten sie die Warnung ignoriert? Das hatte eindeutig eine neue Eskalationsstufe erreicht. Das Werk dieses Wahnsinnigen wurde immer gewaltiger.

Vor allem aber ist er technisch und handwerklich versiert und clever. Er baut Pakete zu Bomben um, deren Eintreffen *erwartet* wurde. Das bedeutet, dass er von diesen Sendungen Kenntnis haben muss, um sie dann zu entwenden und den Inhalt unbemerkt auszutauschen.

Gibt es wirklich keinen einzigen Verdächtigen? Gibt es keinen technisch bewanderten Klimaaktivisten im Strafregister, dem man das zutrauen könnte? Wird diese Art von Ermittlung gerade überhaupt angestellt?

Was haben zum Beispiel Sonja Ryd und Eva Nyman am Laufen? Sie gehen offensichtlich davon aus, dass es unbemerkt bleibt, wenn das Gespann Nyman-Ryd ihr eigenes Süppchen kocht. Was haben die vor?

Sarwani kann seinen Blick nicht von dem zerstörten Gebäude abwenden. Es riecht nach Rauch, keine Frage – aber riecht es nicht auch gewaltig nach Heimlichtuerei?

So oder so wird bald ein neuer Brief eintreffen, davon ist er überzeugt.

16

Nach einem langen Tag im Zeichen der Krisensitzungen und des verhaltenen Lobes zieht sich Eva Nyman in ihr Büro zurück. Alle wissen, vor allem in der Führungsetage der NOA, dass sie die Ermittlungen auf den richtigen Weg gebracht hat.

Die Ereignisse in Västerås haben den gesamten Tag beherrscht. Nicht nur ihr Teammeeting, sondern auch den Flurfunk im Präsidium. Allen, den Zivilen und den Beamten, war anzumerken, dass dieser Anschlag etwas im Land auslöst. Allen wurde bewusst, dass diese Serie von Bombenanschlägen jederzeit eskalieren kann. Dass nun alles Mögliche passieren könnte.

Das Team um Nyman hatte auch diskutiert, wie mit der Warnung umgegangen worden war, die NOA und sie zwei Stunden vor der Detonation an alle Serverhallen im Land geschickt hatten. Aber Amazon reagiert nicht auf ihre Anfragen – unmöglich, dort mit einem Verantwortlichen zu sprechen.

Eva Nyman lässt sich auf ihren Schreibtischstuhl fallen und seufzt. Die NOA hat mehrere Einheiten auf diese Fälle angesetzt, und ihr Team, die NOVA, gehört dazu. Sie sind vorerst dafür zuständig, die Spur der Aktivisten zu verfolgen. Doch damit will sie sich jetzt nicht beschäftigen.

Sie will wie eine Polizistin denken, nicht wie eine Politikerin. Sie knallt einen Stapel Fotos auf den Tisch. Noch immer mag sie richtige, analoge Fotos viel lieber als digitale. Man kann sie in die Hand nehmen, man kann sie riechen. Langsam blättert sie den Stapel durch und ist schockiert vom Ausmaß der Zerstörung.

Die Verantwortlichen hätten auf sie hören sollen. Sie hätten Sarwanis Warnung ernst nehmen sollen. Und sie hätten vor allem bei Paketsendungen wachsamer sein sollen.

Eva Nyman lässt ihren Gedanken freien Lauf. Die multinationalen Unternehmen sind größer als Nationen, sie müssen sich nicht um andere Nationen kümmern, sie *sind* Nationen. Mit eigenen Gesetzen, eigener Rechtsprechung, eigener Polizei. Unbeeinträchtigt von Demokratie oder irgendeinem Mitspracherecht. Sie sind sich selbst genug.

Unter dem Stapel mit den Fotos entdeckt Eva etwas anderes. Es muss schon dort gelegen haben, als sie die Fotos auf den Tisch geknallt hat.

Und es sieht aus wie der erste Brief, den sie erhalten hat. Die Adresse wurde wie zuvor mit der Schreibmaschine geschrieben. »Kriminalhauptkommissarin Eva Nyman, NOA, Polizeipräsidium, Stockholm« steht dort. Sie hat die Anweisung erhalten, einen weiteren Brief umgehend ins Nationale Zentrum für Forensik zu schicken. Hat sich dennoch längst entschieden, damit abzuwarten.

Sie streift sich Latexhandschuhe über, schnappt sich ihren Brieföffner und schlitzt den Brief vorsichtig auf. Sie sieht auf den ersten Blick, dass auch dieser Brief bis auf die letzte Zeile vollgeschrieben ist, bis an den Rand, und dass sich der Text in Endlosschleife wiederholt.

… Horcht auf, ihr Klimaskeptiker. Es geht euch alle an, weil ihr im Grunde keine Lust habt, das Geringste zu verändern. Nichts. Das ist die eigentliche Klimaskepsis, nicht etwa das, was man sagt und behauptet. Das Echo des Höllensaals hallt noch nach. Wir müssen uns abkehren vom Massenkonsum, und zwar jetzt. Bald wird euch die Welle erfassen, die euch aus dem egoistischen Dämmerschlaf reißt. Die Welle wird immer größer. Sie wird Teile der verrottenden Stadt zwischen den Brücken

mit sich reißen, und das weiße Haus Gottes wird auf die Ruinen des Verfalls hinabblicken. Denn das war erst der Anfang. Alles in unserer ach so kurzen Zukunft wird sich darin widerspiegeln. Vielleicht seht ihr sogar euer wahres Ich, bevor ihr mit dem Rest der Welt für immer erlischt. Horcht auf, ihr Klimaskeptiker …

Eva Nymans Stimme verstummt, aber der Brief bleibt als Projektion an der Wand im Wartesaal hängen.

»Vielen Dank, dass ihr noch geblieben seid.«

»Als hätten wir eine Wahl gehabt«, knurrt Ankan.

»Was sie eigentlich sagen will, ist«, springt Sarwani ein, »alles andere wäre unvorstellbar. Västerås muss warten, wir erhalten von dort ohnehin alle wesentlichen Informationen.«

»In der Tat unvorstellbar«, erwidert Nyman und wechselt das Thema. »Die Presse hat unserem Mann schon einen Namen gegeben: *Der Terrorbomber*. Was auch immer das heißen soll. Also, was haltet ihr von dem Brief?«

»Die Welle wird immer größer«, zitiert Anton Lindberg.

»Das haben wir schon gemerkt«, antwortet Nyman. »Weiter, mehr.«

»Der Höllensaal wird erwähnt«, sagt Ankan.

»Auch das sagt uns nichts Wesentliches. Konzentriert euch.«

Aus der hinteren Ecke meldet sich Sonja Ryd zu Wort.

»Es besteht wohl kein Zweifel daran, dass die Kernaussage ist, dass die größere Welle *Teile der verrottenden Stadt zwischen den Brücken mit sich reißen und das weiße Haus Gottes auf die Ruinen des Verfalls hinabblicken* wird.«

»Aber was ist damit gemeint?«, hakt Nyman nach.

»Mit der Stadt zwischen den Brücken kann nur Stockholm gemeint sein«, sagt Lindberg. »Und das weiße Haus Gottes wird eine … Kirche sein?«

»Schon möglich.« Ryd nickt. »Aber dann richtet sich die

Bombendrohung nicht gegen eine Kirche, die scheint mir hier eher Zeugin zu sein. Etwas *in der Nähe* der Kirche soll in die Luft gesprengt werden.«

»Eine *weiße* Kirche«, betont Sarwani und fängt umgehend mit seiner Handyrecherche an.

»Es gibt doch mindestens fünfzig weiße Kirchen in Stockholm«, mault Ankan.

»Hunderte«, sagt Sarwani, ohne den Kopf zu heben. »Wenn man den gesamten Großraum Stockholm nimmt, sind es mehrere Hundert.«

»Aber der Großraum befindet sich nicht zwischen den Brücken«, wirft Ryd ein. »Begrenz die Suche auf die Innenstadt.«

Nyman zieht das altmodische Whiteboard nach vorne, das voller Informationen hängt. Sie befestigt eine Kopie des zweiten Briefes in einer vierten Spalte – die anderen heißen Autobahn, Vasapark und Västerås – und versieht auch die letzte mit einem Namen: »Die weiße Kirche«.

»Hier fehlt uns noch so einiges«, sagt sie und tippt auf die dritte Spalte. »Ich erwarte …«

»Nicht nur da«, wirft Sarwani ein, nach wie vor in sein Handy vertieft.

»Ach ja?« Nyman sieht zu ihm, aber er ist mit den Kirchen der Stadt beschäftigt. Was ihn nicht davon abhält, scheinbar zerstreut zu antworten.

»Na, ihr habt doch schon eine Spur.«

Nyman antwortet nicht, vermeidet auch Ryds Versuch, Blickkontakt herzustellen.

Dann hebt Sarwani den Kopf.

»Das ist doch so, oder? Was ich aber nicht verstehe, ist diese Heimlichtuerei.«

Alle Augen ruhen auf Nyman, die den Blicken ihres Teams ausweicht. Schließlich gibt sie auf und erklärt sich.

»Das ist alles noch vollkommen unsicher. Ich habe den Verdacht, dass es sich bei dem Täter um einen ehemaligen

Kollegen handeln könnte. Dafür gibt es bisher jedoch keinen haltbaren Beweis.«

»Ein Kollege?«, ruft Lindberg. »Ein Polizist?«

»Ein ehemaliger Kollege«, wiederholt Nyman. »Sonja kann euch mehr dazu sagen, aber wir müssen uns zuerst mit diesem Brief beschäftigen.«

»Ich finde, wir sind schon ein ganzes Stück weitergekommen«, sagt Ryd kurz angebunden.

Sarwani mustert seine Chefin eine Weile.

»Das Resultat nach einem ersten schnellen Blick sind vier Kirchen«, sagt er dann.

»Vier?«

»Es sind nur vier Kirchen in der Innenstadt weiß wie in *das weiße Haus Gottes*. Adolf Fredrik, Gustaf Vasa, die Djurgården-Kirche und vielleicht noch die Matteus, das ist auf diesen Fotos schwer zu erkennen. Und dann haben wir die zwei Freikirchen, also die Filadelfia-Kirche und Sankt-Peters-Kirche, aber ich weiß nicht, ob wir die dazurechnen sollten.«

»Sehr gut«, sagt Eva Nyman erleichtert. »Wir müssen herausfinden, auf was diese weißen Gotteshäuser hinabblicken. Das ist unsere nächste Aufgabe, wir haben die ganze Nacht Zeit dafür. Denn, meine Freunde, wir sind in der Stockholmer Innenstadt. Wenn wir es zulassen, dass diese Bombe explodiert, wird die gesamte Weltgemeinschaft auf uns schauen. Und deshalb, Sonja, darfst du jetzt unseren Hauptverdächtigen vorstellen.«

Sonja Ryd bewegt sich langsam und beherrscht auf das Whiteboard zu. Der Magnet landet mit einem lauten Knall auf einer freien Ecke. Das Foto darunter sieht uralt aus, wie aus dem Zweiten Weltkrieg.

»Das ist das aktuellste Foto von Lukas Frisell, das wir finden konnten.«

17

Die Gewichte bewegen sich in rasanter Fahrt auf und ab. Man hört gleich, dass es nicht vorgesehen ist, die schwarzen Quader so hemmungslos an den Kabeln tanzen zu lassen. Aber Sonja Ryd ist allein. Der große Vorteil daran, ein Fitnessstudio direkt um die Ecke zu haben, sind die einsamen Stunden am frühen Morgen.

Sie trainiert wie besessen, ein Work-out in unfassbarem Tempo. Sie muss diesen Tag mit Schwung beginnen, weil es gestern so spät geworden ist. Und damit auch ungesund. Vielleicht will sie sich damit auch bestrafen. Am Rückentrainer versucht sie, sowohl den Kater als auch das Wort aus dem System zu jagen, das ihr seit gestern zu schaffen macht. *Verräterin.*

Die letzten zwanzig Züge bringen sie an den Rand der Erschöpfung. Keuchend sitzt sie vornübergebeugt, ihre Rückenmuskeln brennen vor Schmerz. Dann streicht sie sich energisch über ihre Stoppelfrisur und steht auf. Während sie zur Umkleidekabine geht, sieht sie ein Gesicht vor sich. Von einem Foto, das uralt wirkt, wie aus dem Zweiten Weltkrieg.

Das ist ihr neues Ziel. Und nur das.

Obwohl niemand vor Mitternacht das Präsidium verlassen hat, sind alle pünktlich um acht Uhr wieder vor Ort. Wie der Altar ihrer heiligen Stätte, das große Whiteboard vom Wartesaal, in die Büroräume gelangt ist, wird für immer ein Rätsel bleiben.

Eva Nyman weiß von der Energie ihres Teams. Sie weiß auch, dass sie den ganzen Tag damit verbringen wird, es zu verteidigen. Denn niemand ist besser als diese wild zusammengewürfelte Truppe. Als NOVA. Aber sie weiß ebenso gut, dass es mächtige Instanzen gibt, die den Fall an sich reißen wollen. Allen voran die Einheit, die »Bedrohungen für die Sicherheit Schwedens und für die Freiheiten und Rechte seiner Mitbürger« abwehrt. Auch innerhalb von NOA gibt es Fraktionen, die gerne übernehmen würden.

Unbemerkt verlässt sie das Großraumbüro.

Ankan macht sich einen neuen Knoten ins Haar, während sie sich die Neuigkeiten aus Västerås übermitteln lässt. Die kriminaltechnische Untersuchung wurde auf wundersame Weise beschleunigt, die Spurensicherung ist bereits abgeschlossen und der Wiederaufbau der Serverhalle in vollem Gang. Notwendige Reserveteile wurden über Nacht aus Seattle eingeflogen. In welchem Umfang die sogenannte Cloud, also Dateien und Dokumente der Normalsterblichen, bei dem Anschlag zerstört wurden, ist nach wie vor unklar. Ankan sucht noch immer nach einem Verantwortlichen oder Ansprechpartner in der Versandabteilung. Aber das dauert. Deshalb konzentriert sie sich auf den DHL-Boten Dedik Jaya, der sich angeblich in Nordnorwegen aufhält.

Anton Lindberg hat sich ans NFZ gewandt, das Nationale Forensische Zentrum. Die vorläufigen Analysen haben ergeben, dass es sich in Västerås um einen ähnlichen Sprengstoff handelt wie bei den beiden vorherigen Anschlägen. Sein Versuch, die zuständige Kriminaltechnikerin anzutreiben, läuft leider ins Leere. Sie meldet sich, wenn man mehr wisse.

»Sieh du dir mal die Freikirchen an und such potenzielle Ziele in ihrer unmittelbaren Nähe«, bittet ihn Sarwani daraufhin.

Er selbst hat sich die vier Kirchen vorgenommen, die

zur Schwedischen Kirche gehören. Er will gründlich vorgehen. Worauf kann man vom jeweiligen Kirchturm »hinabblicken«? Um jeden dieser Türme zieht er mit dem Zirkel einen Kreis.

Wenn seine Hypothese stimmt, befinden sich weite Teile der Innenstadt in der Risikozone.

Sogar die kleine Djurgården-Kirche, eine kleine Holzkirche, die eher wie ein Wohnhaus aussieht und nicht auf einem Hügel liegt, kann auf Teile des Vergnügungsparks Gröna Lund »hinabblicken«. Und wenn man will, sogar bis zum ABBA-Museum oder nach Skansen. Adolf Fredrik wiederum kann auf das Hauptquartier der Sozialdemokraten und ein großes Verlagsgebäude auf dem Sveavägen »hinabblicken« sowie auf ein Stück der berühmten Einkaufsstraße und Fußgängerzone Drottninggatan, in der vor ein paar Jahren ein Lastwagen für ein islamistisches Attentat gestohlen wurde. Die Gustaf-Vasa-Kirche kann auf einen der Hauptverkehrsknotenpunkte der Stadt »hinabblicken«, den Odenplan. Von dort bis zum Vasapark, was eine interessante, wenn auch etwas weit hergeholte Verbindung sein könnte. Die Matteus-Kirche, die zumindest *fast* weiß ist –, Sarwani war am Morgen persönlich vor Ort, um das zu überprüfen –, kann auf den Vanadisplan und den *zweiten* Eingang zur U-Bahnstation Odenplan »hinabblicken«.

Sarwani betrachtet sein Wandbild mit den vier Kreisen und verfolgt Lindbergs Ergebnisse bezüglich der beiden weißen Freikirchen.

Sonja Ryd ist Lukas Frisell auf der Spur und fragt sich, ob er in der Lage wäre, selbst Sprengstoff herzustellen. Er hat sein Studium der Agrarwissenschaften fast abgeschlossen und kennt sich vermutlich mit Kunstdünger aus. Hatte in der Schule die Leistungskurse Chemie und Technik belegt. Was er genau an der Universität getan hat, ist noch unklar. Sie muss sich unbedingt mit dem Institut in Verbindung setzen. Allerdings sollte sie davor die Kontakte aufsuchen, die ihr seine Ex-Frau Nina Strömblad genannt hat. Sein Laufkumpel Aron Rudolfsson und die beiden komischen Typen Kalle Råman und Lelle Bergis.

Rudolfsson ist wahrscheinlich kein Polizist, das hätte Nina Strömblad erwähnt. Die einzige passende Person, die Sonja Ryd finden kann, ist der Geschäftsführer einer Beleuchtungsfirma in Sorsele. Sie ruft dort an. Ein schnippischer Aron Rudolfsson kanzelt sie ab, er kenne keinen Lukas Frisell. Weiter. In Schweden gibt es eine Handvoll Männer mit dem Namen Karl Råman, ein paar davon in Stockholm. Sie versucht es bei zwei Nummern, keine Antwort. Lelle Bergis ist ein unmöglicher Name, stellt sie fest. Wahrscheinlich ist Lelle ein Spitzname von Lennart. Aber Bergis kann alles Mögliche sein, Berg, Bergström, Bergman.

An der Stelle kommt sie nicht weiter. Stattdessen kontaktiert Sonja Ryd die Universität für Agrarwissenschaften in Ultuna, Uppsala. Auf einigen Umwegen erfährt sie, dass ein damaliger Kollege, der mit Lukas Frisell von 2009 bis 2014 zusammengearbeitet hat, noch am Institut tätig ist. Sie ruft Leif Stierna an, mailt ihm, schickt ihm SMS, bekommt jedoch keine Reaktion. Laut Sekretariat wird er am Nachmittag erwartet.

Da klingelt ein Telefon. Ryd sieht, wie Ankan dem Anrufer gespannt zuhört, dann dreht sie sich plötzlich zu den anderen um.

»Das war das NFZ, die haben fremde DNA in der Bombe vom Vasapark gefunden.«

»Ich glaub's nicht!«, ruft Anton Lindberg. »Hat sich der Kerl geschnitten, als er die Bombe gebaut hat, oder was?«

»Ist die DNA von Lukas Frisell noch in unserer Datenbank?«, fragt Sonja Ryd.

»Unwahrscheinlich«, antwortet Sarwani. »Das ist zu lange her.«

Ryd starrt wie hypnotisiert vor sich auf den Tisch. Sie hätte viel schneller reagieren sollen. Dann endlich tut sie es, bückt sich und kramt in dem Karton mit Frisells Sachen vom Dachboden.

Als sie sich wieder aufrichtet, hat sie eine Bürste in der Hand, die fleißig benutzt worden ist. Sie lässt sie in eine Plastiktüte fallen und reicht sie Ankan.

»Hier. Es wird Zeit, den Kriminaltechnikern was Richtiges zum Arbeiten zu geben.«

18

Die Universität für Agrarwissenschaften in Ultuna umfasst einen imposanten Campus am Stadtrand von Uppsala. Sonja Ryd ist beeindruckt von seiner Größe.

Es ist ein schöner, sonniger Frühsommertag. Während sie über den angenehm entspannten Campus schlendert, erkennt sie, wie unnötig Stress und Nervosität sind. Es sind alles nur Chimären, die sie in die Sucht getrieben haben, vielleicht ist sogar ihre Hochsensibilität dafür verantwortlich. Plötzlich kann sie Lukas Frisell besser verstehen. Alles hinter sich zu lassen, was Stress erzeugt. Sich der Natur hinzugeben. Zum Ursprung zurückzukehren. Nur minimal zum Weltuntergang beizutragen.

Im Sekretariat wird ihr eine sehr analoge Karte ausgehändigt, um den Weg zu Leif Stiernas Büro zu finden.

Er sieht aus wie ein Forscher aus dem Bilderbuch, ganz gleich welcher Fachrichtung. Die steile Falte auf der Stirn, an die sich Ryd nur zu gut erinnert, als sie selbst vor der Entscheidung stand, in die Abgründe dieser Forscherwelt zu tauchen. Allerdings war sie bei den Philosophen, Leif Stierna ist Agrarwissenschaftler. Und er trägt einen Spitzbart.

»Wir haben eine Zeit lang zusammengearbeitet«, bestätigt Stierna ihre Frage nach Lukas Frisell mit einem Nicken und sucht in seinem Handy nach Belegen. »Wir waren verantwortlich für einige Programme und Kurse. Aber er hatte auch kein Problem damit, an den Außenposten unserer Wissenschaft zu unterrichten.«

»Außenposten?«

»Die SLU hat mehrere Außenstellen an verschiedenen Orten. In Umeå, Alnarp, Skinnskatteberg und so. Am Anfang hat Lukas das gerne übernommen – damals war der Studiengang der Forstwissenschaft auch noch ausgelagert, und das interessiert einen Prepper ja am meisten –, aber am Ende hat er sich hauptsächlich hier in Ultuna aufgehalten.«

»Waren Sie befreundet?«

Stierna wackelt mit dem Kopf hin und her, die Forscherfalte wird um einiges tiefer. Dann plötzlich verschwindet sie ganz.

»Hier ist es«, sagt er und hält ihr sein Handy hin. »Das Foto ist circa zehn Jahre alt.«

Ryd sieht eine verlebte Version des Mannes auf dem Hochzeitsfoto, das ihr Nina Strömblad gezeigt hat. Leif Stierna hingegen hat sich kaum verändert. Die beiden Männer haben die Arme um ihre Schultern gelegt, grinsen und sind umgeben von einer Gruppe von Studierenden. Das Foto scheint vor einem Vorlesungssaal aufgenommen worden zu sein.

Ryd nickt und gibt ihm das Handy zurück.

»War das Ihre Antwort auf meine Frage, ob Sie befreundet waren?«

Stierna lächelt, kurz und freudlos.

»Wir haben ab und zu etwas zusammen unternommen, sind essen gegangen, haben uns auf ein Bier verabredet. Wir teilten ein großes Interesse an der Natur und waren beide single.«

»Weshalb dann die Forscherfalte?«

»Bitte was?«

»Warum haben Sie gezögert?«

»Wir waren sehr verschieden, so als Persönlichkeit. Er war von einem großen Pathos getrieben, ich hatte meine Rolle als Lehrer akzeptiert und widmete mich vor allem, damals wie heute, der theoretischen Agrarwissenschaft. Ehrlich gesagt, fand ich ihn manchmal etwas Furcht einflößend.«

»Inwiefern?«

»Sein Pathos war mir *zu* groß. Er hatte einen gefährlichen Hang zur Aggression. Er war sehr von sich überzeugt und jederzeit bereit, für seine Überzeugung zu kämpfen.«

»Was für eine Ausbildung hatte er eigentlich? War er auch Agrarwissenschaftler?«

»Das weiß ich nicht genau. Als er an die Uni zurückkehrte, absolvierte er eine Menge Kurse und begann dann, die verschiedensten Fächer zu unterrichten: Agrarwissenschaft, Forstwissenschaft, fossilfreie Energieträger, Umweltschutz. Er war sehr beliebt, vor allem bei den Studentinnen. Seine Vorlesungen über Notfallvorsorge und -planung, die zum Teil auf seinem Wissen als Polizist aufbauten, waren sehr beliebt. Sie wurden auch auf Video aufgenommen, um sie in anderen Universitäten und Hochschulen zu zeigen, in denen Frisell ebenfalls unterrichtete. Ich weiß aber nicht, ob das jemals passiert ist.«

Ryd wirft einen Blick auf ihr Handy, das zwischen ihnen auf dem Tisch liegt. Die Aufnahme läuft. Sonst wäre sie aufgeschmissen. Sie konnte sich das unmöglich alles merken, sie war keine Forscherin mehr. Und meilenweit von der Philosophie entfernt.

Außerdem hat sie eine unleserliche Handschrift.

»Hat er über seine Vergangenheit als Polizist gesprochen?«

»Nicht viel. Es wirkte so, als würde er die Zeit vergessen und begraben wollen. Am Anfang äußerte er sich darüber, wie sehr ihn das Ende seiner Polizeikarriere frustriert habe. Seiner Ansicht nach war die Polizei zu einer durchdigitalisierten und bürokratischen Institution mutiert. Nach und nach fand er seinen Platz in dem entspannteren, naturbezogenen Akademikeralltag an der SLU. Ich würde sagen, er hat sein Pathos verlagert, von der Polizei zur Klimafrage.«

»Und hat Vorlesungen über Notfallvorsorge gehalten? Was steckt dahinter?«

»Wie man große, globale Krisen überlebt. Krieg, Überschwemmungen, Erdbeben. Was tun, wenn wir plötzlich ohne Internet und Elektrizität dastehen. Wenn wir in die Steinzeit zurückkatapultiert werden.«

»Gibt es auch gewalttätige Elemente in diesem Ansatz?«

Stierna zuckt mit den Schultern.

»Ich gebe zu, dass ich nie teilgenommen habe. Das war nicht mein Ding. Ich mag Ordnung und gerade gepflügte Furchen. Aber die Selbstverteidigung kam auf jeden Fall in Lukas' Kursen vor. Da hat er sich seine Vergangenheit zunutze gemacht. Schusswaffen kamen am Rand definitiv auch vor, hauptsächlich jedoch Jagdmesser.«

»Und selbst gebaute Bomben?«

»Daran kann ich mich nicht erinnern, aber das passt ja sowohl zur Selbstverteidigung als auch zur Jagd. Einmal hat er davon gesprochen, dass man auch mit einfachen Sprengstoffen jagen kann.«

Ryd versucht, die vielen Informationen zu verdauen. Da schießt ihr ein Gedanke durch den Kopf.

»Das Foto, das Sie mir gezeigt haben, von wem haben Sie das geschickt bekommen?«

Leif Stierna sieht sie fragend an.

»Das hat mir eine Studentin geschickt. Auf Facebook, glaube ich.«

»Tatsächlich, Facebook. Könnten Sie herausfinden, von welchem Konto es geschickt wurde?«

Zögernd öffnet Stierna seinen Laptop, sodass Ryd den Monitor nicht sehen kann, und fängt an zu scrollen.

»Zehn Jahre her«, stöhnt er und schüttelt den Kopf.

Nach ein paar Minuten, die sich wie eine Ewigkeit anfühlen, hält er inne.

»Hier«, sagt er. »Das Foto wurde von einer Facebook-Seite geteilt, die sich ›SLUmkid of SLU‹ nennt.«

»Witzig!«, sagt Ryd bissig. »Existiert die Seite noch?«

»Scheint so«, antwortet Stierna nach einigem Herumklicken. »Der letzte Eintrag ist allerdings von 2015. Vielleicht hat einer der Studierenden seine Zeit an der Uni dokumentiert.«

Sonja Ryd nickt und ermahnt sich innerlich, eine bestimmte Sache später zu klären.

»Hat Frisell hier gewohnt?«, wechselt sie das Thema.

Stierna reibt sich seinen kleinen Spitzbart.

»Er hatte eine Wohnung auf dem Campus. Wahrscheinlich im Studentenwohnheim. Aber er fing damals schon an, sich eine Hütte oder so etwas draußen in den Wäldern hier in Uppland zu bauen.«

»Eine Hütte? Wissen Sie, wo?«

»Leider nicht. So nah standen wir uns dann doch nicht. Allerdings …«

»Ja? Was?«

»Nun, ich erinnere mich gerade an ein Gerücht, das die Runde gemacht hat. Es soll da einen ›Lehrmeister‹ gegeben haben, so einen Überlebenskünstler, der ihn mit den Preppern und Survivalisten vertraut gemacht hat.«

»Und dann ist Frisell ebenfalls Prepper geworden?«

»Das weiß ich nicht. Er ist einfach verschwunden … im Frühjahr 2014. Aber es gab eben dieses Gerücht.«

»Ich habe den Eindruck, dass es ziemlich viele Gerüchte hier an der SLU gibt«, sagt Ryd lächelnd. »Haben Sie diesen ›Lehrmeister‹ denn jemals kennengelernt?«

Stierna schüttelt den Kopf.

»Nein.«

»Erinnern Sie sich noch daran, wie er hieß?«

Stierna scheint tief in seiner Erinnerung zu graben.

»Ich bin leider sehr schlecht darin, mir Namen zu merken«, sagt er.

»Lassen Sie sich ruhig Zeit«, entgegnet Ryd und unterdrückt damit ihre Instinkte.

»Mark-irgendwas«, stöhnt Stierna nach einer Weile.

»Mark als Vorname? Mit einem schwedischen Nachnamen? Oder einem ausländisch klingenden?«

»Nein, Mark *im* Nachnamen. Wie Marklund oder Lundmark.«

»Markström, Stenmark, Markberg, Sundmark, Marklind, Bergmark, Lindmark ...?«

»Ich weiß es nicht mehr ...«

Ein winziger Gedankenfetzen hat sich in Ryds Kopf auf den Weg gemacht und irrt umher, ohne Halt zu finden.

»Sind Sie ganz sicher?«, fragt sie, um Zeit zu gewinnen. »War das ein neuer oder ein alter Bekannter?«

»Ein alter Bekannter, glaube ich. Er hat ihn mal erwähnt, als wir uns kennenlernten, aber ich weiß nicht mehr, in welchem Zusammenhang.«

Endlich lässt sich der Gedanke an der richtigen Stelle nieder und setzt ein Wort frei: »Bergis«.

Lelle Bergis.

»Kann es Bergmark gewesen sein?«, fragt sie. »Lennart Bergmark?«

19

Eva Nyman betrachtet sich in dem klassizistischen Spiegel, der neben ihrem maßgefertigten Bücherregal hängt. Was verbirgt sich hinter diesem zerfurchten Gesicht, das immer viel grimmiger aussieht, als sie will? Was für ein Kopf arbeitet unter dem Haar, das sich nicht entscheiden kann, ob es braun oder doch grau sein soll?

Ist es der Kopf einer Chefin, die einen Fall leitet, der droht aus dem Ruder zu laufen? Wie lange wird es dauern, bis die dunklen Seiten ihrer Vergangenheit in den Medien auftauchen? Wird sie in der Lage sein, diesen Sturm zu überstehen?

Wie sicher ist sie sich bei Lukas Frisell? Sicher genug, um ihre beste Kraft, Sonja Ryd, auf eine Spur zu setzen, die eigentlich ihre eigene sein sollte? Wenn es schiefgeht, kann sie niemandem die Schuld geben.

Sie atmet tief durch und widersteht der Versuchung, eine Nummer zu wählen.

Sie widersteht der Versuchung, die Nummer anzurufen, die sie – gegen den Willen der anderen Seite – auswendig gelernt hat. Sie muss das allein durchziehen, es gibt keine Alternative.

Gerade als sie ihr Büro verlassen will, klingelt das Telefon. Es ist Sonja Ryd.

Jeder von ihnen betritt in Gedanken versunken den Wartesaal. Ankan ist mit den beiden Boten beschäftigt, die sich nach den Anschlägen in Luft aufgelöst haben, Dedik Jaya im Vasapark und Wilhelm Bock in Västerås. Anton Lindberg denkt an übereinstimmende Sprengstoffzusammensetzungen. Und Shabir Sarwani an einen möglichen Anschlag im Zentrum von Stockholm.

»Ich möchte, dass ihr mich kurz und bündig auf den neuesten Stand bringt«, sagt Eva Nyman vorne am Pult. »Ankan, kannst du anfangen?«

»Ich habe zwei bis dato unauffindbare Paketboten«, erwidert die und klappt ihren Laptop auf. »Dedik Jaya, der Paketbote, der das Päckchen im Vasapark abgegeben hat, ist nie in seinen Urlaub in Nordnorwegen aufgebrochen. Und der hauseigene Kurier von Amazon, Wilhelm Bock, der das Paket vom Flughafen zur Serverhalle transportiert haben soll, ist ebenfalls nicht zu finden. Beide sind spurlos verschwunden. Und nicht nur das. Der Polizeizeichner hat uns aber was geschickt. Soll ich es an die Wand werfen?«

Nyman nickt. Neben dem Passfoto von Dedik Jaya erscheint die einigermaßen realistische Zeichnung eines Gesichts an der Wand. Eine Sache fällt sofort ins Auge: Es handelt sich nicht um dieselbe Person. Dennoch hört man den einen oder anderen Seufzer. Die Mitglieder des NOVA-Teams haben genug Phantombilder gesehen, um zu erkennen, dass die Zeichnung zu schematisch ist, um sie für die Gesichtserkennung zu verwenden. Ankan öffnet die nächste Zeichnung. Dieses Mal ist kein Seufzer zu hören. Nicht etwa, weil dieses Porträt deutlicher wäre als das vorherige, sondern weil sich die beiden Phantombilder ähneln. Vor allem aber ähnelt das zweite definitiv nicht dem Mann auf dem Passbild daneben, dem Kurierfahrer Wilhelm Bock.

»Ich weiß, was ihr fragen wollt«, sagt Ankan, obwohl niemand Anstalten gemacht hat. »Und nein, keiner der Zeugen kann sich an besondere Merkmale erinnern. In beiden Fällen hatte der Bote sein Gesicht abgewandt. Aber es scheint derselbe Mann zu sein. Etwa Anfang dreißig.«

»Wagen wir es, ihn als Ausländer zu bezeichnen?«, fragt Lindberg.

»Das ist eine voreilige Schlussfolgerung«, sagt Nyman und sieht auf die Uhr. »Aber wir können durchaus feststellen, dass er Züge aufweist, die man normalerweise mit dem Mittleren Osten verbindet.«

»Wir haben keine Ahnung, wer er ist«, sagt Ankan. »Ich schicke das Phantombild an alle Dienststellen, und wir werden sehen.«

»Danke«, sagt Nyman und sieht erneut auf die Uhr. »Anton? Was hast du?«

»Leider ein bisschen dünn an meiner Front«, antwortet Lindberg. »Es scheint sich in Västerås um denselben Sprengstoff zu handeln wie bei den beiden vorherigen Explosionen, ich warte noch auf weitere Informationen vom NFZ. Dafür habe ich potenzielle Ziele in der Nähe der beiden Freikirchen ausgemacht.«

»Alles klar«, seufzt Nyman. »Shabir?«

»Anton hat potenzielle Ziele in der Nähe der beiden weißen Freikirchen im Zentrum der Stadt gefunden. Ich habe auch ein paar Ziele entdeckt, die ich direkt hochladen könnte.«

Nyman verzieht das Gesicht, nickt dann aber.

»Das ist die Liste«, sagt Sarwani. »Und wenn man bedenkt, dass ich mit meiner letzten Liste richtiglag, sollte man diese hier sehr ernst nehmen.«

Hinter Nyman erscheinen etwa zwanzig mögliche Terrorziele in Stockholm an der Wand. Da ertönt ein lautes Klingeln. Nyman nimmt das Telefonat an, und Sarwanis Liste wird ersetzt durch eine Frau mit kabellosen Kopfhörern und brauner Stoppelfrisur. Sie scheint in einer Bibliothek zu sitzen.

»Hallo zusammen«, sagt Sonja Ryd, ohne eine Antwort zu erhalten. »Ich bin an der Schwedischen Universität für Agrarwissenschaften in Ultuna.«

Im Wartesaal herrscht allumfassendes Desinteresse. Ryd fährt unbeirrt fort.

»Ich glaube, ich habe den Namen des Mentors von Lukas Frisell gefunden, unter dessen Einfluss er lange gestanden haben soll, bis er der Zivilisation schließlich den Rücken kehrte, um Überlebenskünstler und Prepper zu werden. Der Mann heißt mit großer Wahrscheinlichkeit Lennart Bergmark.«

Das Desinteresse lässt langsam nach.

»Es gibt drei Lennart Bergmarks im entsprechenden Alter und in vertretbarer Nähe«, fährt Ryd fort. »Wir sollten sie alle drei befragen. Ich glaube, dass der richtige von ihnen weiß, wo sich Frisell aufhält.«

»Müsste Bergmark in diesem Fall nicht auch ein Einsiedler sein?«, fragt Sarwani. »Und damit genauso adress- und identitätslos wie Frisell?«

»Willst du etwa sagen, dass es sinnlos ist?«, fragt Ryd und starrt wütend in die Kamera.

»Nein, natürlich nicht«, schaltet sich Eva Nyman entschieden ein. »Wenn er Frisells Mentor war, ist er wahrscheinlich älter als er. Das war dein Gedanke, Sonja, nicht wahr? Die Person, nach der wir suchen, ist vielleicht zehn Jahre älter als Frisell. Hat man im Alter von fünfundsechzig Jahren noch Lust, Survivalist zu sein und abseits jeder Zivilisation zu leben? Er kann ja zumindest in der Nähe irgendeines kleineren Ortes wohnen.«

Sonja Ryd sieht von der Wand herab und nickt.

»Alle drei Lennart Bergmarks leben auf jeden Fall in ländlicher Umgebung. Einer wohnt hier oben in Uppsala, zu dem fahre ich. Dann haben wir einen südlich von Stockholm, außerhalb von Ösmo. Und einer bei dem kleinen Dorf Åkers styckebruk.«

»Hast du noch mehr Informationen über die beiden?«

»Wir haben es hier nicht mit Typen zu tun, die ihr Leben auf Facebook preisgeben«, sagt Ryd und zuckt mit den

Schultern. »Aber ich habe herausbekommen, dass der Lennart Bergmark in Åkers styckebruk ein sehr großes Grundstück besitzt, das sich außerhalb der Stadt befindet. Lennart Bergmark in Ösmo lebt mitten im Wald und ist Mitglied in einer Jagdvereinigung. Er wäre wahrscheinlich mein Hauptkandidat. Zu Lennart Bergmark in Vänge, außerhalb von Uppsala, habe ich keine weiteren Informationen gefunden als die Adresse.«

»Okay, sehr gut«, sagt Nyman. »Anton und Ankan kümmern sich um Åkers styckebruk. Und Shabir und ich fahren nach Ösmo.«

»Hast du nicht noch wahnsinnig viele Termine?«, fragt Sarwani.

20

Sonja Ryd beschleicht ein böse Vorahnung, noch bevor sie Vänge erreicht. Als das Dorf hinter einer bewaldeten Kuppe auftaucht, sieht sie eine bürgerliche Idylle – kein Ort, an dem sich ein hartgesottener alter Prepper wie Lennart Bergmark niederlassen würde. Sie fährt die schmalen Straßen hinunter und wird von ihrem Navi zur Rückseite eines großen Gebäudes geführt. Das war früher vielleicht einmal ein Herrenhaus, es ruht eine sonderbare Stimmung über dem verfallenen Gebäude. Als hätte sich Ryd auf eine Zeitreise begeben.

Sie parkt, steigt aus und wartet ab, ob ihre Ankunft böse Geister geweckt hat. Aber nichts bewegt sich, sogar die Espenblätter hängen reglos an den Zweigen. Sie geht die Treppe hinauf, die zu einem alten Kücheneingang führt, und bleibt auf der Terrasse vor der Tür stehen, deren Farbe fast ganz abgeblättert ist. Dann gibt sie sich einen Ruck und drückt die Klinke so leise wie möglich herunter.

Die Tür gleitet lautlos auf.

Das Grundstück bei Åkers styckebruk ist riesig. Anton Lindberg und Ankan fahren minutenlang an der Mauer entlang, bis sie endlich ein massives Gartentor erreichen, das offen steht. Ein Stück hinter der Einfahrt liegt ein rotes Haus. Sie sind nur noch etwa fünfzig Meter davon entfernt, als ein weißhaariger Mann in Unterhemd auf der Veranda auftaucht. Er hat etwas über der Schulter hängen, das wie ein

Gewehr aussieht, und starrt ihnen entgegen. Dann springt er plötzlich die Treppe hinunter und verschwindet hinter dem Haus.

»Verdammt, was soll das denn?«, brüllt Lindberg und gibt Gas.

Ankan überprüft ihre Dienstwaffe, steckt sie in den Holster zurück, reißt die Beifahrertür auf und hechtet hinter dem Mann her.

»Lennart Bergmark«, schreit sie, »bleiben Sie stehen!«

Sie ist bereits hinterm Haus verschwunden, als Lindberg eine Vollbremsung macht und ebenfalls losstürmt. Hinter dem Haus zwängt er sich durch einen Hain, dann bleibt er abrupt stehen. Vor ihm, am Fuß eines kleinen Hanges, stehen an die zehn Holzhütten. Es sieht aus wie ein unfertiges Feriendorf. Aber weit und breit keine Spur von dem Weißhaarigen oder Ankan.

Anton Lindberg zieht seine Waffe, seufzt und rutscht vorsichtig den Hang zu den Hütten hinunter.

Eva Nyman und Shabir Sarwani stehen vor einer Batterie von Briefkästen an einer Straße außerhalb von Ösmo. Auf einem von ihnen steht »Bergmark«. Von dort müssen sie, laut Grundbuch, direkt in den Wald hinein.

Nyman kann nur mit großer Mühe mit Sarwanis Tempo mithalten. Zum Glück muss er ab und zu stehen bleiben, um die Karte auf seinem Handy zu aktualisieren. Angeblich ist es nicht mehr weit, höchstens noch einen Kilometer, und bis dahin müssten sie noch Empfang haben. Sie haben das Bauernhaus von Lennart Bergmark noch nicht gefunden, als auch der letzte Balken auf Sarwanis Handy verschwindet.

»Aber ich erinnere mich, dass es nur geradeaus war«, flüstert Sarwani. »Höchstens noch ein paar Hundert Meter.«

»Was versteht man hier unter geradeaus?« Auch Nyman flüstert und zeigt auf den dichten, undurchdringlichen Wald.

Eigentlich müsste sie sich unwohl fühlen, weit entfernt von ihrem natürlichen Habitat im Polizeipräsidium. Aber das Gegenteil ist der Fall. Sie fühlt sich regelrecht *beflügelt*. Weil sie echte Polizeiarbeit macht. Sie ist draußen, im Feldeinsatz. Sie nähert sich im wortwörtlichen Sinne der Wahrheit.

Ohne Vorwarnung wird sie zu Boden gerissen. Sie und Sarwani kauern hinter einem bemoosten Stein, er lässt ihre Schulter los, bedeutet ihr aber, leise zu sein. Dann zeigt er mit seinem Finger auf etwas. Sie richtet sich auf, und Sarwani hat keine Chance, sie zurückzuhalten.

Sie sieht die Kamera, die an einer Kiefer befestigt ist. Kurz darauf ertönt ein ohrenbetäubender Knall, dessen Echo noch lange durch den Wald hallt. Aber ein anderes Geräusch hat sich in Eva Nymans Nervensystem gebohrt. Dumpf und trocken, und als sie sich hinter dem Stein wieder auf den Boden wirft, sieht sie das Einschussloch und hat Mühe, ihre Atmung im Griff zu behalten.

Das Loch ist im Baumstamm hinter ihnen.

Aus ihm steigt Rauch auf.

Sonja Ryd weiß genau, dass sie das Haus nicht betreten darf, ohne sich zu erkennen zu geben. Sie tut es trotzdem.

Auch der Kiefernboden im Inneren des Herrenhauses knarrt nicht. Hinter der Tür befindet sich eine nichtssagende Diele, von der drei Türen abgehen sowie eine Treppe, die ins Obergeschoss führt. Sie entscheidet sich für die Treppe. Sie hat keine Ahnung, wo sie ist und was sich in diesem Haus verbirgt. Es ist niemand zu sehen, kein Geräusch zu hören. Nichts, außer vielleicht ein Geruch, den sie nicht zuordnen kann.

Sie erreicht den Treppenabsatz des Obergeschosses. Von dort erstreckt sich ein langer Flur in beide Richtungen. Auch hier ist niemand. An einer der geschlossenen Türen hängt eine Liste mit Nummern. Hinter jeder Ziffer steht ein Name. Sie wurde auf einem altersschwachen Farbdrucker gedruckt. Oben in der Ecke ist ein Logo zu sehen, es ist oval und lila, aber unleserlich.

Trotzdem kann Ryd einen Namen erkennen. Hinter der Nummer 8 steht Lennart Bergmark.

Sie geht den Flur hinunter, an der Tür mit der Nummer 14 vorbei. Auf der rechten Seite befindet sich ein kleiner Erker, der zur Vorderseite des Gebäudes zeigt. Durch das Fenster sieht sie auf einen Parkplatz, auf dem einige Autos stehen und ein Schild mit demselben Logo. Oval und lila, und darauf steht »Pflegeheim Siebenstern«.

Sie seufzt und läuft den Flur hinunter, vorbei an Zimmer 12 und 10. In der Tür von Zimmer 8 befindet sich ein großes, rhombenförmiges Fenster. Durch das ungeputzte Glas zeichnet sich eine Silhouette ab.

Eine Person, die im Rollstuhl sitzt.

Während er die Böschung hinunterhechtet, wartet Anton Lindberg auf den Schuss. Auch auf der Strecke zur ersten Hütte. Sein Warten endet selbst dann nicht, als er sich mit dem Rücken gegen das raue Holz der Hütte drückt. Doch er hört keinen Schuss.

Von oben hat er drei Reihen mit Hütten gesehen, wie viele es pro Reihe sind, kann er nicht sagen. Die Wahrscheinlichkeit, dass sich der Flüchtige zwischen den Hütten oder sogar in einer der Unterkünfte versteckt, ist sehr hoch. Genauso wahrscheinlich wie die Tatsache, dass Ankan dort herumläuft und ihn jagt. Das Risiko, dass sie sich gegenseitig mit einem Warnschuss treffen, ist ihm zu groß.

Lindberg kann niemanden sehen auf dem Weg zwischen

den ersten beiden Reihen. Er hört auch nichts. Dann schleicht er zurück auf die andere Seite der Hütte und überprüft diesen Weg. Etwas bewegt sich ganz am Ende des Weges.

Eine schnelle Analyse.

Was hat er gesehen? Jemand hat den Weg zwischen den Hütten überquert. Von einer Hütte zur nächsten? Er lauscht, hört dumpfe Geräusche, ein Aufstöhnen vielleicht? Er kann nicht einfach untätig herumstehen.

Mit gezogener Pistole und zusammengebissenen Zähnen wagt er sich aus seiner Deckung. Es war bei der dritten Hütte auf der rechten Seite. Er schleicht zur ersten, nichts, weiter zur zweiten, mit dem Rücken an der splitternden Wand, wartet, ein Blick um die Ecke. Nichts. Dann die dritte Hütte, er bewegt sich lautlos, die Pistole im Anschlag, der eiskalte Lauf seiner Waffe berührt seine Nase. Er kann den Schwefel riechen und hat das Gefühl, der Tod strecke seine Hand nach ihm aus.

Dann springt er um die Ecke.

Vor ihm auf dem Boden liegt der weißhaarige Mann, sein Gesicht tief im Gras vergraben. Neben ihm liegt ein Spazierstock, den man von Weitem für ein Gewehr halten konnte. Auf seinem Rücken sitzt Ankan. Anton Lindberg hat sie noch nie so Respekt einflößend erlebt, eine Kriegerin mit blondem Haar, das ihren Kopf wie eine leuchtende Aura umrahmt. Noch nie war ihr Spitzname Ankan so unpassend gewesen wie in diesem Augenblick.

Sie steckt ihre Waffe zurück in den Holster und hebt den Kopf des Mannes an den Haaren hoch.

Sein Gesicht ist braun von der Erde und grün vom Gras, seine Augen glühen vor Wut und Entrüstung.

»Dann sind Sie also nicht von der Baubehörde?«, fragt Lennart Bergmark mit heiserer Stimme.

Shabir Sarwani zögert keine Sekunde und schießt auf die Kamera im Baum. Auch dieser Knall hallt lange durch den Wald.

»Wir müssen uns aufteilen«, zischt er. »Sonst kann er uns von hinten erwischen.«

»Wie das denn?«, fragt Eva Nyman mit einer Stimme, die jemand anderem zu gehören scheint.

»Man kann die Hütte von hier aus sehen. Wenn er keine weiteren Kameras installiert hat, kann er uns nicht mehr sehen. Der Eingang befindet sich auf der anderen Seite. Wenn du nach rechts gehst – da lang –, gibt es mehrere Verstecke. Ich gehe linksherum. Aber sei vorsichtig, tu nichts Überstürztes.«

Nyman sieht ihm grimmig hinterher.

Dann hebt sie vorsichtig den Blick, bis sie über den Stein schauen kann. Man kann tatsächlich die Hütte sehen. Jetzt versteht sie auch, was Sarwani meinte. Sie schleicht weiter, von einem Stein zum nächsten. Keine weiteren Kameras, kein Zeichen von menschlichem Leben. Langsam nähert sie sich dem Versteck. Sollte Sarwani nicht auch längst da sein? Sie beschleunigt ihr Tempo, ohne etwas *Überstürztes* zu tun. Seine Worte hallen in ihr nach und lösen genau das Gegenteil aus. Sie benimmt sich eher wie eine trotzige Teenagerin als wie seine Vorgesetzte.

Endlich ist sie auf Höhe der Hütte. Wo bleibt Sarwani? Er müsste längst bei ihr sein. Warum gibt er ihr kein Lebenszeichen? Sie schleicht sich so nahe wie möglich heran. Da sieht sie einen Gegenstand, der einem hölzernen Schuhkarton ähnelt und auf Hüfthöhe auf einem Stativ befestigt ist. Sekunden später hört sie einen Schuss in nächster Nähe. Das Echo erfüllt das ganze Grün.

In hundert Stücke zersprengt.

Sarwani kann es nicht fassen, er starrt auf die Fetzen, als hätte ihn der Schock noch nicht erreicht.

Seine Glock 45 liegt vor der einzigen Tür der Hütte auf der Erde. In Stücke zersprengt. Was für ein unfassbarer Schütze muss man sein, um jemandem eine Waffe aus der Hand zu schießen, ohne den zu verletzen, der sie hält? Und das mit einem so altertümlichen Jagdgewehr wie einem Elchstutzen? Soweit er das einschätzen kann, ist er unverletzt, nur die Hand, die die Waffe hielt, scheint etwas abbekommen zu haben. Er hält sich mit der linken Hand das rechte Handgelenk und starrt den alten, zerzausten Mann fassungslos an, der mit dem Elchstutzen auf ihn zielt.

»Sie wissen genau, dass ich noch einen Schuss im Lauf habe«, faucht Lennart Bergmark ihn an und geht rückwärts in Richtung Wald.

Sarwani weiß, dass es nicht stimmt. Die Waffe ist doppelstutzig, was bedeutet, dass sie zwei Läufe hat und sich zwei Schüsse lösen. Doch der Mann kann natürlich nach dem ersten Schuss nachgeladen haben. Bergmark tastet, ohne hinzusehen, nach einem Gegenstand hinter sich, der auf Hüfthöhe angebracht ist.

Er öffnet den Lauf seiner Waffe und klappt zeitgleich den Deckel des Gegenstandes auf, der aussieht wie ein hölzerner Schuhkarton. Er steckt seine Hand hinein und starrt irritiert auf seine Handfläche. Denn dort liegen nicht wie erwartet Ersatzpatronen.

Sondern zwei Tannenzapfen.

In der Sekunde schlägt Eva Nyman ihn mit dem Pistolenkolben nieder.

Als er wieder zu sich kommt, trägt er Handschellen.

»Ihr Idioten, verdammten Diebe«, schimpft Lennart Bergmark mit heiserer Stimme. »Ich habe längst die Polizei gerufen.«

Sonja Ryd öffnet die Tür mit dem rhombenförmigen Fenster und betritt den Raum. Langsam dreht sich die Person in dem Rollstuhl zu ihr um. Die Sonne fällt auf sein Gesicht. Jetzt weiß sie auch, dass der Geruch, den sie nicht zuordnen konnte, ganz einfach Urin ist.

Eine große Narbe zieht sich als tiefe Furche über die linke Wange. Er sieht sie aus stahlgrauen Augen an.

»Ich vermute, Sie wollen mit mir über Lukas Frisell sprechen?«, fragt Lennart Bergmark mit heiserer Stimme.

21

Ihr war sonderbarerweise entgangen, dass sich hinter der Adresse eine Pflegeeinrichtung verbarg.

Lennart Bergmark ist einmal ein großer, stattlicher Mann gewesen. Jetzt sitzt er in sich zusammengesunken im Rollstuhl, in sich zusammengefallen sogar. Aber Sonja kann in ihm trotzdem noch den Mann erkennen, der jahrelang im Wald überlebt hat, ohne Strom und fließend Wasser.

»Wie kommen Sie denn darauf, dass ich über Lukas Frisell sprechen will?«

Der Blick aus den stahlgrauen Augen weicht keinen Millimeter.

»Weil er der einzige Mensch aus meiner Vergangenheit ist, der eine Polizistin zu mir führen könnte«, erwidert Bergmark.

Ryd erspart sich die Frage, woher er weiß, dass sie Polizistin ist. Sie zeigt ihm ihren Ausweis und lobt seine Intuition.

»Ist Lukas Frisell denn so kriminell?«, fragt sie, zieht einen Stuhl heran und setzt sich neben ihn. Zu nah, der Gestank raubt ihr den Atem.

»Ich weiß, dass ich stinke«, murmelt er. »Das meiste in mir ging kaputt, als ich im Fulufjället von der Klippe gestürzt bin. Sechs Tage lag ich da, bis mich ein Wanderer gefunden hat. Nennen wir es eine Herausforderung.«

»Im Fulufjället?«

»Ja, im nördlichen Dalarna. Ich hatte meinen Wohnsitz dort. Aber alles endete auch dort.«

»Hat Lukas Frisell da auch einen Wohnsitz, oder wie Sie das nennen?«

»Sie würden es wahrscheinlich weder als Unterkunft noch als Hütte bezeichnen, deshalb nenne ich es meinen Wohnsitz. Den Rest müssen Sie sich selbst vorstellen. Das wird Ihnen gelingen, wenn Sie so viel Fantasie haben, wie ich annehme. Und nein, Lukas Frisell ist kein Krimineller. Aber ich kenne nicht so viele Menschen wie ihn, er ist ein verbitterter, kompromissloser Mann, ein wahrer Überlebenskünstler, der auf eine Vergangenheit als Gebirgsjäger und Polizist zurückgreifen kann. Wir wissen beide, dass er sehr gefährlich werden kann.«

»Lesen Sie Zeitung, Lennart? Oder schauen Sie die Nachrichten?«

»So wenig wie möglich.«

»Dann haben Sie auch noch nicht von dem sogenannten Terrorbomber gehört?«

Bergmark schweigt, sieht Ryd durchdringend an.

»Nein, aber der Name ist ja unmissverständlich.«

»Hat Lukas Frisell auch einen solchen Wohnsitz im nördlichen Dalarna gehabt?«

Der alte Mann wendet sich ab und sieht aus dem Fenster. Ryd wartet, will ihn nicht stören.

»Der Punkt ist«, sagt er dann, »dass er das eben nicht hat.«

»Wie meinen Sie das?«

»Ich hatte es ihm angeboten. So etwas habe ich noch nie getan.«

»Aber …?«

»Ich hatte eine Stelle ausgesucht, etwa zwanzig Kilometer entfernt von mir. Weit genug voneinander entfernt, dass man nicht mal eben vorbeischauen konnte, um sich eine Tasse Zucker zu borgen. Als ich ihn endlich überredet hatte, in den Wald zu gehen, wollte er unbedingt etwas Eigenes finden.«

»Dann war es nicht leicht, ihn zu überreden?«

»Rein mental war er schon vom ersten Tag an bereit dazu.

Das Leben, das die Menschen führen, muss enden. Davon war er überzeugt. Niemand von uns darf sich aktiv an der fortschreitenden Zerstörung unserer Erde beteiligen. Obwohl er das seelenlose Dasein einerseits als Akademiker satthatte, schätzte er manche Dinge daran doch sehr. Er ging gerne aus, ging mit seinen Studierenden essen, vor allem mit den weiblichen.«

»*Das Eigene* hat er am Ende dann aber doch noch gefunden?«

»Das sah schlimm aus. Wobei er ja gerade erst angefangen hatte. Es gab Sachen, die auch er nicht konnte. Ein Haus bauen zum Beispiel. Einen Wohnsitz errichten und einrichten, um einen Terminus zu verwenden, den das Fräulein verstehen kann.«

»Sie wissen, dass es dort schlimm aussah, weil *Sie ihn dort besucht haben,* Lennart?«

»Nennen Sie mich doch bitte Lelle«, sagt Bergmark. »Und ja.«

»Meinen Sie ›Ja, ich bin dort gewesen‹?«

Lelle Bergis öffnet den Mund, um zu antworten. Da packt ihn ein Geistesblitz. Ein Lächeln breitet sich auf seinem sonnengegerbten Gesicht aus und offenbart Fältchen, die vorher verborgen geblieben waren.

»Ich weiß es nicht. Ich glaube, mich lässt mein Gedächtnis gerade im Stich.«

»Was meinen Sie damit?«

»Wie viele hat der Terrorbomber schon auf dem Gewissen?«

»Mindestens vier Menschen, vier unschuldige Menschen, Lelle. Und wenn wir ihn nicht aufhalten, werden es bedeutend mehr werden.«

»Und wie viele Menschen sind schon klimabedingten Katastrophen zum Opfer gefallen? Und wie viele werden in den nächsten zehn Jahren noch sterben?«

»Das eine hat doch mit dem anderen nichts zu tun.«

»Oder gerade eben. Vielleicht brauchen wir drastische Methoden, um die lobotomierte Gesellschaft aufzuschrecken. Ich habe das Gefühl, dass ich eher zum Team des Terrorbombers gehöre. Und ich kann mich nicht erinnern, wo Lukas Frisell seinen schäbigen Wohnsitz aufgeschlagen hat. Vielleicht in der Mongolei? Wer weiß das schon?«

Sonja Ryd versucht, das Flackern und Leuchten in seinen stahlgrauen Augen zu deuten, aber vor ihr sitzt kein Extremist. Sondern ein Mann, der eine Entscheidung getroffen hat, für sich ganz allein. Eine extreme, aber keine extremistische Entscheidung.

»Die Anschläge verfehlen ihre Wirkung«, sagt Ryd. »Dem Terrorbomber wird es nicht gelingen, die Aufmerksamkeit auf etwas anderes zu richten als seine bestialischen Taten. Die eigentlichen Extremisten sind nämlich die, die einfach weitermachen, obwohl sie wissen, woher der Wind weht. Sie lassen sie entkommen, Lelle. Sie geben ihnen einen Freibrief.«

Auf Bergmarks Stirn sind neue Falten entstanden, er starrt zu Boden und schüttelt langsam den Kopf.

»Ich weiß es nicht«, sagt er leise.

»Lukas Frisell lässt die wahren Verbrecher, die wahren Klimaverbrecher ungeschoren davonkommen. Ich bitte Sie, Lelle. Lassen Sie das nicht zu.«

Bergmark holt tief Luft.

»Möglicherweise haben Sie recht«, sagt er.

»Sie wissen, wo Lukas Frisell lebt, Lelle. In welchem Wald?«

Lennart Bergmark hebt den Kopf und sieht sie erneut durchdringend an.

»Nein«, antwortet er.

»Nein?«, wiederholt Ryd mit einem tiefen Seufzer.

»Nein. Ich kann mich nicht mehr erinnern, wie der Wald heißt. Aber ich könnte eine Kartenskizze anfertigen.«

22

Nyman und Sarwani sind die Ersten. Der Lennart Bergmark, hinter dem sie her waren, hatte tatsächlich die Polizei gerufen, was zu einigen Auseinandersetzungen mit der örtlichen Dienststelle im Wald bei Ösmo führte. Zum Ausgleich für die unrechtmäßige Intervention der NOA durften die lokalen Polizeiobermeister Bergmark in Untersuchungshaft nehmen. Ihm wurde vorgeworfen, das Feuer auf Polizisten eröffnet zu haben. Ein guter Fang also.

Sarwani setzt sich. Er wartet auf den Schmerz in seinem rechten Handgelenk, der sich aber nicht einstellen will. Als wäre all das gar nicht geschehen. Er wirft Eva Nyman einen dankbaren Blick zu, die sich ihm gegenübergesetzt hat.

Sie hat also tatsächlich die beiden Ersatzpatronen mit zwei Tannenzapfen ausgetauscht und den Angreifer niedergeschlagen. In gewisser Hinsicht ist Sarwani froh, dass er seine Chefin unterschätzt hat.

Jetzt starrt sie auf einen Monitor, auf dem sich nicht nur eine lange Liste mit verpassten Anrufen befindet, dringenden SMS, wichtigen Mails und beharrlichen Aktennotizen. Daneben ist die Aufnahme einer Karte zu sehen, auf der mit einem Kugelschreiber ein Rechteck eingezeichnet wurde. Die Autobahn, die auf der Karte verzeichnet ist, verengt sich zu einem Waldweg, der abrupt mitten im Wald endet. Von dort scheint ein Pfad auf das Rechteck zuzuführen.

Dorthin war Lukas Frisell vor etwa acht Jahren mit dem »echten« Lennart Bergmark gefahren. Weiter kamen sie nicht, sie mussten den Wagen stehen lassen und sind die letzten knapp vier Kilometer zu Fuß gegangen. Bis zu dem Rechteck, das den *ungefähren* Standort von Frisells Wohnsitz markiert. Bergmark gab den Umfang der Fläche mit etwa drei mal vier Kilometern an.

Irgendwo dort.

Das alles verrät Ryds hervorragender Bericht. Es ist alles bereit für einen schnellen Zugriff auf Frisell. An seinem Rückzugsort in den Tiefen der uppländischen Wälder.

Aber es gibt nicht den Hauch eines konkreten Anhaltspunktes oder gar Beweises gegen ihn. Der Verdacht beruht einzig und allein auf Eva Nymans Vermutung. Der Zweifel nagt an ihr, dass sie sich das alles nur einbildet. Schließlich fußt ihr Verdacht auf fünfzehn Jahre alten Ereignissen. Will sich ihr Unterbewusstsein vielleicht an Frisell rächen? Weil er mit seinem Starrsinn nicht nur den Tod von Liselott Lindman zu verantworten hat, sondern auch das beste Team zerstört hat, mit dem sie je zusammenarbeiten durfte?

Bis dieses Team zusammengestellt wurde. Ihre NOVA.

Der Gedanke lindert den Aufruhr in ihrem Inneren. Allein die Tatsache, dass ihr NOVA-Team so schnell einen Verdächtigen ausmachen konnte, gibt ihr Selbstvertrauen.

Da treffen Lindberg und Ankan ein, beide etwas außer Atem.

»Unser Lennart Bergmark war die ganze Strecke, bis kurz vor der Polizeiwache, felsenfest davon überzeugt, dass wir von der Baubehörde sind«, schnauft Ankan.

»Jetzt kann er sich in der Zelle ausruhen«, ergänzt Lindberg. »Er hat ohne Baugenehmigung zwölf Hütten gebaut, um sie zu vermieten. Er selbst war so high wie ein Hochhaus, das macht also insgesamt dreizehn Gebäude. Unglückszahl!«

Die beiden setzen sich zu ihnen, klappen ihre Laptops auf und verschwinden zusammen und doch jeder für sich im Cyberspace. Nyman grübelt, betrachtet erneut die Skizze auf ihrem Bildschirm.

Verdammt. Soll sie es wirklich wagen und alles auf eine Karte setzen?

Sie kann unmöglich eine Großfahndung auslösen, um ohne Beweise nach Lukas Frisell fahnden zu lassen. Bisher war es ihr gelungen, diesen Teil der Ermittlungen nur intern zu besprechen. Ein Zugriff in den uppländischen Wäldern würde nicht nur größere Ressourcen und mehr Einsatzkräfte beanspruchen, sie müsste ihn auch von oben absegnen lassen. Und das war ein Problem. Denn ihr Ruf war beschädigt, weil sie ihren Meldepflichten nicht nachgekommen war. Sie saß in der Falle.

Als Sonja Ryd zu ihnen stößt, wirft sie Eva Nyman einen wütenden Blick zu. Die hatte ihr sofort nach Eingang der Kartenskizze mitgeteilt, dass sie mit einem Zugriff warten müssen. Ryd hatte sich zu dem Zeitpunkt schon auf den Weg in den Wald gemacht, für sie war es vertane Zeit, wieder nach Stockholm zurückzufahren.

Gleichzeitig aber versteht sie Nymans Zögern, sie weiß, dass ihnen die Beweise fehlen. Dass Nymans Vergangenheit das NOVA-Team bedrohen könnte und sie den Fall jederzeit verlieren kann.

Eva Nyman sieht, wie aus Ryds mürrischem Gesichtsausdruck ein Lächeln wird. Sarwani beobachtet die beiden, auch für ihn spricht alles für einen Zugriff, das können sie durchaus ohne externe Einsatzkräfte schaffen. Erfahrener Survivalist hin oder her. Er sieht zu Anton Lindberg, er scheint dasselbe zu denken. Es ist noch früh, es ist Mai, die Sonne geht noch lange nicht unter. Ankan sieht, wie ihre Kollegen sich Blicke zuwerfen. Sie pausiert inzwischen mit dem Online-Dating, lebt nur noch für diesen Fall. Sie können Lukas Frisell noch vor Sonnenuntergang festnageln.

Es herrscht eine seltsam unschlüssige Stimmung, als würden alle nur auf ein Zeichen warten.

Bevor auch Ryd sich zu ihren Teammitgliedern setzen kann, durchschneidet ein durchdringendes Piepen den

Raum. Ankan springt auf und zerrt ihr Handy aus der Jackentasche. Sie hört schweigend zu, die Zeit dehnt sich ins Unendliche. Ankan verzieht keine Miene. Als sie aufgelegt hat, dreht sie sich zu den anderen um.

»Das war das NFZ«, sagt sie in neutralem Tonfall. »Wegen des DNA-Abgleichs.«

Alle Augen ruhen auf ihr. Sie verzieht nach wie vor keine Miene.

»*We have a match*«, brüllt sie.

Alle springen auf, warten gebannt.

»Die DNA, die sie an der Bombe vom Vasapark gefunden haben, stimmt mit der überein, die in der Haarbürste von Lukas Frisells Ex-Frau sichergestellt wurde.«

»Dann ist der Kerl wirklich schuldig«, ruft Anton Lindberg.

In den Ruinen des Verfalls, denkt Eva Nyman.

»Los geht's.«

Sie spürt, wie sie sich aus der Falle befreien kann. Nichts passiert, nur ein paar Schrammen.

23

Als der dunkle Kastenwagen zum vierten Mal auf einen schmaleren Weg abbiegt, kann man eigentlich nicht mehr von einem Weg sprechen. Der schmale Strich auf Lelle Bergis' Kartenskizze mochte vor acht Jahren noch ein Weg gewesen sein, mittlerweile hatte ihn sich die Natur zurückerobert. Obwohl er sehr ungeduldig ist, fährt Anton Lindberg angemessen vorsichtig, Kilometer für Kilometer, über Stock und Stein. Alle hundert, maximal zweihundert Meter ist das NOVA-Team gezwungen anzuhalten, um sicherzustellen, ob sie überhaupt weiterfahren können.

Ankan hat in einiger Entfernung einen Gegenstand zwischen den Bäumen ausgemacht. Sie springen in den Wagen und fahren darauf zu, über ein Gelände, das man eigentlich als nicht befahrbar bezeichnen würde.

Unter dem dichten Gestrüpp steht ein alter, schmutziger schwarzer Volvo, der auf den ersten Blick mit seiner Umgebung eins geworden ist. Bei näherer Betrachtung aber ist er weder stillgelegt noch zugewachsen, nur wahnsinnig verdreckt. Die Nummernschilder sind entfernt, und den Schmutzrändern nach zu urteilen, ist das erst vor Kurzem passiert.

»Der gute Lukas möchte anonym bleiben, wenn er den Wald verlässt«, sagt Lindberg und streicht mit dem Finger über den Lack.

»Wir wissen nicht, ob das sein Wagen ist«, wirft Nyman ein und sieht auf ihr Display. »So oder so sind wir an der richtigen Stelle. Von hier aus geht es weiter.«

Sarwani hat sich und allen anderen aus dem Team die Kartenskizze aufs Handy geladen.

»Von hier aus sind es noch knapp vier Kilometer«, sagt er. »Habt ihr alle die GPS-Funktion im Handy aktiviert? Hat jeder die Kartenskizze vor Augen? Der Netzbetreiber behauptet zwar, dass der Empfang hier gut sein soll, aber wer weiß das schon.«

Sie springen aus dem Wagen und machen sich auf den Weg, bestens ausgerüstet, was sie dem erstaunlich gut sortierten Fundus des Polizeipräsidiums zu verdanken haben. Schon nach wenigen Schritten scheint sie der Urwald zu verschlingen.

Vor ihnen liegen vier lange Kilometer. Die Gerüche und Geräusche des Urwalds sind bedrohlich nahe. Noch nie in ihrem Leben haben sie so viele verschiedene Grüntöne gesehen. Die Vögel singen im Chor, und der Wald um sie herum bildet ein in sich geschlossenes Universum. Je tiefer sie vordringen, desto deutlicher fühlt es sich wie Lukas Frisells Universum an. Sie spüren seine Nähe. Wie ein großer Fremdkörper in einem zuvor schon vollständigen System. Sie müssen zusammenhalten, um ihm etwas entgegenhalten zu können. Ihre Stärke.

»Knapp vier Kilometer«, sagt Sarwani. »Drei Komma sechs haben wir jetzt. Reicht uns das?«

»Wir wissen ja nicht, wie exakt die Angaben von Bergmark sind«, wirft Lindberg ein.

»Er hat jahrelang im Wald gelebt«, sagt Ryd. »Ich habe seinen Blick gesehen, er weiß genau, wovon er spricht.«

»Und warum kennt er dann den genauen Standort nicht?«

Lindbergs Protest ist nur ein Murmeln. Nyman gibt Sarwani ein Zeichen.

»Als ich alles dafür getan habe, ein richtiger Schwede zu werden«, sagt er grinsend und kramt in seinem Rucksack, »war ich sehr oft in schwedischen Wäldern unterwegs.«

Er holt drei Rollen Band in unterschiedlichen Farben heraus.

»Der Ariadnefaden«, fährt er fort. »Markierungsband für die Schnitzeljagd. Vollkommen biologisch abbaubar, möchte ich betonen. Wir bilden drei Einheiten: Eva und Anton nehmen das blaue Band, Sonja und Ankan das grüne und ich das rote. Sonja und Ankan, ihr geht die lange Seite des Rechtecks ab, Eva und Anton die kurze Seite und ich die Diagonale. Ihr folgt den Außenkanten, und ich laufe im Zickzack. Dann macht ihr dasselbe, aber von eurer Position aus. Alle zwanzig Meter befestigen wir ein Stück Band, damit wir wissen, wer von uns schon dort war. Ihr nehmt zwei Bänder, solange ihr euch an den kurzen oder langen Seiten des Rechtecks befindet, und in den Ecken dann drei. Auf diese Weise sollten wir uns Frisells Aufenthaltsort langsam nähern.

»Wir bewegen uns mit größter Vorsicht und Sorgfalt«, sagt Nyman, während die anderen schon die ersten Bänder am nächsten Baum befestigen. Blau-grün-rot, der Ausgangspunkt. Dann bricht Sarwani auf und macht sich auf den Weg. Nach wenigen Schritten reißt er ein rotes Stück Band ab und bindet es fest, dann verschwindet er im undurchdringlichen schwedischen Mischwald.

Eva Nyman bleibt noch kurz stehen und sieht Ankan und Ryd hinterher. Dann nickt sie dem offenkundig ungeduldigen Lindberg zu.

Ich habe keine Ahnung, auf was ich mich da eingelassen habe.

Auch sie macht sich auf den Weg.

24

Es gelingt ihnen, einen geraden Kurs einzuschlagen und sich an die kurze Seite des Rechtecks zu halten, wie Sarwani die Strecke getauft hat. Bisher haben sie keine Hinweise auf menschliches Leben gefunden. Eva Nyman wird bewusst, wie durchtrainiert Anton Lindberg ist. Oder eher, wie *jung* er ist. Es fällt ihr schwer, in dem unwegsamen Gelände mit ihm mitzuhalten. Zum Glück ist er gezwungen, alle zwanzig Meter anzuhalten, um zwei blaue Bänder an einem der Baumstämme zu befestigen.

Plötzlich hört sie einen Vogelschrei, den sie sofort wiedererkennt. Er ist tief, rau und krächzend. Der Schauer, der ihr den Rücken herunterläuft, hat seinen Ursprung in etwas Archaischem. Etwas längst Vergangenem. Das Geräusch kommt näher.

Ein immer lauter werdendes Klappern ist in den benachbarten Baumkronen zu hören. Ein großer schwarzer Schatten schiebt sich zwischen Nyman und Lindberg. Für den Bruchteil einer Sekunde kommt es ihr so vor, als sähe sie ein Standbild. Eine Silhouette. Ein pechschwarzer Vogel, wie aus einem Gedicht.

Ein Rabe.

Dann ist er genauso schnell wieder verschwunden.

Lindberg dreht sich um und formt lautlos Wörter mit den Lippen.

»Komm schon, Eva, beeil dich.«

Sonja Ryd sieht den wohlgeformten Rücken von Ankan vor sich und schweift in Gedanken ab. Sie hat ihre Kollegin auf der Dating-App swipen sehen und sofort gewusst, was sie da macht. Ankan hat endlich erkannt, dass sie ein guter Fang ist. Und sie scheint das Beste daraus zu machen. Ryd vergleicht das mit ihrem eigenen Leben. Bei ihr ist es ungefähr genauso lange her, etwas mehr als ein Jahr, aber sie hat es nicht geschafft, sich davon zu erholen. Und dabei ist ihr Ex nicht einmal tot und begraben, sondern hat sie nur sitzen gelassen. Sie braucht ein paar Sekunden, um sich an seinen Namen zu erinnern. Jonathan. Sie ruft sich sein Gesicht in Erinnerung, ein sehniger Mann, rau und wettergegerbt, mit krausem Haar.

Sie braucht einen Drink.

Aber es ist noch zu früh, um die Thermoskanne aus ihrem Rucksack zu holen. Die Thermoskanne, die sie mit dem Kartonwein aus ihrem Spind im Polizeirevier gefüllt hat. Das Laub über ihnen lichtet sich an einer Stelle, und als sie ihr Gesicht zum Himmel hebt, sieht sie, wie dunkel und wolkenverhangen er ist. Sie erschaudert. Alles, bloß kein Regen. Erst als sie den Kopf wieder senkt, bemerkt sie, dass Ankan sich zu ihr umgedreht hat, rückwärtsläuft und sie dabei beobachtet.

»Bist du sicher, dass du hier richtig bist, Sonja?«, flüstert sie, mit einem sowohl skeptischen als auch fürsorglichen Blick.

»Mach dir keine Sorgen um mich«, murmelt Ryd, als der erste Regentropfen seinen Weg durch das nun wieder dichte Blätterdach findet.

Sarwani folgt der Diagonalen des Rechtecks. Er bewegt sich schnell und geschmeidig. Was sich am Anfang wie eine Trainingseinheit anfühlte, kommt ihm mit zunehmender Undurchdringlichkeit des Unterholzes beinahe wie eine Frage von Leben und Tod vor. Jedes Mal, wenn er anhält, um seine roten Bänder an den Baumstämmen zu befestigen, fühlt er sich beobachtet. Er schaut sich um. Aber er kann nicht weit sehen, der Wald ist viel zu dicht. Als würde der Wald *ihn* beobachten, wie ein großer, wilder Organismus.

Es sei denn, da ist jemand, der zwar zur menschlichen Spezies zählt, aber mit der Wachsamkeit eines Tieres ausgestattet ist.

Zum ersten Mal seit sehr langer Zeit fühlt sich Shabir Sarwani schrecklich einsam. Während er weiterschleicht und sich in alle Richtungen umsieht, zieht er seine Waffe. Er weiß nicht, ob ihm Frisells Behausung auffallen würde, auch wenn er mitten hineinlaufen würde. Auf jeden Fall fühlt er sich sicherer mit einer Waffe in der Hand.

Sie erreichen eine kleine Lichtung, und Anton Lindberg überprüft sein GPS. Drei Kilometer haben sie zurückgelegt und sind jetzt an der einen Ecke des Rechtecks angekommen. Hier müssen sie um neunzig Grad nach rechts abbiegen, um die lange Seite abzulaufen. Während Lindberg drei Stücke von seinem Band abreißt, um sie zu befestigen, kommt Eva keuchend neben ihm an.

»Ab hier geht es wieder zurück, oder?«, sagt sie schnaufend.

Lindberg nickt. Sie stört ihn zunehmend. Warum sitzt sie nicht in ihrem Büro und kümmert sich um das Administrative, wie andere Vorgesetzte auch? Warum muss sie unbedingt bei diesem Einsatz dabei sein und ihn aufhalten?

»Dort vorne wird es wieder dichter«, sagt sie.

»Das ist eine sehr kleine Lichtung«, antwortet er, ohne wirklich zu antworten.

Sie setzen ihren Weg fort. In der Tat wird das Unterholz wieder dichter, und die Zeit dehnt sich ins Unendliche. Der

Regen fällt durch die Baumkronen auf sie herab, das kalte Wasser dringt bis in die kleinsten Ritzen. Überhaupt wird es kühler. Einerseits ist das angenehm, andererseits ist es beängstigend. Die Umgebung wirkt trüb und nebelig. Man kann nur wenige Meter weit sehen.

Eva Nyman fröstelt. Sie nähern sich, das spürt sie. Sie nähern sich etwas Bedrohlichem. Wieder fliegt vor ihrem inneren Auge der große schwarze Vogel vorbei.

Da hockt sich Anton Lindberg plötzlich hin. Dieses Mal reagiert Nyman sekundenschnell und geht hinter ihm in die Knie. Sie hat aus ihrem Fehler gelernt. Lindberg späht durch seinen kakifarbenen Feldstecher auf eine kleine Lichtung mitten im Wald. Wortlos reicht er Nyman das Fernglas. Sie wischt sich den Regen aus dem Gesicht und sieht eine Lichtung. Wesentlich größer als die davor. Durch den Regenschleier meint sie, einen kleinen Waldsee ausmachen zu können, der in ihrer Karte nicht verzeichnet ist. Zumindest sieht man eine Wasseroberfläche, die im Regen einem blubbernden Hexenkessel gleicht.

Anton Lindberg beugt sich zu ihr.

»Dort hinten bewegt sich etwas, ein Lebenszeichen«, flüstert er ihr ins Ohr. »Bleib hier, ich schau mir das an.«

»Lebenszeichen?«, zischt sie ihm hinterher, aber er ist schon zu weit weg.

Sie lehnt sich gegen einen Stein. Das kommt ihr irgendwie bekannt vor. Beim letzten Mal, mit Sarwani und dem falschen Lelle Bergis im Wald bei Ösmo, war es ziemlich gefährlich.

Im Herbst 2008 steht Lukas Frisell vor ihr. Sein braunes, gewelltes Haar umrahmt ein energisches Gesicht, das vergessen hat, dass es einem Mann mittleren Alters gehört. Sein Gesicht kommt ihrem ganz nah. Sie hofft so sehr, dass er etwas sagt, was ihre Zukunft verändern wird. Stattdessen seufzt er nur tief und erstarrt.

Eva Nyman sieht auf ihre Hände, die *Hände einer Vorgesetz-*

ten. Zwischen ihnen taucht ein pechschwarzer Vogelkopf auf, seine Augen starren sie an.

Endlich erinnert sie sich wieder an den Raben, der auf sie zugeflogen kam. Sie war zehn und hatte sich zum ersten Mal allein in den Wald hinter dem Haus ihres Großvaters gewagt.

Da knackt es laut hinter ihr.

Ryd und Ankan streifen schnell durch den dichten Wald. Als sie von der langen auf die kurze Seite des Rechtecks wechseln, wird aus dem Auskundschaften eine Art Wettkampf. Drei grüne Markierungen und los. Beide tun so, als wäre der Startschuss noch nicht gefallen. Doch es ist unverkennbar. Dieses Gefühl, das Tier in sich zu spüren, mit der Natur zu verschmelzen, ist stärker als das meiste, was die neumodische Logik des zivilisierten Menschen zustande bringen kann.

Ryd spürt, dass sie gegen etwas fast Übermenschliches antritt. Sie arbeiten seit vier Jahren zusammen, seit es das Team gibt, aber erst jetzt merkt sie, dass sich hinter Ankans aufopferungsvollem Wesen noch etwas anderes verbirgt. Seit etwa einem Monat ist sie aus ihrem Verpuppungszustand geschlüpft. Eigentlich ist Sonja Ryd die Durchtrainierte. Sie ist es, die um fünf Uhr morgens ins Fitnesscenter geht und sich die Dämonen aus dem Körper treibt. Ankan geht zwar auch zum Training, aber mit mehr Stil. Für Ryd bedeutet das Training Selbstbeherrschung, für Ankan Eleganz. Vielleicht ist das der entscheidende Unterschied.

Sie werden immer schneller, die Blicke, die sie wechseln, sind die von Tieren. Weibchen gegen Weibchen, zwei hoch konzentrierte, enge Gesichtsfelder. Wer entdeckt den Täter als Erste. Es geht darum, die Beute zu fangen. Ein Männchen ohne jeden genetischen Wert zu reißen.

Sie rennen wie Wahnsinnige, markieren einen Baum nach dem anderen. Ankan und Sonja, Sonja und Ankan, ihre Energie richtet sich nicht mehr nach außen, es geht nur noch um den inneren Kampf.

Und plötzlich sehen sie ihn. Die Gestalt scheint sich über sie zu beugen.

Die beiden bleiben abrupt stehen. Die Gemeinschaft des Kampfes existiert nicht mehr. Sie sind sich selbst überlassen. Und dem Wesen.

Aus dem Augenwinkel sieht Ryd, wie Ankan ihre Dienstwaffe zieht.

Shabir Sarwani läuft tief geduckt. Fast so, dass die Waffe über den aufgeweichten Boden schleift. So lief er durch den Wald, als er lernte, ein echter Schwede zu sein. Als er immer der Beste sein musste. Aber er bezweifelt, dass er noch etwas anderes über den Wald in Erfahrung gebracht hat, etwas anderes als den Wunsch, so schnell wie möglich aus ihm herauszuwollen. Das Gefühl, beobachtet zu werden, wird immer stärker.

Und davor läuft er davon.

Es mangelt ihm nicht an Wachsamkeit, und trotzdem verengt sich sein Gesichtsfeld. Alles, was keine unmittelbare Bedrohung darstellt und nicht die Zielperson ist, wird herausgefiltert. Er verschmilzt mit der Natur.

Das Einzige, was ihn noch an die Zivilisation erinnert, sind die roten Bänder, die er in immer größeren Abständen an die Baumstämme knotet.

Der Wald kommt immer näher, als würde er schon in seinem Schlund sein, bereit, von ihm verschlungen zu werden. Die Zivilisation ist längst untergegangen – das haben wir nur noch nicht begriffen.

Sarwani meint, etwas aus dem Augenwinkel zu sehen. Nicht mehr als ein vager Umriss im dichten Regennebel. Für den Bruchteil einer Sekunde ist er unachtsam und bleibt mit dem Fuß an einer Baumwurzel hängen. Während er mit einer seltsam präzisen Langsamkeit zu Boden fällt, hört er unterhalb seines Schienbeins ein lautes Knacken.

Anton Lindberg schleicht auf den kleinen Waldsee inmitten der Lichtung zu. Er hat definitiv etwas am Ufer gesehen. Aber da ist nichts, nur der Regen ist dichter und grauer geworden. Er hält seine Waffe in beiden Händen, bereit, sie jederzeit einzusetzen.

Das Ufer des Sees ist nicht genau auszumachen, zwischendurch hat er das Gefühl, auf Wasser zu laufen. Der See ist klein und dunkel. Die Wasseroberfläche wie kochender Teer.

Plötzlich sieht er den Schatten wieder, er huscht an ihm vorbei. In letzter Sekunde unterdrückt Lindberg seinen Impuls abzudrücken, denn der Schuss hätte sie verraten.

Aber da ist nichts mehr. Der Schatten ist verschwunden.

Dafür sieht Lindberg etwas anderes. Eine Spur an einem der Baumstämme, die eindeutig von einem Menschen stammt. Direkt neben dem Waldsee war zwischen zwei Bäumen offenbar etwas aufgehängt worden, irgendeine Vorrichtung oder ein anderer Gegenstand. Er sieht Kratzer in der Rinde. Vielleicht war es eine Falle, die erst vor Kurzem entfernt wurde. Er streicht mit dem Finger über den Stamm, der an einigen Stellen verbrannt ist. Es riecht nach Sprengstoff.

Jetzt ist es nicht mehr weit.

Lindberg dreht sich um. Der Regen hat ein wenig nachgelassen, er kann seine Pistole wieder deutlich sehen. Er kehrt zu dem Stein zurück, an dem Eva Nyman auf ihn wartet. Er sieht sich suchend nach ihr um, hat schon den nächsten Spruch auf den Lippen.

Aber sie ist nirgends zu sehen.

Mit steigendem Puls sucht er die nähere Umgebung ab, aber er findet keine Spur von seiner Chefin.

Sie ist verschwunden.

Als Anton Lindberg sein Handy hervorholt, um den anderen Bescheid zu sagen, zittert seine Hand gewaltig.

25

Eva Nyman bleibt nur noch ihr Gehörsinn. Sie spürt auch keinen Schmerz. Aber sie muss einige Zeit bewusstlos gewesen sein. Die Schmerzen müssten langsam kommen, ganz gleich, womit sie betäubt wurde.

Sie ist abrupt aufgewacht. Es gelang ihr, die Panik mit tiefen, ruhigen Atemzügen zu dämpfen, ihren Puls zu senken und die Fakten zusammenzutragen.

Die da wären: Sie sitzt mit gefesselten Händen und Beinen auf einem Stuhl, der am Boden festgeschraubt scheint. Sie ist drinnen, es ist trocken und angenehm warm, sie hört den Regen auf ein Dach trommeln, das aber kein Blechdach ist, denn dann wäre das Geräusch dumpfer und lauter.

Durch die Augenbinde dringt genauso wenig Licht, wie der Knebel Laute entweichen lässt. Also nichts. Aber sie kann nicht nur hören, sie hat das absolute Gehör.

Nur gibt es nicht viel zu hören. Vielleicht ist das ein Anzeichen dafür, dass sie nicht mehr lange hier sein wird. Dass sie im Begriff ist, ihr Leben auszuhauchen.

Sie befindet sich im Unterschlupf des Terrorbombers und kann ihn hören, nur schwach, wie durch eine geschlossene Tür. Er ist mit etwas beschäftigt, von dem sie keine weiteren Details erfahren will. Er hackt und klappert, eine Flüssigkeit wird eingegossen. Zwischendurch hört sie schlurfende Schritte.

Eva Nyman versucht, sich Lukas Frisell vorzustellen. Wie er sich in den letzten fünfzehn Jahren verändert hat, von denen er circa acht in der Wildnis verbracht haben muss. Ist er ein Eremit geworden, ein wildes Tier, ein Fall für den Psychiater, ein Sadist? Dass sie von dem Mann gefangen gehalten wird, der vier Menschen auf dem Gewissen hat und droht, bedeutend mehr zu töten, steht außer Frage. Im Namen des Klimas.

Seine DNA konnte an der Bombe vom Vasapark nachgewiesen werden.

Er hat seine Briefe an seine ehemalige Kollegin adressiert.

Das sind seine Worte. Und er hat sich direkt an sie gewandt.

Die Ruinen des Verfalls.

Es ist Lukas Frisell. Und er hat sie mitten im Wald in seine Gewalt gebracht. Das Einzige, was sie hörte, war der Ast, der wahrscheinlich absichtlich hinter ihr geknackt hat. Danach wurde alles still, schwarz, leer.

Anton Lindberg hat davon nichts mitbekommen. Frisell kann sich lautlos wie ein Raubtier durch den Wald bewegen, er kennt hier jeden Quadratzentimeter. Von den fünf Menschen, die nach ihm suchen, hat er sich den einen genommen. Sie. Die, der er die Briefe geschickt hat, die ihn jagen soll, mit der er eine Vergangenheit hat.

Vielleicht ist das alles Teil seines Plans.

Vielleicht war er von Anfang an hinter ihr her.

Vielleicht will er sie foltern.

Sie hört einen gedämpften Knall, gleich hinter der Tür. Dann verändert sich das Klangbild, es wird heller, alles, was vorher gedämpft war, kann sie nun ungefiltert hören. Unmittelbar. Als hätte jemand den Schalldämpfer von der Trompete genommen, die grellen Laute dringen jetzt ungehindert in ihre Ohren.

Seine Schritte sind nicht mehr schlurfend, sondern kraftvoll, autoritär.

Eva Nyman hält den Atem an.

Und doch ist da dieser Geruch.

Sie spürt eine Wärme, die sich auf ihre rechte Körperhälfte

legt, sie erkennt den Geruch. Auf dem Tisch vor ihr steht eine Petroleumlampe.

Dann, wie durch Zauberhand, verschwindet das Petroleum aus der Luft. Denn auch nach fünfzehn Jahren erkennt sie seinen Geruch.

26

Ankan hat die Flanke des stattlichen Hirschs im Visier. Da vibriert ihr Handy in der Jackentasche. Sie zuckt zusammen. Die Bewegung genügt, der Hirsch wendet sich abrupt ab und verschwindet im dichten, regennassen Laubwerk. Sie holt mit feuchten Fingern ihr Telefon hervor.

»Eva ist verschwunden«, flüstert Sonja hinter ihr.

Shabir Sarwani landet mit den Knien unsanft auf dem steinig moosigen Boden, als sein Handy in der Hosentasche vibriert. Das Knacken, das er gehört hat, war so laut und durchdringend, dass er sich fragt, wann die Schmerzen einsetzen. Wie sollen die Rettungssanitäter einen Mann mit einem offenen Bruch durch diesen Wald transportieren?

Da die Schmerzen ausbleiben, zieht er das Handy aus der Tasche und dreht sich vorsichtig um. Da sieht er die Baumwurzel, über die er gestolpert ist. Sie ist gebrochen, nicht sein Schienbein. Mit einem Seufzer der Erleichterung, die sich Sekunden später schon wieder verflüchtigt, liest er die Nachricht.

»Eva ist verschwunden. Hier sind meine Koordinaten. Treffen jetzt!«

Es regnet nur noch schwach. Sarwani ist als Erster am vereinbarten Treffpunkt. Anton Lindberg sitzt auf einem Stein, das Gesicht in den Händen vergraben. Er schüttelt den Kopf.

»Wie konnte ich so dämlich sein?«

»Solche Fragen helfen uns nicht weiter«, sagt Sarwani und legt ihm eine Hand auf die Schulter. »Wir müssen sie finden, bevor es dunkel wird.«

Wenig später treffen auch Sonja Ryd und Ankan ein. Sie sind beide außer Atem, wahrscheinlich sind sie die gesamte Strecke gerannt.

Sarwani holt sein iPad aus dem Rucksack und öffnet die Karte. Dann zeichnet er drei Linien ein, eine grüne, eine blaue und eine rote. Die rote verläuft diagonal fast einmal durchs Rechteck. Die grüne und die blaue ist nur bis zu der ersten Ecke gekommen und im Neunzig-Grad-Winkel abgebogen. Am Ende der blauen Linie zeichnet er einen Kreis ein.

»Der kleine Waldsee ist hier«, sagt er und zeichnet einen Kreis ein. Neben den Kreis kommt ein Kreuz. »Und wir sind hier. Können wir von hier aus Frisells Standort ermitteln?«

Sie stecken ihre Köpfe zusammen, studieren Sarwanis Skizze.

»Da im Nordosten ist eine größere Fläche, die wir uns noch nicht angesehen haben«, sagt Ryd.

»Macht das den Nordosten wahrscheinlicher?«, fragt Sarwani.

»Wenn wir davon ausgehen, dass er ein echter Überlebenskünstler ist, dann verfügt er nicht über Elektrizität«, sagt Ankan. »Und damit auch nicht über Überwachungskameras. Wir hätten das Überraschungsmoment.«

»Das ist ja noch unheimlicher«, seufzt Lindberg. »Dann hat er Eva ohne Kameras gefunden.«

»Das Wahrscheinlichste ist«, sagt Sarwani und richtet sich auf, »dass er uns entdeckt hat, weil wir ihm zu nahe gekommen sind. Und das heißt, dass er in der Nähe sein muss. Wir verteilen uns, halten aber Sichtkontakt. Wir gehen vor wie bei einer Suchkette und durchkämmen so den Wald, bis wir auf die grünen Bänder im Süden stoßen. Von dort wenden wir direkt nach Norden, aber etwa hundert Meter weiter östlich. Dann können wir ihn nicht verfehlen.«

»Was hältst du von einem Abstand von dreißig Metern?«, schlägt Ankan vor.

Sarwani nickt.

»Wir sind zu viert«, sagt er. »Zum Glück hat der Regen nachgelassen, wir können den Abstand durchaus größer machen. Ich gehe nach rechts, dann Sonja, Ankan und ganz außen Anton. Ankan, Anton und ich befestigen Bänder, Sonja nicht. Und wir halten Blickkontakt. Einverstanden?«

Die anderen nicken und verteilen sich. Während Ryd darauf wartet, dass die anderen ihre Positionen einnehmen, nimmt sie einen großen Schluck aus ihrer Thermoskanne.

Als sie sich auf den Weg machen, zieht sie ihre Dienstwaffe. Die ersten Anzeichen der Dämmerung wehen durch die feuchte Frühlingsluft.

27

Vorsichtig wird Nyman die Augenbinde abgenommen. Obwohl sie ungefähr weiß, was sie erwartet, hat sie doch keine Ahnung. Nicht wirklich. Mit welchen Eindrücken wird sie konfrontiert werden?

Wie lange wird er sie am Leben lassen?

Sie wird zurückkatapultiert, in den Herbst 2008. Die Gestalt sitzt jetzt mit dem Rücken zu ihr. Sie sieht nur seinen Hinterkopf, will, dass er sich umdreht. Sie will, dass sein Gesicht mit den klaren, scharfen Zügen und dem hellbraunen, dünnen Haar sich ihrem nähert. Sie hofft so sehr, dass er etwas sagt, was ihre Zukunft verändern wird.

Das Haar ist grau geworden und wurde offenbar etwas unbeholfen mit einem Messer gekürzt. Er dreht sich nicht um, scheint vielmehr mit einem Gegenstand in seinem Schoß beschäftigt.

Eine übermächtige Stille, die Eva Nyman so noch nie erfahren hat, erfasst alles, was sie blinzelnd erkennt. Es ist ein karger, primitiver Raum mit drei Türen, die in verschiedene Richtungen führen. Es fehlt jede Form von Schmuck, sogar die Holzbretter, mit denen der Raum ausgekleidet ist, wurden wohl von Hand zugeschnitten. Es gibt kein Fenster, nur eine einsame Petroleumlampe, die den Raum erhellt. Im Hintergrund kann sie einen Kamin ausmachen, in dem ein Feuer brennt. Auch der sieht selbst gebaut aus.

Der Mann, der ihr den Rücken zukehrt, unterbricht seine Tätigkeit. Ohne den Kopf zu drehen, rammt er ein großes Jagdmesser in die Tischplatte. Dann, endlich, dreht er sich um und legt den Lappen neben sich, mit dem er das Messer gereinigt hat. Es ist blutverschmiert.

Eva blickt in das wettergegerbte Gesicht von Lukas Frisell. Kein Zweifel, er ist es, aber er sieht aus, als wäre er jahrelang durchs Fegefeuer gegangen. Das Einzige, was sich nicht verändert hat, sind seine hellblauen Augen.

Wortlos sehen sie einander an. Eva entdeckt in seinem Blick etwas, was sie noch nie zuvor gesehen hat. Vielleicht entsteht es nur, wenn man lange Zeit allein im Wald lebt. Sie kann an den Ursprung sehen, in die Urzeit des Menschen.

»Was machst du hier, Eva Nyman?« Seine Stimme ist mindestens eine Oktave tiefer als vor fünfzehn Jahren.

Wie bekommt man seine Stimme unter Kontrolle, noch vor dem ersten Wort, das man ausspricht?

»Wie schön, dass du dich an mich erinnerst, Lukas.«

Er mustert sie. Mit dem Blick eines Raubtiers.

»Denn das tust du ganz offensichtlich, wenn man die Briefe bedenkt«, fügt sie hinzu und bemüht sich, seinem Blick standzuhalten.

»Welche Briefe?«, murmelt er.

Sie versucht, aus ihm schlau zu werden, ohne Erfolg.

»Wir wollen nur mit dir reden«, wählt sie einen etwas offizielleren Ton. »Du musst mitkommen – oder für immer auf der Flucht sein.«

Zum ersten Mal huscht ein Lächeln über sein Gesicht. Es ist ironisch, aber sie erkennt wenigstens Ansätze seines alten Lächelns wieder. Wie seltsam, den Lauf der Zeit in einem Gesicht lesen zu können. Nur so sieht man sie wirklich, die vierte Dimension.

»Ihr wollt *nur mit mir reden*?«, sagt er und prustet. Dann streicht er sich über sein frisch rasiertes Kinn. »Ich habe doch schon ein Verbrechen begangen, weil ich dich mitgenommen habe, Eva. Also, was habe ich zu verlieren?«

»Das ist doch eine Kleinigkeit im Vergleich zu den Anschlägen, Lukas. Vier Tote, vielleicht sogar schon sechs. Wir haben DNA-Beweise. Und es gibt zwei Briefe, in deinem Duktus verfasst, die du an mich persönlich adressiert hast.«

»In meinem Duktus?«

»*Die Ruinen des Verfalls.*«

Er mustert sie mit derselben Wachsamkeit wie zuvor. Oder noch wachsamer.

»Die vier da draußen sind jünger als du«, sagt er mit einem Nicken zur Tür. »Die suchen ihre Chefin. Bald kommt die Dämmerung. Ihr wart so nett, den Wald mit bunten Bändern vollzuhängen, damit ich euch leichter finden konnte.«

Nyman verzieht das Gesicht.

»Allem Anschein nach ein kleines, enges Team, wie du es schon damals haben wolltest. Wenn du irgendetwas von mir gelernt hast, dann ist das hier ein Alleingang. Ansonsten hätte ich schon längst Hubschrauber gehört, und es wären deutlich mehr Einsatzkräfte im Wald unterwegs.«

Er zieht ihr wieder die Augenbinde über die Augen. Bevor alles schwarz wird, sieht sie, wie er nach dem Messer greift. Für den Bruchteil einer Sekunde hat es die Form eines schwarzen Vogelkopfes.

»Sie werden sich zu einer Truppe formiert haben«, sagt Frisell und steht auf.

28

Sie bleiben enger zusammen als geplant. Obwohl der Regen aufgehört hat, sind sie näher beieinander als die vereinbarten dreißig Meter. Die Dämmerung ist längst angebrochen.

Sie wechseln zum dritten Mal die Richtung: von Süden nach Norden. Anfangs gingen sie sehr schnell, doch inzwischen sind der steinige, aufgeweichte Boden und die Unebenheiten kaum noch zu erkennen. Sie werden immer langsamer.

Die Natur, die sie umgibt, riecht intensiver.

Sarwani und Lindberg halten die Flanken, Ryd und Ankan durchkämmen den Raum dazwischen. Sie ziehen sich immer mehr zusammen, wie schrumpfender Stoff.

Sarwani wird das Gefühl nicht los, beobachtet zu werden. Als hätte ihn der Wald selbst im Visier. Ryd beflügelt die Angst, die sie spürt, als hätte sie es sich verdient. Ankan spürt, wie ihr Kampfgeist geweckt wird, aber sie will nicht erschossen werden. Davor hat sie seit dem ersten Tag ihrer Ausbildung panische Angst. Und Lindberg hat die Jagd zu dem umgedeutet, was ihm in den Kram passt: ein Kampf gegen die Kriminalität, die Schwedens Zukunft sabotiert.

Ihre Blicke wandern vom einen zum anderen und zurück in den Wald. Wann ist der Zeitpunkt gekommen, zu Kreuze zu kriechen und die Kollegen im Präsidium zu informieren? Eine hochrangige Beamtin ist entführt worden. Die Tatsache, dass sie noch keinen nationalen Notstand ausgerufen haben, könnte sie ihre Karrieren kosten.

Ganz zu schweigen vom Schlimmsten: wenn Eva Nyman bei diesem Einsatz ums Leben kommt.

Sonja Ryd muss an den Herbst 2008 denken, an die entführte Liselott Lindman und an ihre Höllenqualen, die Frisell und Nyman beenden wollten. Sie schließt die Augen.

Wahrscheinlich ist Eva ihre beste Freundin. Was muss sie erleiden? Lebt sie überhaupt noch? Um sich vollends konzentrieren zu können und bereit für einen Angriff zu sein, braucht Ryd etwas ganz Bestimmtes, aber die anderen sind zu nah. Deshalb muss die Thermoskanne im Rucksack bleiben.

Ankan legt den Kopf in den Nacken, um die ersten Regentropfen zu begrüßen.

Und so sieht sie es.

Sie sieht, wie der dunkle Abendhimmel von etwas noch Dunklerem durchzogen wird, wie ein umgedrehter Blitz, der zwischen den Bäumen aufsteigt.

Alle bleiben stehen, beobachten das Phänomen.

»Das ist Rauch«, flüstert Sarwani.

»Hier ganz in der Nähe«, ergänzt Ankan.

Sie bewegen sich langsam auf die Quelle zu. Kurz darauf können sie ihn auch riechen. Jemand hat in der Nähe ein Feuer gemacht. An einem späten Maiabend.

Sie schleichen weiter, bis der Wald sich lichtet und sie den Fuß eines kleinen Hügels erreichen.

Es sieht aus wie eine optische Täuschung. Denn aus einem Hang kann kein schwarzer Rauch aufsteigen. Und doch tut er das.

Nur Sarwani verfügt über ein Nachtsichtgerät. Nicht von herausragender Qualität, aber es funktioniert.

»Da ist eine Art Unterschlupf, der sich im Hang, in einem künstlichen Hügel versteckt«, flüstert er. »Ich kann eine Tür erkennen. Habt ihr Empfang?«

Sie überprüfen ihre Handys, alle nicken.

»Er lebt im Wald, der hat hundertprozentig nicht nur

einen Eingang«, sagt Sarwani. »Sonja, du kommst mit mir. Ankan und Anton, könnt ihr die Tür sehen?«

Sie folgen seinem ausgestreckten Arm, Lindberg findet die Stelle mit seinem wesentlich schlechteren Feldstecher. Er nickt.

»Wartet auf mein Zeichen«, sagt Sarwani.

Ankan und Anton bleiben zurück und warten.

Die Rauchschwaden gleichen einem knochigen Zeigefinger, der aus der Unterwelt emporragt. Sarwani und Ryd nähern sich ihm in Halbkreisen. Da hebt Sarwani die Hand, schaut durch das Nachtsichtgerät, geht langsam weiter, das Gerät vor den Augen. Ryd folgt ihm, tief gebückt. Sie sieht praktisch nichts.

Dann bleibt er abrupt stehen. Sie kann seinen Zeigefinger nicht sehen, hört aber seine energisch flüsternde Stimme.

»Hier ist eine zweite Tür.«

Sein Gesicht wird vom Licht des Handydisplays erleuchtet. Es ist bleich in der mondlosen Nacht.

»Ankan und Anton gehen jetzt rein.«

Ryd hat Schwierigkeiten, seine Worte zu verstehen. Sie ist nicht wirklich anwesend, eine fast tödliche Panik bricht über sie herein. Trotzdem gelingt es ihr, die Panik in Entschlossenheit zu verwandeln und wie der Profi zu handeln, der sie ist. Sie schwitzt trotz der feuchten Kälte des Waldes. Ihre Pistole klebt in ihrer verschwitzten Hand.

Langsam schleichen sie auf den Hügel zu, auf die Rauchsäule, die man in der Dunkelheit immer weniger erkennen kann.

Und plötzlich stehen sie vor einer Wand. Ryd streckt die Hand aus. Sie ist moosbewachsen. Sie kann sie ertasten, kann sie aber nicht sehen.

Es ist jetzt vollkommen dunkel.

Wieder erscheint Sarwanis Gesicht in der Dunkelheit im Licht des Displays. Es wirkt noch bleicher.

Er nickt ihr zu und streckt die Hand aus. Sie hört ein leises

Klicken, als er die Türklinke herunterdrückt. Die Tür gleitet lautlos auf.

Aus dem Inneren dringt ein sanftes Licht. Ryd und Sarwani schleichen durch eine Art Flur.

Sie sind auf alles gefasst.

Dann betreten sie einen größeren Raum, der sich vor ihnen öffnet, als würde jemand einen Vorhang beiseiteziehen.

Das Erste, was Ryd sieht, ist Eva Nyman.

Vielleicht hat ihr Unterbewusstsein sich schon für die Option entschieden, dass Eva tot ist. Tatsächlich sieht sie tot aus, ihr Gesicht im Schein der Petroleumlampe kalkweiß.

Ryd wirft einen schnellen Blick auf die zweite Lichtquelle, einen Kamin. Und sieht, wie Lindberg und Ankan den Raum von der anderen Seite betreten.

Im Schatten neben dem Kamin sitzt ein nicht mehr ganz junger Mann. Seine Hände liegen in seinem Schoss.

Da hören sie eine Frauenstimme etwas von einer Bombe schreien.

II

DAS VERHÖR

29

Sein Zeigefinger fährt über die Buchstaben, die in die Tischplatte geritzt wurden. Buchstabe für Buchstabe. Der erste ist ein F. Dann folgt ein R. Der dritte ist ein E. Und der vierte ein I.

Frei.

Er lächelt, während er den Kopf hebt und in den großen Spiegel an der Wand sieht. Zum ersten Mal seit acht Jahren sieht er sein eigenes Lächeln.

Und es erstirbt sofort.

Eva Nyman hat das Lächeln sehr wohl bemerkt. Denn sie steht auf der anderen Seite des Spiegels. Sie sieht auch, wie es abrupt verschwindet.

»Seid ihr bereit?«, fragt sie.

Eine rhetorische Frage.

Das NOVA-Team ist vollzählig. Der Rechner, mit dem das Verhör aufgezeichnet wird, läuft. Die Uhr über dem Einwegspiegel zeigt 03:42.

Der kleine Kontrollraum steht voller fleckiger Pappbecher. Es wurde sehr viel Kaffee getrunken.

»Diese Falle auf dem Stuhl sah wirklich wie eine Bombe aus«, rechtfertigt sich Ankan und wird wieder die alte, unsichere Ankan.

»Er muss sie kurz zuvor abmontiert haben. Sie war an einem Baum am Waldsee befestigt. Sowohl am Stamm als auch an der Falle haben wir Spuren von Sprengstoff entdeckt«, sagt Anton Lindberg. »Eine selbst gebaute Sprengstofffalle.«

»Das wird eine lange Nacht für die Kriminaltechniker«, stimmt ihm Nyman nickend zu. »Wir stehen in direktem Kontakt zu ihnen. Morgen früh haben wir also Belege für unsere Argumente. Aber jetzt ist es wichtig, ein erstes Verhör durchzuführen. Solange noch alles frisch ist.«

»Bist du sicher, dass du das schaffst?«, fragt Sarwani hinter dem Monitor. »Dieser Mistkerl hat dich vor ein paar Stunden noch betäubt und entführt.«

»Ich wurde vom Arzt untersucht, mir geht es gut«, erwidert Nyman.

Sonja Ryd steht mit einer Mappe an der Tür und schlägt damit energisch gegen ihre linke Hand.

»Jaja«, murmelt Nyman, greift nach ihrer eigenen Mappe und verlässt mit ihr den Raum. Die beiden betreten den Verhörraum, in dem Frisell reglos an dem uralten Tisch sitzt.

Das Einzige, was sich bewegt, ist sein Zeigefinger.

Nyman und Ryd setzen sich. Frisell hat den Blick gesenkt. Nyman schlägt ihre Mappe auf.

»Lukas Frisell, Sie stehen im Verdacht, eine schwere Straftat begangen zu haben, und wurden deswegen festgenommen«, verkündet sie mit fester Stimme. »Haben Sie verstanden, worauf sich der Verdacht bezieht?«

Erst jetzt hebt er seinen Blick. Sieht sie durchdringend an. Schüttelt nur den Kopf.

»Wie Sie wissen, müssen Sie laut verneinen«, fährt Nyman fort. »Sie haben auch auf Ihr Recht verzichtet, einen Anwalt hinzuzuziehen?«

Frisell sieht an die Decke und schnüffelt.

»Hier riecht es nach Ethanol«, sagt er.

Ryd und Nyman wechseln Blicke.

»Beantworten Sie bitte nur die Frage«, sagt Nyman in eisigem Ton.

»Das waren *zwei* Fragen«, entgegnet Frisell, ohne den Blick von der Decke zu nehmen. Dabei bewegen sich seine Finger über die Tischplatte, als würde er etwas schreiben.

»Beantworten Sie bitte die beiden Fragen, Lukas Frisell.«

»In meiner Welt gibt es keine Anwälte.«

»Ist das ein ›Ja, ich verzichte auf einen Anwalt‹?«

»Ja. Und ich habe auch ungefähr verstanden, was mir vorgeworfen wird. Obwohl es, juristisch betrachtet, äußerst vage formuliert wurde.«

»Sehr gut, dann können wir ja fortfahren. Das hier ist meine Kollegin Sonja Ryd.«

Nyman dreht sich zu Ryd, die die Gelegenheit sofort beim Schopf packt.

»Apropos Geruch: Sie riechen nicht so übel, wie ich erwartet habe.«

Frisell sieht zu ihr. Ryd bleibt ruhig.

»Was ich damit sagen will, ist, dass Sie in Ihrem Unterschlupf doch über mehr Komfort verfügen als die meisten Prepper. Haben Sie Ihre warme Dusche irgendwo versteckt? Oder haben Sie eine Sauna, ein Spa? Eine exklusive Auswahl an *Eau de Toilette*?«

»Ich weiß nicht, was ein Prepper ist«, sagt Frisell.

»Aber Sie wissen, worauf ich hinauswill, oder?«

Eva Nyman lehnt sich zurück und hofft, dass es nicht zu auffällig ist. Trotz der Ereignisse fühlt es sich gut an, mit ihrem ehemaligen Mentor und der Person zusammenzusitzen, deren Mentorin sie war. Drei Generationen in einem Raum. Haben die alten Verhörtechniken gegen die modernen Bestand? Kann Frisell mit Ryds manchmal unerwarteten Kehrtwenden umgehen? Sie haben nie darüber gesprochen, aber es hat bestimmt etwas mit ihrem *philosophischen* Background zu tun.

»Hinaus?«, wiederholt Frisell, und Nyman weiß, dass sie nicht die Einzige ist, die das Schmunzeln in seinen Mundwinkeln gesehen hat.

»Ich vermute, Sie stellen sich alles genau vor«, erwidert Ryd das Lächeln. »Wie wir Sie und Ihr Geheimnis gefunden haben. Dann kann man sich ja vorstellen, was die Kriminaltechniker alles finden werden. Aber darauf kommen wir später zurück. Gefällt Ihnen *Survivalist* besser?«

Lukas Frisell hat aufgehört, unsichtbare Buchstaben auf den Tisch zu schreiben, und lehnt sich vor.

»Das ist alles schwer vorstellbar für Sie, stimmt's?«

»Was alles meinen Sie?«, sagt Ryd. »Ihren Plan?«

Frisell schneidet eine Grimasse und lehnt sich wieder zurück.

»Ich habe in der Tat Schwierigkeiten, mir Ihren *Plan* vorzustellen. Erklären Sie ihn mir doch. Worum geht es dabei? Wahllos zu morden und die Bevölkerung in Angst und Schrecken zu versetzen?«

»Lautet so die Anklage?«

Ryd und Nyman mustern ihn genau. Beherrscht er nach so langer Zeit doch noch die Kunst, Erstaunen vorzutäuschen?

»Sie wissen, dass wir keine Details preisgeben dürfen«, sagt Nyman angestrengt.

»Aber wenn es um Mord und Terrorismus geht, solltest du mich schon gut informieren, oder?«

Wieder fühlt sie sich in den Herbst 2008 zurückversetzt. Vor der Katastrophe. Frisell hat braunes Haar, seine Autorität erdrückt sie.

Ryd aber spürt nichts von diesem Druck.

»Da es sich um noch nicht näher bezeichnete Gewaltdelikte handelt, hat sich der Leiter der Voruntersuchung, Staatsanwalt Sten Robert-Olsson, für eine vorläufige, weit gefasste strafrechtliche Einstufung entschieden. Das ist nichts Ungewöhnliches. Zurück zum Geruch.«

Frisell sieht sie an. Dann neigt er den Kopf zurück und atmet hörbar. Sagt aber nichts.

»Warum stinken Sie nicht?«, fragt Ryd.

Frisell schnaubt. Seine Finger malen Anführungszeichen in die Luft.

»Jeder Survivalist kann Ihnen verraten, dass Hygiene an erster Stelle steht. Wenn man die verliert, verliert man den Halt.«

»Dann haben Sie also eine geheime Wasserleitung?«

»Natürlich nicht. Ich wohnte etwa einen Kilometer vom See entfernt.«

»Aha«, sagt Ryd. »Da, wo die Falle angebracht war?«

»Ich bade jeden Tag darin. Meine Kleidung wasche ich jeden dritten Tag. Und wenn es sein muss und der See zugefroren ist, schlage ich ein Loch ins Eis.«

»Haben Sie Seife, Shampoo, Waschmittel?«

»Dafür gibt es viel effektivere und bessere Methoden.«

»Sie haben die Falle vor Kurzem entfernt. Obwohl sie intakt aussah.«

»Vor allem sieht sie nicht wie eine Bombe aus«, sagt Frisell und grinst.

»Warum haben Sie die Falle abmontiert?«

»Sie passte nicht mehr zu meinen Plänen.«

»Ihre *Pläne* haben sich also geändert? Nach acht Jahren im Wald?«

Frisell schweigt, hebt den Blick erneut zur Decke.

»Sie wissen, was wir gefunden haben«, fährt Ryd ruhig fort. »Das verändert die Grundlage für dieses Gespräch hier.«

»Ich habe nichts mehr zu sagen«, murmelt Frisell.

Nyman und Ryd wechseln erneut Blicke. Vielsagende, allessagende Blicke.

»Inwiefern haben sich Ihre Pläne geändert, Lukas?«

»Kein Kommentar!«

Ryd starrt Frisell an. Sie sieht absolute Entschlossenheit. Und sie fragt sich, warum diese Entschlossenheit nicht von Anfang an da war.

Spielt Frisell mit ihnen?

Ryd nickt Nyman zu, die seufzt und ihre Mappe zuklappt.

»Es war eine lange Nacht«, sagt sie. »Das Verhör endet um 4:06 Uhr und wird nachher um acht Uhr fortgesetzt.«

30

In dem kleinen Kontrollraum hinter dem Einwegspiegel ist Platz für einen einzigen Stuhl. Setzen will sich trotzdem niemand. Sie stehen und starren den sitzenden Lukas Frisell im Verhörraum an. Es ist wie ein Standbild.

Am Ende bewegt sich Sonja Ryd zur Tür, aber diesmal bleibt Eva Nyman zurück. Stattdessen öffnet Ryd die Tür für Shabir Sarwani. Punkt acht Uhr betreten sie Seite an Seite den Raum, in dem die reglose Gestalt am Tisch sitzt. Synchron öffnen sie ihre Mappen.

»Das Verhör wird fortgesetzt«, sagt Ryd ausdruckslos. »Das ist mein Kollege Shabir Sarwani.«

Sarwani deutet auf die Wand gegenüber dem Spiegel. Dort hängt ein Monitor, auf dem bereits ein Bild flackert, das nach einer Sekunde zum Standbild wird. Es zeigt den großen Raum in Frisells Unterschlupf, in dem er Eva Nyman gefangen hielt. Das Kamerabild, ohne Menschen und ohne Ton, bewegt sich auf eine der selbst gezimmerten Türen zu. Die Tür gleitet auf und gibt den Blick auf eine Abstellkammer mit mehreren Regalen frei. In einigen liegt Unrat, aus anderen quellen Stofflappen, die auf den unbehandelten Holzboden herunterhängen. Eine Hand greift in das Bild und hebt die Stofflappen hoch. Dahinter kommt eine Steckdose zum Vorschein.

»Das haben wir gestern gefunden«, sagt Sarwani. »Was wir da gerade sehen, sind die vorläufigen Aufnahmen der Kriminaltechniker, im Laufe des Tages werden sicher noch weitere folgen. Dann wissen wir auch, wofür Sie den Strom verwendet haben. Wir haben das bereits überprüft: Es gibt keinen offiziellen Stromanschluss für Ihren Wohnsitz, aber wir wissen jetzt, woher Sie den Strom bezogen haben. Und zwar ganz einfach, indem Sie den nächstgelegenen Bauernhof angezapft haben, etwa zehn Kilometer von Ihrem Unterschlupf entfernt. Die Verbrechen häufen sich langsam, Lukas.«

Frisell starrt seinen Gesprächspartner an wie ein wildes Tier. Sarwani erschaudert. Er hat ein Déjà-vu aus den tiefen Wäldern, von denen er sich letzte Nacht beobachtet fühlte. Er versucht, sein Unbehagen zu ignorieren.

»Wir werden darauf zurückkommen, ob Sie Zugang zu einem Computer, Internet, Mobiltelefon hatten, aber im Moment interessiert uns erst einmal, was *nicht* mit Strom betrieben wird, zum Beispiel eine Schreibmaschine.«

»Besitzen Sie eine Schreibmaschine, Lukas?«, fragt Sonja Ryd.

»Hätten Ihre Leute sie nicht gefunden, wenn es eine gäbe?«

»Sie haben offenbar allerlei Verstecke«, antwortet Ryd. »Die Techniker finden eines nach dem anderen. Wie Sie wissen, verfügt jede Schreibmaschine über einen einzigartigen Fingerabdruck.«

»Ich soll also einen Brief auf einer Schreibmaschine geschrieben haben?«, fragt Frisell.

Ryd sieht ihn so lange schweigend an, dass Sarwani schließlich in seinem Ordner blättert, Unterlagen herausfischt und die nächste Frage übernimmt.

»Sie haben gegen Ende Ihrer beruflichen Tätigkeit an der Universität für Agrarwissenschaften in Ultuna ziemlich häufig Leserbriefe verfasst, ist das richtig?«

Er reicht Frisell die Unterlagen. Es sind Kopien von Zeitschriftenartikeln.

»Können Sie die gelb hervorgehobenen Passagen bitte laut vorlesen?«

Frisell wendet seinen Blick nicht von Sarwani ab und macht auch nicht die geringsten Anstalten, sich den Leserbriefen zu widmen.

»Mein Favorit«, fährt Sarwani fort, »ist wahrscheinlich immer noch: »›Wir alle wissen, dass es an der Zeit ist. Es gibt riesige Städte auf dieser Welt, in denen kein einziger Sonnenstrahl den Boden erreicht. Wir dürfen nicht länger warten. Jeder Einzelne von uns muss handeln. Und die Verantwortlichen müssen zur Rechenschaft gezogen werden, wenn wir überleben wollen. Wir müssen die Schuldigen ausfindig machen.‹«

Ryd beobachtet Sarwani. Red Frisell jetzt bloß nicht an die Wand, denkt sie. Weck sein Interesse, er darf nicht schweigen. Öffne ihm eine Tür, durch die er gehen kann.

»Sie waren ein engagierter Natur- und Klimaforscher«, sagt Sarwani. »Warum haben Sie nicht regelmäßig Artikel über solche Themen verfasst? Warum haben Sie stattdessen Leserbriefe geschrieben, wie so ein Aluhut-Träger?«

Eine bedrückende Stille senkt sich über die Anwesenden.

»Ich sage es Ihnen. Weil Ihre Texte die eines Aluhut-Trägers waren. Der Ton ist der eines Rechthabers und Querulanten, kein Redakteur, der etwas auf sich hält, würde Ihre Texte veröffentlichen. Nur als Leserbrief. Sie wurden Überlebenskünstler, schäumend vor Wut. Die Schuldigen müssen *zur Rechenschaft gezogen* und *ausfindig gemacht* werden. Warum sollte sich diese Wut während Ihres Eremitendaseins im Wald gelegt haben? Um das Klima steht es ja keineswegs besser als vor acht Jahren. Ihre Wut muss jeden Tag größer geworden sein. Bis sie schließlich explodierte.«

Der scharfe Blick, den Frisell während des gesamten Verhörs auf Sarwani gerichtet hat, verschwindet. Er schüttelt den Kopf.

»Nichts dämpft Wut so gut und nachhaltig wie die Natur.«

Sarwani öffnet den Mund. Da spürt er, wie Ryds Hand sich

auf seinen Oberschenkel legt und ihn kneift. Er sieht ihr ins Gesicht, auf dem ein sanftes Lächeln liegt. Und tatsächlich.

»Sie haben es doch selbst erlebt«, fährt Frisell nach kurzer Zeit fort. »Diese Urkraft einer Jagd. Die Bedrohung seitens der Natur. Die Verbundenheit mit den Ursprüngen. Vor allem Sie, Shabir Sarwani, sind der Natur sehr nahe gekommen.«

Wieder einmal überwältigt Sarwani das Gefühl, vom Wald beobachtet und bedrängt zu werden.

»Die roten Bänder waren Ihre«, lächelt Frisell. Sarwani schließt die Augen.

Es war keine Einbildung gewesen.

»Ja, ich bin in der Tat sehr wütend, dass wir unseren Planeten sterben lassen. Jahr für Jahr, Monat für Monat sehe ich, wie es immer schlimmer wird. Man kann es der Natur ansehen, wie weit der Niedergang schon vorangeschritten ist. Aber sie bedeutet auch Frieden. Bedrohung und Gefahr, ja, das auch, Tod und Zerstörung, selbstverständlich, aber vor allem eine allumfassende Ruhe. Die einen dazu bringt, sich mit den Gefahren auseinanderzusetzen. Man wird eins mit der Natur.«

Ryd und Sarwani wechseln Blicke. Ryd nickt.

»Sie haben sich ohne Widerstand festnehmen lassen«, sagt Sarwani. »Sie haben das Feuer im Kamin absichtlich angezündet, damit wir den Rauch sehen. Sie hatten von Anfang an alles unter Kontrolle. Sie hätten uns alle töten können. Warum haben Sie es nicht getan?«

Frisell wendet sich zum Spiegel und lächelt.

»Dann wäre ich *für immer auf der Flucht.*«

»Ein Teil des gestohlenen Stroms fließt also in die Überwachungskameras?«

»Darüber können Ihnen Ihre Kriminaltechniker doch bestimmt Auskunft geben?«

Das haben sie getan, weiß Ryd. Sie haben nichts dergleichen gefunden. Nur diese eine Steckdose in der Abstellkammer.

»Die können auch mit Batterien betrieben werden«, wendet Sarwani ein.

»Und haben Sie Monitore für die Überwachungskameras gefunden?«

Haben sie nicht. Noch nicht. Frisell seufzt.

»Ich war gezwungen herauszufinden, was ihr in meinem Wald macht. Ich habe sofort gesehen, dass ihr Polizeibeamte seid. Dann habe ich Eva erkannt. Ich musste herausbekommen, was ihr wollt. Denn es sah nicht besonders offiziell aus.«

»Was für eine Sorte Sprengstoff benutzen Sie?«, fragt Ryd unvermittelt.

Frisell starrt sie verblüfft an. Die Frage überrumpelt ihn. Bevor er antworten kann, schlägt sie einen neuen Haken.

»Warum fehlen an Ihrem Auto die Nummernschilder?«

Er kann sein Erstaunen nicht hinter seiner Konzentration verbergen. Wahrscheinlich sind die Tiere in seiner Welt berechenbarer als Sonja Ryd.

»Mein Auto?«

»Der schwarze Volvo mit der abgefeilten Fahrgestellnummer.«

»Ich habe kein Auto«, sagt Frisell.

»Hm«, macht Ryd und zeigt auf den Monitor an der Wand.

Es ist dieselbe Kamera, die seinen Wohnraum aufgenommen hat. Zwischen gigantischen Findlingen sieht man einen Fleck, der freigelegt wurde. Eine Hand greift ins Bild, berührt eine hölzerne Luke und hebt sie an. Die Hand schiebt Zeug beiseite und macht so sechs flache Metallrechtecke sichtbar. Als sie herausgehoben und umgedreht werden, ist es unverkennbar. Es sind Nummernschilder.

»Ups«, sagt Sonja Ryd. »Das war wohl eine Lüge. Ihre Wohnung ist wie ein Adventskalender, *a gift that keeps on giving,* ein Türchen nach dem anderen öffnet sich. Eine Lüge nach der anderen wird aufgedeckt.«

Frisell wirkt in der Tat etwas erschüttert. Aber er schweigt.

»Wenn wir die Tatsache mal komplett ignorieren, dass Sie Ihrer bereits beachtlichen Akte gerade ein weiteres Verbrechen hinzugefügt haben, muss ich Sie doch eine Sache fragen: Warum wollen Sie jemand anders sein, wenn Sie den Wald verlassen?«

Frisell schüttelt den Kopf.

»Ich nehme meine Anonymität sehr ernst. Ich lebe *off the grid,* wenn Sie unbedingt Englisch sprechen wollen. Mich gibt es in eurer Gesellschaft nicht mehr.«

»Ich frage mich gerade, ob mit *the grid* nicht eigentlich das Stromnetz gemeint ist. Dann würde das in Ihrem Fall ja nicht der Wahrheit entsprechen …«

»Ich will nirgendwo registriert sein. Deshalb benutze ich die Nummernschilder von Schrottautos, wenn ich gezwungen bin, in die Stadt zu fahren und meine Vorräte aufzufüllen.«

»Und ich dachte, Sie sind ein *echter* Prepper. Ist es nicht eher so, dass Sie sich verkleidet haben, als Sie losgezogen sind, um die Bombenanschläge zu verüben?«

»Ich habe nach wie vor viel zu wenig Informationen über diese *Bombenanschläge,* wie Sie es nennen.«

»Oder fuhren Sie zu geheimen Treffen mit Ihren Komplizen?«

»Sehe ich aus wie ein Mann, der Komplizen hat?«

»Sie sehen aus wie der Kopf einer Terrorzelle, in der Tat. Ein Mann, der bereits radikalisiert war und den das Leben außerhalb der Gesellschaft nur noch weiter radikalisiert hat. *Sie sehen aus wie der Terrorbomber, Lukas Frisell!* Wer ist das hier?«

Ryd knallt die Polizeizeichnung vor ihm auf den Tisch. Darauf zu sehen ist der Mann, der bei beiden Anschlägen als Kurier gesehen wurde. Ein etwa dreißig Jahre alter Mann, der »Züge aufweist, die man normalerweise mit dem Mittleren Osten verbindet«.

»Eine eher schwache Leistung des Polizeizeichners«, murmelt Frisell.

»Wer ist das?«, fragt Ryd.

»Ich habe wirklich keine Ahnung.«

»Vielleicht haben Sie ihn sogar in Ihrem Auto mit dem falschen Kennzeichen herumgefahren? Um sicherzugehen, dass er nicht unvorsichtig mit dem launischen Sprengstoff umgeht und sich aus Versehen selbst in die Luft jagt?«

Frisell sieht sie schweigend an.

»Wir werden natürlich die Nummernschilder überprüfen«, fährt sie fort. »Dann werden wir sehen, wo Sie mit dem Wagen während der Anschläge waren.«

Sie holt tief Luft.

»Sie experimentieren schon lange mit Sprengstoff. Sie haben ihn für Ihre verdammte Tierfalle benutzt, mit der Sie Ihre geliebten Elche in die Luft gejagt haben. Aber dann war es an der Zeit, Ihr Zuhause im Wald zu verlassen und in die Stadt zu fahren, um die epochalen Taten des Terrorbombers zu vollbringen. Ich glaube, wir haben Sie erwischt, als Sie gerade untertauchen wollten. Denn ich gehe davon aus, dass Sie noch ein Schlupfloch irgendwo in der Stadt haben.«

Jetzt ist Sonja Ryd an der Reihe, dem Mann auf der anderen Seite des Vernehmungstischs durchdringend in die Augen zu sehen.

»Sie sind so was von schuldig, Lukas Frisell.«

31

In dem kleinen Raum hinter dem Einwegspiegel teilen sich Ryd und Sarwani einen Kebabteller. Nyman sitzt am Rechner und isst einen Salat. Ankan und Lindberg haben das Weite gesucht, weil es in dem Raum fast dreißig Grad heiß ist. Auf der anderen Seite des Spiegels wird Frisell gerade wieder in den Verhörraum geführt. Er hat das Mittagessen in seiner Zelle eingenommen.

»Was der wohl im Wald gegessen hat«, sagt Ryd.

»Ich weiß nicht, ob man das wissen will«, sagt Sarwani.

»Es ist derselbe Tisch«, sagt Nyman.

Ryd und Sarwani starren sie verwirrt an.

»Ich habe die ganze Zeit wie gebannt auf die Bewegungen seines Zeigefingers gestarrt, mit dem er über den Tisch gestrichen hat«, fährt Nyman fort. »Und vorhin habe ich nachgesehen: Da ist etwas in den Tisch geritzt worden. Sein Finger ist immer wieder darübergefahren. Er will *frei* sein. Vier Buchstaben stehen dort. F, R, E, I. Die waren schon 2008 da.«

»Vielleicht wollte er schon damals frei sein«, murmelt Sarwani.

Nyman lacht, wechselt dann aber das Thema.

»Wir haben keinen Computer gefunden, kein Handy. Wahrscheinlich hat er sich Strom besorgt, um zu verfolgen, was in der Welt passiert. Die Überprüfung läuft, aber es ist offenbar nicht so einfach herauszufinden, ob jemand in der Gegend mit einem 3G-Netz verbunden war. Das ist das einzige Netz, das dort draußen manchmal verfügbar ist. Und einen Festnetzanschluss scheint es nicht gegeben zu haben.«

»Der Typ hat fast zehn Kilometer verlegt, quer durch den Wald?«, ruft Sarwani aus. »Ganz allein?«

»Und es vor allem vergraben«, sagt Nyman, ohne den Blick vom Bildschirm zu nehmen. »Das erfordert natürlich ein besonders dickes Kabel, das er zweimal pro Kilometer gespleißt hat. Dieses Kabel gibt es auf Fünfhundert-Meter-Trommeln, die er wie Sisyphos über Stock und Stein gerollt haben muss.«

»Wir haben auch keinen Treffer bei den Nummernschildern«, sagt Sarwani. »Er hat keinen wunden Punkt. Wir bauen fleißig an unseren Theorien, kommen aber nicht an ihn heran.«

»Ich komme an ihn heran«, sagt Ryd.

Nyman und Sarwani heben den Kopf. Etwas in ihrem Tonfall lässt sie aufhorchen.

»Ich werde ihn knacken«, sagt sie und hält Sarwani die Tür auf. Noch bevor sie sich zu Frisell an den Tisch gesetzt haben, legt Ryd los.

»Ich habe vor Kurzem ein paar Stunden mit einer ehemaligen Tänzerin verbracht, die früher einmal Nina Frisell hieß.«

Während sie langsam auf den Stuhl sinkt, lässt sie Frisell nicht aus den Augen.

»Sie hat mir viele interessante Dinge erzählt«, sagt sie. »Erinnern Sie sich zum Beispiel an eine Sache, in der es um den Ehering ging?«

Frisell seufzt und schüttelt den Kopf.

»Was soll das bitte mit meinen mutmaßlichen Aktivitäten als Terrorist zu tun haben?«

»Beantworten Sie nur die Frage.«

»Ja, ich erinnere mich daran. Das war eine schwere Trennung, viele Emotionen in alle Richtungen.«

»Auf wessen Initiative hin haben Sie sich getrennt?«

»Sie haben mehrere Stunden mit ihr zusammengesessen und haben das nicht erfahren?«

»Ich weiß es.« Ryd lächelt ironisch. »Aber ich will Ihre Version hören.«

»Wie so viele Frauen hatte Nina nur Augen für ihre unmittelbare Umgebung.«

»Also nicht fürs Klima?«

»Fürs Universum, verdammt noch mal. Einfach in der Lage zu sein, den Schauder zu spüren und ein bisschen Ehrfurcht vor dem Mysterium der Existenz zu haben.«

»Ich gehe davon aus, dass Sie sehr wohl wissen, wie frauenfeindlich das klingt?«

»Sie gehören zu den Moralaposteln, was? Sind Sie die Sittenpolizei?«

Ryd wittert ihre Gelegenheit, denn zum ersten Mal sieht sie einen Funken von Lukas Frisells sogenannter Leidenschaft. Sie will mehr davon. Von dieser Urkraft, von der Nina Strömblad gesprochen hat. Wenn es sie wirklich geben sollte, dann gelingt es ihm sehr gut, sie zu verbergen.

»Ich habe Dinge gehört, die eher das Gegenteil von Ehrfurcht waren. Dass Sie in Ninas Gesellschaft unversöhnlich und vergrämt gewesen seien. Es gibt wenige Dinge, die abtörnender sind, oder?«

Frisell zuckt mit den Schultern.

»In der Zeit haben wir uns getrennt, das stimmt.«

Er schlüpft ihr durchs Netz, sie muss es enger ziehen.

»Seitdem ist sie nur noch gestutzter Natur begegnet.«

Frisell bleibt regungslos sitzen, undurchschaubar. Aber Ryd spürt, dass ihn das getroffen hat, dass *sie* einen Treffer gelandet hat. Er schließt die Augen.

»Sie wissen genau, welche Tür wir gerade aufgestoßen haben, nicht wahr, Lukas?«

Sie sieht, dass er es weiß. Obwohl er mit versteinerter Miene vor ihr sitzt.

»Sie haben sich im Frühjahr 2009 scheiden lassen«, fährt Ryd fort. »Im Herbst 2008 ist etwas anderes passiert, habe ich recht? Etwas so Einschneidendes wie jetzt, das Sie dazu veranlasst hat, nach acht Jahren im Wald Ihre alte Falle abzumontieren. Als Zeichen dafür, dass eine Ära zu Ende gegangen ist. Übrigens, der Sprengstoff in der Falle wird gerade analysiert, und wir werden sehen, ob er mit dem des Terrorbombers übereinstimmt. Was ist im Herbst 2008 passiert?«

»Ein sogenanntes iPhone ist aufgetaucht.«

Ryd sieht das zarte Lächeln in Frisells Mundwinkeln. Die Schutzmauern sind wieder errichtet. Allerdings wirken sie brüchiger, so als wären sie leichter einzureißen.

»Und da war jemand namens Liselott Lindman, stimmt's?«

»Ihr wisst das doch alles, ihr alle wisst das«, sagt Frisell, wirft seine Arme in die Luft und sieht zum Spiegel. Ein kleiner Ausbruch, immerhin. Aber kann man das schon Leidenschaft nennen?

»Ein so fahrlässiges Fehlverhalten ist eher ungewöhnlich«, erhöht Ryd den Druck. Keine Regung. Ein versteinertes Gesicht.

»Sie wurden entlassen, nicht wahr, Lukas? Sie haben nicht freiwillig gekündigt?«

Schweigen.

»Aber jetzt ist es freiwillig, Lukas. Sie haben den Wald freiwillig verlassen. Den Wald, den Sie so sehr lieben, seit Jahren. Doch das Fass ist übergelaufen. Sie wissen, dass Sie recht haben. Jetzt müssen Sie nur noch die Welt davon überzeugen. Koste es, was es wolle. Das Artensterben schreitet voran, Sie haben es mit angesehen, Jahr um Jahr. Wir leben im Zeitalter des Massensterbens. Die Insekten verschwinden, die Bäume sterben. Die Entscheidungsprozesse sind viel zu schwerfällig. Es ist ein Kraftakt, die Menschen wachzurütteln. Und Sie haben gerade erst damit angefangen. Die Schuldigen müssen gefunden werden.«

Ryd hält inne. Sieht zu Sarwani. Der nickt. Frisell sitzt still und verschlossen da.

»Wir kennen Ihre Hartnäckigkeit, Lukas«, fährt sie fort.

»Ihre Entschlossenheit. Sie haben Ihren Wohnsitz fast ausschließlich mit dem gebaut, was die Natur zu bieten hat. Die Landwirtschaft, die Sie betrieben haben, ist beeindruckend. Wurzelgemüse, Kohl, Salat, Kartoffeln, Kräuter – unsere Techniker haben eine lange Liste erstellt. Außerdem haben Sie Kilometer von Kabeln verlegt, um Strom abzuzapfen. Und mit der gleichen Entschlossenheit haben Sie dann eine Reihe von Bombenanschlägen in und um Stockholm geplant. Sie haben früh erkannt, dass Sie das nicht allein bewerkstelligen können. Haben Sie nur *einen* Komplizen? Der ist wahrscheinlich auch ein Mörder, denn die beiden eigentlichen Kuriere sind spurlos verschwunden. Machen Sie sich auch die Finger schmutzig, oder sind Sie nur *the man with a plan*?«

Frisell schweigt nach wie vor.

»Sie sind ein Mann der Tat. Natürlich machen Sie auch die Drecksarbeit. Sie fahren nicht ohne Grund mit falschem Kennzeichen herum, in einem Auto, *by the way*, das eine richtige Dreckschleuder ist. Wie rechtfertigen Sie denn diese Umweltsünde?«

»Ich muss mobil sein«, antwortet Frisell überraschenderweise.

Ryd stutzt, verliert kurz den Faden. Das war vielleicht seine Absicht.

»Die Suche läuft, Lukas. Die Verkehrspolizei durchforstet ihr gesamtes digitales Archiv. Wir werden bald genauestens über Ihre Bewegungsmuster und Ihre Internetaktivitäten im Wald Bescheid wissen. Die Technik hat sich seit Ihrem Ausscheiden weiterentwickelt. Es wäre doch eine Ironie des Schicksals, wenn ausgerechnet digitale Technologien Sie zu Fall bringen.«

»Und wir alle sind Opfer dieser Gehirnwäsche. Die Technologie verbraucht unseren Strom und treibt die Kohlendioxid-Emissionen in die Höhe.«

»Genau wie Ihr alter verrosteter Volvo, Lukas. Spielen Sie

bitte nicht den Unschuldigen. Selbst wenn Sie sterben, würde Ihrem Leichnam eine katastrophale CO_2-Bilanz attestiert. Es ist nicht so, dass wir uns aussuchen, ob wir in die *Ruinen des Verfalls* hineingeboren werden.«

Sie mustert den Steinhaufen vor ihr. Er hat ihr zugehört, sie vielleicht sogar verstanden. Sein Blick hat sich verändert.

Sonja Ryd steht auf, stützt sich mit den Händen auf dem Tisch ab und beugt sich zu ihm hinunter.

»*Und das weiße Haus Gottes wird auf die Ruinen des Verfalls hinabblicken.* Wir müssen reden, Lukas.«

32

Sie hatte ihn. Sonja Ryd steht in der Ecke des winzigen Kontrollraums und streicht sich über ihre Stoppelhaare. Ich hatte ihn, sagt sie sich. Was ist dann passiert? An welchem Punkt hat sie ihn wieder verloren? Wann gelang es Lukas Frisell, den minimalen Riss in seiner Fassade zu kitten, als wäre nichts passiert?

Das Verhör dauerte Stunden. Aber irgendwann trat sie auf der Stelle, kam keinen Schritt weiter. Dann übernahm Sarwani. Auch er konnte nichts bewegen, im Gegenteil. Sie war gezwungen, die jetzt folgende, neue Strategie anzuerkennen. Eva Nyman kennt sie in- und auswendig, kann sie wie ein offenes Buch lesen.

Oder liest sie den Verdächtigen wie ein offenes Buch?

Die Beziehung der beiden ist nach wie vor faszinierend, faszinierend undurchschaubar.

Ryd wirft einen Blick in die Runde: sechs Menschen, die sich in einen Raum für maximal zwei Personen quetschen. Einer von ihnen ist hochbetagt, obwohl ihn der Schatten aus längst vergangener Zeit aufrecht hält.

Ist dieser Mann Eva Nymans Geheimwaffe?

Nyman nickt ihm zu und öffnet die Tür, sie folgt ihm in den Verhörraum.

Ryd folgt dem Geschehen von der anderen Seite des Spiegels aus. Sie sieht, wie Lukas Frisell den Kopf hebt und seine Fassade für einen kurzen Augenblick bröckelt. Lange genug, um Ryd zu zeigen, dass es *möglich* ist. Man *kann* Lukas Frisell knacken.

Der Raum atmet Vergangenheit.

»Edward«, sagt Frisell. Er ist aufgesprungen, um den Tisch gegangen und umarmt Edward Rasmusson innig, ehe der alte Mann sich hinsetzt. Da wird die Tür erneut aufgerissen, und Lindberg und Ankan stürmen herein. Aber Frisell sitzt schon wieder auf seinem Stuhl.

»Sie bleiben auf Ihrem Platz!«, befiehlt Ankan.

»Immer mit der Ruhe«, erwidert Frisell.

»Da schwinden die Freiheiten dahin«, sagt Lindberg und legt Frisell Handschellen an, die unter dem Tisch befestigt sind.

Die beiden verlassen den Raum. In der Ruhe nach dem Sturm ergreift Edward Rasmusson das Wort.

»Es tut mir leid, Lukas. Ich hätte dich gerne unter anderen Umständen wiedergesehen.«

»Mir tut es auch leid. Aber du siehst fit aus, Edward.«

Der alte Mann schmunzelt.

»*Fit* muss in diesem Zusammenhang als relativ betrachtet werden«, sagt er.

Sonja Ryd beobachtet die beiden Männer sehr genau, will herausfinden, was zwischen ihnen vorgeht.

»Du musst ihnen sagen, was du getan hast, Lukas. Erinnerst du dich an unsere erste Begegnung, in der Jugendstrafanstalt Tysslinge? Als du endlich Worte gefunden hast, um zu sagen, was du willst?«

»Natürlich erinnere ich mich daran.«

»Du warst unendlich frustriert, aber nach mehreren Anläufen hast du mir gesagt, was du magst und was du dir für deine Zukunft vorstellen könntest. Statt im Heim zu vergammeln, dich von Gewalt und Drogen leiten zu lassen und dein Leben wegzuschmeißen. Du wolltest in der Natur sein.«

»Dein Besuch damals war …«

»Ich bin nicht gekommen, um mir Bestätigung und Lob abzuholen, Lukas«, unterbricht ihn Rasmusson. »Für solche Sentimentalitäten bin ich vollkommen unempfänglich. Aber ich sehe, dass du immer noch derselbe bist und es so gut wie unmöglich ist, dir die Wahrheit zu entlocken. Aber du musst jetzt etwas dazu sagen, Lukas. Das ist wichtig.«

»Glaubst du wirklich, dass ich ...«

»Ich weiß nicht, was ich glauben soll, Lukas. Wen ich vor mir sehe, ist ein Sechzehnjähriger in seiner Zelle in der Jugendstrafanstalt, der davon überzeugt ist, dass sich die Welt gegen ihn verschworen hat. Der deswegen fast unerreichbar ist. Aber damals wolltest du, dass jemand die Hand ausstreckt, Lukas. Willst du das jetzt auch? Oder gibt es niemanden mehr, der dich erreichen kann? Was ist dort draußen im Wald passiert?«

»Ich habe mich gefunden.«

»Und trotzdem warst du im Aufbruch begriffen, als wir kamen«, sagt Eva Nyman.

Ryd weiß, was sie vorhat. Sie kann sehen, wie Frisells Zeitplan im Kopf durcheinandergerät. Nyman will mithilfe von Rasmussons Griff in die Vergangenheit einen Zugang zu ihm finden.

Aber Ryd vermisst das Tempo, die plötzlichen Kehrtwenden. Vielleicht ist sie auch ungerecht oder sogar neidisch?

»Das behauptet ihr einfach so«, sagt Frisell. »Ich habe lediglich eine Falle abmontiert, die in meinen Plänen keinen Platz mehr hatte, das war alles.«

Deinen Plänen, denkt Ryd und bemerkt, dass ihre Nasenspitze die Fensterscheibe berührt.

»Du musst mit mir reden, Lukas«, übernimmt Rasmusson wieder. »Wohin wolltest du? Was hat dich dazu veranlasst, nach acht Jahren plötzlich den Wald zu verlassen?«

»Dass auf einmal bunte Bänder an den Bäumen hingen. Dass mein Wald mit Plastik verpestet wurde.«

»Das Material ist biologisch abbaubar«, sagt Eva Nyman ruhig.

Wir haben deine Scheiß-DNA, ruft Ryd innerlich weitaus

weniger ruhig und drückt sich die Nase platt. Du hast es mir versprochen, Eva. Du hast mir versprochen, dass ich die DNA-Bombe platzen lassen darf. Wenn es so weit ist. Wenn er sich total verweigert.

Eva Nyman presst die Lippen aufeinander, beobachtet Frisell. Wirft dann Rasmusson einen auffordernden Blick zu.

»Erinnerst du dich noch an unsere allererste Begegnung, Lukas?«, fragt Rasmusson. »Kannst du dich daran erinnern, wie es dir damals ging?«

Frisell starrt an die Decke. Wenn Nyman vorhat, in seinem Kopf Chaos zu stiften, scheint sie auf einem guten Weg zu sein. Ryd geht davon aus, dass Frisell im Umgang mit Menschen inzwischen absolut ungeübt ist, seine Wachsamkeit aber so scharf ist wie die eines Tieres. Sie kann nicht abschätzen, was das mit seinem Verstand macht.

Er schweigt. Meidet Rasmussons Blicke.

»Ich hatte noch nie so viel Elend gesehen, Lukas. Zuerst dachte ich, es hat mit deinem Vater zu tun, diesem alkoholkranken Kleinkriminellen aus Hälsingland. Ihm war ich nie begegnet, aber ich hatte deine Akte vorher genau gelesen.«

Frisell sieht seinen ehemaligen Mentor an.

»Der Tod deines Vaters«, fährt dieser fort, »hätte für dich eine Befreiung sein können. Stattdessen bist du wie dein Vater geworden. Ich habe dich aufgeweckt, Lukas, als du dich verlaufen hattest und dir ein viel zu früher Tod drohte.«

»Die Gebirgsjäger«, sagt Frisell in fast träumerischem Tonfall.

»Aber davor hast du noch die Schule fertig gemacht und viel über Chemie gelernt. Hast du da auch gelernt, wie man Sprengstoff herstellt?«

Frisell schüttelt den Kopf.

»Der benachbarte Bauer hat nicht bemerkt, dass du Strom abgezapft hast«, sagt Nyman. »Doch er hat in den vergangenen fünf Jahren zweimal den Diebstahl von Kunstdünger angezeigt. Aus Kunstdünger kann jemand, der in Chemie bewandert ist, Diazodinitrophenol, kurz DDNP, herstellen. Hast du damit auch deine Fallen im Wald ausgestattet?«

Frisell schweigt eisern. Er ist beunruhigend schweigsam, findet Ryd auf der anderen Seite des Spiegels.

Er darf jetzt auf keinen Fall zumachen.

»Der Bauer bewirtschaftet ein großes, blühendes Rapsfeld«, fügt Eva Nyman hinzu. »Hast du dir dort vielleicht Inspiration geholt?«

»Du hast mir mal erzählt, dass ihr euch bei den Gebirgsjägern auch mit Sprengfallen, Taktiken der Guerillakriegsführung, Planung von Attentaten und Entführungen beschäftigt habt. Du musst mir wirklich sagen, was das alles soll, Lukas. Was war der Tropfen, der das Fass zum Überlaufen gebracht hat?«

Frisell schweigt sich weiter aus, doch seine Handschellen rasseln leise. Auch seine steinerne Miene hat sich verändert.

»Die Entführung einer Polizeibeamtin«, legt Nyman nach. »Das hast du sehr geschickt gemacht, Lukas, das muss man dir lassen. Unbemerkt hast du mich betäubt, mich in dein Versteck geschleppt, mich gefesselt und mir gedroht. Und trotzdem plädierst du auf unschuldig?«

Sie sehen sich an, und Eva Nyman liest ein Wort von seinen Augen ab, das niemals den Weg über seine Lippen finden wird. Sie ist sich sicher, dass es *Verzeihung* ist.

»Dir muss klar sein, Lukas, dass wir dich nicht festgenommen hätten, wenn wir keine handfesten Beweise haben.«

Sie wendet sich zum Spiegel und nickt ihrem Spiegelbild zu.

Sonja Ryd sieht das Nicken und versteht.

Jetzt ist sie an der Reihe.

33

Sonja Ryd ist mit ihm allein. Sie sitzen sich gegenüber. Regungslos. Bis Frisell hoch zur Decke sieht.

»Es riecht schon wieder nach Ethanol«, sagt er und schnuppert.

Ryd tut so, als wäre sie viel zu beschäftigt, um sich darauf einzulassen.

»Wollen wir noch mal auf den Zwischenfall mit dem Ehering zu sprechen kommen?«

Frisell windet sich.

»Ich versuche, mir das Setting genau vorzustellen«, sagt Ryd. »Vermutlich ging dem ein anstrengender Streit voraus. Nina rennt ins Badezimmer, um den Ehering im Klo herunterzuspülen. Sie stürmen hinterher, aber nicht, um sie aufzuhalten. Was tun Sie stattdessen? Haben Sie ihr die Kleider vom Leib gerissen?«

»Wer sagt denn, dass wir welche anhatten?«

Ryd gerät kurz aus dem Gleichgewicht, blinzelt ein paarmal.

»Ihre Ex-Frau hat angegeben, dass die Leidenschaft, die Sie beide verband, stärker war als die Kluft. Obwohl ich nicht glaube, dass es darum ging ...«

»Nun ja, Sie waren ja auch nicht dabei. Obwohl Sie das sehr zu interessieren scheint.«

»Mich erinnert die Situation an eine Vergewaltigung. Gehört *Bestrafungssex* zu Ihrem Repertoire, Lukas?«

»Sie werden mir nicht weismachen können, dass Nina so etwas gesagt hat.«

»Es freut mich, dass Sie eine Regung zeigen, Lukas. Das ist gut in der Verhandlung vor Gericht, so wirken Sie menschlicher. Zum Glück gibt es da noch eine andere Erklärung.«

Sieht sie Frustration? Enttäuschung?

»Vielleicht hatte der Toilettensex gar nichts mit Ihrer Ex-Frau zu tun, sondern eher mit Ihrer bevorstehenden Zeit als Junggeselle. Die Phase haben Sie verpasst, soweit ich weiß. Sie beide waren noch sehr jung, als Sie sich kennenlernten. Ich würde gerne einen Blick in Ihre Vergangenheit werfen.«

Frisell beobachtet sie wie eine Schlange ihre Beute.

»Als Kind hatten Sie einen schweren Start im Herzen von Hälsingland. Und Ihr Umzug in die Großstadt hat es auch nicht besser gemacht. In Hälsingland konnten Sie wenigstens in die Natur flüchten, wenn Ihr alkoholkranker Vater Sie mal wieder grün und blau geschlagen hat. In Vällingby wurden Sie dann in die Kleinkriminalität hineingezogen. Damit konnte man aber auch keine Bräute klarmachen. Das Gymnasium, das Sie später besucht haben, war eine Technische Berufsschule, da gab es auch nicht viele Mädchen. Und die Gebirgsjäger sind eine garantiert frauenfreie Zone. Sie hatten also kaum Gelegenheiten, um sich als Junggeselle auszuleben.«

»Was hat das mit meinem angeblichen Terrorismus zu tun?«

»Ich werde versuchen, es Ihnen zu erklären«, sagt Ryd mit der Andeutung eines Lächelns. »Den Terrorbomber treibt seine sexuelle Frustration. Er mag sich einreden, dass er ein edles Ziel verfolgt, aber in Wirklichkeit will er nur ficken. Das geht nie weg, auch nicht bei älteren Männern.«

»Die Einzige, der dieses Wort wirklich gefällt, sind Sie, Sonja Ryd.«

»Es war keineswegs nur die Natur, für die Sie nach Ihrer Entlassung bei der Polizei an die Universität für Agrarwissenschaften zurückgekehrt sind. Vor allem die Studentinnen, die sich um die Natur und die Tiere kümmern, hatten es Ihnen angetan.«

»Ich wurde nicht entlassen«, murmelt Frisell.

»Ist das wirklich der richtige Ansatz? Sollten Sie nicht eigentlich gegen etwas anderes protestieren?«

Frisell schweigt. Natürlich könnte er jederzeit zu dem berüchtigten »Kein Kommentar« oder Drohungen wie »Ich will einen Anwalt« greifen. Doch darum scheint es nicht zu gehen.

»Sie sollten vor allem gegen meine These protestieren, dass Sie nur Dozent geworden sind, um an die Studentinnen heranzukommen, mit denen Sie so gerne essen gegangen sind.«

Frisell schüttelt den Kopf.

»Auf einer Facebook-Seite mit dem sprechenden Namen ›SLUmkid of SLU‹ wurden eine ganze Reihe von Fotos mit Ihnen gepostet. Sagt Ihnen die Seite etwas?«

Nichts als Schweigen und Kopfschütteln. Sie hat alles auf diese Karte gesetzt, sie kann jetzt nicht aufhören.

»Eine Studentin der SLU postete in der Zeit zwischen 2013 und 2015 auf Facebook Fotos. Sie sind auf etwa zehn davon zu sehen, auch in einer Kneipe. Sie müssten sich an sie erinnern. Ihr Name ist Jonna Carlgren, sie hat an der SLU Landschaftsarchitektur studiert. Die Frauen waren der eigentliche Grund, nach der Scheidung dort hinzugehen, nicht wahr?«

»Machen Sie sich nicht dümmer, als Sie sind«, zischt Frisell. »Ich habe Agronomie, Forstwirtschaft, fossilfreie Energieträger und Umweltwissenschaft studiert. Das hat mich interessiert. Echte, nützliche Sachen. Wissen, das mich darauf vorbereitete, in der Natur zu überleben und sie in ihrer erbarmungslosesten und reinsten Form zu lieben.«

Ryd ist sehr zufrieden. Weil sie langsam trotz allem ein Gespräch führen.

»Aber vor allem hat es mit Liselott Lindman zu tun«, sagt sie leise.

Frisell starrt in die Weite, ins Universums, als wäre dort eine Antwort zu finden.

»2008, das war eine gigantische Havarie. Es war Ihr erster großer Fall, richtig?«

Pause. Schweigen.

»Sie haben alles auf eine Karte gesetzt. Sie wollten Liselott ohne die Hilfe neumodischer Technik retten. Eigentlich war sie längst im Zeugenschutzprogramm, aber eine Seite in dem gerade auf den Markt gekommenen Facebook hat ihren Aufenthaltsort verraten. Sie haben sich geweigert, mehr als das Minimum an Technologie einzusetzen. Sie haben die Ermittlungen geleitet, Sie waren groß und stark und haben sich auf ›ehrliche‹ Polizeimethoden verlassen. Damals, im Herbst 2008, waren Sie das Alphamännchen, Lukas. Und Sie hatten Eva Nyman an Ihrer Seite, eine junge Handlangerin, die Ihnen Bestätigung gegeben hat. Doch dann trat die Katastrophe ein. Liselott Lindman stirbt, man gibt Ihnen die Schuld und feuert Sie. Ihre Frau hat Sie verlassen. Das Alphamännchen stürzt ins Bodenlose. Und Eva Nyman hat Ihre Kastration von der ersten Reihe aus miterlebt.«

Frisell sitzt still und hört zu. Die Steinwand ist wieder zurück, aber jetzt ziehen sich kleine, zarte Risse durch den Granit.

»Deshalb haben Sie ihr die Briefe geschickt, nicht wahr? Doch zunächst gab es einen Weg, um Ihre Potenz zurückzuerlangen, Lukas. Sie erinnerten sich an die Unizeit und die vielen jungen Studentinnen und haben Ihr Studium wieder aufgenommen. Sie haben Ihren Stil verändert, und dann waren Sie bereit. Als Dozent. Ein bewunderter, gut aussehender ehemaliger Polizist, der zwar vom Leben außerhalb der Gesellschaft träumt, aber nie den entscheidenden Schritt wagt. Sie waren hin- und hergerissen zwischen den Studentinnen und dem echten, ursprünglichen Leben im Wald. Lelle Bergis musste vor allem gegen Ihre Libido ankämpfen.«

»Ich wusste, dass Lelle verraten hat, wo ihr mich findet.«

»Wie Sie ist auch er nur noch ein Schatten seines früheren Selbst. Sie haben sich ein paar Jahre mit den Ladys an der SLU gegönnt, der ständige Nachschub machte den Aufbruch schwer. Aber am Ende haben Sie es geschafft und Ihren Trieb in das Verlangen nach der ultimativen MILF verwandelt, nach Mutter Erde.«

»Sie werden nie verstehen, wie sich diese Nähe zur Natur anfühlt.«

»Bestimmt nicht. Aber jetzt ist es vorbei. Warum? Hatten Sie genug vom Biberficken?«

Das Geräusch kommt überraschend. Es erinnert eher an ein Düsentriebwerk. Aber nur für eine Sekunde. Dann hat Lukas Frisell schon wieder aufgehört zu lachen.

»Da gibt es keine Biber«, murmelt er.

»Aber Sie hatten genug vom Zölibat, nicht wahr?«

»Warum müsst ihr die großen Themen immer so klein machen?«

»Wir?«

Frisell verweigert demonstrativ eine Antwort. Ryd seufzt, schüttelt den Kopf und macht eine resignierte Geste in Richtung Spiegel.

»Wenn ich es nicht besser wusste, wäre meine Vermutung, dass die vielen Jahre im Wald Sie zu einem frauenfeindlichen Irren gemacht haben. Aber je länger ich Sie kenne, desto deutlicher wird, dass Sie schon immer so waren.«

»Die Welt dort draußen geht unter, und Sie streiten über Kleinigkeiten.«

»Sie dürfen gerne damit fortfahren, alles Gesagte zu exemplifizieren. Die Misogynie ist unzweideutig, *irre* mag nicht das richtige Wort sein. Vielleicht eher *fixiert*. Oder *besessen*. Eine Besessenheit, die immer größer wurde, je unerträglicher das Zölibat war. Je mehr die irreparablen Schäden in der Natur sichtbar wurden. Alles in allem ein perfekter

Nährboden für eine Radikalisierung. Was genau hat Ihre Entscheidung ausgelöst?«

»Welche Entscheidung?«

»Wann haben Sie beschlossen, Ihre Fähigkeiten, Frustrationen und Überzeugungen zu bündeln und es mit der Gesellschaft aufzunehmen?«

»Dafür habe ich mich nicht entschieden.«

»Wofür haben Sie sich dann entschieden?«

Frisell schweigt. Er weicht Ryds Blicken aus.

»Sagen Ihnen diese drei Zeitangaben etwas?«, fragt sie und legt einen Zettel auf den Tisch.

Frisell sieht auf den Zettel, zeigt jedoch keine Regung.

»An jedem dieser drei Tage wurde eine Bombe gelegt, um Menschen zu töten. Ich will wissen, ob Sie für diese Stunden ein Alibi haben.«

Frisell seufzt.

»Ich lebe seit acht Jahren allein im Wald. Sie wissen ganz genau, dass ich kein Alibi habe.«

»Aber wir wissen, dass Sie Komplizen haben.«

Frisell schüttelt erneut den Kopf, er sieht mit einem Mal niedergeschlagen aus.

»Wir werden bald erfahren, seit wann Sie den Strom abgezapft haben«, sagt Sonja Ryd. »Dann haben wir auch ein potenzielles Datum, an dem Sie mit Ihrer Planung begonnen haben. Sie benötigten einen Internetzugang, um Ihren Plan auszuführen. Um Ihre symbolträchtigen Opfer auszuwählen und Baupläne für Bomben herunterzuladen. Irgendwo in den Wäldern von Uppland befindet sich Ihr Chemielabor, Lukas, es ist nur eine Frage der Zeit, bis wir es finden. In diesem Labor haben Sie leider einen entscheidenden Fehler begangen.«

In Frisells hellblauen Augen glänzt Neugierde.

»Ist irgendetwas passiert, als Sie die zweite Bombe gebaut haben? Die war besonders, länglicher als die erste, mit einem mechanischen Zünder ausgestattet.«

Frisell schweigt verbissen.

»Sie hatte eine massive Sprengkraft, Lukas, ich sage es Ihnen. Sie hätten sehen sollen, wie Jesper Sahlgren aussah, als er im Vasapark lag und das Gras unter ihm verbrannte. Aber diese explosive Kraft war dennoch nicht zerstörerisch genug, um Ihre DNA zu eliminieren. Sie konnte an den Überresten sichergestellt werden. Was ist passiert? Haben Sie sich beim Bau der Bombe geschnitten?«

Ihre Blicke treffen sich. Was sieht sie? Ernst und Schwere?

»Ich habe keine Bomben gebaut«, sagt er.

»Aber wir wissen, dass Sie es getan haben. Sie haben eine Sprengfalle gebaut und diese abmontiert, als es Zeit war, den Wald zu verlassen, sich mit Ihren Komplizen zu treffen und Ihre Serie von terroristischen Bombenanschlägen in die Tat umzusetzen. Alles andere war nur ein Vorspiel, nicht wahr, Lukas?«

»Das ist nicht der Grund, warum ich die Falle entfernt habe. Und das ist nicht das, wofür ich mich entschieden habe.«

»Wofür haben Sie sich dann entschieden, Lukas?«

»Ich wurde nicht entlassen.«

»Was dann?«

»Ich glaube, ich sollte jetzt nichts mehr sagen.«

34

Die Bierkrüge und Gläser auf dem Tablett stimmen eine klangvolle Melodie an, während Anton Lindberg sie in die hinterste Ecke der Bar balanciert. Als es ihm gelingt, das Tablett unfallfrei auf dem Tisch zu platzieren, stellt er zufrieden fest, dass es vollkommen trocken geblieben ist.

Das gilt jedoch nicht für die Anwesenden, denn es ist nicht ihr erstes Bier.

»Was ist das für ein Mensch?«, sagt Shabir Sarwani und greift nach einem der Krüge. »Ich sehe ihn vor mir, ich höre ihm zu, ich spreche mit ihm, aber ich habe keinen Schimmer, wer dieser Lukas Frisell ist.«

»Schuldig ist er«, sagt Sonja Ryd aus den Tiefen des Sofas. »Der ist so was von schuldig. Ich war mir noch nie so sicher.«

»Steigerst du dich da nicht in etwas hinein?«, fragt Ankan und packt ihren Krug wie eine echte Kellnerin auf dem Oktoberfest. »Ich finde, er wirkt die meiste Zeit eher überrascht, dass wir ihn festgenommen haben.«

»Allerdings wie ein gefangenes Tier«, sagt Sarwani und nimmt einen großen Schluck. »Er ist immer wachsam. Als würde er unbekanntes, aber überschaubares Terrain beobachten und *Informationen sammeln.*«

Eva Nyman nippt an ihrem Singapore Sling.

»Er hat sich tatsächlich sehr verändert.«

»Und wie lautet deine Einschätzung?«, fragt Lindberg, der sich das letzte Bier schnappt. »Du kanntest ihn doch so gut. Ist er unser Terrorbomber? Ist er ein guter Lügner?«

Nyman seufzt und zuckt mit den Schultern.

»Ich weiß es wirklich nicht. Alle Indizien sprechen dafür, dass er es war.«

»Und ein sehr konkreter Beweis«, fügt Ryd hinzu und hebt ihr Rotweinglas.

»Das stimmt«, gibt Nyman zu. »Aber ich bin mir nicht sicher. Könnte es sein, dass ihn jemand reinlegen will?«

»Das ist an den Haaren herbeigezogen, das weißt du genau«, sagt Sarwani.

»Worauf wir uns trotz des Chaos einigen können, ist, dass er mal ein richtig guter Polizist war.«

»Und vermutlich ein richtiger Draufgänger, dem sind die Frauen doch scharenweise hinterhergelaufen«, sagt Ankan. Verhaltenes Lachen. Ryd mustert Nyman.

»Wenn sich jemand von uns damit auskennt, dann ja wohl du«, sagt Lindberg und tätschelt Ankans Arm. »Aber der sieht doch aus wie einer der wandelnden Baumhirten aus ›Herr der Ringe‹. Was zieht euch Frauen da eigentlich an?«

»Die *Gefahr*!«, raunt Sarwani.

»Und das von einem, der damit angibt, noch nie eine Beziehung gehabt zu haben«, entgegnet Ankan. »Nein, nicht die Gefahr, eher … die Haltung …«

»Lasst Shabir in Ruhe schwul sein«, ruft Lindberg und hebt seinen Bierkrug an den Mund. Doch bevor er einen Schluck nimmt, wendet er sich an Ankan.

»Meinst du das im Ernst? Die Haltung?«

»Dem musst doch sogar du zustimmen, Sonja«, sagt Ankan an Ryd gewandt, die an ihrem Wein nippt.

»Dafür habe ich keinen Platz in meinem Leben«, antwortet die. »Aber vielleicht kann uns Eva erzählen, wie Frisell vor fünfzehn Jahren war, als Polizist und als Mann.«

»Ich bin übrigens nicht schwul«, wirft Sarwani ein. »Ich will mich nur nicht binden.«

»Ich würde gern etwas anderes sagen«, schaltet sich Eva

Nyman gelassen ein. »Wir sitzen in einer Bar, es ist spät, das NOVA-Team ist komplett, obwohl wir einen absurd langen Arbeitstag hinter uns haben. Wir sollten vor allem ein bisschen feiern. Wir haben richtig gute Arbeit geleistet, ganz gleich, wie es ausgeht. Und morgen haben wir mehr Filmmaterial, das wir ihm vorlegen können.«

»Ich muss unbedingt diese weiße Kirche finden«, murmelt Ryd.

»Eva hat recht«, brüllt Lindberg. »NOVA ist NOAs Vorhut! Wer hätte das vor ein paar Wochen gedacht?«

»Vorhut?«, ruft Sarwani. »Wir sind die verdammte Elitetruppe.«

»Elitetruppe«, kichert Nyman. »In der Tat. NOVA ist NOAs Elitetruppe. Wir sind das V, wie in *Victory*.«

Befreiendes Lachen. Dann leert Nyman ihren Drink mit einem Schluck.

»Ich könnte auch sehr gut einen Erfolg gebrauchen. Es gibt nämlich eine ganze Reihe hochrangiger Herren, die mich loswerden wollen.«

Schweigen. Die anderen sehen sich betreten an.

»Wir haben das Gerede immer wieder gehört«, sagt Ankan. »Aber wir wissen nicht genau, worum es da eigentlich geht.«

»*Ich* weiß es«, ruft Anton Lindberg. »Und du weißt, dass ich auf deiner Seite bin, Eva.«

»*Ich* bin ja noch nicht einmal selbst auf meiner Seite«, sagt Nyman leise. »Ich habe einen Fehler gemacht. Und dann sind noch weitere dazugekommen.«

»Alle wissen, dass sich fast jedes Verbrechen mittlerweile mit der Organisierten Kriminalität in Verbindung bringen lässt. Manchmal geht es schief, das kommt vor.«

»Das stimmt doch gar nicht«, murmelt Ryd von ihrem Platz auf dem Sofa.

»Bei dir ist es also schiefgegangen, Eva?«, hakt Sarwani nach.

»Das war vor etwa einem Jahr«, antwortet Nyman. »Er saß mir im Verhörraum gegenüber und hat mich an der Nase herumgeführt. Stundenlang.«

»Jede andere hätte den Bastard fertiggemacht«, sagt Lindberg.

»Ja, aber vielleicht nicht mit dem Bürgerlichen Gesetzbuch?«, murmelt Nyman und schüttelt den Kopf.

»Mit dem Gesetzbuch?«, wiederholt Ankan ungläubig.

»Der Anwalt hatte es aus irgendeinem unerfindlichen Grund dabei und auf den Tisch gelegt. Der Bandenchef beschimpfte mich in einem fort, mit Anzüglichkeiten und anderen Beleidigungen, während sein Anwalt auf der Toilette war. Ich habe ihm damit eins übergezogen und ihn an der Schläfe erwischt.«

»Wow!«, sagt Ankan. »Und danach kamen noch weitere Fehler?«

»Ich habe versucht, die Sache unter den Tisch fallen zu lassen, einige aus meinem Team haben mich dabei unterstützt. Bis dieses Team aufgelöst wurde. Uns ist es gelungen, den Vorfall der Öffentlichkeit vorzuenthalten, aber meine Vorgesetzten haben es natürlich erfahren. Es gab sozusagen *politische Bedenken*. Und die existieren nach wie vor.«

»Aber du bist immer noch hier, Eva«, sagt Anton Lindberg und legt sein Handy mit Nachdruck auf den Tisch. Auf dem Display sind die beiden Polizeizeichnungen des Boten zu sehen, der die Bomben im Vasapark und in Västerås übergeben hat. Zwei Zeichnungen, die durchaus ein und dieselbe Person zeigen könnten.

»Ich schwöre, dass es sich um denselben Typen handelt und dass er Frisells Auftragskiller ist«, so Lindberg weiter. »Und ich schwöre außerdem, dass er zum Netzwerk der ausufernden Organisierten Kriminalität in unserem Land gehört. Und ich schwöre euch, dass er Araber ist.«

Zuerst sieht Anton Lindberg, wie Ankan ihr Bier leert und

aufsteht. Danach sieht er in ein Paar dunkelbraune Augen, die ihn anstarren.

»Ich wusste nicht, dass du mit deinen Freunden hier bist«, sagt der dunkelhaarige Mann zu Ankan, sieht dabei aber Lindberg an.

»Wir sind gerade fertig, Rahim«, sagt Ankan, küsst den großen Mann auf den Mund und nickt ihren Kollegen zu. Sie hakt sich unter und geht. Nur einmal sieht Rahim über die Schulter. Lindberg ist aufgestanden und starrt dem Paar hinterher, als wolle er etwas sagen, doch ihm fehlen die Worte.

Sonja Ryds leicht verschlafene Stimme ertönt aus den Tiefen des Sofas.

»Ich schwöre, dass der Typ Polizist ist.«

»Kennst du ihn?«, fragt Sarwani, stellt sein halb leeres Bier ab und steht auf.

»Es reicht doch, dass ich diese Typen erkenne«, sagt Ryd.

Auch Eva Nyman steht auf und seufzt. Sarwani legt seinen Arm um den versteinerten Lindberg und dreht sich zu Ryd.

»Morgen holen wir ihn uns«, sagt er mit nach oben gerecktem Daumen.

Ryd nickt und erwidert zu ihrer eigenen Überraschung seine Geste. Nyman klopft Lindberg auf die Schulter, der sich von Sarwani mitnehmen lässt. Sie bleibt einen Moment lang stehen und beobachtet Ryd.

»Ich frage mich, wie tief der Rassismus in der Gewerkschaft verankert ist«, murmelt sie. Dann zuckt sie mit den Schultern und zeigt Richtung Ausgang.

»Kommst du mit, Sonja?«

»Ich muss noch kurz telefonieren«, sagt Ryd und hält ihr Handy hoch.

Eva Nyman schaut sie eine Weile an. Dann lächelt sie verschmitzt, schüttelt den Kopf und zerzaust Ryds Stoppelhaare, so gut sie kann.

Als die anderen weg sind, schiebt Sonja Ryd das Telefon in

ihre Tasche, holt tief Luft, geht an die Bar und räuspert sich. »Ich nehme noch eine halbe Flasche Rotwein.«

»NOVA ist ein beschissener Name«, murmelt sie auf dem Weg zurück zum Sofa.

35

An diesem Morgen im Mai geht die Sonne in Stockholm um 4:20 Uhr auf. So früh wacht zwar keiner aus dem NOVA-Team auf, aber im Laufe des Morgens wecken die Sonnenstrahlen einen nach dem anderen.

Shabir Sarwani zieht die Jalousien in seiner Wohnung in Solberga hoch und wird von dem grellen Licht fast umgeworfen. Dann tritt er, mit seinem Kaffee bewaffnet, auf den Balkon. Anton Lindberg wecken die Sonnenstrahlen in seinem Reihenhaus in Huvudsta, während das Trappeln von Kinderfüßen und das nicht immer friedliche Lachen seiner beiden Töchter langsam in sein Bewusstsein dringt. Bei Eva Nyman in der Frejagatan lösen die Sonnenstrahlen Kopfschmerzen aus. Sie tastet unterm Kopfkissen nach ihrem Handy und starrt auf die Nummer, die sie *auf keinen Fall* anrufen soll. Ankan in Stureby beobachtet, wie die Sonnenstrahlen auf Rahim Abdulhamids olivbraune Haut fallen, und entscheidet, dass sie noch nicht aufstehen wird. Sonja Ryd schließlich wird von den Sonnenstrahlen berührt, während sie versucht, ihre Übelkeit auf dem Rudergerät ihres 24-Stunden-Fitnesscenters in der Hornsgatan zu unterdrücken und mit jedem Ruderschlag das Gift aus ihrem Körper zu pressen, um nicht nach Ethanol zu riechen.

Einige Zeit später liest sie laut aus einem bereits bekannten Text vor:

Wir müssen uns abkehren vom Massenkonsum, und zwar jetzt. Bald wird euch die Welle erfassen, die euch aus dem egoistischen Dämmerschlaf reißt. Die Welle wird immer größer. Sie wird Teile der verrottenden Stadt zwischen den Brücken mit sich reißen, und das weiße Haus Gottes wird auf die Ruinen des Verfalls hinabblicken. Denn das war erst der Anfang.

»Lassen Sie uns einen Blick auf den Bildschirm an der Wand werfen«, sagt sie und beobachtet, wie Frisell ihrer Aufforderung nachkommt. Zu sehen ist eine schwarz-weiße Karte von Stockholm, auf der sechs Kreise eingezeichnet sind.

»Von diesen sechs Punkten aus kann man *hinabblicken,* und zwar von den Kirchtürmen weißer Gotteshäuser. Darf ich um Hilfe bitten?«

Die Tür zum Verhörraum öffnet sich, Lindberg und Ankan kommen herein. Sie nehmen Frisell die Handschellen ab, ziehen ihm nicht gerade vorsichtig den Pullover aus und befestigen Kabel an seiner Brust und seinen Armen, die mit einem Messgerät verbunden sind. Sie verschwinden so schnell, wie sie gekommen sind.

»Wir wollen uns die einzelnen Kreise ansehen und beobachten, wie Sie reagieren, Lukas. Sind Sie bereit?«

Sarwani fängt an, bevor Frisell überhaupt Zeit hat zu reagieren. Das Bild muss näher herangezoomt werden, bevor man die Namen der einzelnen Kirchen lesen kann. Den Anfang macht die Matteus-Kirche, gefolgt von der Filadelfia-Kirche, der Adolf Fredrik-Kirche, der Sankt-Peters-Kirche, der Gustaf-Vasa-Kirche und der Djurgården-Kirche.

»Danke«, sagt Sarwani, und wie aufs Stichwort erscheinen Ankan und Lindberg erneut und entfernen die Kabel von Frisells Körper. Sie ziehen ihm den Pullover wieder über den vernarbten Oberkörper, legen ihm die Handschellen wieder an und verschwinden.

»Jetzt haben wir Ihre Reaktionen auf die sechs potenziellen Tatorte aufgezeichnet. Es wird nicht lange dauern, bis sie von Fachleuten ausgewertet werden.«

»Bei einem dieser sechs Orte wird Ihr Herz schneller geschlagen haben«, sagt Ryd und lächelt ausdruckslos. »Was auch immer Sie sagen mögen, wir müssen jetzt hinter Ihre Worte schauen, Lukas. Sie haben Ihre Glaubwürdigkeit verspielt.«

Frisell schüttelt seinen Kopf mit dem schiefen Haarschnitt, schweigt jedoch weiter.

»Dann lassen Sie uns noch einen Blick auf den Bildschirm werfen«, sagt sie.

Es folgt ein Film. Wald, in der Dämmerung. Die Kamera umrundet einen Abhang und kommt am Fuß einer drei Meter hohen, moosbewachsenen Felsenwand zum Stehen. Eine Hand mit Latexhandschuh erscheint im Bild, die Kamera nähert sich dem Boden. Das Moos ist weggekratzt worden und offenbart eine fast unsichtbare Holztür im Felsen. Die Hand kratzt noch mehr Moos weg, dann greift sie nach der Luke und öffnet sie. Eine Taschenlampe leuchtet auf, die Perspektive wechselt, die Hand verschwindet in der Öffnung, der Körper taucht hinterher. Das Licht der Taschenlampe wird heller, ein Raum wird sichtbar, in dem ein Stuhl und ein einfacher Schreibtisch stehen. Auf dem befinden sich nicht nur Kerzenreste, sondern auch ein Laptop mit einem Internetstick. Ein USB-Modem. Dann zoomt die Kamera auf ein Regal, in dem ein Stapel DIN-A4-Papier liegt, aber es gibt weder Drucker noch Schreibmaschine. Dafür fängt die Kamera mehrere Papierschnipsel ein, die auf dem gestampften Schmutzboden verteilt sind.

»Sie müssen wirklich sicher gewesen sein, dass sich keine Pilzsammler in Ihren Teil des Waldes verirren«, sagt Sonja Ryd.

Frisell sitzt reglos da und starrt auf das Standbild, auf dem noch immer die Papierschnipsel zu sehen sind.

»Der Laptop wurde aufgeladen, bevor er in dieses Arbeitszimmer gebracht wurde, in dem es keine Elektrizität gibt. Aber ich kann keinen Drucker sehen«, sagt Ryd. »Ich frage mich also, was der Stapel Druckerpapier hier zu suchen hat, und vor allem, ob diese kleinen Papierschnipsel gar nicht aus einem Drucker kommen, sondern beim Schreiben auf einer altmodischen Schreibmaschine entstanden sind. Korrigieren Sie mich, wenn ich mich irre.«

Frisell schüttelt den Kopf.

»Sie wissen doch, dass wir alles finden werden?«, fragt Ryd, ohne zu fragen. »Wir werden auch die Schreibmaschine finden. Und wir werden feststellen können, dass die Briefe damit geschrieben wurden. Außerdem werden wir in Kürze Ihren Browserverlauf kennen. In diesem Zusammenhang wäre es äußerst entgegenkommend und zeitsparend, wenn Sie uns Ihr Passwort jetzt gleich gäben. Wir werden es so oder so knacken.«

Frisell hebt den Kopf und sieht Ryd an.

»Das ist meine Schreibhöhle.«

»Ihre *Schreibhöhle*?«, ruft Ryd. »Was wollten Sie denn dort schreiben? Außer den Drohbriefen, die Sie Ihrer ehemaligen Partnerin bei der Polizei geschickt haben?«

»Ich schreibe, um näher an der Natur zu sein. Und ich schreibe auf dem Laptop, nicht auf einer Schreibmaschine.«

»Und wie ist das so? Bitte erklären Sie das einer eingefleischten Städterin.«

Frisell lacht auf.

»Es fällt Ihnen unsagbar schwer, sich das alles vorzustellen, oder?«

»Helfen Sie mir dabei.«

»Sie müssen sich auf Ihre Umgebung einlassen und sie kennenlernen, so wie Sie das mit Ihren Freunden machen. Sie müssen lernen zu erkennen, wie es der Natur geht, ihre Höhen und Tiefen, die Stimmung, in der sie sich befindet. Die Natur muss einen einladen, man kann sich ihr nicht aufdrängen. Man muss jeden Baum, jeden Stein, jedes Moosgeflecht, jede Pflanze kennen, von den Tieren ganz zu schweigen. Um ihnen wirklich nahe zu sein. Nur dann kann man in die Augen eines Hirsches sehen und ihn verstehen, so wie er uns versteht.«

»Und dennoch haben Sie die Tiere mit Ihren Sprengfallen getötet.«

»Nur im absoluten Notfall, wenn ich sonst verhungert wäre. Mit dem Auto in die Stadt zu fahren, um Lebensmittel zu besorgen, war für mich die größte Niederlage. Das habe ich auch nur wenige Male getan. Ich hatte sehr harte Winter dort draußen.«

»Aber das war nicht der einzige Grund, warum Sie den Wald verlassen haben, oder?«

Frisell schweigt. Ryd hofft. Bloß nicht verstummen. Weitersprechen.

»Sie hatten recht«, sagt Frisell nach einer gefühlten Ewigkeit.

»Tatsächlich? Womit?«

»Was Sie über das Zölibat gesagt haben. Ich war auf alles vorbereitet, außer darauf.«

Ryd nickt. Sie weiß alles über das Zölibat.

»Und wie haben Sie es gemacht?«

»Ihr werdet nur zwei Sachen auf meinem Rechner finden. Mein Buch, wenn ich das so nennen darf. Und meinen Chatverlauf mit Frauen.«

»Mit den Prostituierten, mit denen Sie sich verabredet haben?«

»Natürlich nicht. Ich habe diese Frauen auf Dating-Portalen kennengelernt.«

»Und wo haben Sie sich mit ihnen getroffen?«

»Ich habe mich nur an Orten getroffen, an denen ich bar bezahlen konnte. Meistens im *Flustret*, einem Nachtclub in Uppsala. Manchmal bin ich auch zu ihnen nach Hause gefahren.«

»Passierte das oft?«

»Nicht oft genug.« Lukas Frisell lächelt zaghaft. »Es ist schließlich ein fundamentales Bedürfnis, hab ich recht, Sonja Ryd?«

Ihr gelingt es, ein ernstes Gesicht zu bewahren. Sie ist drauf und dran, die nächste Frage zu stellen, als ihr Frisell zuvorkommt.

»Sie haben keine Vorstellung von der Schönheit der Natur, die von der Menschheit zerstört wird, bis Sie im Moos liegen und sehen, wie immer mehr Sterne am langsam dunkler werdenden Himmel auftauchen, während die ersten Schneeflocken des Winters auf Ihr Gesicht fallen. Sie haben keine Vorstellung davon, bis Sie ein halbes Dutzend roter Eichhörnchenbabys gesehen haben, die einen Kiefernstamm hinunterhuschen, um unter der liebevollen Aufsicht ihrer Mutter die Welt zu erkunden. Sie haben keine Vorstellung davon ...«

Es dauert ein paar Sekunden, ehe Sonja Ryd begreift, was passiert ist. Sie hat sich von Frisells Naturschwärmereien davontragen lassen. Erst als Sarwani an ihrem Ärmel zupft, sieht sie auf. Ihr Blick fällt auf Ankan, die in der Tür zum Kontrollraum steht und ihnen hektisch zuwinkt. Wenige Sekunden später reißen die Wachen Lukas Frisell vom Stuhl hoch und bringen ihn zurück in seine Zelle.

»Der Großalarm wurde ausgerufen«, schreit Ankan, während sie Ryd zu sich in den Kontrollraum zerrt.

36

Es ist eng in dem winzigen Kontrollraum. Eva Nyman steht auf Zehenspitzen und versucht, ihre Vorgesetzten bei der NOA zu erreichen, wird aber nur an das Zivilpersonal der Streitkräfte weitergeleitet. Da sie nie flucht, tut sie es auch jetzt nicht, dafür behandelt sie ihr Handy nicht gerade rücksichtsvoll. Alle versuchen, ihre Kontakte anzurufen, um sich den Notstandsalarm bestätigen zu lassen.

»Ich habe die Bestätigung von Kollegen vor Ort!«, ruft Anton Lindberg als Erster. »Man hat gerade eben, in der Hauptverkehrszeit, einen verlassenen Rucksack auf dem Bahnsteig am Odenplan gefunden.«

»Odenplan«, wiederholt Sarwani. »Einer der Orte, von dem ein weißes Haus Gottes auf die Ruinen des Verfalls hinabblicken kann.«

»Die Bahnsteige sind aber unterirdisch«, wirft Ryd mit gerunzelter Stirn ein. »Die kann man von oben nicht sehen.«

»Ich habe einen Live-Feed von einem der Kollegen vor Ort«, ruft Lindberg dazwischen und hält sein Handy hoch.

Sie rücken dicht zusammen, um den Feed sehen zu können, und verschmelzen zu einem Körper. Die verwackelten Aufnahmen zeigen, wie die Menschen aus dem U-Bahnschacht strömen und die ersten Einsatzfahrzeuge anrücken.

»Ihr drei fahrt sofort dorthin, Sonja und ich bleiben vorerst hier, kommen aber gleich nach«, sagt Nyman und nickt den anderen zu.

Sarwani, Lindberg und Ankan stürmen los. Es ist nicht weit bis zum Odenplan, sie sind schon wenige Minuten später dort. Zu diesem Zeitpunkt ist der Eingang zur U- und S-Bahn bereits weiträumig abgesperrt, alle Bahnsteige sind evakuiert.

Lindberg manövriert den Wagen durch die Absperrung auf der Odengatan. Sie halten ein Stück weiter oben auf dem Odenplan an, springen hinaus und nähern sich den uniformierten Polizeibeamten, die alle Ein- und Ausgänge bewachen. Das Bombenentschärfungskommando ist ebenfalls schon vor Ort und baut seine Ausrüstung auf. Sarwani, Lindberg und Ankan werden begrüßt und gleich zu einem Überwachungsbildschirm gebracht, der unmittelbar hinter der Absperrung aufgestellt wurde.

Die Beamten versuchen, die Menschen auf dem Odenplan zurückzudrängen, das Absperrband ist vorerst das einzige Mittel, bis die Absperrgitter eintreffen. Trotzdem herrscht Chaos, Schaulustige versammeln sich wie bei einem Rockkonzert. Im Schatten der weißen Gustaf-Vasa-Kirche bildet sich ein Halbkreis aus so vielen Menschen wie Handys.

»Die Leute müssen hier alle weg«, brüllt Sarwani den Beamten vergeblich zu. Sie sind viel zu wenige, um das zu bewerkstelligen.

Der Bildschirm, vor dem Sarwani, Lindberg und Ankan stehen, wird heller, ein Bild blitzt aus dem Nichts auf. Es ist der Bahnsteig, und er ist leer. Der Bombenroboter, der von einem der Männer, neben denen Sarwani sitzt, per Joystick gesteuert wird, nähert sich einer Bank, neben der ein verlassener, militärgrüner Rucksack steht. Da hört Sarwani eine innere Stimme. Es ist die von Sonja Ryd.

Die Bahnsteige sind aber unterirdisch. Die kann man von oben nicht sehen.

Man kann es vom weißen Haus Gottes aus *nicht* sehen.

Sarwani wendet sich vom Bildschirm ab und sieht zu der Menschenmenge hinter der Absperrung. Sein Blick ist in dem Meer aus Neugierigen, die alles mit dem Handy filmen, an etwas hängen geblieben. Etwas Grünem, ein militärisches

Grün, aber dann ist es auch schon wieder weg. Sein Blick schweift über die Menschentraube. Ein Gesicht nach dem anderen, Sarwani meint, bekannte Gesichter zu sehen. Dann eine erneute Bewegung, am Rand seines Gesichtsfeldes. Er hört laute Stimmen aus dem Meer von Menschen, das auf einmal zurückweicht wie das Rote Meer für Moses.

Sarwani ist schon losgerannt, auf dem Weg dorthin.

Zu dem grünen Gegenstand.

Auf dem Asphalt steht jetzt gut sichtbar ein grüner Militärrucksack, der dem auf dem Bahnsteig zum Verwechseln ähnlich sieht.

Shabir Sarwani rennt schreiend auf den Rucksack mitten auf dem Odenplan zu, fuchtelt wild mit den Händen und versucht, die Leute zu vertreiben.

Er rennt auch noch, als der Rucksack explodiert.

Jetzt blickt das weiße Haus Gottes auf die Ruinen des Verfalls herab.

37

Die Sonne spiegelt sich im Klara-See und verspricht den Bewohnern Stockholms einen schönen Morgen. Doch ein Streifenwagen wirft Blaulicht über die Barnhusbrücke, bevor er in die Dalagatan einbiegt und die Sirenen in die anderen Sirenen einstimmen.

Sonja Ryd und Eva Nyman sitzen auf der Rückbank. Ryd versucht vergeblich, Sarwani, Lindberg und Ankan zu erreichen. Keine Antwort. Nyman hat zwei Bildschirme mit Nachrichtensendungen eingeschaltet, zu sehen ist nur Chaos, Blut, Zerstörung. Nichts, was irgendeinen Sinn ergäbe.

Der Streifenwagen passiert den Vasapark und die inzwischen erweiterte Absperrung um den Odenplan. Eine Reihe von Krankenwagen ist bereits vor Ort, es sieht aus wie im Krieg.

Der Wagen hält. Ryd legt sich die Hand auf die Stirn und ist überrascht von ihrem lächerlich hohen Puls, das Herz schlägt ihr bis zum Hals. Ein kurzer Blickwechsel mit Nyman, so etwas wie Einvernehmen, sie verziehen das Gesicht, dann geht es los.

Alles gemeinsam.

Sie kämpfen sich durch das Chaos am Odenplan. Menschen, die sich über andere Menschen beugen. Schreie und Geräusche, die sich nur teilweise menschlich anhören. Körper, die sich in Panik winden, festgehalten und heruntergedrückt werden. Ein auffällig großer Teil der Fläche ist rot. Blut, Eingeweide, alles ist rot. Nyman weiß, dass sie als Erstes die anderen Teammitglieder finden müssen. Fokussiert bleiben, sonst werden sie verrückt. Ryd hebt den Kopf und schaut an der weißen Fassade hinauf zur schwarzen Kuppel und noch weiter bis zur erbsengrünen Kirchturmspitze. Es sieht wirklich so aus, als würde die Kirche beinahe hochmütig auf die Verwüstung herabblicken.

Nyman zerrt sie mit sich, Sekunden später befinden sie sich in den Schützengräben des Ersten Weltkriegs. Eine Zeitreise. Das Einzige, was fehlt, sind die Amputationssägen.

Morphium aber ist vorhanden.

Als Erstes entdeckt Sonja Ryd Anton Lindberg, der eine verletzte Person am Boden bandagiert. Es handelt sich um einen akuten Notfall, das Blut strömt aus einer tiefen, klaffenden Wunde am Arm. Lindberg sieht sie, ignoriert sie aber.

In der Nähe der Kirche entdeckt Eva Nyman ein weiteres bekanntes Gesicht. Das blonde Haar von Ankan, die neben einer Krankenwagentrage kniet. Sie rennen auf sie zu. Die Sanitäter bewegen sich mit beeindruckender Geschwindigkeit um den Verwundeten herum. Ankan ist leichenblass, umklammert die blutige Hand des Verletzten und starrt ausdruckslos vor sich hin.

Im ersten Moment denkt Nyman, die Hand wäre abgetrennt, von der Bombe zerfetzt. Aber dann sieht sie, dass sie unter einer leuchtend orangefarbenen Krankenhausdecke hervorragt. Und sie gehört Shabir Sarwani. Seine Augen sind geschlossen, sein Gesicht ist von Wunden übersät, als wäre er von einer Schrotflinte getroffen worden. Wie aus zwanzig kleinen Mündern ziehen sich rote Rinnsale über das kreideweiße Gesicht.

Eva Nyman kniet sich neben die vollkommen erstarrte Ankan. Da hört sie ein dumpfes Geräusch und dreht sich um. Sonja Ryd ist über einen Verletzten gestolpert und mit dem Kopf auf dem Asphalt aufgeschlagen.

38

In den Flur der Untersuchungshaft dringt kein Tageslicht. Lukas Frisell ist mit einer ganz anderen Unendlichkeit konfrontiert als der Lukas Frisell draußen im Wald. Das hier ist die *unendliche Leere*. Niemals hätte er sich ausmalen können, wie unwohl er sich in diesen Mauern der Kronoberger Untersuchungshaft fühlen würde. Aber das ist noch nichts im Vergleich zu seiner Zelle.

Die Zelle ist die Hölle. Das kleine Fenster scheint nur der Belustigung zu dienen.

Er wird von zwei stämmigen Wärtern begleitet. Ihre Schritte hallen dramatisch durch die Gänge. Dann bleiben die Wärter stehen. Der jüngere schließt eine Tür auf, schiebt Frisell in die Zelle und nimmt ihm die Handschellen ab. Frisell geht zum Fenster, durch das der Lärm der dissonanten Sirenen schallt. Aber er ist nicht in der Lage, irgendetwas zu sehen. Nur ein unfassbar tristes Dach.

Er kann die Leere förmlich sehen.

Der jüngere Wärter tritt wieder in den Gang hinaus, der ältere bleibt in der Tür stehen. Er ist so alt wie Frisell, und keiner der beiden hat bisher die Tatsache erwähnt, dass sie sich tatsächlich von früher kennen. Sie sind zwar keine Freunde gewesen, aber ihre Wege haben sich ein paarmal gekreuzt.

Schicksalsschläge auf beiden Seiten.

Die beiden sehen sich eine Weile schweigend an. Dann nimmt der Wärter seinen Mut zusammen.

»Du warst das nicht, Lukas, oder?«

Frisell seufzt und zeigt zum Fenster.

»Ich weiß nicht einmal, worum es hier geht.«

Der Wärter bleibt unschlüssig stehen, verlagert sein Gewicht vom rechten auf den linken Fuß.

»Du musst es mir versprechen, Lukas. Die ganze Welt ist verdorben und kaputt, und ich weiß nicht, was ich machen soll, wenn auch jemand wie du verdorben und kaputt ist.«

Frisell atmet tief ein und wendet sich vom Fenster ab. Er schaut dem Wärter in die Augen.

»Ich war auf dem Weg zurück.«

»Wie, zurück?«

Frisell sieht ihn an und kann sich ein bitteres Lachen nicht verkneifen.

»Zurück in dieses verdammte Gebäude hier.«

Er hält einen Moment inne.

»Zurück in den aktiven Dienst.«

39

Sie befinden sich nicht mehr in den Schützengräben des Ersten Weltkrieges. Sie sind noch weiter in die Vergangenheit gereist, ins Mittelalter. Schreie und Gebrüll erfüllen den großen Saal – der eigentlich ein Empfangsraum oder ein Wartezimmer ist – und könnten auch aus einem Pesthaus im Florenz des 14. Jahrhunderts stammen.

Das Sabbatsberg-Krankenhaus, das nur wenige Hundert Meter vom Odenplan entfernt liegt und um 1870 erbaut wurde, verfügte seit 1884 über Elektrizität. Es war das erste Krankenhaus der Stadt, das 1900 mit einer Röntgenabteilung ausgestattet wurde. Die Schreie aber sind zeitlos. Das Chaos begleitet die Menschheit seit ihrem dunklen Anbeginn. Sie selbst sind die Geschichte.

In einer Ecke des großen Saals sitzt Sonja Ryd und fragt sich, ob die Frau, die ihr gerade die Schürfwunde auf ihrer Stirn versorgt, tatsächlich zum Pflegepersonal gehört. Sie hat eher den Eindruck, dass sie sonst in der Verwaltung arbeitet und sich reingeschmuggelt hat. Der Krankenhauskittel passt ihr nicht richtig, so als hätte sie ihn sich von irgendeinem Haken geschnappt.

Allerdings sieht Ryd auch nicht so gut, das muss sie zugeben. Und es dreht sich alles.

»Ist Ihnen schwindelig?«, fragt die Krankenschwester. »Haben Sie Sehstörungen?«

»Nein«, sagt Ryd, obwohl sie nicht nur Schwierigkeiten hat, den Blick scharf zu stellen, sie kann sich auch nicht aufrichten. »Kein Schwindel, keine Sehstörungen.«

Eva Nyman kniet sich neben die beiden.

»Können wir ihn jetzt besuchen?«

Die Krankenschwester sieht sie irritiert an.

»Vielleicht haben Sie schon bemerkt, dass Sie nicht die einzigen Patienten hier sind«, sagt die Schwester in säuerlichem Tonfall.

»Aber wir leiten die Ermittlungen von alldem hier«, betont Nyman und zeigt ihr ihren Dienstausweis.

Die Krankenschwester schüttelt den Kopf und geht. Die Ermittlerinnen folgen ihr in ein Zimmer mit sechs Betten. Sie bleiben vor einem Vorhang stehen und müssen warten, bis dieser geöffnet werden darf.

»In dem Rucksack auf dem Bahnsteig befanden sich übrigens zwei extrem umweltschädliche rosa Luftballons und ein Zettel«, sagt Eva Nyman. »Auf dem stand: ›Booom, motherfucker‹. Mit drei o.«

»Clever«, erwidert Ryd und kämpft gegen den Schwindel an. »Während unsere Aufmerksamkeit voll auf den Bahnsteig gerichtet war, wurde die Bombe in der Menge platziert.«

In diesem Moment bekommt die Krankenschwester grünes Licht und zieht den Vorhang auf. Jetzt befinden sie sich wirklich in der Toskana, wo die Pest einst mit den Ratten über Genua von den fernen Ufern des Schwarzen Meeres ins Land kam. Die vermoderte Luft schwebt durch den Raum und trägt das Wehklagen vergangener Jahrhunderte mit sich.

Ganz hinten im Raum liegt eine Gestalt in einem der Betten, mit geschlossenen Augen und einem weißen Kopfverband. Ihr Kopf sieht aus wie ein Paket auf zwei Schultern. Rote Flecken haben sich auf dem Verband gebildet. Neben dem Bett sitzt Ankan. Ein Hauch von Farbe ist in ihr Gesicht zurückgekehrt.

»Der Arzt sagt, es geht ihm gut. Er werde jeden Moment aufwachen«, sagt sie mit heiserer Stimme. »Aber ich weiß nicht, ob ich ihm glaube.«

Eva Nyman umarmt sie und nickt erleichtert.

»Und wie geht es dir, Ankan?«

Ankan hebt ihre blutigen Unterarme.

»Ich weiß nicht, ob es mir jemals wieder gut gehen wird. Das Blut lässt sich nicht abwaschen.«

Sie zeigt auf den bewusstlosen Shabir Sarwani.

»Aber über diesen Mann werdet ihr in den nächsten Tagen viel lesen. Weiß der Teufel, wie vielen Menschen er das Leben gerettet hat. Er hat die Schaulustigen gewarnt, ohne Rücksicht auf seine eigene Sicherheit zu nehmen.«

Ryd spürt, wie sich der Raum um sie herum dreht. Ihr Blick kann sich nirgends festhalten. Vielleicht hätte sie nicht lügen sollen, was ihren Zustand angeht. Sarwani in diesem mumienhaften Verband zu sehen löst etwas in ihr aus. Vor allem aber freut sie sich aufrichtig, dass er am Leben ist.

Ankan packt Nymans Arm und sieht ihr aus nächster Nähe in die Augen.

»Wir müssen dieses Schwein fassen«, sagt sie. »Lukas Frisell saß verdammt noch mal im Gefängnis, als diese Scheiße hier passiert ist.«

40

Ausnahmsweise ist Sonja Ryd allein in dem kleinen Raum hinter dem Spiegel. Sie sieht, wie sich die Tür in der hinteren Wand öffnet und zwei Wärter Lukas Frisell in den Verhörraum führen.

Sie hatte die Befragung nicht nur durchführen *wollen*, nein, sie *musste* sie durchführen. Sie wurde gebraucht. Dringend gebraucht. Unter der Kompresse auf ihrer Stirn pocht es unkontrolliert.

Aber wenigstens hat sie keinen Schwindel mehr. Der war noch sehr präsent während der Konfrontation mit Eva Nyman in ihrem stilvollen Büro. Ryd weigerte sich, Nymans Vorschlag anzunehmen – der nur als Vorschlag getarnt war. Teile der unmissverständlichen Anweisung entgingen ihr, als der Schwindel zunahm und sie ohnmächtig wurde.

Die Zeit arbeitete trotz allem für sie. Eine Art Normalität stellte sich ein. Statistik ersetzte das Chaos. Fünf Menschen waren bei dem Bombenanschlag getötet worden, drei schwebten noch in Lebensgefahr, vierzehn waren zum Teil schwer verletzt. Es war ein terroristischer Akt, vergleichbar mit dem Lkw-Anschlag auf der Drottninggatan im Jahr 2017.

Eva Nyman nahm die Schuld nicht auf sich. Die Entscheidung war über ihren Kopf hinweg getroffen worden. Dies war die einzige Chance für ihr NOVA-Team, einen kleinen Teil des Falles zu behalten. Es war auch eine Gelegenheit, von Lukas Frisells einzigartigem fachmännischen Wissen zu profitieren. *All. That. Crap.*

Jetzt sitzt Nyman im Verhörraum, Ryds Chefin, ihre Freundin. Frisell wurde ebenfalls hereingeführt. Er sieht fast erwartungsvoll aus. Aber sie sind nicht allein. Neben Nyman sitzt ein energisch aussehender Mann mittleren Alters im Anzug, der langsam seine Aktentasche öffnet.

»Ich habe das Gefühl, es ist Zeit, meine Entlassung in die Wege zu leiten?«, sagt Frisell ruhig.

Nyman schüttelt dem gut gekleideten Mann die Hand.

»Das ist Oberstaatsanwalt Sten Robert-Olsson. Wir haben einen Vorschlag zu unterbreiten.«

Sie spricht ›Robert‹ in lupenreinem Französisch aus. Frisell setzt dazu an, etwas zu sagen, schluckt es dann aber lieber herunter.

»Du hast hier im Verhörraum gesessen, als die Bombe am Odenplan explodierte«, konstatiert Nyman stattdessen. »Das wissen wir. Aber wir wissen auch, dass deine DNA an einer der Bomben sichergestellt wurde. Du könntest da draußen einen ganzen Stab von Komplizen haben. Die Tatsache, dass die Bombe detonierte, während du in Untersuchungshaft warst, beweist nicht deine Unschuld.«

»Sehe ich aus wie ein Mann, der Komplizen hat?«, wiederholt Frisell.

Staatsanwalt Robert-Olsson ignoriert seine Worte.

»Sie sind nach wie vor ein Hauptverdächtiger, und im Prinzip reicht der DNA-Beweis aus, um Sie auf unbestimmte Zeit in Untersuchungshaft festzuhalten – was auch geschehen wird.«

Die Kunstpause, die folgt, ist so offensichtlich, dass selbst Frisell sie als solche erkennt. Trotz der acht Jahre in der Wildnis. Am liebsten würde er wie ein wildes Tier aufheulen, unterdrückt den Impuls aber.

Das macht er immer, denkt Sonja Ryd.

»Wir schlagen jedoch eine Variante der Untersuchungshaft vor«, fährt Robert-Olsson fort. »Als Teil eines laufenden Versuchsprogramms. Sie sind nach wie vor in Untersuchungshaft, aber nicht hier vor Ort untergebracht, sondern mit einer Fußfessel ausgestattet.«

»Benötigt man dafür nicht einen Wohnort?«, fragt Frisell träge.

Oberstaatsanwalt Robert-Olsson beobachtet ihn mit seinen unergründlichen Fischaugen.

»Sie werden das wahrscheinlich nicht wissen, aber die Fußfessel hat in den letzten Jahren eine bedeutende technische Entwicklung erfahren. Der Grundsatz des Gewahrsams mittels Fußfessel sollte daher mit diesen technischen Entwicklungen Schritt halten. Die Variante, deren Sicherheit geprüft wurde, sieht eine Fußfessel mit eingeschränkter räumlicher Bewegungsfreiheit innerhalb der Innenstadt von Stockholm vor. Die Fußfessel ist mit einem GPS ausgestattet, sodass Sie sich in den meisten Teilen des Stadtzentrums frei bewegen können. Allerdings unter einer Bedingung: Sie stehen dem NOVA-Team uneingeschränkt zur Verfügung.«

»Was zum Teufel ist das NOVA-Team?«, ruft Frisell.

Sten Robert-Olsson ignoriert ihn erneut, auf diese spezielle Art, wie es nur Anwälte tun.

»Neben der üblichen intensiven Überwachung durch den Strafvollzug und die Bewährungshilfe können alle Mitglieder von NOVA Ihren Standort jederzeit auf ihren Handys und Tablets abrufen. Sobald Sie die Ihnen gesetzten Grenzen auch nur um einen Meter überschreiten, wird sofort ein Alarm ausgelöst. Oder wenn Sie verbotene Bereiche betreten wie Internetcafés, Elektronikgeschäfte und dergleichen. Sie erhalten eine Liste dieser verbotenen Zonen und Einrichtungen. Sie dürfen weder das Internet noch einen Computer benutzen und kein anderes Mobiltelefon verwenden als das, das Ihnen von der Strafverfolgungsbehörde zugeteilt wird. Dabei handelt es sich um ein einfaches Modell, dessen Anrufe von NOVA protokolliert und abgehört werden können.«

Eva Nyman lehnt sich über den Vernehmungstisch.

»Leider sprechen zu viele Indizien für dich, als dass alles nur ein Zufall sein kann. Und wenn du tatsächlich unschuldig bist, Lukas, dann muss es jemanden geben, der dich reinlegen will.«

Frisell lehnt sich zurück und starrt an die Decke. Er schüttelt langsam den Kopf.

»Der Gedanke ist mir auch schon durch den Kopf gegangen.«

»Und hast du eine Idee, wer es sein könnte?«

Er schüttelt weiter den Kopf.

»Mir fällt niemand ein, ich habe ja keinen Kontakt zu anderen Leuten.«

»Akzeptieren Sie die Bedingungen, Lukas Frisell?«, fragt Sten Robert-Olsson förmlich. »Sie erklären sich bereit, rund um die Uhr für die Ermittler des NOVA-Teams zur Verfügung zu stehen?«

»NOVA in der NOA«, witzelt Frisell.

Staatsanwalt Robert-Olsson schweigt einen Moment lang.

»Im Anschluss an die Unterzeichnung dieser Vereinbarung«, fährt er in geschäftsmäßigem Ton fort, »erhalten Sie, Lukas Frisell, ein altes, einfaches Prepaid-Telefon, ein Nokia 3310, das Sie immer mit sich führen müssen und das Sie als Einziges benutzen dürfen. Außerdem neue Kleidung, Hygieneartikel, Handtücher und den Schlüssel zu einer Wohnung in der Nähe der Polizeistation. Das NOVA-Team kann Sie also jederzeit zu einem Treffen einberufen, und Sie dürfen niemals zu spät kommen, ohne anzurufen und den Grund mitzuteilen. Ich wiederhole und betone, dass Sie unter keinen Umständen ein anderes Mobiltelefon oder einen Computer oder irgendetwas, mit dem Sie ohne Wissen der Behörde kommunizieren können, erwerben oder ausleihen dürfen. Akzeptieren Sie diese Bedingungen?«

Frisell wendet sein Gesicht dem großen Spiegel zu. Dann beginnt er, ganz langsam zu nicken.

»Ich akzeptiere«, sagt er mit einem schiefen Lächeln und nimmt einen Schlüsselbund sowie ein in Papier eingewickeltes Paket mit Kleidung und ein altes, weinrotes Nokia entgegen.

Nyman räuspert sich.

»Deine Ansprechpartnerin ist Kriminaloberkommissarin Sonja Ryd. Ihr werdet euch zusammensetzen und in deiner Vergangenheit wühlen, um zu sehen, ob dir doch noch potenzielle Verdächtige einfallen.«

Lukas Frisell nickt in Richtung des Spiegels.

»Sonja Ryd …«, sagt er amüsiert.

Ryd schlägt mit der flachen Hand gegen das verspiegelte Fenster.

Alle im Verhörraum hören es und drehen sich um.

III

DIE ZWEITE JAGD

41

Die Stimmung im Büro des NOVA-Teams hat sich verändert. Ankan bleibt unschlüssig in der Tür stehen. Nur vier der fünf Mitglieder sind vor Ort, dafür wurde das Team über Nacht mit fast zwanzig Ermittlern und Ermittlerinnen verstärkt. Polizei- und Zivilkräfte. Die Stimmung ist eine vollkommen andere.

»Ich glaub's ja nicht. Ist NOVA groß geworden!«, ruft sie und geht zu Eva Nyman, die ihren Tisch mit drei Neuankömmlingen teilt. Die hat Ankan schon einmal im Flur gesehen, aber mehr auch nicht.

Nyman springt auf und zieht sie beiseite.

»Wie geht es Shabir?«

»Er ist aufgewacht«, sagt Ankan. »Ihm tut alles weh, aber unter dem Verband ist er definitiv der alte Shabir Sarwani. Es wird nicht leicht, ihn von den Ermittlungen fernzuhalten.«

»Das beruhigt mich. Wie du siehst, haben sich die Dinge hier ein bisschen verändert. Wir sind noch im Spiel, leiten sogar das erweiterte Team, das sich vor allem mit dem Terror- und Aktivistenaspekt der Anschlagserie beschäftigt.«

»Gibt es noch andere Aspekte?«

»Das kann man wohl getrost einen Machtkampf nennen. Jemand in der Führungsspitze setzt alles daran, dass es nicht als Terror deklariert wird.«

Ankan nickt so heftig, dass sich ihr Haarknoten zu lösen beginnt.

»Und wer sind die an deinem Tisch?«, fragt sie, während sie ihre Haare wieder hochsteckt.

»Das sind Führungskräftekoordinatoren«, sagt Nyman spöttisch. »Ja, das ist der Preis, den wir zahlen müssen. Aber sie können uns dabei behilflich sein, das große Ganze im Blick zu behalten.«

»Dann sind das also deine Assistentinnen?«

»Eher Stellvertreterinnen. Ich bin doch so selten hier, zwischen diesen ganzen Krisensitzungen und Pressekonferenzen.«

Sie tritt vor das Whiteboard, das sich wie alles andere auch in alle Richtungen vergrößert hat. Ganz oben steht als Überschrift *NOVA*.

»Wir haben die Sektionen deutlicher unterteilt«, sagt Nyman und zeigt auf die Tafel. »Es gibt inzwischen vier Spalten: Knivsta, Vasapark, Västerås und jetzt noch Odenplan. Die vierte Spalte hat sich in den letzten Stunden gefüllt. Was nicht bedeuten soll, dass die Ermittlungen sich nur noch darum drehen. Solange Shabir fehlt, bilden wir vier Einheiten. Anton ist für den Odenplan zuständig, Sonja folgt der Frisell-Spur, und du leitest die Ermittlungen der drei vorherigen Anschläge, Ankan. Ich übernehme die Leitung der Koordinationseinheit. Ihr anderen agiert als Chefs eurer jeweiligen Einheit.«

»Sollte das nicht eine Beförderung nach sich ziehen?«, fragt Ankan und sucht ihren Namen auf dem Whiteboard.

»Wenn wir diesen Fall lösen, ist das mehr als realistisch. Komm mal mit.«

Sie gehen in die Ecke, in der Anton Lindberg gerade mit seiner sechsköpfigen Einheit im Gespräch ist. Er sieht auf und erkundigt sich nach Shabirs Zustand.

»Wir bekommen Unmengen an Fotos und Filmen, es melden sich Zeugen vom Bahnsteig und vom Odenplan. Deshalb ist die Einheit so groß. Sobald wir etwas entdecken, das wir als wichtig einstufen, schicke ich einen meiner Leibeigenen zum Whiteboard, um es anzupinnen. Ihr seid doch einverstanden, dass ihr Leibeigene genannt werdet?«

Ein Murren geht durch Lindbergs Entourage. Nyman zieht Ankan weiter in die Mitte des Raumes, wo vier Kolleginnen stehen.

»Das hier sind deine Leute, Ankan. Ihr sollt die Infos über die drei ersten Bombenattentate *up to date* halten. Ich lasse euch mal allein, dann könnt ihr euch einander vorstellen und die Arbeitsaufteilung besprechen.«

Ankan sieht Nyman etwas verwundert hinterher, stürzt sich dann aber in ihre neue Aufgabe.

Nyman geht währenddessen weiter zu Sonja Ryd, die, von zwei Polizeiobermeisterinnen eingerahmt, an ihrem Rechner sitzt und, das Handy zwischen Ohr und Schulter geklemmt, vor sich hin schreibt. Nyman tippt ihr auf die freie Schulter.

»Wissen wir, wo Frisell sich aufhält?«

Ryd unterbricht ihr Telefonat nicht, dafür schiebt Nyman das iPad hin, das neben ihrem Rechner liegt. Darauf ist eine rote Linie zu sehen, die sich im Zickzack durch die Stockholmer Innenstadt bewegt. An einer Stelle blinkt es. Bei Hornstull auf Södermalm. Nyman schaut Ryd fragend an.

»Ich rufe dich gleich zurück, Nina«, sagt die und wendet sich dann an ihre beiden Mitarbeiterinnen. »Könnt ihr kurz Kaffeepause machen?«

Die beiden sind es gewohnt, Befehle zu befolgen, und stehen, ohne zu zögern, auf.

»An der Stelle, an der es rot blinkt, hält sich Frisell gerade auf«, sagt Ryd und zeigt auf den Bildschirm des iPads. »Die Linie zeigt an, welchen Weg er bis dahin genommen hat. Er bewegt sich innerhalb seines zulässigen Radius, aber wie du sehen kannst, hat er sich mehrfach dem Präsidium genähert und wird hier bald auftauchen. Und das, obwohl er weiß, dass ich hier bin.«

»Es handelt sich um eine hundertprozentig sichere Technik, Sonja!«

»Gibt es die wirklich?«, brummt Ryd und schüttelt den

Kopf. »Du weißt, was ich davon halte, Eva. Er ist so was von schuldig. Das hier ist doch nur wieder ein Fall von schwedischer Naivität.«

Nyman seufzt und beugt sich zu ihr.

»Wir observieren ihn«, flüstert sie ihr ins Ohr.

Sonja Ryd kann die Skepsis in ihrem Blick nicht unterdrücken.

»Ich weiß, ich weiß«, nickt Nyman. »Ich habe, absolut inoffiziell, ein Team auf ihn angesetzt. Tag und Nacht. Und parallel haben wir die Daten seiner Fußfessel. Wir werden ihn nicht verlieren.«

Gegen ihren Willen ist Ryd von ihrer Freundin und Chefin beeindruckt. Eine Observation ohne das Wissen der Vorgesetzten anzusetzen ist keine leichte Entscheidung.

»Wann wird Frisell hier erwartet?«

»Wir haben nur gesagt gegen Nachmittag, er wollte ein paar Stunden, um sich in der Stadt zu akklimatisieren. Jetzt ist es vier Uhr. Ich freue mich über jede Minute, die er noch unterwegs ist. Warum hast du mich bloß zu seiner Babysitterin gemacht?«

»Du weißt genau, dass es nicht darum geht. Ich habe die Energie zwischen euch gesehen.«

Ryd rümpft die Nase.

»Das Wichtigste ist, dass wir den Fall behalten«, sagt sie verbissen. »Doch stattdessen tragen wir hier Indizien *gegen* Frisell zusammen. Ich war zum Beispiel gerade im Gespräch mit Nina Strömblad, und sie hat definitiv mehr zu sagen. Energie, ich glaub, ihr könnt mich mal!«

Nyman verliert für den Bruchteil einer Sekunde die Fassung, fängt sich aber gleich wieder.

»O doch«, sagt sie. »Die Energie war da, ob es dir gefällt oder nicht.«

»Tatsächlich? Ich hatte eher das Gefühl, dass er *mich* verhört und nicht andersherum.«

42

Lukas Frisell bemerkt sie auf dem Weg von der ihm zugewiesenen Wohnung in der Agnegatan in der Nähe der Polizeiwache. Als er die Fleminggatan hinunterläuft, wird ihm klar, dass er den Zettel niemals unbemerkt in den geheimen Briefkasten werfen kann.

Sie bewegen sich, wie man sich bei einer Observation bewegt. Um herauszubekommen, nach welchem Muster seine Verfolger sich ablösen, wenn ein toter Winkel entstehen könnte, macht er Umwege und läuft im Zickzack durch die Stadt. Frisell beschließt, durch das St.-Erik-Viertel zu gehen und sich durch die Gassen auf die Inedalsgatan zu schleichen. Unterwegs setzt er sich auf eine Parkbank und schreibt ein paar zusätzliche Notizen auf den Zettel.

Es funktioniert. Er bekommt eine halbe Minute Aufschub, bevor Verfolger 1 aus dem Gebüsch auftaucht und ein atemloser Verfolger 2 in der Fleminggatan auftaucht. Es reicht, um die kleine Treppe in der Inedalsgatan hinunterzugehen und den Zettel schnell in den Briefkastenschlitz zu stecken. Die Antwort wird er am alten Treffpunkt am anderen Ende der Stadt erhalten. Für die Strecke benötigt er etwa eine Stunde – das sollte reichen. Einmal vor Ort, wiederholt er das Manöver mit dem toten Winkel. Unbemerkt greift er unter die Bronzeskulptur *Kjolen* im Fredhällspark, fischt das Papier heraus und wartet auf den richtigen Moment, um die Nachricht zu lesen.

Danach schlendert er zu einem Elektronikgeschäft am Fridhemsplan, das auf der Liste der verbotenen Zonen und

Einrichtungen steht. Nach ein paar misslungenen Versuchen gelingt es ihm schließlich, ein junges Mädchen für einen Obolus von hundert Kronen zu überreden, für ihn in dem Geschäft einzukaufen.

Während Frisell vor dem Laden wartet, beobachtet er unauffällig seine beiden Verfolger, die bei ihrem Versuch, möglichst unbemerkt zu bleiben, aussehen, als hätten sie Ameisen in ihren Hosen. Nach einer Weile kommt das Mädchen mit einer kleinen Tüte aus dem Laden und reicht sie ihm. Damit hat er einen beträchtlichen Anteil seines Geldes für etwas so Veraltetes wie ein Diktiergerät ausgegeben. Er benutzt das Schaufenster als Rückspiegel, um sicherzustellen, dass Verfolger 2 das Geschäft betritt, während Verfolger 1 ihn von der Straßenecke aus beobachtet.

Dann macht er einen Spaziergang durch den Rålambshovspark und über die Brücke Västerbro, von der aus man eine der schönsten Aussichten in Stockholm hat. Aus dem Augenwinkel sieht er eine Gestalt in einem grauen Kapuzenpulli, die durch die kleine Grünanlage am südlichen Ende der Brücke läuft. Er beschleunigt seinen Schritt und geht bis zum Einkaufscenter in Hornstull.

Es ist das erste Mal, dass Lukas Frisell nicht in Bewegung ist. Er stellt seinen Fuß mit dem alten Wanderschuh auf eine Holzbank, die einen Baum kreisförmig umgibt, und wartet auf seine Verfolger, die von der Västerbro bemüht langsam heranschlendern. Frisell justiert seine Fußfessel, die ihm an seinem Knöchel ein Ekzem beschert hat. Offenbar eine allergische Reaktion auf das Plastik. Ein Symptom ihrer Zeit.

Dann zieht er das kakifarbene Hosenbein wieder herunter, nimmt den Fuß von der Bank und hebt den Blick. Vor ihm türmt sich das *Hornhuset* auf, ein schickes Gebäude mit mehreren Restaurants und Bars, das mit seinen stufenartigen Vorsprüngen wie ein riesiges, sonnenbeschienenes Wandgemälde aussieht.

So sah Hornstull nicht aus, als er die Stadt verließ. Damals gab es auch schon Handys – er war schließlich Zeuge der ersten Generation von Smartphones –, aber heute hebt niemand mehr den Kopf und achtet auf den Weg. Auf seinem Spaziergang durch die Stadt hat er sich immer wieder mal neben Leute gestellt, die auf ihren Handys herumgetippt haben, oder er hat ihnen zugehört, wie sie lautstark in der Öffentlichkeit über ihre Geheimnisse und Intimitäten sprachen. Und er stellt fest, dass er dieses Leben noch schlechter versteht als vor fünfzehn Jahren. Seine Befürchtung von damals ist jedenfalls eingetreten: Die sozialen Medien haben das Leben der Menschen übernommen.

Er kehrt um und läuft die Långholmsgatan hoch. Sein sensibler Geruchssinn kann die Panik der Städter riechen. Sie hängt förmlich in der Luft. Es ist eine Stadt, die von einem Terroranschlag heimgesucht wurde.

Am südlichen Ende der Västerbro biegt er in die kleine Grünanlage neben dem Pålsundsbacken, aber die Gestalt mit dem Hoodie ist verschwunden. Es gelingt ihm erneut, das Manöver mit seinen Verfolgern anzuwenden und hinter den Hecken zu verschwinden. In der Mitte der Anlage steht eine Skulptur, auf die er zuläuft. Sie heißt *Streithähne* und stellt auch genau das dar. Zwei metallene Hähne, die aufeinander losgehen.

Auf dem Sockel der Skulptur liegt ein kleiner Kopfhörer, den er sich schnappt und ins Ohr steckt, bevor Verfolger 1 um die Ecke biegt.

»Diese Skulptur, das sind wir vor zwanzig Jahren, Amigo«, krächzt eine Stimme in seinem rechten Ohr.

Frisell muss schmunzeln.

»Alonzo«, sagt er zur Begrüßung und setzt sich wieder in Bewegung.

»Lukas«, erwidert die Stimme, »du solltest jetzt weniger sprechen und dafür umso besser zuhören. Außerdem sind die Mikrofone in diesen winzigen Kopfhörern verdammt schlecht. Aber mein Lieber, was siehst du scheiße aus.«

Frisell kichert.

»Geh zu unserem ehemaligen Stammplatz«, sagt die Stimme.

Frisell verlässt die Grünanlage und läuft den Berg hinunter Richtung Pålsundsbron, um über diese Brücke auf die Insel Långholmen zu gelangen. Von Weitem sieht er den Mann mit dem Hoodie, der die Brücke vor ihm überquert hat. Auf Långholmen geht Frisell bergauf, an den kleinen roten Holzhäusern vorbei. Alle Bäume sind grün und leuchten, mehr Natur wird man in der Innenstadt zu keinem Zeitpunkt im Jahr finden.

»Die Vorrichtung ist fertig«, sagt Alonzo. »Jahrelange Feinarbeit. Sie wurde schon in zwei Nachbarländern erfolgreich erprobt.«

Frisell nickt, als würde er ein Selbstgespräch führen.

Er erreicht das Amphitheater auf Långholmen, das mit Holzbänken für etwa dreitausend Zuschauer ausgestattet ist, die in einem Halbkreis sitzen. Die entwicklungsoptimistische Version eines antiken Amphitheaters aus den Vierzigerjahren. Fünf bis sechs Leute sitzen verstreut auf den Bänken, alle tief im Display ihrer Handys versunken. Zwischen den Bäumen versteckt, entdeckt Frisell wieder den Hoodie-Mann, der zu telefonieren scheint. Erst da erkennt er, dass es Alonzo ist.

»Nimm dein Diktiergerät, ich kann sie kommen sehen«, fordert ihn Alonzo auf. »Sie haben keine Distanzmikrofone dabei, sie können dich also nicht hören. Ich drehe kurz eine Runde und komme gleich auf der anderen Seite wieder raus.«

»Sie sollen glauben, dass ich was ins Diktiergerät spreche? Sehr clever.«

»Ich musste spontan eine Lösung finden, Amigo. Ich habe nicht gerade Däumchen gedreht und auf eine Nachricht von dir gewartet. Du kannst auf dem Weg ein bisschen dummes Zeug aufnehmen, falls sie es hinterher überprüfen sollten. Mann, mich überkommt fast die Nostalgie, wenn ich dich da so sitzen sehe.«

»Du warst immer mein bester Informant, Alonzo.«

»Im Moment ist es am sichersten, wenn die Vorrichtung die Werkstatt nicht verlässt«, sagt Alonzo. »Ich brauche noch einen Tag dafür. Du musst sie dort abholen. Erinnerst du dich noch daran, wo meine Werkstatt ist?«

Frisell sieht im Augenwinkel, dass Verfolger 1 das Amphitheater über denselben Hügel erreicht, den er zuvor genommen hat. Verfolger 2 schlendert über die Bühne des Theaters, vertieft in ein fingiertes Telefongespräch. Frisell hebt das Diktiergerät an seine Lippen.

»Natürlich erinnere ich mich. Und was ist mit der Handyfrage?«

»Ich lege dir einen Burner an unseren Treffpunkt 2. Weißt du noch, wo der ist?«

»In der Altstadt Gamla Stan, klar. Ich bin vorher allerdings eine Weile im Polizeipräsidium beschäftigt ...«

»Ich deponiere es dort gegen halb sechs. Da ist es sicher. Was das andere Handyproblem angeht, müssen wir ein bisschen erfinderisch sein. Habe ich das richtig verstanden? Du willst, dass ich das Handy, das sie dir gegeben haben, überprüfe und es dir dann zurückgebe, richtig?«

»Wenn es so ist, wie ich glaube, dann kann ich mich ohne das Handy am Körper nicht bewegen. Das ist ein Nokia 3310, das hatte ich dir ja schon geschrieben.«

»Ich habe eine Idee, wie wir das lösen können«, sagt Alonzo. »So, ich bin jetzt fast auf der anderen Seite. Wenn ich dir ein Zeichen gebe, sprichst du noch ein paar abschließende Worte in dein Diktiergerät und tust so, als würdest du es dir in die Tasche stecken. In Wirklichkeit aber fällt es unter deinen Sitzplatz auf den Boden, und du wirfst das Nokia daneben. Die dürfen das auf keinen Fall sehen. Dann gehst du an der Stelle in den Wald hinein, an der ich vorhin gestanden habe. Wenn die beiden Clowns dir gefolgt sind, wartest du drei Minuten ab, dann spielst du ein bisschen Theater und stellst fest, dass du das Diktiergerät verloren hast. So habe ich ungefähr sechs Minuten, um das Handy zu checken. *Give or take.*«

»Danke, Alonzo«, sagt Frisell. »Ich wünschte, wir hätten mehr Zeit.«

»Wir holen das nach, wenn du das hier überstanden hast, Amigo. Dann musst du mir unbedingt erzählen, wie es da draußen im Wald gewesen ist.«

»Es war ... magisch. Aber alles hat seine Zeit.«

»Fang jetzt an, ins Gerät zu sprechen.«

Frisell schaltet das Diktiergerät ein und sagt ein paar unverbindliche Worte über seine Rückkehr in die Zivilisation. Nichts könnte tatsächlich ausdrücken, was er empfindet.

Ihm gelingt es, die beiden Verfolger im Auge zu behalten und im richtigen Moment sowohl Diktiergerät als auch das Nokia auf den Boden fallen zu lassen. Dann macht er sich mit großen Schritten auf den Weg zu dem Wäldchen, in dem Alonzo eben noch stand. Die beiden Polizisten folgen ihm, ohne sich weiter um den Platz zu kümmern, an dem Lukas Frisell gesessen hat.

Er macht sich einen Spaß daraus, auf den höchsten Punkt von Långholmen zu gehen, ein wahr gewordener Albtraum einer jeden Observation. Kurz bevor er sich bereit macht, sein kleines Theaterstück über das verlorene Diktiergerät aufzuführen, hört er Alonzo in seinem Ohr.

»Sie haben dir einen Peilsender ins Handy eingebaut, und es reicht *nicht*, das Telefon auszuschalten. Aber ich kann da was machen. Ich lasse dir Instruktionen zukommen. Jetzt geh zurück, bevor jemand die Sachen findet.«

»Danke.«

»Du weißt genau, wer von uns beiden in ewiger Schuld steht, Amigo. Wir sprechen uns ganz bald wieder. Und entsorge bloß den Kopfhörer im Riddarfjärden.«

Frisell spielt artig seine Szene, die zurückhaltende Version eines Menschen, dem plötzlich etwas auffällt und der es daraufhin sehr eilig hat. Es genügt, dass er sich auf die Jackentasche klopft und das Gesicht verzieht.

Die Verfolger sind ihm auf den Fersen, als er zum Amphitheater zurückkehrt, wie Stalker, die hinter einem Schauspieler her sind. Diktiergerät und Nokia liegen, scheinbar unberührt, auf dem Boden. Er greift nach beiden Geräten, kehrt um und macht es den beiden dadurch bedeutend schwerer, die Verfolgung aufzunehmen. Aber es sind Profis, und es gelingt ihnen, ihn durch das Waldstück und bis zur Västerbro zu verfolgen, die nach Kungsholmen führt.

Und zum Polizeipräsidium.

Frisell schlendert bis zum höchsten Punkt der Brücke, bleibt stehen und sieht auf die Stadt auf der anderen Seite des Riddarfjärden. Die Menschenwelt ist noch theatralischer geworden, als er sie in Erinnerung hat.

Unauffällig zieht er den kleinen Kopfhörer aus seinem Ohr und lässt ihn fallen, fünfundzwanzig Meter tief ins Wasser unter ihm.

Wenigstens ist das da unten echtes Wasser!

43

Sonja Ryd ist äußerst gewissenhaft, aber sie kann den Blick einfach nicht von ihrem iPad nehmen. Sie meidet die offiziellen Nachrichten, denn sie weiß ohnehin, dass sich die Panik in der Stadt ausbreitet. Was sie aber nebenbei immer im Auge behält, ist Frisells Route durch Stockholm. Ein Mann, der versucht, seine vergessene Stadt wiederzuerobern. Zu ihrer Verwunderung hat es eine geradezu therapeutische Wirkung gehabt, den Bewegungen des rot blinkenden Punktes zu folgen. Bis vor wenigen Augenblicken. Da lief er über den Fridhemsplan, in den Kronobergspark und befindet sich demnach auf direktem Weg zum Polizeipräsidium.

Das zerstört jede therapeutische Wirkung.

Sonja Ryd läuft zum Whiteboard, entfernt einige der dort angebrachten Informationen und macht ein Foto mit dem iPad. Dann stellt sie den ursprünglichen Zustand wieder her und geht nach unten, um ihn in Empfang zu nehmen. Auf dem Weg dorthin gibt sie Eva Nyman Bescheid. Via SMS.

Ihr Verhältnis ist gerade etwas angespannt.

Sie wartet im Eingang an der Polhemsgatan auf ihn, als er das Präsidium in zerschlissener, aber geruchsneutraler Kakikleidung betritt. Er entdeckt sie hinter dem schusssicheren Schutzglas und zeigt auf sie. Ryd nickt dem Mann am Empfang zu. Statt Frisell aber durchzulassen, gibt der Wachmann ihr ein Zeichen, einen Moment zu warten. Sie zuckt mit den Schultern.

Ein paar Minuten später erscheint ein weiterer Beamter aus den Tiefen des Gebäudes. Der entscheidende Unterschied zu seinem Kollegen ist, dass dieser schwer bewaffnet ist.

»Personenschutz«, sagt er streng. »Befehl von oben.«

Ryd starrt ihn an, während Frisell durch die Schleuse gelassen wird.

»Die Zeiten ändern sich«, sagt er lakonisch.

»Folgen Sie mir«, erwidert Ryd.

Sie gehen in einen anonymen Raum im unansehnlicheren Teil des Gebäudekomplexes. Der Uniformierte nickt Frisell zu, was nur eine ganz bestimmte Handlung nach sich ziehen kann. Frisell stellt sich breitbeinig hin und streckt die Arme zu den Seiten aus. Nach der Körpervisite reicht der Beamte Ryd seine Ausbeute.

Die händigt Frisell das Nokia gleich wieder aus, betrachtet das Diktiergerät aber mit einem fragenden Blick.

»Eindrücke. Ich sammle meine Eindrücke«, sagt Frisell. »Aber darüber wurden Sie bestimmt schon informiert.«

Während Ryd ihm mit möglichst ausdrucksloser Miene das Gerät zurückgibt, erhält sie von dem Uniformierten einen Notfallknopf. Er selbst bleibt bei dem Verhör vor der Tür stehen. Ryd und Frisell nehmen am Tisch Platz, auf dem eine Thermoskanne Kaffee und ein Teller mit trockenen Zimtschnecken stehen.

»Was haben Sie mit Ihrem Kopf angestellt?«, fragt Frisell.

»Nehmen Sie sich ruhig Kaffee und eine Schnecke«, brummt Ryd und unterdrückt den Impuls, an ihrem Kopfverband herumzufingern. Sie legt das iPad und den Notfallknopf auf den Tisch.

»Vielen Dank. Richtig pikant wird es aber erst durch den Beamten vor der Tür und den Alarm auf dem Tisch.«

»Wir wissen eben immer noch nicht, woran wir bei Ihnen sind.«

Frisell nickt, rührt aber weder Kaffee noch Gebäck an.

»Also, wie soll das hier ablaufen?«, fragt er und wirft die Hände in die Luft.

»Die Anweisung lautet, dass wir beide unsere klugen Köpfe so lange zusammenstecken sollen, bis wir etwas oder jemanden in Ihrer Vergangenheit finden, bei dem sich Klimaextremismus mit dem Wunsch vereint, sie ans Messer zu liefern. Also: Freie Fahrt für die Fantasie!«

»Aber Sie wissen so gut wie ich, dass ich dafür mehr Informationen benötige.«

»Wenn ich der Prämisse folgen würde, ja.«

»Welcher Prämisse?«

»Dass Sie unschuldig sind.«

Frisell lehnt sich zurück und sieht Ryd in die Augen. Sie erwidert seinen Blick.

»Ich frage noch einmal: Wie soll das hier ablaufen?«

»Wir machen so weiter, als würde ich Ihnen glauben.«

»Aber dann bräuchte ich mehr Informationen.«

Sie stecken fest.

»Eigentlich sollte ich alles erfahren, was Sie wissen«, legt Frisell nach.

Ryd sitzt schweigend vor ihm, die Arme vor der Brust verschränkt. Die Zeit verstreicht.

Dann trifft sie eine Entscheidung, unsicher, ob das ein kluger Schachzug ist. Aber sollte Lukas Frisell wider Erwarten doch unschuldig sein und sie bei den Ermittlungen unterstützen können, dann muss sie ihn einweihen. Er darf bloß kein riskantes Terrain betreten.

Sie schnappt sich die Fernbedienung, die neben den Zimtschnecken liegt, und schaltet den Projektor ein. Ein rechteckiges Lichtfeld wird an die Wand geworfen. Ryd verbindet den Projektor mit ihrem iPad, und Sekunden später wird ein Foto an die Wand geworfen. Mit dem iPad in der Hand stellt sie sich neben die Projektion. Der Notfallknopf bleibt auf dem Tisch liegen.

»Das ist das Whiteboard mit unseren bisherigen Ermittlungsergebnissen.«

Frisell reagiert überrascht und richtet sich auf.

»Es ist nicht vollständig, und Sie werden auch nicht alles vorgelegt bekommen«, betont sie. »Aber Sie erhalten die Informationen, die Sie hätten, wenn Sie der Täter wären. Unsere internen Ergebnisse bleiben außen vor.«

»Sehr clever!«

Sie mustert ihn. Er macht einen vollkommen anderen Eindruck. Könnte man das entspannt nennen? Oder eher selbstgefällig? Ohne genauen Plan zoomt sie auf die erste Spalte. Der Projektor reagiert mit leichter Verzögerung.

»Fangen wir mit Knivsta an«, sagt sie. »Ein massiver Diesel-BMW rast außerhalb von Uppsala mit dem Abteilungsleiter eines Stahlkonzerns hinterm Steuer in ein Rapsfeld und explodiert durch eine Bombe mit Fernzünder. Man ging ziemlich lange von einem Autounfall aus.«

»Dann folgte der Vasapark«, setzt sie fort und zoomt auf die zweite Spalte. »Ein Marketingmanager kommt extra an einem Sonntagmorgen ganz früh in die Agentur, um die Probedrucke einer Werbekampagne für die Ölindustrie zu sichten. Die Bombe wurde gezündet, als er die Lieferung aus der Druckerei öffnete. Der Mann landete *medium rare* im Park an der Dalagatan.«

»Als Nächstes Västerås«, sagt sie und zoomt eine Spalte weiter. »Ein Großteil der Serverhalle von Amazon wurde in die Luft gesprengt, nachdem der technische Leiter ein Paket öffnete, das direkt aus dem Hauptquartier in Seattle kam. Eine neue Eskalationsstufe, materiell und menschlich, mit zwei Toten und fünf Schwerverletzten.«

»Und das jüngste Attentat, am Odenplan heute Morgen.« Die letzte Spalte erscheint an der Wand. »Ein gewaltiger Sprung in der Reichweite, zum ersten Mal zufällige Opfer. Dieses Mal wurde eine Falle gestellt, mit zwei identischen Rucksäcken. Der auf dem unterirdischen Bahnsteig sollte die Menschen ins Freie locken, damit der zweite Rucksack in der Menschenmenge platziert werden konnte. Das setzt wohl mindestens zwei Täter voraus. Sechs Menschen sind getötet worden, sechzehn sind schwer verletzt, einige davon schweben noch in Lebensgefahr.«

Frisells Blick bleibt auf dem Foto des Whiteboards hängen, das Ryd wieder groß zieht. Er schüttelt den Kopf.

»Insgesamt schon zehn Tote«, sagt er leise.

»Und alle Indizien deuten auf Sie, Lukas.«

»Ich bin mir sicher, dass noch nicht einmal Sie das so sehen, Sonja.«

»Und wie erklären Sie sich bitte, dass Ihre DNA auf der Bombe vom Vasapark nachgewiesen werden konnte?«

»Ich habe keine Ahnung. Aber ich war zu keinem Zeitpunkt auch nur in der Nähe einer Bombe.«

»Das stimmt so nicht, Lukas. Wir wissen, dass Sie jahrelang Kunstdünger und Strom bei den Nachbarn gestohlen haben.«

»Das war so wenig Strom, das haben die gar nicht mitbekommen. Und ich habe keinen Kunstdünger gestohlen, denn ich verwende natürliche Methoden für meinen Anbau, den Ihre Ermittler jetzt zertrampelt haben. Allerdings habe ich ein bisschen Kunstdünger für meine Sprengfallen gekauft. Es ist eine gerichtete Explosion, die das Tier augenblicklich tötet, wenn es daran vorbeigeht. Und ich habe die Falle nur dann eingesetzt, wenn ich unter akutem Nahrungsmangel litt.«

»Und gibt es dort draußen noch irgendwelchen versteckten Sprengstoff, mit dem sich unsere Forensiker in die Luft jagen könnten?«

»Nein, es gibt keine Sprengstoffreserven. Aber was Sie hier machen, Ryd, ist nur die Fortsetzung des Verhörs. Es hat sich nichts verändert. Es kann doch nicht sein, dass Sie vorhaben, auf diese Weise die Ermittlungen voranzutreiben?«

Ryd berührt den Verband an ihrer Stirn. Es ist das erste Mal während des Gesprächs, dass sie den pochenden Schmerz spürt. Und er wird eins mit ihrer pochenden Wut.

»Versuchen wir es noch einmal«, sagt sie entschlossen. »Und ich würde mich jetzt sehr über Ihre Mithilfe freuen, Lukas Frisell.«

»Als Erstes muss ich die Briefe lesen.«

44

Es ist nur ein Traum, aber er ist ganz klar. Es ist wie ein Reigentanz, eine Bewegung in einem Halbkreis aus Menschen. Was sich da bewegt, bleibt verschwommen, militärgrün, es bewegt sich so schnell und launisch wie ein Lichtreflex. Ein militärgrüner Lichtreflex. Es kommt zu einer Art Kollision, er sieht ein Gesicht.

Shabir Sarwani schreckt abrupt aus seinem Traum auf. Er liegt in einem Krankenhausbett, weiß jedoch nicht, wo er ist. Das Einzige, woran er sich erinnert, ist das Gesicht. Es hat sich zu dem militärgrünen Lichtreflex umgedreht.

Warum?

Die Kollision. Sind sie zusammengestoßen?

Es ist das Gesicht des Mannes, an den er sich nicht nur erinnert, sondern den er kennt. Der Rest ist verschwommen. Das Gesicht zuckt zusammen, als sei es von einem Schlag getroffen worden. Als es sich dem militärgrünen Etwas zuwendet, das auf den Boden gelegt wird, sieht Sarwani das Gesicht. Und speichert es irgendwo in den Tiefen seines Unterbewusstseins ab.

Es ist nur der Bruchteil einer Sekunde, bevor die Menge auseinanderdrängt. Bevor der militärgrüne Rucksack explodiert und Gliedmaßen von den Körpern reißt.

Sarwani stolpert aus dem Bett, sieht sein Spiegelbild über dem Waschbecken, sieht den rot gefärbten Verband, den Krankenhauskittel. Er erstarrt. Wie ist er zu dieser entstellten Kreatur geworden?

Doch er hat etwas Wichtiges in sich gespeichert. Während

er sich in dem Raum umsieht, bei dem es sich mit ziemlicher Sicherheit um ein Krankenhauszimmer handelt, sorgt er dafür, dass sich das Erlebte noch tiefer in sein Gedächtnis einbrennt. Vor allem das Gesicht des Mannes wird er nicht vergessen.

Da dringen Geräusche in sein Inneres vor. Er hört Stöhnen, sieht Verletzte, die sich in ihren Betten wälzen. Neben seinem Bett steht ein Stuhl, auf dem achtlos hingeworfene Kleidungsstücke liegen. Aber er kann nicht sagen, ob es seine sind. Auch als er sie anzieht nicht. Er erkennt kein einziges Kleidungsstück wieder.

Aber an eine Sache erinnert sich Shabir Sarwani. An das Gesicht aus dem Traum, und an den Zusammenprall in der Menge.

45

Sonja Ryd muss unbedingt dieses Gefühl loswerden, dass Frisell sie verhört und nicht andersherum. Sie muss ihm entgegenkommen, damit dieses Gespräch endlich konstruktiv wird.

Obwohl sie davon überzeugt ist, dass sie am Tisch mit einem zehnfachen Mörder sitzt.

Aber sie zwingt sich, eine andere Perspektive einzunehmen. Wer weiß so viel über ihn, hat Zugang zu seiner DNA und hasst ihn so sehr, dass er oder sie ihm diese Schuld in die Schuhe schieben und sein Leben zerstören will?

»Jetzt kommen Sie schon, Lukas. Sie müssen doch wenigstens einen Verdacht haben?«

»Ich bin da ganz anderer Meinung.«

»Ich habe Ihnen doch gerade die Briefe vorgelesen. Sie haben den Tonfall gehört. Da steht viel Leidenschaft dahinter, die sind persönlich!«

»Das sehe ich anders. Vielleicht haben die meine Backstory aufgeschnappt oder gefunden und mich als geeigneten Sündenbock auserkoren. Das sind ja ganz offensichtlich Verbrecher, die Recherche betrieben haben. Sie recherchieren die Sachen, bevor sie handeln.«

»Obwohl das nicht heißen muss, dass …«

»Ich habe mir das Gehirn zermartert, aber mir fällt niemand aus meiner Vergangenheit ein, der einen so großen Hass auf mich haben könnte. Das ist unvorstellbar. Deshalb glaube ich auch nicht, dass Hass wirklich die Erklärung dafür ist. Ich vermute, dass sie mich aufgestöbert haben und es als brillante Ironie des Schicksals verstehen, ausgerechnet einen Ex-Bullen reinzulegen. Vielleicht haben sie meine Leserbriefe gegoogelt und versucht, meinen Tonfall zu imitieren. Meinen *damaligen* Tonfall, den auch Eva Nyman wiedererkennen sollte. Dann haben sie Formulierungen gefunden wie *Die Ruinen des Verfalls* und haben eine große Sache daraus gemacht.«

»Franzén, stimmt's?«

Frisell blinzelt irritiert. »Sie sind auch ein Mensch, der gerne recherchiert, Sonja. Ja, das ist von Frans Michael Franzén. Er war ein finnlandschwedischer lutherischer Bischof, Dichter und Schriftsteller der Romantik. Ich bin als junger Mensch auf diese Formulierung gestoßen. Sie gefiel mir, vor allem, weil ich eine große Abneigung gegen die Wegwerfgesellschaft entwickelte, in der wir leben. Die Ruinen des Verfalls sind unsere eitle und zerstörte Gegenwart.«

»Sie sind wirklich der Ansicht, dass diese Briefe nicht von Gefühlen getrieben sind? Wenn wir annehmen, dass es sich um eine Gruppe handelt: Warum sollten die einer ihnen vollkommen unbekannten Person so rücksichtslos schaden? Was ergibt das für einen Sinn?«

»Es soll das bewirken, was Terror immer bezweckt: Chaos, Angst und Unsicherheit zu verbreiten. Und die Polizei dazu zu bringen, blindlings hinter irgendwelchen Ablenkungsmanövern herzulaufen und sich in den Schwanz zu beißen. Während die Terrorgruppe in Ruhe weiterarbeiten kann. Sie sind nicht darauf aus, die offensichtlich ›Schuldigen‹ zu ermorden – so haben sie zwar angefangen, um die Vorurteile der Massen zu bedienen, aber nach dem Stahlmanager, dem Werber für die Ölindustrie und der Serverhalle haben sie die *Öffentlichkeit* ins Visier genommen. Denn die ist in ihren Augen mindestens genauso schuldig.«

Ryd ertappt sich dabei, dass sie über Frisells Worte nachdenkt. Sie will etwas entgegnen, aber er fährt unbeirrt fort.

»Sie haben meine DNA irgendwo gefunden – genau wie

Sie auch, für den Abgleich – und haben sie auf einer der Bomben hinterlassen. Meine Funktion ist lediglich, das Wasser zu trüben, ich bin nur ein Ablenkungsmanöver. Und dieses Gerede hier bringt uns auch nicht weiter. Lassen Sie mich lieber arbeiten.«

»Arbeiten?«

Ryd sieht ihn an und fragt sich aufrichtig, wie sehr ihn die Jahre in der Wildnis in Mitleidenschaft gezogen haben. Allerdings hört sie in Frisells Worten eine doppeldeutige Botschaft.

Sie räuspert sich.

»Ich muss mit Eva Nyman sprechen. Aber eine Sache ist definitiv sicher: Lukas Frisell, Sie sind kein Polizist mehr.«

»Hört das wirklich jemals auf?«, fragt er und sieht ihr in die Augen.

Ryd lächelt. Ist das eine weitere falsche Fährte? Oder ist er tatsächlich davon überzeugt, dass er wieder in den Dienst zurückkehren kann? In seinem Alter? Sie hält seinem Blick stand. Auch er weicht nicht zurück.

Dieser Narr scheint davon überzeugt zu sein, wieder als Polizist arbeiten zu können.

»Ihr dürft übrigens gerne eure nutzlosen Agenten zurückpfeifen, die mir auf Schritt und Tritt folgen.«

46

Eva Nyman steht vor dem Whiteboard, das förmlich überquillt. Vor allem von Fotos. Ihrer Ansicht nach könnte man die Auswahl, die Anton Lindbergs »Leibeigene« anschleppen, deutlich ausdünnen. An dem Board sollten nur aussagekräftige Bilder hängen.

Mit Ende ihres offiziellen Arbeitstages nimmt auch die Anzahl der Krisensitzungen ab. Sie hat aufgehört zu zählen, wie vielen sie im Laufe des Tages beigewohnt hat. Sie rechnet nicht damit, die Nacht zu Hause zu verbringen. Außerdem gibt es auch nichts in ihrer Dreizimmerwohnung in der Frejagatan, was sie gerade dringend benötigen würde.

Und das, was ihr fehlt, ist nicht da.

Sie sieht auf ihr vibrierendes Handy und vermutet, dass auch die Forensiker heute Nacht keinen Schlaf finden werden. Das Display verkündet lakonisch, dass der Anruf vom NFZ ist.

»Wir haben da eventuell eine Spur gefunden«, sagt eine erschöpfte männliche Stimme, noch bevor sie sich melden kann.

»Aus dem Wald oder vom Odenplan?«, fragt Nyman.

»Weder noch. Wir sind gezwungen gewesen, die Kollegen aus dem Wald abzuziehen. Wir haben nicht genug Leute, um uns damit parallel zu einem nationalen Trauma zu beschäftigen.«

»Und was habt ihr gefunden?«

»Wenn ich das richtig sehe, befindet sich die Spur *bei euch.*«

»Okay.« Nyman sucht sich einen Ort, der etwas abseits vom Lärm des trubeligen Großraumbüro liegt. »Noch mal von Anfang an, bitte. Worum geht es?«

Sie hört einen Seufzer, laut und widerstrebend.

»Die Primärladung, die angewandt wurde«, sagt er und spricht mit Nyman wie mit einem Kind, »besteht hauptsächlich aus Pikrinsäure, die Sekundärladung, die sehr an das erinnert, was der Massenmörder Breivik in Norwegen eingesetzt hat, ist aus Diazodinitrophenol, kurz DDNP.«

»Das wissen wir doch längst«, pariert sie möglichst schnippisch.

»Aber ihr wisst nicht, dass wir im NFZ einen internen Meldealarm eingerichtet haben, sollten diese beiden Substanzen bei der Polizei irgendwo in Schweden auftauchen.«

»Und dieser Alarm wurde jetzt ausgelöst?«

»Wie es scheint, hat die Polizei in Järva vor Kurzem eine Razzia gegen Schmuggler durchgeführt. Dabei ging es um eine Ladung alter Schusswaffen aus dem Balkan – in besagtem Lieferwagen wurden aber auch Spuren von Pikrinsäure sichergestellt, was für diese Art von Schmuggelware eher ungewöhnlich ist.«

»Hm. Bedeutet ›Razzia‹, dass es Verdächtige gibt?«

»Zumindest einen. Der Fahrer. Der Mann hat Verbindungen zu einem kriminellen Netzwerk in Hjulsta und sitzt jetzt in Haft. Und zwar bei euch, im Untersuchungsgefängnis Kronoberg. Die Zellen in Järva sind offenbar alle belegt.«

Eva Nyman bedankt sich bei ihm, fragt noch nach dem Namen des Verdächtigen und beendet das Gespräch. Auf dem Weg durch den Raum ruft sie im Untersuchungsgefängnis an. Das Telefonat ist beendet, noch bevor sie Anton Lindbergs Schreibtisch erreicht. Sie nimmt ihn zur Seite und hält ihm das Handy hin, auf dem ein bekanntes Phantombild zu sehen ist. Lindberg starrt es an.

»Ein Mann, der nach Angaben der Haftleitung mit dem Mann auf dieser Zeichnung übereinstimmen könnte, sitzt bei uns hier in Untersuchungshaft. Er ist mit einem Auto voller Schmuggelware in das Industriegebiet von Hjulsta gefahren und dort von Kollegen verhaftet worden. In dem Wagen konnten Spuren von Pikrinsäure nachgewiesen werden.«

»Ich fahre sofort hin«, sagt Lindberg und zittert förmlich vor Aufregung. Nyman hält ihn auf und schüttelt den Kopf.

»Er hat einen berühmt-berüchtigten Anwalt angefordert, der hauptsächlich Leute aus dem Bandenmilieu vertritt. Der ist heute aber nicht mehr zu erreichen. Wir können ihn erst morgen früh verhören, bis dahin musst du die Aktenlage kennen. Aber Anton, bitte geh es langsam an, ich gebe dir diesen Auftrag, obwohl ich Zweifel habe. *Nicht. Aufbrausend. Werden.*«

Lindberg atmet tief ein und aus. Dann nickt er und kehrt zu seinen »Leibeigenen« zurück.

Auf dem Weg zu ihrem Schreibtisch wird Nyman von einem kleineren Tumult vor den offen stehenden Schwingtüren zum Flur abgelenkt. Im Türspalt steht eine stark bandagierte Gestalt. Ein kurzer Wortwechsel, dann betritt die Mumie den Raum. Die Tür bleibt angelehnt. Hinter der Mumie erscheint Sonja Ryd, sie hatte ihm die Tür aufgehalten. Sie wendet sich an Lukas Frisell.

»Sie wollten doch unbedingt sehen, wo wir arbeiten«, flüstert sie ziemlich laut. »Das haben Sie jetzt getan. Hier dürfen Sie wirklich nicht reingehen.«

»Aber Ihr schwer verletzter Kollege darf hier ungehindert reinhumpeln?«

»Er zählt nicht gerade zu den Verdächtigen. Außerdem scheint er unaufhaltsam zu sein.«

Eva Nyman kommt auf den bandagierten Sarwani zu. Er bewegt sich anders als sonst, und seine Kleidung sitzt schief.

Ankan und Anton Lindberg schließen sich ihnen an.

»Shabir, es ist noch nicht Zeit für …«

»Ich habe einen Zeugen«, unterbricht Sarwani sie mit unerwartet fester Stimme.

»Bringst du ihn zurück ins Krankenhaus?«, fragt Nyman Ankan.

Sie nickt und ergreift Sarwanis Arm.

»Ich habe einen Mann gesehen, der den Täter gesehen hat«, fährt Sarwani unbeirrt fort und ignoriert Ankans Hand. »Ich kenne ihn, habe ihn schon einmal gesehen, entweder im wirklichen Leben oder auf Fotos. Dieser Mann weiß, wer den Rucksack mit der Bombe auf den Odenplan gestellt hat. Sie sind auf dem Platz zusammengeprallt.«

Nyman gibt Ankan ein Zeichen, die Sarwanis Arm loslässt. Alle außer Ryd sind da.

»Es kommen am laufenden Band neue Zeugenaussagen vom Odenplan. Anton filtert das Material mit seinen Leuten.«

»Das ist unglaublich viel Material«, bestätigt Lindberg. »Dein Zeuge kann uns auch etwas geschickt haben, Shabir.«

Zu ihrer Verwunderung schüttelt Sarwani den Kopf.

»Ich kenne ihn von irgendwoher, aber er ist definitiv *nicht* der Typ, der den Bullen Filmchen zusendet und eine *Zeugenaussage* macht. Nein, ich muss so viel Bildmaterial wie möglich sichten. Von den Leuten, die sich auf dem Odenplan aufgehalten haben – Material von der Polizei, TikTok, andere soziale Medien, Handyfilme, die Aufnahmen der Nachrichtensender. Alles, auf dem man Leute sehen kann.«

»Ich sorge dafür, dass dir meine Leibeigenen alles geben, was sie haben«, sagt Lindberg. »Aber wie geht es dir, Shabir?«

»Mir geht es gut«, lautet die Antwort. Dabei zieht Sarwani ein bisschen zu fest an seiner Kopfbandage. »Ich sollte auch die Verbrecherkartei durchgehen. Anhaltspunkte: um die vierzig, Typ Süd- oder Südosteuropäer. Vielleicht vom Balkan.«

»Ich maile dir die passenden Dateien«, sagt Nyman und geht zu ihrem Arbeitsplatz.

Von ihrem Platz an der Tür aus beobachtet Sonja Ryd, wie Ankan und Lindberg ihren Kollegen zu Lindbergs Team begleiten und ihm helfen, sich auf einen der freien Stühle zu setzen. Die Stille, die bei Sarwanis Erscheinen eingetreten war, geht zunächst in ein gedämpftes Murmeln über, bevor sich wieder die ursprüngliche Lautstärke einstellt.

Ryd sieht Frisell an, dass dem sozial gänzlich untrainierten Survivalisten das Durcheinander und der Lärm zu schaffen machen. Als er ihren Arm packt, ist er unnatürlich blass. So etwas kann man nicht vortäuschen.

»Das ist zu viel für mich, ich muss jetzt allein sein.«

Sonja Ryd nickt und sieht ihm hinterher, wie er auf den Ausgang zustolpert. Wenigstens in die richtige Richtung.

Als sie schließlich die Tür mit Schwung aufstößt, um sich zu den anderen zu gesellen, sieht sie von Weitem, wie Shabir Sarwani seitlich vom Stuhl kippt.

47

Lukas Frisell beendet das Gespräch mit dem Burner-Phone und geht zurück ins Badezimmer. Er schnappt sich das Gitter, das im Waschbecken liegt, und steigt auf den Rand der Badewanne. Dann schiebt er das Handy tief in den Abluftventilator über der Wanne, befestigt es mit Klebeband und setzt das Gitter mit einem Klicken wieder in die Öffnung ein.

Da sie ihn observieren lassen, kann er nicht ausschließen, dass sie auch die Wohnung durchsuchen.

Von dort kann er in einen geteerten Innenhof sehen und spürt, wie ihn die Klaustrophobie packt. Die kleine Wohnung in der Agnegatan fühlt sich fast schlimmer an als seine Gefängniszelle. Sie soll Freiheit simulieren, kommt ihm aber unendlich eng vor. Es ist, als würden die Wände immer näher rücken. Er muss raus, in die Stadt. Obwohl er die Stadt nicht ausstehen kann. Und trotz der beiden Schatten, die mit ziemlicher Sicherheit noch aktiv sind und ihn verfolgen werden. Vielleicht sind es jetzt neue.

Man hat ihm Kleidung, Hygieneartikel und Handtücher gegeben. Zuerst wusste er nicht, wie die Dusche funktioniert, aber jetzt ist er sauber und duftet. Sehnsüchtig schaut er auf den dreckigen Wäschestapel mit seiner Kleidung aus dem Wald. Die nagelneuen Kleidungsstücke schmiegen sich wie ein Leichentuch an seinen frisch geduschten Körper, als er die Treppe hinuntergeht.

Er muss unbedingt an die frische Luft.

Draußen auf der kleinen Straße spürt er sofort den Zauber

des Abends, trotz des Gestanks und Lärms. Die zweite Maihälfte ist eine schöne Zeit im Wald. Die Farben der Natur haben sich angeglichen, die Jungvögel sind herangewachsen, die Tiere sind weniger verzweifelt und hungrig, und die essbaren Wildpflanzen kommen zum Vorschein – Giersch, Große Fetthenne, Knoblauchsrauke, Hirtentäschel. Bienen und andere Insekten befruchten den Wald, es riecht nicht mehr nach Verwesung, es duftet. In dieser Jahreszeit hatte Lukas Frisell damals begonnen, dauerhaft draußen zu schlafen.

Im Freien zu schlafen ist das Beste.

Er betritt die Fleminggatan, der Verkehr dröhnt an ihm vorbei, obwohl es schon nach acht Uhr ist. Er sieht, wie sich der Himmel zwischen den Hausfassaden weitet, und läuft, ja, er flieht auf die Öffnung zu.

Das ist einer der großen Vorteile von Stockholm. Das Wasser, die Brücken. Man findet immer einen Platz zum Atmen.

Er bleibt eine Weile auf der Barnhusbro stehen. Wirft einen desinteressierten Blick zurück. Auf Höhe der Brückenpfeiler befinden sich zwei potenzielle Verfolgerkandidaten, aber es ist ihm egal. Sein Abendspaziergang hat kein Ziel. Es ist nur Bewegung *weg von*, keine Bewegung *hin zu*.

Sein Blick wandert über den Klara-See bis hinunter zum Rathaus. Die Sonne geht erst in gut einer Stunde unter. Ein kristallklarer Abend, man kann die Stadt noch deutlicher sehen als sonst.

Er biegt in die Dalagatan ein, vorbei an der Adolf-Fredriks-Musikschule, dem Sabbatsberg-Krankenhaus, der zerstörten Werbeagentur am Vasapark, und erreicht schließlich die Absperrungen, die immer noch den Odenplan umgeben. Ein paar Journalistenteams sind weiterhin vor Ort. Ein großes weißes Zelt bildet ein Pendant zur großen weißen Gustaf-Vasa-Kirche, zusammen mit den Kriminaltechnikern in ihren weißen Schutzanzügen, die im Zelt ein und aus gehen.

Obwohl einer von ihnen noch vor Kurzem in seinem Wald war und in seinem Leben herumgewühlt hat?

Die Polizeipräsenz ist groß. Frisell spürt, wie die Fußfessel an seinem Knöchel scheuert und sein Magen vor Hunger knurrt. Im Wald hätte er sich jetzt ein Stück geräuchertes Fleisch aus seinen Vorräten genommen, ein paar getrocknete Pilze vom vergangenen Herbst dazu angebraten, mit dem Teichwasser Kaffee gekocht und, bei so einem Sonnenschein wie jetzt, vielleicht sogar eine Bierdose aus dem Versteck ausgegraben, das sie anscheinend noch nicht gefunden haben. Er erinnert sich an eine Kneipe in der Nähe des Odenplan, in die er früher gerne gegangen ist, kommt aber nicht auf die Adresse. Also folgt er seinem Bauchgefühl, schlendert durch die Seitenstraßen und begegnet immer wieder jungen Männern auf Fahrrädern und Mopeds mit großen bunten Kisten auf den Gepäckträgern. Am Ende steht er vor der Kneipe.

Es ist noch die alte. Oder auch nicht. Seine ehemalige, unaufgeregte Kneipe hat ein totales Umstyling erfahren. Sie hat jetzt den Flair eines Jugendzentrums. Nachdem ihn ein Neunzehnjähriger zurechtgewiesen hat, weil er an der Bar etwas zu essen bestellen wollte, nimmt er an einem Tisch in einer der hinteren Ecken Platz, wo es wenigstens *fast* so dunkel ist wie früher. Ihm gelingt es, ein Bier zu bestellen sowie das einzige Gericht auf der Karte, das ihm einigermaßen bekannt vorkommt. *Pulled Pork.*

Es handelt sich um industriell produziertes Schweinefleisch, das aus unerfindlichem Grund entlang der Muskelfasern zerrissen wird. Und obwohl er sich nach echtem Fleisch aus dem Wald sehnt, genießt er die Atmosphäre, als hätte sich ein Hauch der alten Stimmung in der Substanz der Bar erhalten. Auch wenn sie beseitigt wurde.

Ihm geht es blendend, als er schließlich aufbrechen und bezahlen will. Dann aber vollzieht sich eine zweiphasige Metamorphose: Als er die Rechnung erhält, spürt er, wie ihm das Blut aus dem Gesicht weicht. Er gewinnt seine Fassung zurück und holt die Rolle mit den Geldscheinen aus der Hosentasche. Da seufzt der Kellner.

»Das hier ist eine bargeldlose Bar.«

Sonja Ryd trinkt in ihrer kleinen Wohnung in der Hornsgatan seit Neuestem nur noch Kartonwein. Zum einen ist es wesentlich billiger, und zum anderen sieht man nicht so genau, wie viel man schon getrunken hat.

Als sie sich gerade das Rotweinglas auffüllen will, klingelt das Telefon. Sie zuckt zusammen und kleckert auf die weiße Ikea-Tischplatte.

Es dürfte nicht klingeln. Eva Nyman hatte ihr freigegeben, nachdem sie Sarwani zurück ins Krankenhaus gebracht hat.

Frisell darf sich ein weiteres Bier bestellen, während er wartet, obwohl der Kellner sehr misstrauisch wirkt. Merkwürdigerweise schmeckt es noch besser als das erste. Er macht es sich gemütlich und versinkt in Erinnerungen. Die familiäre Stimmung, die den Ort früher auszeichnete, erinnert ihn daran, warum er so gerne in diese Kneipe ging. Es war vor allem die Lieblingskneipe seiner Ex-Frau Nina, die für eine Balletttänzerin unangemessen viel trank. Sie sitzt vor ihm, hat ihre Arme hinter seinem Nacken überkreuzt und legt ihre Lippen auf seine. Da hört er eine Frauenstimme, die nicht Nina gehört.

»Hier riecht es nach Ethanol.«

Sonja Ryd hat sich neben ihn gesetzt, hebt ihr Rotweinglas und prostet ihm und seinem Bierglas zu. Es klingt atonal, als sich die Gläser berühren, als würden sie aus zwei verschiedenen Welten stammen.

»Sie wussten also nicht, was eine bargeldlose Bar ist?«, fragt sie und wischt sich einen Tropfen aus dem Mundwinkel.

»Jetzt weiß ich es«, brummt Frisell. »Vielen Dank, dass Sie gekommen sind.«

»Na ja, ich bin doch auch Ihre Babysitterin«, erwidert sie grinsend.

»Sagen Sie mir bitte nicht, dass man mit diesen verdammten Handys auch bezahlen kann?«

Sie lachen beide. Zum ersten Mal. Aber nur kurz. Dann schweigen sie wieder.

»Habt ihr die Observierung beendet und die Jungs nach Hause geschickt?«, fragt Frisell.

»Haben Sie das nicht auf dem Weg hierher bemerkt?«

»Ich hatte keine Lust, es zu überprüfen.«

»Sie verstehen bestimmt, dass ich dazu nichts sagen kann. Dafür habe ich eine Frage an Sie, die nichts im Polizeipräsidium zu suchen hat und noch weniger in einem Verhör.«

»Dafür aber in einer Kneipe?«

»Ich glaube, man nennt das heute *Bar*.«

Frisell lächelt. Ryd erwidert das Lächeln.

»*Shoot*«, fordert er sie auf.

Ryd räuspert sich, runzelt die Stirn und nimmt einen großen Schluck Rotwein.

»Was für eine Art von Beziehung war das damals zwischen Ihnen und Eva Nyman?«

Frisell nimmt sich einen Augenblick Zeit für seine Antwort.

»Ich glaube …«, sagt er und starrt an die Decke.

Ryd muss sich ermahnen, dass sie nicht im Verhör sind. Sie nimmt einen weiteren, aber zurückhaltenden Schluck.

»Ich glaube, sie war ein bisschen in mich verliebt.«

»Verliebt? In Sie?«

»Das klingt unglaublich, stimmt's? Mit dieser Frisur?«

Ryd unterdrückt ein lautes Lachen.

»Können Sie sich den ganzen Scheiß nicht einfach abrasieren?«

Frisell sieht sie amüsiert an.

»Ich glaube, Eva war eine Romantikerin, Sonja. Sie ist es auch heute noch.«

»Aber wie genau muss ich mir Ihre Beziehung vorstellen?«

»Es ist nie etwas zwischen uns passiert. Ich habe Nina geliebt. Aber dann haben wir uns auseinandergelebt. Vielleicht hat Eva das bemerkt, vielleicht hat sie sich Hoffnungen gemacht, dass aus uns mehr wird. Aber ich weiß es nicht.«

»Könnte man das ein angespanntes Arbeitsverhältnis nennen?«

»Nicht wirklich, wir haben gut zusammengearbeitet. Eva war unfassbar ... loyal.«

»Bis zur Katastrophe?«

»Ja, danach ist ja alles wie ein Kartenhaus in sich zusammengefallen.«

»Wurden Sie entlassen, Lukas?«

Er schüttelt langsam den Kopf.

»Nein, ich habe den Dienst quittiert. Bevor es so weit kam. Nina hatte mich gerade verlassen. Da bot sich ein Neuanfang an.«

»Um später die Chance zu haben zurückzukommen? Im Ernst?«

»Wenn, dann war das damals total unbewusst. Aber der Gedanke nahm draußen im Wald Form an. Ich habe diese Brücke nie ganz abreißen wollen. Am glücklichsten war ich als Polizist. Trotz allem. Es war die beste Zeit meines Lebens. Und ich habe noch mindestens zehn gute Jahre vor mir. Ich könnte draußen in der Natur leben und in die Stadt pendeln, das wäre doch machbar. Das Beste aus beiden Welten.«

»Der Beruf des Polizisten hat sich sehr verändert«, sagt Ryd und winkt dem Kellner zu, der wenig begeistert reagiert.

»Ich lerne schnell«, sagt Frisell.

»Wollen Sie auch noch eins?«, fragt Ryd, wendet sich an den Kellner und deutet mit einem vielsagenden Blick auf ihr Glas.

Frisell starrt sie an.

»Ein letztes.«

48

Es ist ein wunderschöner Morgen. Lukas Frisell lässt seinen Blick über den weitläufigen, gepflegten Garten schweifen. Als würde er sich selbst ansehen. Als Städter.

Als gestutzte Natur.

Die Eingangstür des Hauses wird geöffnet, und alle Farbe weicht aus Nina Strömblads Gesicht. Ihr Blick fliegt über die Männer vor ihrer Tür, bis er an Frisell hängen bleibt. Ihr eisiges Lächeln taut etwas auf.

»Du musst was mit diesen Haaren machen«, sagt sie.

»Ich will nur mit dir reden«, sagt Frisell.

Aus dem eisigen Lächeln wird ein schiefes.

»Du willst also ›nur mit mir reden‹? Im Ernst?«

Fassungslos sieht sie die beiden uniformierten Polizeibeamten hinter ihrem Ex-Mann an, die Waffen im Anschlag nicken sie ihr grimmig zu.

»Ich habe eine Sondererlaubnis erhalten, dich zu besuchen«, sagt er. »Aber ich darf dir nicht zu nahe kommen.«

»Wenn der Abstand geringer als zwei Meter wird, brechen wir sofort ab«, erklärt einer der Beamten. Ein muskulöser Mann mit einem breiten, rotblonden Schnauzbart.

»Ein bisschen wie in einem amerikanischen Gangsterfilm«, grinst Frisell.

In einem Abstand von zwei hochelektrisierten Metern führt Nina die drei Männer durch ihr Haus auf die Terrasse. Sie setzen sich dorthin, wo sie vor nicht allzu langer Zeit mit Sonja Ryd gesessen hat. Die beiden Beamten platzieren sich strategisch, jederzeit bereit einzugreifen.

»Was bist du, Lukas? Verdächtig, verhaftet, verdammt?«

»Ein bisschen von allem, glaube ich«, antwortet Frisell und zieht sein Hosenbein hoch. Nina starrt auf die schwarze Fußfessel.

»Aber ... Was hast du getan?«

»Nichts.«

Warum hat Sonja Ryd ihr bei ihrem letzten Telefonat nicht erzählt, dass Lukas festgenommen wurde?

»Odenplan? Der Terroranschlag? Mein Gott, Lukas, bist du im Wald zu einem gefährlichen Menschen geworden? Muss ich Angst vor dir haben?«

»Ich bin gekommen, um mich zu entschuldigen. Mehr will ich nicht.«

»Wofür? Dass du einen Haufen Menschen in die Luft gejagt hast?«

»Für alles«, sagt er und ringt um Worte.

Nina schüttelt den Kopf.

»Mach mir nicht vor, dass du hier auf einem Bußgang bist. So sehr kannst du dich nicht verändert haben. Gibt es etwas Konkretes, das du von mir willst? Habe ich etwas, das du brauchst?«

Frisell blinzelt ein paarmal.

»Du hast mich schon immer am besten durchschauen können, Nina.«

»Also, was habe ich, was du brauchst, Lukas?«

»Ursprünglich wollte ich mich nur vergewissern, dass es dir gut geht. Aber jetzt habe ich das Gefühl, dass ich doch noch etwas anderes will. Aber ich komme einfach nicht drauf, was.«

»Vielleicht finden wir es noch heraus«, sagt Nina und lächelt. »Mir geht es auf jeden Fall sehr gut, wie du siehst. Ich habe weder Lebensgefährte noch Mann, wenn du dich das fragst. Aber das bedeutet nicht, dass ich im Zölibat lebe. Es heißt lediglich, dass *diese* Phase in meinem Leben vorbei ist. Die streng heterosexuelle.«

Frisells Blick bleibt auf der großen Rasenfläche hängen, über die der Schatten einer kleinen Wolke zieht.

»Ich war in deiner Lieblingskneipe«, sagt er.

»Die beim Odenplan?«, ruft Nina aus. »Du bist an den Tatort zurückgekehrt?«

»Nein. Ich war nur neugierig.«

»Ich bin seit zwanzig Jahren nicht mehr in dieser Kneipe gewesen. Die gibt es noch?«

»Seit fünfzehn Jahren«, korrigiert sie Frisell. »Und es ist jetzt eine *Bar.*«

»Sag bitte nicht, dass du so ein mürrischer Griesgram geworden bist, Lukas?«

Er kichert. Sie auch. Die zwei Meter zwischen ihnen fühlen sich unendlich weit an.

»Und du hast wirklich im Wald gelebt?«, fragt Nina, um das Schweigen zu brechen.

»Ich habe es versucht.«

»Das musst du mir erklären.«

Frisell schnaubt.

»In den acht Jahren habe ich gelernt, im Einklang mit der Natur zu leben. Ich habe versucht, meinen ökologischen Fußabdruck zu verringern.«

»Und dann sind die einfach in den Wald gekommen und haben dich mitgenommen?«

»Und du weißt auch schon, warum sie das taten, stimmt's, Nina?«

Ihr Gesichtsausdruck verändert sich. Sie wirkt wachsamer, ein kurzer Blick zu den Beamten weckt deren Aufmerksamkeit.

»Ich habe ihnen nur von deinen alten Freunden erzählt, die ich nie kennengelernt habe. Edward Rasmusson, Aron Rudolfsson, Kalle Råman, Lelle Bergis.«

Frisell hebt entschuldigend die Hände.

»Verzeih, das war kein Vorwurf. Ich will mir nur ein Bild machen.«

»Aber warum musst du dir ein Bild machen? Du bist doch kein Polizist mehr?«

Er lächelt, ein kurzes Aufblitzen in einem sonst besorgten Gesicht.

»Das ist vielleicht genau das, was ich von dir wollte. Mir ein so vollständiges Bild wie möglich zu machen. Habe ich dir vielleicht mal erzählt, dass mich jemand unendlich hasst? Oder hast du mal etwas in die Richtung in einem Gespräch aufgeschnappt? Von jemandem, der mir Böses wünscht?«

»Du bist kein Polizist mehr, Lukas.«

»Aber ich trage eine Fußfessel, und ich will helfen. Die Alternative ist die Untersuchungshaft.«

Nina lehnt sich zurück.

»Wenn von einem der Kriminellen, die du festgenommen hast, eine Bedrohung ausging, hast du mir das nie erzählt.«

»Ich meine nicht nur aus meiner Zeit als Polizist. Vielleicht ist es auch etwas Privates.«

»Du klammerst dich da an einen Strohhalm, Lukas. Wir müssen wohl einsehen, dass wir uns nicht so nahe standen und ich deshalb keine Ahnung habe.«

Frisell sitzt kraftlos da. Stumm.

Die Geschiedenen.

Plötzlich funkelt es in Ninas Augen.

»Warte mal, da war was. Aber das ist schon eine Weile her. Ich hatte mich gerade von dem alten Strömblad scheiden lassen, als eine Frau anrief und dich sprechen wollte. Das wirkte fast wie Stalking.«

»Hm. Und was wollte sie?«

»Dich erreichen. Sie hat gesagt, dass ihr mal zusammen gewesen seid. Aber das klang gelogen.«

»Weißt du noch, wie sie hieß?«

»Ich kann mich nicht mehr an den Namen erinnern. Aber du müsstest ihn doch wissen, Lukas? Oder hast du nach mir noch so viele Frauen gehabt?«

Frisell verzieht das Gesicht.

»Du hast es da oben in Uppsala richtig krachen lassen, hm?«

»Mir ist wieder eingefallen, wie die Frau hieß. Das war ein ziemlich ungewöhnlicher Name.«

»Ja?«

»Rosetta.«

Frisell holt tief Luft.

»Rosetta.« Er nickt. »Ich kann mich vage an sie erinnern. Sie hatte große Schwierigkeiten und hat sich später das Leben genommen.«

Nina sieht ihn nachdenklich an.

»Ich hoffe, du bist jetzt rücksichtsvoller, Lukas.«

Der Abstand zwischen ihnen wird nie wieder weniger als zwei Meter betragen.

49

Sie sind in einer Besenkammer verabredet, die sich ganz in der Nähe der Abteilung befindet, in der die NOA untergebracht ist. Der kräftig gebaute Mann mit Jeansjacke und einem breiten, rotblonden Schnauzbart streckt ihr wortlos einen USB-Stick hin. Sonja Ryd nimmt ihn mit einem Nicken.

»Danke, Olle. Warum trägst du Zivil?«

»Ich muss zu einer Gegenüberstellung«, antwortet der Mann und schneidet eine Grimasse. Er sieht auf die Uhr. »Ich spiele einen verwahrlosten Dealer. Das kann ich gut, Sonja. Aber *das da,* das kann ich nicht gut. Das bin ich einfach nicht.«

Ryd nickt.

»Das war das letzte Mal«, sagt sie. »Wie ist es denn gelaufen?«

»Das kannst du selbst entscheiden. Die gesamte Unterhaltung ist auf dem Stick. Ich muss los.«

Ryd wartet ein paar Minuten, bevor auch sie die Besenkammer verlässt. Sie geht durch diesen eher unansehnlichen Teil des Polizeipräsidiums, läuft an dem Großraumbüro vorbei und betritt den Wartesaal.

Dort hat sich das ursprüngliche NOVA-Team versammelt, die Verstärkung sitzt nebenan. Auch Sarwani ist wieder dabei, ohne Verband, dafür aber mit einer Reihe von Pflastern, die sein Gesicht verzieren. Ryd setzt sich neben ihn, sie lächeln sich an. Der USB-Stick in ihrer Jackentasche entwickelt ein Eigenleben, er brennt förmlich.

Sie will unbedingt hören, was darauf gespeichert ist. Allerdings hatte die SMS von Eva Nyman einen ähnlichen Effekt. Das geheime Treffen mit ihrem ehemaligen Kommilitonen Olle hätte um ein Haar verschoben werden müssen.

Eva Nyman geht nach vorne ans Pult, verbindet sich mit dem Rechner und schaltet den Projektor ein. An der Wand erscheint ein Blatt mit Schreibmaschinenschrift, von oben bis unten voll mit Text.

... Denn die Sonne wird niemals erlöschen. Sie wird immer größer, zu einem Roten Riesen wird sie wachsen und Merkur, Venus, Mars und die Erde verschlingen. Wenn es so weit ist, wird die Erde verwüstet sein. Und das ist eure Schuld. Ihr habt die Chance, das jetzt zu ändern. Eure Schuld wird für immer in das Universum eingeschrieben sein, ihr seid die Idioten, die ihren eigenen Planeten zerstört haben. Das Universum steht erst am Anfang, hoch entwickelte Wesen werden sich in Milliarden von Jahren an euch als abschreckendes Beispiel erinnern. Nach dem, was das weiße Haus Gottes bezeugen durfte, ist es an der Zeit, das Burgtor zu öffnen und Mikroplastik über die Apathischen zu versprühen. Man wird sich an den größten Verrat erinnern, wenn der Rote Riese zu einem Weißen Zwerg schrumpft, in dem wir alle Platz haben, unsere ungläubigen Taten, unsere Geschichte zu einem Minimum komprimiert. Denn die Sonne wird niemals erlöschen ...

»Man kann mit bloßem Auge erkennen«, sagt Eva Nyman, »dass auch dieser Brief mit derselben Schreibmaschine angefertigt wurde. Man sieht es an den Buchstaben ›p‹ und ›b‹. Der Brief war wie die anderen an mich persönlich adressiert. Gibt es erste, spontane Gedanken?«

»Ich lese da ein Rätsel«, sagt Ankan. »Eingeleitet durch unseren Dauerfavoriten, das *weiße Haus Gottes.*«

»Es ist *an der Zeit, das Burgtor zu öffnen und Mikroplastik über die Apathischen zu versprühen*«, murmelt Anton

Lindberg und zeigt auf die Wand. »Das ist doch totaler Unsinn.«

»Bevor wir uns näher mit dem Rätsel beschäftigen, fällt euch noch was auf?«, fragt Nyman.

»Die Perspektive ist kosmisch«, sagt Sarwani. »Jetzt geht es um Rote Riesen und Weiße Zwerge und hoch entwickelte Wesen, die in Milliarden von Jahren entsetzt über unser Vermächtnis richten.«

»Und was schließen wir daraus?«

»Ich verstehe es so, dass der Terrorbomber seine Reichweite expandiert, so wie sich das Universum ausdehnt«, sagt Sarwani. »Er wird niemals damit aufhören.«

»Und das Rätsel? Welches Burgtor wird sich öffnen, was für ein Mikroplastik wird versprüht? Und wer sind die Apathischen?«

Das Schweigen, das sich über die Anwesenden im Wartesaal legt, hat die Dichte eines Weißen Zwergs.

»Kommt, haut alles raus«, fordert Nyman die anderen auf. »Eure wildesten Hypothesen.«

»Es ist natürlich keine echte Burg«, sagt Ryd. »Dafür aber ist das Mikroplastik wohl wörtlich zu nehmen, eine der größten Umweltplagen unserer Zeit. Wir Menschen lagern schließlich immer mehr Plastik in unseren Körpern ab. Das geht nicht spurlos an uns vorbei.«

»Ein Plastikhersteller?«, schlägt Nyman vor. »Aber wird Mikroplastik denn aktiv hergestellt? Ich dachte, das entsteht, wenn das Plastik sukzessive zerfällt?«

»Oder wird es in die Luft gesprengt?«, sagt Ankan. »Plastik, das in die Luft fliegt? Welche Art von Kunststoffen können gesprengt werden?«

»Es gibt doch neue Baumaterialien aus Kunststoff?«, fragt Lindberg. »Also, was anderes als Plexiglas wie in der Eishockeyhalle.«

»Mikroplastik wird tatsächlich produziert«, sagt Sarwani, ohne den Blick von seinem Handy zu nehmen. »In Scheuermitteln und Schwämmen wird das verwendet und auch als Zusatzstoff in Kosmetika. Außerdem offenbar in Kunstrasenplätzen. Keine Ahnung, wie und wieso.«

»Also sowohl beim Fußball als auch beim Eishockey«, brummt Ryd. »Unser Terrorbomber wird immer volksnäher.«

»Der größte Teil des Mikroplastiks stammt nach wie vor von Gegenständen aus Kunststoff und Gummi«, fährt Sarwani fort, »die in kleinere Partikel zerlegt werden. Hauptquellen sind Straßenabrieb, Autoreifen und synthetische Textilien wie Nylonhemden, Acrylpullis und Fleecejacken.«

»Wann wurde der Brief abgeschickt?«, fragt Ryd. »Saß Frisell da schon in Haft?«

Nyman blättert in ihren Unterlagen.

»Der Strichcode auf dem Umschlag gibt Datum und Empfängerort der Sendung an. In diesem Fall wurde der Brief *einen Tag vor* seiner Verhaftung gestempelt. Das befreit ihn also nicht von dem Verdacht. Der Code gibt ebenfalls an, von welchem der neun Briefzentren er abgeschickt wurde. Und es ist, wie bei den anderen auch, Rosersberg.«

»In Uppland also«, stellt Ryd fest.

»Aber mehr verrät das leider nicht«, sagt Nyman. »Die Briefe klingen fanatisch und verrückt, aber sie sind so geschrieben und verschickt, dass der Absender nicht identifiziert werden kann. Keine Fingerabdrücke, natürlich keine DNA, aber auch kein Ort, von dem aus sie verschickt wurden. Keine weiteren Hinweise, was Papier und Umschläge betrifft. Wir müssen uns also auf das Mikroplastik konzentrieren. Vielleicht auch auf die rosa Luftballons, die auf dem Bahnsteig am Odenplan im Rucksack gefunden wurden? Warum *rosa*?«

»Welches schwedische Unternehmen stellt rosa Kunststoff oder Gummi her?«, fragt Ankan.

»Genau da müssen wir ansetzen«, sagt Eva Nyman. »Und so lächerlich es klingen mag, wir müssen zwei wichtige

Aspekte berücksichtigen. Zum einen, dass die Aktivitäten des Terrorbombers im Begriff sind, massiv zu eskalieren. Und zum anderen habe ich das ungute Gefühl, dass wir es verdammt eilig haben.«

50

Fast alle Verhörräume sind belegt. Anton Lindberg hat keine Wahl und muss sich mit dem kleinsten von allen zufriedengeben. Ein winziges Loch, in dem die drei kaum Platz finden. Aber das ist in Ordnung. Er hat ohnehin nicht vor, lange zu bleiben.

Vor der Tür hält er kurz inne und sammelt sich. Auf der anderen Seite erwarten ihn Vertreter der Kategorien Mensch, mit denen er sich am schwersten tut: ein Bandenmitglied und ein Bandenanwalt. Was ihm um jeden Preis gelingen muss, ist, sein Temperament zu zügeln. Eine Minute lang atmet er langsam durch die Nase ein und wieder aus.

Dann betritt er den Raum. Auf der einen Seite des Tisches wartet der Anwalt in einem perfekt geschnittenen Anzug, daneben sein Mandant, ein arroganter Fünfunddreißigjähriger mit schwarzem Haar, olivfarbener Haut und weit sitzender Häftlingskleidung. Lindberg nickt den beiden zu, setzt sich, hält sich an die Regularien eines Verhörs und fasst die Situation zusammen.

»Elias Shariq, Sie wurden auf frischer Tat ertappt, als Sie im Begriff waren, geschmuggelte Ware – Schusswaffen und Munition – aus dem Balkan in ein Lager außerhalb von Hjulsta zu bringen, das seit Längerem von lokalen Polizeieinheiten überwacht wird. Das Ungewöhnliche war keineswegs Ihre Ladung – die Waffen sind Alltagsgeschäft –, sondern die Tatsache, dass wir in Ihrem Wagen Spuren von Pikrinsäure gefunden haben. Aber eben nur Spuren davon, als hätten Sie die Pikrinsäure auf dem Weg nach Hjulsta woanders abgeladen. Diese Substanz wurde in vier Bomben nachgewiesen, die in den vergangenen Wochen in und um Stockholm herum bei Terroranschlägen eingesetzt wurden. Mit mindestens zehn Toten.«

»Mein Mandant hat keine Ahnung, was das alles mit ihm zu tun hat«, sagt der Anwalt mit träger Stimme.

»Das ist aber ganz einfach. Sie, Elias Shariq, sind den Wagen gefahren. Der kommt wahrscheinlich aus dem Süden Europas, und Sie haben ihn außerhalb von Stockholm in Empfang genommen, um zunächst die Pikrinsäure irgendwo abzuladen. Danach erst haben Sie die Waffen ins Lager gebracht. Wo haben Sie die Substanz abgeladen?«

Lindberg lässt den routinierten Protest und Widerspruch des Anwalts durch sich durchrauschen. Elias Shariq starrt Lindberg an. Er erwidert den Blick, ist innerlich ganz ruhig, fast mild.

»Kurz bevor ich zu Ihnen gekommen bin, habe ich in der Datenbank nachgesehen, ob jemand bei uns in Untersuchungshaft sitzt, der uns behilflich sein könnte. Und tatsächlich haben wir hier in Kronoberg einen Hassan untergebracht, der zur sogenannten Hjulsta-Gang gehört. Wenn ich die Angaben richtig verstanden habe, handelt es sich bei ihm sogar um einen der *Anführer.*«

Lindberg weicht keinen Millimeter und registriert darum die Veränderung in Shariqs bis dahin vollkommen regungslosem Gesicht. Zu Lindbergs Überraschung schweigt auch der Anwalt.

»Das ist doch ein lustiger Zufall, dass Sie, Elias, mit der Hjulsta-Gang in Verbindung stehen. Allerdings scheinen Sie mir ein wenig zu alt und erfahren, um bei denen als Fußsoldat zu dienen. Sie können auf ein langes Strafregister zurückblicken, das eher darauf hindeutet, dass Sie am Aufbau der lokalen Strukturen beteiligt waren. Drogenkriminalität, Gewalt- und Drogendelikte, Erpressung und Geldwäsche.«

»Alles Strafen, die längst verbüßt worden sind«, wirft der

Anwalt ein. »Jeder hat ein Recht auf eine zweite Chance, wenn …«

»Kurz gesagt«, unterbricht ihn Lindberg, ohne ihn anzusehen, »hätten nicht Sie den Wagen fahren sollen, Elias.«

Der Blick seines Gegenübers ist ungebrochen und fragend zugleich. Elias Shariq sucht in Anton Lindbergs Augen nach einem Hinweis, der richtigen Antwort.

»Aber Sie haben die Fuhre übernommen, weil die Pikrinsäure nicht für die Hjulsta-Gang gedacht war, stimmt's? Die haben Sie auf dem Weg abgeladen. Betreiben Sie nebenbei Ihr eigenes kleines Unternehmen? Heißt das, dass Sie die Hjulsta-Gang ausgenutzt oder sogar *hintergangen* haben?«

Lindberg steht abrupt auf und klappt seine Mappe zu.

»Ich habe Folgendes vor«, sagt er dann. »Hassan sitzt gerade in einem Gerichtstermin, aber heute Nachmittag gehe ich ihn mal fragen, was es mit dieser Fuhre eigentlich auf sich hat und warum Sie gefahren sind.«

In der Tür des Verhörraumes dreht er sich noch einmal um und setzt ein engelsgleiches Lächeln auf.

»Das klingt doch nach einem Plan, oder, Elias?«

51

Endlich findet sie eine Gelegenheit, sich die Aufnahmen auf dem USB-Stick anzuhören. In einer Viertelstunde ist sie wieder mit Lukas Frisell verabredet, mit Personenschutz, Zimtschnecken und Notfallknopf. Sonja Ryd hat sich in eine Ecke des Großraumbüros verzogen und sich die Kopfhörer ins Ohr gesteckt. Sie hört Nina Strömblads Fragen.

»Mein Gott, Lukas, bist du im Wald zu einem gefährlichen Menschen geworden? Muss ich Angst vor dir haben?« Und: »Mach mir nicht vor, dass du hier auf einem Bußgang bist.«

Später hört sie: »Und dann sind die einfach in den Wald gekommen und haben dich mitgenommen?« Frisell erwidert: »Und du weißt auch schon, warum sie das taten, stimmt's, Nina?«

Und sie hört: »Du hast es da oben in Uppsala richtig krachen lassen, hm?«

Während sie dem Gespräch lauscht, formt sich ein Gedanke. Uppsala. Ultuna. Agrarwissenschaftliche Universität.

Frisell sagt: »Rosetta. Ich kann mich vage an sie erinnern. Sie hatte große Schwierigkeiten und hat sich später das Leben genommen.«

Bevor die Aufnahme endet, hört sie ein letztes Mal Nina Strömblad. »Ich hoffe, du bist jetzt rücksichtsvoller, Lukas.«

Vielleicht ist doch mehr in Frisells Zeit an der Universität passiert, als sie bisher angenommen hat. Ihr fällt die Facebook-Seite ein, wo auch Frisell auf dem einen oder anderen Foto zu sehen ist. Wie hieß die Seite noch? Der Name war ein bisschen albern. Stimmt, »SLUmkid of SLU«.

Sie sieht sich das Konto an, das sie schon einmal durchgesehen hat, allerdings in großer Eile. Frisell ist auf ein paar Fotos, unter anderem in einem größeren Hörsaal. Sie muss noch mal am Institut nachhaken wegen seiner offenen Vorlesungsreihe zum Überleben in der Wildnis und zur Notfallvorsorge, von der Leif Stierna erzählt hat. Bisher hat sie keine Antwort auf ihre Mail an das Sekretariat erhalten. Deshalb schickt sie eine zweite, ein bisschen drohende Erinnerungsmail. Normalerweise zeigt die Wirkung.

Ansonsten ist »SLUmkid of SLU« eher eine Art Studententagebuch, geführt von 2013 bis 2015. Es scheint nur einen Administrator zu geben, Ryd sucht fieberhaft nach dem Namen und findet den Eintrag: eine Studentin der Landschaftsarchitektur namens Jonna Carlgren, die als Administratorin angegeben ist. Ryd erfährt von Google, dass Carlgren inzwischen als Architektin in Södertälje arbeitet. Da sieht sie, wie Sarwani ihr so unauffällig wie möglich aus der Ferne zuwinkt.

»Schau dir das an«, sagt er, als sie neben ihm steht, und dreht den Bildschirm um.

Ryd beugt sich vor und sieht eine Filmsequenz, die in Dauerschleife läuft. Gefilmt ist sie aus der Perspektive hinter den Schaulustigen, die am Odenplan stehen. Die Aufnahme ist unprofessionell und verwackelt. Man erkennt den Halbkreis aus Menschen, die nur von dem blau-weißen Absperrband der Polizei zurückgehalten werden. Die Polizisten, auch Sarwani, aber vor allem sieht man etwas anderes. Einen Zusammenprall zweier Personen. Die eine kann man nicht erkennen, die andere umso deutlicher. Sie brüllt, wenn auch lautlos.

Sarwani friert das Bild ein und zoomt auf das wütende Gesicht des brüllenden Mannes. Alle Stereotypen männlicher Gesichtszüge sind vorhanden: markante Wangenknochen, steinharter Blick, übermäßige Wut, Gewaltbereitschaft, überzeugtes Auftreten. Ryd lehnt sich noch weiter vor, ihre Wange streift kurz Sarwanis.

»Sollte ich den kennen?«, fragt sie.

»Wenn ihn jemand von uns wiedererkennt, dann du«, sagt Sarwani. »Das ist ein Krimineller, ich kenne ihn von früher.«

»Aber du weißt nicht, woher?«

»Nein, es will mir nicht einfallen.«

»Warte, warte«, sagt Ryd. »Du bist zu schnell, Shabir. Lass uns noch mal zurückgehen. Diesem Mann bist du am Odenplan begegnet, und du bist dir sicher, dass er den Täter gesehen haben muss, der den Rucksack mit der Bombe hatte?«

»Ja.« Sarwani reagiert ungeduldig. »Und ich kenne ihn, habe sogar mit ihm geredet, aber ich weiß einfach nicht mehr, wann und wo. Ich darf ihn mittels Gesichtserkennung durch das Strafregister jagen. Aber du weißt ja, wie langwierig das ist.«

Er lässt die Sequenz erneut laufen, dieses Mal in Zeitlupe.

Ihre Köpfe berühren sich, so dicht sitzen sie zusammen. Aber auch jetzt ist da nicht viel mehr als die Kollision zweier Menschen, für den Bruchteil einer Sekunde sieht man den Rucksack im Hintergrund – aber nicht den Träger des Rucksacks.

»Verdammt«, ruft Ryd. »Fast!«

Sarwani vergleicht diese Aufnahme mit anderen Sequenzen aus ähnlicher Perspektive. Er findet nur eine von der auseinanderdrängenden Menschenmenge, aber auch da ohne Täter.

Sarwani klickt wieder auf die Ausgangssequenz und aktiviert die Gesichtserkennung. Dann lehnt er sich nach hinten und verschränkt die Hände hinter dem Kopf.

»Das wird dauern«, sagt er und streckt sich genüsslich.

Da klingelt Ryds Telefon. Es ist der Wachmann von der Rezeption.

»Wir haben hier einen Lukas Frisell, mit dem Sie vor einer Viertelstunde verabredet waren?«

52

Obwohl es noch früh am Morgen war, hatte sich schon fast das gesamte erweiterte NOVA-Team eingefunden. Die Anwesenden strahlen förmlich vor Fleiß und Tatendrang, und niemand reagiert nennenswert auf das erste Piepen eines Handys. Auch nicht, als dem ersten zwei weitere folgen. Dann aber werden es immer mehr, eine Kakophonie aus Tönen.

Es sind Nachrichten von mehr oder minder seriösen Medien. Ankan starrt auf ihr Handy.

»Eine Explosion in Köldfors in Hälsingland, mindestens zehn Tote. Gibt es wirklich eine Stadt, die Köldfors heißt?«

»Ich habe dieselbe Meldung, allerdings aus Källfors in Medelpad«, ruft Shabir Sarwani.

Da stürzt Eva Nyman in den Raum und bittet um Ruhe.

»Es handelt sich tatsächlich um eine Explosion, die mit dem Brief zu tun haben könnte. Im Vergleich mit dem Attentat am Odenplan war sie wohl kleiner und in der Peripherie, wir müssen unsere Hypothese der Eskalation also vielleicht noch einmal überdenken. Die Firma, die es getroffen hat, stellt Plastik in unterschiedlichsten Formen her. Die Merplast AG hat ihren Firmensitz in Kallfors in Gästrikland. Die Polizei ist vor Ort, bisher wurden keine Toten oder Verletzten gemeldet, und es gibt auch noch keine weiteren Infos zu der Detonation.«

»Das war dieses Mal aber ein sehr kurzer Zeitraum zwischen Warnung und Tat. Wir hatten doch keine Chance, das Rätsel zu lösen.«

»Ich glaube nicht, dass wir es lösen sollten«, sagt Ryd. »Genau genommen ist es auch kein Rätsel. Wer auch immer dahintersteckt, spielt nicht mit der Polizei, obwohl die Briefe an Eva adressiert sind. Das ist nicht das, was der Täter will.«

»Ich will hinfahren«, sagt Sarwani und reißt sich ein Pflaster vom Gesicht.

»Ich fliege mit Anton hin«, entgegnet ihm Nyman. »Der Hubschrauber steht bereit, wir starten in zehn Minuten.«

»Warum, ich soll doch Elias Shariq und diesen Hassan verhören«, protestiert Lindberg. »Kannst du nicht jemand anderen mitnehmen?«

»Shariq bleibt, wo er ist«, sagt Nyman. »Wir übernachten vielleicht, also hol dir Wechselwäsche.«

»Ist es nicht sinnvoller, jemanden mitzunehmen, der es wirklich will?«, wirft Sarwani ein.

»Du bist noch vor Kurzem ohnmächtig geworden, Shabir. Du solltest dich krankschreiben lassen. Außerdem siehst du nicht besonders repräsentativ aus.«

»Willst du damit sagen, dass ein Polizist mit Migrationshintergrund und Verletzungen, die er sich im Einsatz zugezogen hat, nicht repräsentativ genug ist?«

Eva Nyman seufzt.

»Okay, du kannst mit, Anton aber auch.«

Sarwani stürmt zur Tür, Lindberg trottet lustlos hinterher.

»Ankan ist während meiner Abwesenheit stellvertretende Leiterin des NOVA-Teams.«

Ankan strahlt übers ganze Gesicht, ertappt sich dabei und nickt umso entschlossener. Eva Nyman nickt ihr aufmunternd zu und verlässt die Einheit, um *echte Polizeiarbeit* zu leisten.

53

Sie sitzt zur Hauptverkehrszeit in der S-Bahn und arbeitet. Nach einer schnellen Kalkulation hatte sie beschlossen, dass es die weitaus effektivste und produktivste Alternative im immer noch anhaltenden Bombenchaos war. Allein die Fahrt nach Södertälje hätte mit dem Dienstwagen mindestens eine halbe Stunde gedauert. Fünfundvierzig Minuten Arbeitszeit im Zug war eindeutig die bessere Wahl. Aber konnte man das überhaupt Arbeit nennen? Sich systematisch durch eine Facebook-Seite zu klicken?

»SLUmkid of SLU« ist der Versuch eines erwachsenen Menschen, ungezwungen und albern zu sein. Aber das funktioniert nicht, denn der studentische Ton kollidiert mit einem unüberhörbaren Bedürfnis nach Ordnung und Kontrolle. In Wirklichkeit hat die Architektin Jonna Carlgren aus Södertälje diese Seite eingerichtet, um Kontrolle über ihre Umgebung auszuüben, also über diejenigen, die zur selben Zeit wie sie an der SLU studiert haben.

Insgesamt sind es an die hundert Bilder.

Sonja Ryd hat eine langweilige Zugfahrt erwartet, aber stattdessen ist sie fasziniert von den Gestalten auf den Fotos, die ohne Kontext und ohne wirkliche Geschichte an ihr vorbeiziehen. Studierende wie Dozenten.

Was die Anzahl der Fotos angeht, so ist Frisell eher wenig vertreten, was wahrscheinlich daran liegt, dass er sich nicht mit Landschaftsarchitektur beschäftigt hat. Dennoch gibt es einige Fotos, nicht nur von Frisell, die ihre Aufmerksamkeit erregen. Sie alle fangen die Stimmung an der SLU in Frisells letztem Jahr ein, dem Jahr, bevor er die Zivilisation verließ. Je näher es dem Ende zuging, desto spannender.

»Die Stimmung?«, wiederholt die etwas verkniffene Architektin in Södertälje, als hätte sie das Wort nicht verstanden.

Sonja Ryd beugt sich über den Schreibtisch und mustert die junge Frau, die ihr Haar so straff nach hinten frisiert hat, als würde jemand hinter ihr stehen und daran ziehen.

»Die Jahre, in denen Sie Ihr Profil ›SLUmkid of SLU‹ gepflegt haben«, sagt Ryd. »Da war die Stimmung doch ziemlich ... ausgelassen?«

»Ich habe superfleißig studiert und mir trotzdem die Zeit genommen, das Profil zu aktualisieren.«

»Ich finde, das sieht auch nach viel Party aus?«

»Wir waren Studenten. Es wurde halt viel gefeiert. Ich habe Fotos gemacht. Aber ich habe nicht alle Fotos selbst aufgenommen. Die meisten wurden mir von Kommilitoninnen geschickt.«

»Hatten Sie auch Seminare bei Lukas Frisell?«

»Nicht viele«, sagt Jonna Carlgren, ohne darüber nachdenken zu müssen. »Soweit ich mich erinnere, ist er vor allem Agrarwissenschaftler. Aber er hat eine interessante Vorlesungsreihe über Notfallvorsorge gehalten. Ich glaube, davon sind auch ein paar Fotos dabei.«

»Ja, stimmt, aus dem Hörsaal. Außerdem ist er auf jeder Menge Partyfotos drauf. War er ein Partylöwe?«

»Das Gerücht gab es, aber erlebt habe ich es nicht wirklich.«

»Ich habe ein paar Fotos gespeichert«, sagt Ryd und schiebt Carlgren ihren Rechner hin. »Kennen Sie vielleicht die Studenten und Studentinnen, die mit ihm zusammenstehen?«

Auf dem ersten Foto sieht man Frisell mit hochrotem Kopf, der seine Arme um zwei junge Frauen gelegt hat.

»Die rechte heißt Josefin«, sagt Carlgren und zeigt auf eine Braunhaarige mit Pagenkopf. »Sie hat Biologie studiert, glaube ich. Und die Linke heißt Rosetta Ström.«

Sonja Ryd staunt über Carlgrens Erinnerungsvermögen. Die linke, eine eher kleine, schwarzhaarige junge Frau, sieht Frisell mit durchdringendem Blick an. Die Stimmung wirkt ausgelassen – die Silhouetten im Hintergrund sind verschwommen, aber man sieht eine Hand, die ins Bild gestreckt wird. Der Zeigefinger und der kleine Finger bilden ein Zeichen.

»Haben Sie viel Heavy Metal gehört an der SLU?«, fragt Ryd.

»Wenn Sie damit Rosetta meinen, sie hat Agrarwissenschaften studiert …«

»Ich meine das Hardrock-Zeichen da im Hintergrund. Die Hand. Das Zeichen des Teufels.«

»Ich habe dieses Foto leider nicht gemacht«, sagt Carlgren. »Aber das ist doch die sogenannte *Corna*. Eine alte sizilianische Geste, um den Teufel zu beschwören.«

»Wissen Sie sonst noch etwas über Rosetta Ström?«, fragt Ryd.

»Wir hatten einige Seminare zusammen. Ich habe gehört, dass sie später depressiv wurde. Aber mehr weiß ich nicht.«

Ryd prüft, ob die Sprachaufnahme ihres Handys noch läuft, dann scrollt sie weiter.

Partyfotos rauschen vorbei, mit und ohne Frisell. Ryd hat Carlgren richtig eingeschätzt, sie hat nach wie vor den Überblick. Während ihr Handy unzählige Namen von Ehemaligen aufnimmt – Erika, Charlotte, Corinne, aber auch Männer wie Anton, Albin, Urban – fragt sich Ryd, was sie da macht. In Gästrikland ist gerade eine weitere Bombe explodiert. Warum sitzt sie hier in Södertälje? Hat sie wirklich Zeit dafür? Warum sollte jemand aus Frisells Vergangenheit für die Ermittlungen interessant sein, wenn sie doch von seiner Schuld überzeugt ist? Als Komplize?

Sie kann es nicht genau sagen, aber in jener Phase, kurz bevor er die Zivilisation hinter sich ließ, da … da stimmt was nicht, da muss irgendetwas passiert sein.

Auf dem letzten Foto steht Frisell zwischen zwei prustenden jungen Frauen. Die zu seiner Linken hat feuerrote Haare, die zu seiner Rechten trägt ihr braunes Haar kurz, ist mit Tattoos übersät und hat, soweit Ryd das sehen kann, eine gespaltene Zunge. Denn sie zeigt der Kamera ihre Zunge, während die grünen Augen der Rothaarigen Frisell anhimmeln.

»Das sind Studentinnen der Veterinärmedizin«, sagt Jonna Carlgren. »Wir waren an derselben Uni, hatten aber nichts miteinander zu tun.«

»Der Studiengang gehört auch zur SLU? Aber Sie wissen nicht mehr, wie die heißen, oder?«

Carlgren schüttelt den Kopf und macht Anzeichen, dass sie jetzt eigentlich etwas anderes zu tun hat.

Ryd starrt auf die gespaltene Zunge, dann wechselt sie zu den nächsten Fotos, einer Serie von Aufnahmen im Flur der Universität. Carlgren liefert ohne Unterbrechung Namen und Studiengänge der Abgebildeten. Ryd ist sehr beeindruckt.

»Das sind wieder die Tierärztinnen«, sagt sie und zeigt auf das Foto von sechs Frauen, die an einem Cafétisch sitzen. Ryd meint, die Tätowierte mit der Zunge zu erkennen. Aber auf den zweiten Blick sind die kurzen Haare nicht braun, sondern rot. Das ist doch nicht dieselbe Person. Es ist eine traurige junge Frau, die Ryd bekannt vorkommt. Doch dann scrollt sie weiter bis zu einem Foto von Lukas Frisell im Hörsaal. Er drückt den Stift fest auf das Whiteboard und ist gerade dabei, etwas zu zeichnen. Auch das kommt Ryd bekannt vor. Zwei rote, senkrechte Linien verbinden sich oben zu einer Wolke, die eine Baumkrone darstellen soll. Auf dem Baumstamm ist ein primitiv gezeichneter Mechanismus angebracht.

»Was ist das?«, fragt Ryd.

»Das ist aus einer von Frisells Vorlesungen über die Notfallplanung«, antwortet Carlgren und zuckt mit den Schultern.

»Haben Sie das Foto gemacht?«

»Dieses eine, ja. Aber ich war nicht bei allen Vorlesungen der Reihe dabei.«

»Erinnern Sie sich, was er hier gezeichnet hat?«

Zum ersten Mal muss Jonna Carlgren nachdenken, sie starrt auf die Zeichnung.

»Ich glaube, es hatte was mit der Jagd zu tun …«

»Mit der Jagd?«

»Irgendeine Sprengfalle oder so, die aktiviert wird, wenn ein Tier daran vorbeigeht.«

Sonja Ryd stutzt. Ein Gedanke regt sich in ihr, den sie zu lange ignoriert hat.

»Aber sehen Sie sich doch die Videoaufnahmen der Vorlesungen an«, sagt Carlgren und steht auf, als wollte sie unterstreichen, dass die Unterhaltung jetzt wirklich beendet ist.

54

Auf Wunsch dreht der Hubschrauber noch eine Runde über der Fabrik in dem kleinen Ort Kallfors in Gästrikland. Von oben betrachtet – und während sich die dunklen Wolken am Himmel immer mehr auftürmen –, sieht die Fabrik fast wie eine mittelalterliche Burg aus.

»*Nach dem, was das weiße Haus Gottes bezeugen durfte, ist es an der Zeit, das Burgtor zu öffnen und Mikroplastik über die Apathischen zu versprühen*«, zitiert Sarwani und muss brüllen, um den Lärm des Hubschraubers zu übertönen.

Vor dem Teil der Anlage, die von der Detonation am meisten in Mitleidenschaft gezogen wurde, befindet sich eine Laderampe aus Beton, die offenbar erst kürzlich angelegt wurde. Auf dem Beton erstreckt sich eine ovale Fläche, die in der Mitte rosa ist und zu den Rändern hin immer blasser wird.

»Das ist also das Mikroplastik, das aus dem Burgtor versprüht wurde?«, brüllt Lindberg. »Was ist das?«

Eva Nyman schüttelt den Kopf, Sarwani presst seine Stirn gegen das stark vibrierende Fenster.

»Es deutet leider einiges darauf hin, dass es sich bei dem rosa Oval um den Geschäftsführer der Merplast AG, Rikard Albrektsson, handelt.«

Lindberg und Nyman drehen sich zu ihrem Kollegen um, der aber nichts Weiteres sagen kann, weil der Hubschrauber zur Landung ansetzt.

Das Trio rennt unter den dröhnenden Rotorblättern zu der Ansammlung von Krankenwagen und Einsatzkräften von

Feuerwehr und Polizei, die den Tatort in Blaulicht tauchen. Eine hochgewachsene Frau in Uniform kommt auf sie zu.

»Ulla Hultqvist«, stellt sie sich mit tiefer Stimme vor und erfährt die Namen der anderen ähnlich einsilbig.

»Gibt es schon Neuigkeiten?«, fragt Eva Nyman.

»Fangen wir am besten von vorne an«, sagt Hultqvist und hebt das blau-weiße Absperrband hoch. »Kallfors ist eine Art modernisierter Industrieort, und Merplast ist das Werk, in dem alle in der Gegend arbeiten. Gesprengt wurde die Lagerhalle, in dem die PVC-Produkte des Unternehmens – hauptsächlich Rohre und Formstücke – gelagert werden.«

»Sind die rosa?«, fragt Sarwani.

»Die Rohre? Nein, ich habe vor Kurzem erst eine Aufnahme aus der Lagerhalle gesehen. Das waren weiße Rohre. Das Rosafarbene ist ...«

»... der Geschäftsführer Rikard Albrektsson?«

Die beeindruckende Ulla Hultqvist sieht Sarwani mit unverhohlenem Interesse an.

»Zum jetzigen Zeitpunkt können wir noch nichts dergleichen bestätigen. Aber wir haben gerade erfahren, dass sie menschliches Gewebe gefunden haben. Und Albrektsson ist der Einzige, der fehlt. Sein Büro befindet sich direkt neben der Halle.«

»Keine Überwachungskameras in der Lagerhalle?«

Hultqvist schüttelt den Kopf.

»Das war bis jetzt kein Ort, der sich vor Verbrechen schützen musste. Die Firmenleitung hat es nicht für notwendig gehalten.«

Sie kommen an der ebenfalls abgesperrten Laderampe vorbei. Das rosa Oval sieht aus der Nähe ganz anders aus. Es besteht nicht nur aus zerfetztem Plastik, sondern auch, wenn man genau hinsieht, aus einem zerfetzten menschlichen Körper.

»Aus Gävle sind bereits Kriminaltechniker eingetroffen«, sagt Hultqvist. »Der Rest ist auch schon unterwegs.«

Zwei Männer in weißen Overalls knien auf dem Betonboden und untersuchen die Ränder des Ovals. Außerhalb der Absperrung bauen uniformierte Polizeibeamte ein großes Zelt auf. Und das ist eilig, denn die dunklen Wolken türmen sich immer weiter auf. Die ersten Regentropfen könnten bald schon fallen und den Tatort wegspülen.

Aber vor dem Regen kommt der Wind. Eine Böe weht vom Wald her und fegt über das Fabrikgelände, wirbelt Teile des Mikroplastiks auf und verteilt es über die anliegenden Gebäude, versprüht es sozusagen über Kallfors.

»*Über die Apathischen*«, raunt Sarwani.

Ulla Hultqvists Blick ist mehr als skeptisch. Dann führt sie die drei an eine Stelle auf dem Fabrikgelände, wo sich eine kleine Menschentraube gebildet hat.

»Ich verabschiede mich hier von Ihnen«, sagt sie.

Es fängt an zu regnen, als Anton Lindberg sich neben den Mann hockt, der eine gelbe Weste mit der Aufschrift »ARZT« trägt. Der wiederum hockt neben einer Trage, auf der eine ausgesprochen blasse Frau liegt, deren Arme mit dicken Bandagen umwickelt sind. Der Arzt richtet sich auf und nickt einem Mann zu, der die Trage in den Rettungswagen schiebt und hinterherspringt. Der Wagen fährt los, bevor er die Tür hinter sich zugeworfen hat.

»Sie hatte die leichtesten Verletzungen«, sagt er und streift sich die Latexhandschuhe ab. »Und musste deshalb am längsten warten.«

»Wie sieht die Schadensbilanz aus?«, fragt Lindberg mit dem für einen Polizisten typischen Notizblock in der Hand.

»Fünf Verletzte und ein Toter. Zwei Verletzte befinden sich in einem kritischen Zustand.«

»Ist Ihnen etwas Besonderes aufgefallen? Etwas, das alle Verletzungen gemeinsam haben, zum Beispiel?«

»Tri-Wing«, antwortet der Arzt.

»Was ist das?«

»In allen Wunden waren spitze Tri-Wing-Schrauben. Die haben einen ungewöhnlichen, dreiflügeligen Schraubenkopf, der, soweit ich weiß, nur an Stellen verwendet wird, an denen die Schraube auf keinen Fall herausgeschraubt werden soll.«

»Und diese Schrauben waren in der Bombe?«

»Sie steckten in den Wunden. Aber zu der Bombe müssen Sie mit den Fachleuten sprechen.«

Die Gerichtsmedizinerin verlässt das Zelt, geht zehn Schritte, klappt dann ihren Schirm zusammen und führt Sarwani durch das Loch in der Wand. Zementkrümel rieseln auf sie herab.

Sie zeigt in die zerstörte Lagerhalle und die eigenartige Installation aus verbogenen und zerfetzten PVC-Rohren. Durch ein Loch in der gegenüberliegenden Wand geht es in den nächsten Raum.

Dort wirkt die Verwüstung noch massiver, nicht zuletzt, weil es vor dem Brand eindeutig ein schöner Raum war. Auf dem Boden kriechen soeben eingetroffene Techniker herum. Die nächste Wand ist sogar komplett herausgesprengt worden und offenbart einen Blick auf eine chaotische und blutverschmierte Bürofläche.

»Dort saßen die Verletzten«, sagt die Forensikerin. »Aber die eigentliche Explosion fand hier statt, im Zimmer des Geschäftsführers. Beide Wände sind durch die Detonation herausgesprengt worden. Die Bombe – vorausgesetzt, es war eine Bombe – muss nach außen gerichtet gewesen sein. Nur so konnten die Überreste des Opfers durch die Lagerhalle geschleudert werden und den pulverisierten PVC-Kunststoff verfärben, der auf der Laderampe draußen verteilt liegt.«

»Was bedeutet in diesem Zusammenhang ›nach außen gerichtet‹?«, fragt Sarwani.

»Die Sprengkraft war nicht auf den Raum mit den Arbeitsplätzen, sondern auf die Lagerhalle gerichtet, hat dort also zu einer wesentlich größeren Zerstörung geführt. Wäre die Bombe anders platziert worden, wären viel mehr Menschen gestorben.«

»Dann wäre das Mikroplastik auch nicht auf der Laderampe verteilt worden?«

Die Gerichtsmedizinerin sieht ihn verwundert an.

»So kann man es auch ausdrücken.«

Eva Nyman hat einen frischen Kaffee in der Hand, in der Armbeuge hält sie ihren Regenschirm. Sie hat alle Angestellten befragt und dann nach Hause geschickt. Keiner von ihnen hatte etwas Wesentliches auszusagen, sie alle befanden sich in unterschiedlichen Stadien des Schocks. Nyman macht sich ein paar Notizen, als ihr eine Frau ins Auge fällt, die zusammengekauert und etwas abseits direkt auf dem Asphalt sitzt. Sie ist Anfang vierzig und vollkommen durchnässt, die Mascara läuft ihr übers Gesicht.

»Warum sitzen Sie denn hier?«, fragt Nyman, die sich neben die Frau gehockt hat und ihre Hand nimmt.

»Entschuldigung«, murmelte die Frau und lässt sich von Nyman hochziehen.

Nyman hält Kaffeebecher und Regenschirm in der einen Hand und zieht sich die Jacke aus. Dann legt sie sie der Frau um die Schultern.

»Wer sind Sie?«, fragt sie und gibt ihr den Kaffeebecher.

»Maria«, lautet die Antwort. Sie zittert so stark, dass ihre Zähne gegen das Porzellan des Bechers schlagen. »Ich bin Rikards Assistentin.«

»Und wo waren Sie, als die Bombe explodierte?«

»Ich war auf dem Werksgelände und hatte etwas zu erledigen.«

»Keiner der Angestellten weiß, ob Rikard Albrektsson kurz

vor der Detonation ein Paket geliefert bekommen hat. Wissen Sie was?«

»Wir arbeiten mit einer Spedition zusammen. Wenn eine Sendung kommt, bringen die uns das. Aber es war noch viel zu früh. Die kommen erst später.«

»Wenn ich das richtig gesehen habe, muss man durch Ihr Büro, um in das Ihres Chefs zu kommen, richtig?«

Maria nickt. Sie schluchzt, trinkt aber gierig den heißen Kaffee, der ihr gutzutun scheint.

»Wenn also Ihr Chef eine Sendung erhalten haben sollte, muss das passiert sein, nachdem Sie Ihr Büro verlassen haben, um … Was haben Sie denn gemacht? Sie sagten, Sie hätten etwas zu erledigen gehabt?«

»Ich habe mit einer Freundin in der Werkhalle gesprochen. Sie hat Eheprobleme.«

»Und wie lange waren Sie weg?«

»Vielleicht zwanzig Minuten oder so.«

»Wäre es denkbar, dass Ihr Chef ein Paket geöffnet hat, das sich bereits in seinem Büro befand?«

»Warum sollte er warten, bis ich weg bin?«

»Vielleicht wollte er dabei nicht gestört werden?«

55

Der Tag vergeht bemerkenswert schnell dort oben in Gästrikland. Das Trio vom NOVA-Team richtet sich ein provisorisches Büro im vorübergehend stillgelegten Industriegebäude der Merplast AG ein, sie sind mit so viel klassischer Polizeiarbeit beschäftigt, dass sie am Ende tatsächlich die Nacht in Kallfors verbringen müssen. Das einfache, weitgehend ungenutzte Hotel im Ort hat eine Vereinbarung mit der Merplast AG und beherbergt normalerweise Geschäftsleute aus der Kunststoffindustrie. Stattdessen schläft dort jetzt – in drei Einzelzimmern – mehr als die Hälfte des NOVA-Teams.

Nach einem deftigen Abendessen versammeln sich Nyman, Lindberg und Sarwani in Nymans Zimmer, dem größten von allen. Es ist ihnen gelungen, eine Flasche Wein zu besorgen. Lindberg und Sarwani machen es sich auf dem Sofa bequem, Nyman hat einen eigenen Sessel. Das Schweigen hält schon so lange an, dass alle Menschen, die einander nicht so gut kennen wie die drei, ein furchtbares Unbehagen empfinden würden.

»PVC ist der umweltschädlichste Kunststoff der Welt«, sagt Sarwani schließlich. »Als Symbol ist Merplast mindestens so geeignet wie die Ziele der vorherigen Anschläge.«

»Aber welches Symbol hatte dann der Odenplan?«, fragt Lindberg. »Die Opfer dort waren das Gegenteil von Umwelt- und Klimasündern. Das waren hauptsächlich ganz normale, klimafreundliche Pendler, die aus dem U-Bahn-Schacht nach oben getrieben und dann zu Schaulustigen wurden.«

»Stimmt!«, sagt Sarwani. »Dann ist die Aussage eher, dass wir *alle* schuldig sind. Wir dachten, es würde so auch weitergehen, stattdessen folgte aber die Rückkehr zum Einzelnen und Symbolischen.«

»Ja, die Symbolik ist in diesem Fall fast plakativ. Mikroplastik, das langsam in die verdorbene Menschheit eindringt und uns alle in Plastikfiguren verwandelt«, brummt Nyman.

»Obwohl hier tatsächlich von einer sehr schnellen Invasion gesprochen werden kann«, wirft Lindberg ein.

»Außerdem war es hier andersherum, der Körper hat das Mikroplastik durchsetzt«, stellt Nyman fest. »Weil die Bombe so ausgerichtet war.«

»Das ist wirklich interessant«, sagt Sarwani. »Die Sprengkraft traf zuerst Rikard Albrektsson und nur Millisekunden später das PVC in der Lagerhalle. Hätte der Attentäter die Bombe anders ausgerichtet, hätten wir nicht nur mehr Opfer zu beklagen gehabt – sondern auch kein rosa Mikroplastik.«

»Dann wäre auch die Botschaft in dem Brief nicht in Erfüllung gegangen«, sagt Nyman nickend. »Und unser Täter hätte sich als unzuverlässig erwiesen.«

»Es war ein Glücksspiel«, sagt Lindberg und zuckt mit den Schultern. »Es wäre in jedem Fall jemand gestorben, und das ist ja auch der Sinn der Sache. Ich sollte eigentlich nicht hier sein, sondern diesen Elias Shariq im kleinsten Vernehmungsraum aller Zeiten unter Druck setzen.«

»Vielleicht standen auf dem Paket Instruktionen?«, schlägt Sarwani vor. »›Hier öffnen‹, zum Beispiel?«

»Was war das für ein Paket?«, fragt Lindberg. »Wo kam es her?«

»Wir haben ein Zeitfenster von zwanzig Minuten, von dem Moment, in dem seine Assistentin ihr Büro verlässt, bis zur Detonation«, sagt Nyman. »In dieser Zeit war er unbeobachtet. Entweder wurde genau dann das Paket angeliefert, so früh am Morgen, direkt an ihn und nicht über die Speditionsfirma. Oder er hat mit dem Öffnen gewartet, bis er allein war. Beide Optionen finde ich interessant, letztere impliziert, dass das Paket bereits geliefert worden war. Und die andere, erste Option bedeutet, dass der Bote besagtes Zeitfenster für die Lieferung abgepasst haben muss. Und es deshalb unbemerkt abgeben konnte.«

»Und dieser potenzielle Bote kann in diesem Fall nicht Elias Shariq gewesen sein«, sagt Sarwani und schielt rüber zu Lindberg.

»Am wahrscheinlichsten ist doch aber, dass Albrektsson das Paket schon in seinem Büro hatte«, sagt Nyman. »Wer von euch hat mit den zuständigen Spediteuren gesprochen?«

Lindberg hebt schwerfällig die Hand.

»Und, hast du etwas erfahren? Wurde ein Paket in passender Größe geliefert?«

Lindberg schüttelt den Kopf.

»Das Unternehmen hat täglich unzählige Lieferungen. Und dass sich die schockierten Mitarbeiter so kurz nach dem Zwischenfall nicht an ein einzelnes Paket erinnern können, ist nicht wirklich verwunderlich. Aber auch nachdem sie Zeit hatten, um sich wieder zu sammeln, konnte mir niemand eine solche Lieferung bestätigen.«

»Versteifen wir uns mit dem Paket auf etwas?«, fragt Sarwani nachdenklich. »Nur weil wir bisher Pakete hatten, die zu Bomben wurden? Vielleicht war es gar keines? Vielleicht war es eine Zeitbombe? Vielleicht befand sie sich schon vor Ort, perfekt ausgerichtet?«

»Mit einem Fernzünder!« Nyman nickt. »Wie auf dem Rapsfeld. Jemand hat die Firma mit einem Fernglas beobachtet, bis sich Albrektsson in der richtigen Position befand. Dass dieser Moment mit der Abwesenheit seiner Assistentin zusammenfiel, war vielleicht nur ein Zufall. Man konnte ihn durch das Fenster und die Tore sehen.«

Gedankenversunkenes Schweigen.

»Das scheint fast am wahrscheinlichsten zu sein«, sagt Lindberg schließlich.

»Aber es setzt Ortskenntnis voraus«, wendet Nyman ein.

»Die *Apathischen*«, sagt Sarwani unvermittelt und steht auf.

Nyman und Lindberg starren ihn an. Sarwani lässt sich zurück aufs Sofa fallen.

»Wir haben sie übersehen. Warum hat der Terrorbomber geschrieben, dass das Mikroplastik über *die Apathischen* versprüht werden wird?«

»Die Windböe hat das Mikroplastik doch auf den Ort zugeweht«, sagt Nyman. »Meinst du, die Bewohner von Kallfors sind die Apathischen?«

»Wäre es möglich, dass es bei Merplast in der Vergangenheit zu einem Zwischenfall mit giftigen Emissionen kam?«, fragt Sarwani zögernd. »Und die Bewohner von Kallfors, die wirtschaftlich von Merplast abhängig sind, haben sich dieser Umweltsünde gegenüber apathisch verhalten?«

»Wenn das so ist, könnte unser Terrorbomber den Vorfall vielleicht sogar persönlich miterlebt haben«, sagt Nyman. »Denn diese Umweltsünde – wenn es denn eine gab – hat es offensichtlich nicht in die landesweiten Nachrichten geschafft. Sonst hätten wir davon gehört.«

»Du meinst, dann hat alles hier angefangen?«, hakt Lindberg nach.

»Lasst uns mal drauflosspekulieren«, fordert Nyman die beiden auf. »Unser Terrorbomber könnte aus der Region stammen. Jemand, den sowohl eine Umweltsünde des Unternehmens als auch die Gleichgültigkeit der Menschen in Kallfors unfassbar wütend gemacht hat.«

»Und der sich deshalb vorgenommen hat, *das Burgtor zu öffnen und Mikroplastik über die Apathischen zu versprühen*«, zitiert Sarwani.

»Die Bombe galt dann ganz persönlich dem Verantwortlichen Rikard Albrektsson«, sagt Lindberg. »Aber warum erst jetzt? Warum vier Bombenanschläge planen und durchführen, bei denen unbekannte und unschuldige Menschen getötet wurden?«

»Um diesen Bruch in der Serie zu verschleiern?«, schlägt Sarwani vor.

»Oder um für die eigentliche Sache Mut zu sammeln«, sagt Lindberg. »Die ihm am wichtigsten ist.«

»Meiner Meinung nach gibt es zwei Fragen, mit denen wir uns morgen früh befassen müssen«, sagt Eva Nyman und greift nach der Weinflasche. »Für heute Abend ist die Arbeit erledigt.«

Sarwani lacht.

»Die erste Frage wird lauten: Gab es in der lokalen Bevölkerung aktiven Widerstand gegen die Merplast AG? Wie können wir das herausfinden?«

»Es wird niemand offen darüber reden wollen. Aber es muss doch eine Art Lokalzeitung geben?«, sagt Lindberg.

»Mir will keine zweite Frage einfallen«, sagt Sarwani.

»Wie weit ist es von hier bis zu Lukas Frisells Unterschlupf im Wald?«, erwidert Nyman und entkorkt die Flasche.

56

Durch das Fernglas kann er die zerstörte Burg der Merplast AG hinter den Fabriktoren sehen. Sarwani senkt das Fernglas und wirft einen Blick auf die Karte, die ihm Lindberg hinhält.

»Du hast recht, Anton«, sagt er. »Von hier aus könnte man Rikard Albrektsson in seinem Büro beobachten.«

»Der Regen gestern hat leider alle Spuren zerstört«, sagt Nyman und zeigt auf den matschigen Boden. »Ich werde unsere völlig überarbeiteten Jungs von der Kriminaltechnik trotzdem herbitten. Vielleicht finden sie doch noch was.«

»Ich verwette meinen Arsch dafür, dass der gestern Morgen tatsächlich hier war«, sagt Lindberg. »*Genau hier* hat sich der Terrorbomber mit dem Fernzünder in der Hand hingekauert und nur darauf gewartet, dass Albrektsson im richtigen Winkel stand, um eins zu werden mit dem Mikroplastik.«

Nyman beobachtet den Morgennebel auf dem Acker, der einen Schleiertanz aufführt.

»Die Techniker sind sich jetzt zu fünfundsiebzig Prozent sicher, dass es sich um eine stationäre Bombe handelte und nicht um eine, die angeliefert wurde. Und wir wissen, dass Lukas Frisell zum Zeitpunkt der Detonation in Stockholm war.«

»Wir wissen auch«, sagt Lindberg, »dass er, wenn er schuldig ist, mindestens einen Komplizen hat. Aber wir wissen nicht, *wann* die Bombe im Zimmer des Geschäftsführers platziert wurde. Sie kann dort schon seit Wochen gelegen haben.«

Kurz darauf sitzen sie in einem Mietwagen und fahren nach Süden. Nyman beginnt mit der Besprechung.

»Wenn Antons Hypothese stimmt, dass die Bombe schon länger in den Räumen von Merplast platziert war, haben weder Lukas Frisell noch Elias Shariq ein Alibi. Aber ist dieses Setting wahrscheinlich? Kann eine Bombe dieser Größe in Albrektssons Zimmer deponiert worden sein, ohne dass er oder seine Assistentin es bemerkt hätten?«

»Sie kann ja in einem Sofa versteckt gewesen sein oder so«, sagt Lindberg.

»Aber das Risiko, dass sie von einer Putzkraft entdeckt oder aus Versehen gezündet wird, wäre doch viel zu groß?«, fragt Sarwani.

»Das bedeutet«, sagt Nyman, »dass sie vor Kurzem von einem dritten Bandenmitglied dort deponiert worden sein muss. Diese Person muss nicht nur über Ortskenntnisse verfügen, sondern auch in der Lage gewesen sein, unbemerkt auf das Gelände und ins Gebäude von Merplast zu gelangen. Vermutlich eher nachts. Sie hat dann die Bombe installiert, sich mit einem Fernglas und dem Fernzünder auf den Posten hinter dem Hügel begeben und auf den richtigen Augenblick gewartet. Diese Aufgabe ist nichts für einen Handlanger. Das ist etwas für den Anführer. Dann wäre Lukas Frisell jedoch ein Handlanger. Und wie wahrscheinlich ist das?«

»Gleich null!«, erwidert Sarwani. »Aber Frisell hätte den Plan ausklügeln können, der vorsieht, dass die anderen die Aufgabe umsetzen können, wenn er ausfallen sollte. Frisell hätte ohne Weiteres mit seinem Volvo zum Briefzentrum nach Rosersberg fahren, den dritten Brief einwerfen und dann in der Nacht darauf festgenommen werden können.«

»Bist du sicher, dass der Plan auch dann weiterverfolgt

werden kann, wenn sein Auftragskiller Elias Shariq festgenommen wurde?«, fragt Lindberg.

»Ich bin mir ziemlich sicher, dass ein Typ wie Frisell in der Lage ist, die Vorgaben der Staatsanwaltschaft zu umgehen und sich Internetzugang zu verschaffen«, sagt Sarwani.

»Dabei wissen wir die ganze Zeit, wo er sich aufhält. Ich hoffe, dass ich die Observierung noch um ein paar Tage verlängern kann, und es wird über seine Fußfessel sofort ein Alarm ausgelöst, wenn er eines der wenigen Internetcafés betritt, die es in der Stadt noch gibt. Das Telefon, das wir ihm gegeben haben, ist mit einem Peilsender ausgestattet. Die Wahrscheinlichkeit, dass er einen seiner Komplizen kontaktiert, liegt also nicht bei null, ist aber doch sehr minimiert, da gebe ich dir recht.«

Sarwani sieht auf sein Handy.

»Wenn ich richtig gerechnet habe, sind es etwa zehn Kilometer von Kallfors zu Frisells Unterschlupf im Wald. Ist das nah genug, um sich bei einer etwaigen Umweltsünde der Merplast AG persönlich angesprochen zu fühlen und sich zu engagieren?«

»Zweifelhaft«, sagt Nyman. »Wir haben keine Hinweise in seinem Rechner gefunden, dass er im Wald die Nachrichten verfolgt hat. In seinem uralten Browserverlauf waren nur Dating-Plattformen, und selbst die Zugriffe darauf liegen Jahre zurück.«

»Deiner Meinung nach spricht der Anschlag auf Merplast Frisell frei?«, fragt Lindberg.

»Auf keinen Fall!«, sagt Nyman. »Aber die Wahrscheinlichkeit sinkt. Ich vermute den Täter unter den Bewohnern von Kallfors. Der Zynismus von Merplast könnte der berühmte Tropfen gewesen sein, der das Fass zum Überlaufen brachte. Die lokale Apathie wurde zu einem Abbild der globalen Apathie. Nur wissen wir noch nicht, in wem sich der Funke entzündete.«

»Und diese Person oder Gruppe hat Lukas Frisell als einen

potenziellen Verdächtigen ausgemacht und eine sehr gründliche Background-Recherche vorgenommen.«

»Oder sie kennen ihn von früher«, wirft Nyman ein.

»Wir sind da«, verkündet Lindberg, biegt in ein Industriegebiet ein und hält auf einem Parkplatz vor einem flachen grauen Gebäude aus den Siebzigern. Sie fragen nach dem Weg und landen in einem kleinen Büro, in dem die Redaktion der Lokalzeitung von Sandviken und Umgebung untergebracht ist. Dort begrüßt sie eine Frau, die von ihrem übervollen Schreibtisch aufsteht, als sie hereinkommen.

»Ja, Sie sehen richtig«, sagt sie, bevor auch nur ein Wort gewechselt wurde. »Ich bin das gesamte Redaktionsteam. Eva-Lotta Thelin mein Name. Herzlich willkommen.«

»Sehr erfreut, Sie kennenzulernen«, sagt Nyman und stellt sich und ihre Kollegen vor.

»Es gab tatsächlich zwei Vorfälle bei der Merplast AG«, erzählt Thelin, nachdem die Formalitäten erledigt sind. »Ich habe auch über beide geschrieben. Der erste war im Winter vor vier Jahren. Bei der jährlichen Inspektion durch die Provinzialverwaltung waren erhöhte Emissionswerte, vor allem von Vinylchlorid und Phthalaten, festgestellt worden.«

»Daran können Sie sich nach vier Jahren doch unmöglich noch erinnern?«, ruft Lindberg verblüfft.

Eva-Lotta Thelin lacht verschmitzt.

»Nachdem Sie angerufen haben, bin ich gleich ins Archiv abgetaucht und habe meine alten Artikel rausgesucht. Diese Emissionen waren nicht so signifikant, dass die Stockholmer Kollegen davon Wind bekommen hätten. Aber sie lösten lokale Proteste aus.«

»Bei den Bewohnern von Kallfors?«

»Die Proteste kamen hauptsächlich aus der Umgebung um Kallfors. Der zweite Vorfall war größeren Ausmaßes, weil es dabei zu einer erheblichen Emission von Mikroplastik kam.«

»Seht ihr!«, sagt Lindberg.

»Und warum haben wir davon nichts erfahren?«, fragt Nyman.

»Ich habe versucht, diese Nachricht an die größeren Medienanstalten zu verkaufen, aber das war am 24. Februar 2022.«

»Ah«, sagt Sarwani. »Der Krieg.«

»Ganz genau. Der russische Angriffskrieg auf die Ukraine. Ich hatte keine Chance, irgendjemanden vom SVT oder vom Radio ans Telefon zu bekommen. Der Vorfall blieb also nur eine lokale Meldung.«

»Und dennoch gab es neue Proteste?«

»Ja. Dieselben Leute wie beim ersten Mal. Sie haben kräftig die Trommel gerührt und die Einwohner zu einer Protestversammlung in Kallfors eingeladen. Endlich würde der Umweltsünder Merplast auch in der Weltöffentlichkeit bekannt werden. Wissen Sie, wie viele Menschen zu der Versammlung kamen?«

»Nicht so viele«, schätzt Lindberg.

»Null«, sagt Thelin. »Wirklich null. Sie hatten den großen Gemeindesaal in Kallfors gebucht und warteten. Aber es kam niemand.«

»Die Apathischen«, sagt Sarwani mit Nachdruck.

»Man muss aber auch die Bewohner verstehen. Ihr Lebensunterhalt hängt von Merplast ab.«

»Haben Sie Namen, Fotos?«, fragt Nyman.

Eva-Lotta Thelin geht zu ihrem überfüllten Schreibtisch und dreht den Monitor ihres Rechners um.

»Hier sind meine Artikel«, sagt sie. »Leider habe ich nur beim zweiten auch Fotomaterial. Heutzutage ist man ja Reporterin und Fotografin in einem, die habe ich also selbst gemacht.«

Sie vergrößert das Foto. Auf dem Werksgelände der Merplast AG sieht man einen Mann, der ein zusammengerolltes Plakat in seiner deformierten Hand in die Luft streckt und wütend schreit. Hinter ihm sind aufgespannte Plakate zu sehen, aber der Fokus der Aufnahme liegt eindeutig auf dem Mann.

»Das ist Börje Sandblom«, sagt Thelin. »Ein paar sind dann doch zur Fabrik gezogen, insgesamt drei Protestierende, aber der aggressivste von ihnen war eindeutig dieser Sandblom. Er hat auch an dem ersten, bedeutend milderen Protest teilgenommen.«

»Und er war bei der missglückten Versammlung dabei, nehme ich an?«, fragt Sarwani.

»Ganz richtig, junger Mann«, sagt sie und lächelt ihn an. »Ich wollte einen Artikel darüber schreiben, aber mir wurde von höherer Stelle mitgeteilt, dass das mit Hinblick auf den Ausgang der Geschichte unangemessen sei und ich es fallen lassen solle. Also steht das in keinem Artikel. Ich habe dennoch ein paar Fotos aufbewahrt. Von den Protesten auf dem Fabriksgelände habe ich leider nur noch dieses eine, das ich auch im Artikel verwendet habe. Was schade ist, denn es kam zu einer heftigen Konfrontation zwischen diesem Börje Sandblom und dem Geschäftsführer von Merplast, Rikard Albrektsson. Sandblom war CrossFitter und kurz davor, handgreiflich zu werden.«

»Wissen Sie, wo wir diesen Börje Sandblom antreffen können?«, fragt Nyman.

»Keine Ahnung. Ich habe schon vor etwa einem Jahr versucht, seine Adresse ausfindig zu machen. Ohne Erfolg. Den einzigen Anhaltspunkt, den ich hatte, war seine linke Hand. Er hat nur noch zwei Finger, was man auf dem Foto auch ganz gut sehen kann.«

»Könnten Sie uns die Aufnahmen von der missglückten Protestversammlung in Kallfors mailen?«

»Ich habe das Bild zusammen mit meinen Artikeln bereits an die Adresse gesendet, die Sie mir gegeben haben«, sagt Thelin. Es sieht aus, als würde ihr noch mehr auf dem Herzen liegen.

»Vielen Dank«, sagt Nyman. »Und …?«

»Ja, also ... Ich war gestern als erste Pressevertreterin vor Ort in Kallfors. Glauben Sie, dass die Proteste etwas mit dem Anschlag zu tun haben?«

Damit war zu rechnen. Auf ein vereinbartes Zeichen hin ziehen sich Sarwani und Lindberg zurück. Nyman beugt sich zu Thelin.

»Wir wären äußerst dankbar«, flüstert ihr Nyman ins Ohr, »wenn Sie darauf verzichten könnten, jetzt schon darüber zu berichten. Dafür können Sie schon bald einen Scoop in einer Größenordnung landen, wie ihn nur sehr wenige Lokalzeitungen jemals erlebt haben.«

Es dauert ein paar Sekunden.

»Okay«, sagt Thelin. »Ich vertraue Ihnen.«

»Sehr gut. Und ich wäre Ihnen ausgesprochen dankbar, wenn Sie Ihre lokaljournalistischen Fähigkeiten und Erkenntnisse auch dazu nutzen könnten, Börje Sandblom zu finden. Melden Sie sich bitte direkt bei mir.«

Sie sitzen wieder im Wagen, Anton Lindberg wieder hinterm Steuer, das Ziel lautet Gävle. Es sind gut zwanzig Kilometer dorthin. Zwanzig Minuten ungestörtes Brainstorming.

»Warum ist es so schwer, diesen Börje Sandblom aufzuspüren?«, fragt Nyman,

»Vielleicht ist er *off the grid* gegangen?«, erwidert Sarwani.

»Du meinst so wie Frisell? Gut möglich.«

»Diese Finger an der linken Hand sind ungewöhnlich«, sagt Sarwani. »Er hat wirklich nur diese zwei, seht mal, hier zum Beispiel.«

Er hält den beiden auf den vorderen Sitzen sein Handy hin. Es zeigt einen etwa fünfundvierzigjährigen Börje Sandblom in dem großen Gemeindesaal von Kallfors. Insgesamt sind drei Personen auf dem Foto. Eine von der Kamera abgewandte Frau mit kurzen Haaren und in Kakikleidung sowie ein junger Mann mit Sommersprossen und einem gelben

Baseballkäppi, der bereit scheint, mit seinem Schlagstock ganz Kallfors plattzumachen. Zu dritt, mit dem großen Mann vorne im Bild, stellen sie die gesamte Protestaktion gegen die Merplast AG dar.

Börje Sandblom ist hochrot im Gesicht und sieht mürrisch aus. Er hat seine linke Hand so gedreht, dass es aussieht, als würde er die Heavy-Metal-Geste machen.

»Das sieht aus wie dieses Hardrock-Zeichen«, sagt Sarwani. »Nur der Zeigefinger und der kleine Finger. Der Teufel. Wie heißt das noch mal?«

»*Corna*«, antwortet Lindberg.

57

Ankan hat sich Frisells »Buch« vorgenommen. Es ist eine Herausforderung, es im Großraumbüro zu lesen. Sie stammt aus einem Vorort im Süden der Stadt und hat immer nah an der Natur gelebt. Hat lange Spaziergänge mit dem Hund gemacht, umgeben von den vielen Gerüchen des Waldes. Frisells Text jedoch bringt sie deutlich näher an alles, was wächst, sprießt, kriecht und lebt. Schon nach wenigen Minuten findet sie sich in einer anderen Welt wieder, in ihrer eigenen. Die Welt der Ursprünge. Auge in Auge mit der Biologie. Sie ist unmittelbar unter der Erdoberfläche, bohrt sich durch den Boden.

Dann braucht sie dringend eine Pause.

Der Text enthält nicht das, wonach sie gesucht hat. Es geht nur um einen Mann, der sich von der Natur vereinnahmen lässt und doch in ihr überlebt, als Mann und als Mensch. Sonst ist da nichts – obwohl Ankan einsehen muss, dass es ihr nicht gelingt, einen gesunden Abstand zu wahren.

Etwas in ihr muss sich eingestehen, dass sie Lukas Frisell gerne vor zehn Jahren begegnet wäre.

Im Anschluss an den gestrigen Besuch bei der Architektin in Södertälje war es Sonja Ryd nach einigen Mühen gelungen, mit einer vernünftigen Ansprechpartnerin an der Agrarwissenschaftlichen Universität zu telefonieren. Es handelte sich um die ehemalige Angestellte Vanja Pärn, die schon in Pension war, aber ab und zu noch einzelne Aufgaben am Institut übernahm. Dieser Pärn gelang es, die Videoaufnahmen von Frisells Vorlesungsreihe auszugraben. Ein ehrgeiziger IT-Beauftragter digitalisierte die Filme und schickte sie an Ryd.

Sie ist gerade damit beschäftigt, sich einen Überblick über die Aufnahmen zu verschaffen, als ihr Telefon klingelt. Eva Nyman ruft aus Kallfors an und gibt ihr ein Update. Nach dem Telefonat starrt Ryd nachdenklich ins Leere.

Mit wem haben sie es da eigentlich zu tun? Wie strukturiert und geplant sind die Anschläge? Gibt es Klimaterrorismus in dieser Größenordnung? Ja, warum nicht? Es ist viel bemerkenswerter, dass es ihn bisher noch *nicht* gegeben hat. Aber das hat bestimmt damit zu tun, dass Klimaaktivisten in der Regel nicht zu physischer Gewalt greifen, im Gegensatz zu Faschisten und Islamisten, um nur zwei Beispiele männlicher Dominanz zu nennen.

Ryd unterbricht ihre philosophischen Gedanken und startet die nächste Aufnahme. Sie beginnt mit der Vorlesung über »Gesundheit und medizinische Versorgung in der Isolation«. Ryd sieht, wie Frisell mit wehendem Haar Dinge auf das Whiteboard zeichnet und schreibt. Da merkt sie, dass ihr jemand über die Schulter schaut. Sie dreht sich um und sieht in ein bekanntes Gesicht.

»Na, was Interessantes gefunden?«, fragt Ankan.

»Noch nicht«, sagt Ryd und nimmt ihre kabellosen Kopfhörer aus den Ohren. »Eins steht fest, er ist im Vorlesungssaal bedeutend wortgewandter als im Verhör.«

»Er hat ein Faible für Sprache. Ich lese gerade seine Buchnotizen. Er hat wirklich sehr naturverbunden gelebt.«

»Ja, er war leidenschaftlich bei der Sache, das kann man auch in seinen Vorlesungen deutlich sehen. Zeigst du mir später seine Notizen?«

»Hattet ihr heute Morgen schon euren Termin? Immer noch mit Personenschutz?«

»Ja, das ist ein bisschen schräg. Und wir kommen keinen Schritt weiter. Als hätte er alle Erinnerungen aus seinem Gedächtnis gelöscht. Manchmal habe ich die Befürchtung, dass er da draußen im Wald ein bisschen verrückt geworden ist.«

»Bist du nach wie vor von seiner Schuld überzeugt?«

Ryd schüttelt den Kopf.

»Ich weiß es nicht. Ich sollte es wissen, denn das kann ich normalerweise ja gut. Vernehmungen und Analyse. Ich sitze jeden Tag mit ihm zusammen, bohre, so tief ich kann. Aber ich bekomme ihn nicht zu fassen. Er verbirgt etwas. Und das hat definitiv mit seiner Vergangenheit zu tun.«

»Hier sieht er auf jeden Fall ... eindrucksvoll aus«, sagt Ankan und zeigt auf Frisell, der mit großer Begeisterung seine Vorlesung hält.

Ryd begreift, dass Ankan so schnell nicht gehen wird. Sie lässt den Ton wieder über die Lautsprecher laufen.

Die Kamera hängt an der Decke, sie sehen von oben, wie Frisell um das Pult herumgeht, man kann die ersten Reihen ausmachen, die bis auf den letzten Platz besetzt sind. Er beschreibt, wie man sich bei Verletzungen verhält. Die grundlegenden Dinge solle man immer vorrätig haben: Antibiotika, Desinfektionsmittel, Verbandszeug, schmerzstillende Tabletten.

»Aber der Wald bietet uns natürliches Verbandszeug und Medizin«, sagt er und setzt seine Wanderung um das Pult fort. »Wenn das Leben in der Natur von Dauer sein soll, muss man nach und nach auf industriell hergestellte Hilfsmittel verzichten. Ich werde gleich die verschiedenen Kräuter und Moose aufzählen, die nicht nur Blutungen stoppen können, sondern auch Heilwirkung haben.«

Ryd schaltet den Ton aus. Sie beobachtet ihn, ohne ihn zu hören. Sie folgt seinen Bewegungen, die mal extrovertiert, mal introvertiert wirken. Als ob er gesehen werden und doch am liebsten unbemerkt bleiben will. Sie sieht die Frauen in den ersten Reihen, sieht nur ihre Rücken. Sie sind sein Publikum, sein Resonanzraum, von ihnen erwartet er Reaktionen.

Sie erkennt keine von ihnen aus dem Fotomaterial von »SLUmkid of SLU« wieder.

Die Vorlesung geht weiter. Nach einer Weile sehen sie, wie Frisell eine Figur an das Whiteboard zeichnet. Zuerst malt er einen Kreis. Dann einen zweiten Kreis in den ersten Kreis.

Ankan will es gleich noch einmal sehen, Ryd soll den Ton wieder einschalten.

Frisell spricht von »sich überlappenden Zonen«, »die Welt außerhalb der Gesellschaft ist so viel größer als innerhalb«. »Das gilt auch für uns, innerhalb und außerhalb«, fügt er abschließend hinzu.

Ankan will das Zeichen genau sehen, und Ryd gelingt es, den Film an der richtigen Stelle zu pausieren. Ankan scrollt fieberhaft in den Fotoalben ihres Handys, bis sie es gefunden hat.

Es kommt ihr wie eine Ewigkeit vor, seit sie Rahim Abdulhamid in der Dalagatan am Vasapark zum ersten Mal begegnet ist. Nachdem sie mit ihm und seinem älteren Kollegen gesprochen hatte, machte sie einen kurzen Spaziergang durch den Park. Nicht weit von der Stelle, an der Jesper Sahlgren verbrannt im Gras gelegen hatte, entdeckte sie ein Symbol, das in einen Baumstamm geritzt war.

Es waren zwei Kreise.

Ein Kreis, der von einem zweiten Kreis umgeben war.

Ankan hält Ryd ihr Handy hin.

»Verdammt«, flucht die.

»Unser verdammter Bombenleger hat genau dort gestanden«, sagt Ankan, »hinter dem Baum an der Dalagatan, und hat dieses Symbol eingeritzt, während er auf die Detonation gewartet hat. Ein Kreis in einem Kreis.«

»Dasselbe Symbol, das Lukas Frisell in seiner Vorlesung im Jahr 2013 verwendet hat, um Dinge zu beschreiben, die innerhalb und außerhalb der Gesellschaft liegen, innerhalb und außerhalb von uns selbst.«

»Es gibt zwei Möglichkeiten«, sagt Ankan. »Entweder ist Frisell der Terrorbomber, oder der sitzt irgendwo in diesem Vorlesungssaal.«

»Noch mal von Anfang an«, sagt Ryd und startet die Aufnahme von vorne.

Man hört, wie die ersten Studentinnen in den Saal kommen. Aber nur jene, die sich vorne hinsetzen und auch nur von hinten zu sehen sind.

Dann betritt Frisell den Vorlesungssaal, wirft seinen Rucksack auf das Pult und holt einen Stapel Bücher sowie ein Blatt Papier heraus. Das gibt er einer Studentin in der ersten Reihe.

»Yes«, sagt Ryd und hält den Film an.

»Anwesenheitsliste?«, sagt Ankan.

»Sieht danach aus. Und wenn das so ist, muss es die doch noch geben. Ich rufe noch mal im Institut an und hake nach.«

Ryd zieht den Cursor auf der Timeline bis zu dem Moment, als Frisell den einen Kreis in den anderen zeichnet. Danach lässt sie den Film weiterlaufen. Frisell hat das Thema »Gesundheit und medizinische Versorgung in der Isolation« abgeschlossen und redet nun allgemein über die Philosophie des Überlebenskampfes.

Wenige Minuten später beendet er die Vorlesung mit den Worten: »Wir sehen uns nächsten Freitag, auf der anderen Seite der Ruinen des Verfalls.«

58

Die Stimmung ändert sich mit einem Schlag, als Nyman, Lindberg und Sarwani den Raum betreten. Eva Nyman geht direkt an das Whiteboard und befestigt ein Foto daran.

»BÖRJE SANDBLOM« schreibt sie in Großbuchstaben darüber.

Obwohl sie nicht ausdrücklich zur Besprechung gerufen hat, versammeln sich alle im Raum um das Board und bilden am Ende einen geschlossenen Halbkreis.

»Börje Sandblom ist ein möglicher Verdächtiger für den Anschlag in Kallfors, Gästrikland. Und bisher auch unser einziger. Ein großer, kahlköpfiger Mann Mitte fünfzig, dessen Hauptmerkmal seine linke Hand ist, an der er nur noch den Zeigefinger und den kleinen Finger hat. In den vergangenen Jahren hat er zwei Proteste gegen die Merplast AG organisiert, zuletzt im Februar 2022. Das Unternehmen ist immer wieder schlampig und unachtsam mit Emissionen und der Entsorgung von Mikroplastik in der Natur umgegangen. Sandblom und seine Gruppe haben deshalb zu einem Treffen in Kallfors aufgerufen, zu dem jedoch keiner der Bewohner der Stadt erschienen ist. Das hat eine direkte Entsprechung im jüngsten Drohschreiben unseres Attentäters, in dem die Rede davon ist, dass das Mikroplastik über *die Apathischen* versprüht werden wird.«

Eva Nyman macht eine Pause und sieht ihr Team durchdringend an.

»Das Interessante daran ist«, sagt sie, »dass es diesen Börje Sandblom nicht gibt. Er ist nirgendwo in Schweden registriert, scheint auch nie existiert zu haben. Wahrscheinlich ist er eine lokale Größe, deshalb haben wir den gesamten Polizeidistrikt Gästrikland damit beauftragt, ihn zu finden. Wir müssen jetzt versuchen, ihn auch auf nationaler Ebene aufzuspüren. Ihr habt dieses Foto, alle anderen verfügbaren Bilder wurden euch soeben gemailt. Durchforstet alle möglichen Register nach ihm. Im Moment haben wir keinen weiteren Verdächtigen. Es ist durchaus möglich, dass er ein Prepper ist. Sobald es erste Hinweise gibt, schicke ich ein paar von euch dorthin.«

Die informelle Besprechung ist damit beendet. Ryd zieht Nyman beiseite, um sie über ihre neuesten Erkenntnisse zur Vorlesungsreihe von Lukas Frisell zu informieren. Und vor allem über das Symbol, die beiden ineinanderliegenden Kreise, das mit dem Bombenanschlag am Vasapark in Verbindung gebracht werden kann.

»Sehr interessant«, sagt Nyman. »Aber das könnte trotzdem ein Zufall sein. Das Symbol ist nicht besonders einzigartig.«

»Ich weiß«, sagt Ryd. »Wäre es in Ordnung, wenn ich Frisell den Film zeige? Vielleicht kann er sich dann besser erinnern?«

»Tu das«, sagt Nyman, klopft ihr auf die Schulter und verabschiedet sich zu einer längst überfälligen Besprechung mit der Polizeiführung.

Ryd kehrt an ihren Platz zurück und überfliegt ihr Postfach auf der Suche nach Neuigkeiten. Entdeckt aber nur die Abwesenheit davon. Der Pulstest von Frisell hat nichts ergeben, bei keiner der weißen Kirchen hat er eine stärkere Reaktion gezeigt. Und auch die beiden Autokennzeichen, mit denen er auf den Überwachungskameras gesichtet wurde, bestätigten nur seine vorherige Aussage: Er war zweimal im Supermarkt in Tierp und einmal im Nachtclub *Flustret* in Uppsala.

Sie seufzt und öffnet die Datei mit den Fotos von Börje

Sandblom. Das Symbol mit den beiden Kreisen hat es ihr angetan, sie muss unbedingt mit Frisell darüber sprechen. Sie ruft die App auf dem iPad auf, um zu sehen, welche Strecke die Fußfessel aufgezeichnet hat, seit sie Frisell nach dem missglückten Gespräch am Vormittag verabschiedet hat. Offenbar ist er auf Entdeckungstour durch die Stadt gegangen.

In diesem Augenblick befindet er sich wieder ganz in der Nähe des Polizeipräsidiums, allerdings nicht in seiner Wohnung in der Agnegatan, sondern in der eher anonymen, unscheinbaren Inedalsgatan nicht weit vom Barnhusviken. Er könnte in zehn Minuten bei ihr sein.

Kurz entschlossen ruft sie ihn an. Er klingt überraschend interessiert an einem weiteren Treffen. Morgens hatte er eher träge gewirkt, und so war nichts Neues bei ihrem Gespräch herausgekommen. Das ganze Frisell-Projekt stockt.

Sie sieht, dass er sich sofort in Bewegung setzt und die Inedalsgatan nach Süden Richtung Polizeipräsidium herunterläuft. Dann schließt sie die Kartenansicht und wechselt zu einer anderen. Auf die zweite Seite der App.

Die Karte sieht identisch aus. Aber zwei Details unterscheiden die beiden grundlegend. Zum einen zeigt der blinkende Punkt nicht an, welche Strecke zurückgelegt wurde, zum anderen ist der Punkt grün. Das ist die geheime Backup-Überwachung in Frisells Nokia 3310, das Handy, das er immer bei sich tragen muss, weil sonst ein Alarm aktiviert wird.

Aber auch dort entdeckt sie nichts Auffälliges.

Deshalb geht sie zum Eingang und wartet dort auf ihn. Wie auf Bestellung taucht auch der bewaffnete Kollege vom Personenschutz auf. Sie nickt ihm zu und fragt sich, ob er das wirklich hauptberuflich macht. Der Umgang der Polizeibehörde mit derlei Ressourcen ist wirklich unergründbar.

Vier Minuten später sitzen Ryd und Frisell wieder im selben Verhörraum, mit derselben Thermoskanne Kaffee und unter Umständen auch denselben Zimtschnecken wie die Male zuvor. Den Notfallknopf in der Hand, fragt sich Ryd ernsthaft, ob der Kaffee und die Zimtschnecken auch in den Aufgabenbereich des Beamten fallen. Oder ob er nur den Schimmel abklopfen soll.

Ryd klappt ihren Laptop auf und setzt sich neben Frisell. Der Filmausschnitt startet ein paar Minuten, bevor er sein symbolträchtiges Zeichen an das Whiteboard zeichnet. Sie gibt ihm Zeit, sich an den Anblick seines jüngeren Ichs zu gewöhnen.

Er wirkt berührt.

»Verdammt, ich glaub's nicht. Das gibt es auf Video.«

»Wie fühlt es sich an, das zu sehen?«

»Sonderbar. Wie aus einem anderen Leben. Das Leben eines anderen sogar.«

Ryd nickt und zeigt auf den Bildschirm.

»Gleich beenden Sie den Themenkomplex ›Gesundheit und medizinische Versorgung in der Isolation‹ und verlieren sich in einem, wie ich es nennen würde, quasiphilosophischen Diskurs. Warten Sie. Davor passiert noch etwas Entscheidendes.«

Er sieht sich dabei zu, wie sein jüngeres Ich die beiden Kreise an das Whiteboard zeichnet und dann mit einer wesentlich helleren Stimme darüber referiert.

»Man könnte in diesem Zusammenhang von sich überlappenden Zonen sprechen, was bedeutet, dass es ein Innerhalb und ein Außerhalb gibt. Der springende Punkt ist jedoch: Die Welt außerhalb der Gesellschaft ist viel größer als innerhalb. Dasselbe kann man auch psychologisch auf unser Leben anwenden, das gilt auch für uns, innerhalb und außerhalb.«

Sonja Ryd greift zu ihrem Laptop, schaltet den Ton aus und setzt sich auf ihre Seite des Tisches. Frisell starrt auf den Bildschirm, sein zerfurchtes Gesicht schimmert in bunten Farben, während der Film stumm weiterläuft.

»Das war ein ganz schönes Kauderwelsch, oder?«, fragt sie. »Würde ein Philosoph Ihre Ausführungen analysieren, käme da kaum etwas Belastbares heraus.«

Er zuckt mit den Schultern.

»Was wollten Sie eigentlich damit sagen?«, fährt sie fort. »Haben Sie dieses Symbol der beiden Kreise häufig verwendet?«

»Ich glaube, das war ein Gedankengang aus einer früheren Vorlesung«, sagt er. »So ist das vollkommen aus dem Zusammenhang gerissen. Ursprünglich war der Kreis ein Symbol dafür, sich aus der Enge zu befreien und in die Weite zu treten. In die Natur.«

»Sie haben dieses Symbol also oft verwendet?«

»›Oft‹ ist ein bisschen zu viel gesagt, aber ein paarmal schon. Es ist sehr aussagekräftig.«

»Dann sollen Sie auch erfahren, dass es im Zusammenhang mit den Aktivitäten des Terrorbombers aufgetaucht ist.«

Sie zeigt ihm das Foto auf ihrem Handy, das Ankan von dem Baum im Vasapark gemacht hat. Ein Kreis, der von einem zweiten Kreis umgeben ist.

»Das ist vom Tatort Nummer zwei«, sagt Ryd. »Erkennen Sie es wieder?«

Frisell greift nach dem Telefon, legt es vor sich auf den Tisch und starrt es wie hypnotisiert an. Auf seinem blassen Gesicht flackern nach wie vor die bunten Farben des Bildschirms.

»Natürlich erkenne ich das wieder«, sagt er zögernd, fragend, abwartend.

»Es ist Sonntagmorgen«, sagt Ryd, »circa zwanzig nach sechs Uhr. Die Stadt ist leer. Hinter einem Baum im Vasapark an der Dalagatan steht der Terrorbomber und wartet darauf, dass seine Bombe in der Werbeagentur Luspank explodiert. Während er wartet, ritzt er dieses Symbol in die Baumrinde. Punkt 06:29 Uhr detoniert die Bombe, und ein verkohlter

Mann fliegt auf den Rasen im Vasapark. Danach schleicht der Terrorbomber unbemerkt davon.«

Frisell schiebt ihr das Handy zu. Er sieht mitgenommen aus. Ryd nimmt das Telefon an sich und sieht, dass Eva Nyman ihr eine Mail gesendet hat. Darin geht es um neue Direktiven aus der Führungsetage, und die klingen alles andere als vielversprechend. Eine nächste Teamsitzung ist schon anberaumt.

Bloß nicht die SÄPO, denkt sie. Hoffentlich nehmen die uns den Fall nicht weg. Nicht jetzt.

Sie wendet sich wieder Frisell zu, über dessen Gesicht weiterhin Farbflecken tanzen. Er wirkt geistesabwesend, fast verängstigt. Sie klappt den Laptop zu und sieht erst, als das bunte Farbenspiel auf seinem Gesicht verschwindet, wie blass er tatsächlich ist.

»Was haben Sie dazu zu sagen, Lukas?«

Er blinzelt mehrmals.

»Was sollte ich dazu zu sagen haben«, erwidert er mit heiserer Stimme.

»Sie wirken etwas angeschlagen, Lukas. Wir machen Folgendes: Sie gehen eine Weile spazieren, sammeln sich, denken nach, kaufen sich einen Kaffee *mit Bargeld*. Und dann sehen wir uns in einer Stunde wieder.«

Während der Beamte Lukas Frisell zum Ausgang begleitet, bleibt Ryd noch ein paar Minuten sitzen. Erst dann ist sie in der Lage aufzustehen.

59

Elias Shariq und sein Anwalt sehen Anton Lindberg verwundert zu, als dieser in den klaustrophobisch kleinen Verhörraum stürmt und sich an den Tisch mit dem komischen Paar auf der anderen Seite setzt. Nicht ganz ohne Besorgnis sehen sie ihm auch dabei zu, wie er seine Unterlagen auf dem Tisch ausbreitet.

»Wie schön, dass wir noch einen Tag geschenkt bekommen haben, oder?«, sagt Lindberg mit unpassendem Enthusiasmus. »So konnten Sie ein bisschen darüber nachdenken, wie Hassan wohl reagieren mag, wenn er herausbekommt, dass Sie die Hjulsta-Gang hintergangen haben. Ich hoffe sehr, dass Sie diese geschenkte Zeit genutzt haben.«

Der Anwalt räuspert sich.

»Mein Mandant bezweifelt, dass Sie mit Hassan gesprochen haben, Herr Kriminaloberkommissar. Das wäre unethisch.«

Lindberg hält mitten in der Bewegung inne, als wäre er zu Eis erstarrt. So bleibt er sitzen, bis Shariq und sein Rechtsbeistand anfangen, nervös auf den Stühlen hin und her zu rutschen. Erst da kommt wieder Leben in ihn.

»Unethisch?«, wiederholt er. Sonst sagt er nichts.

Wieder eine Pause.

»Ich habe dieses Wort noch nie in so einem perversen Kontext gehört. Von Menschen, die nicht im Entferntesten wissen, was es bedeutet.«

Der Anwalt flüstert Shariq etwas ins Ohr. Ziemlich lange.

»Genau so hat es sich damals abgespielt, als sich die Mafia

in den USA ausgebreitet hat«, sagt Lindberg. »Widerliche, skrupellose Anwälte haben den größten Verbrechern dabei geholfen, sich zu etablieren – und wurden dann zum *Consigliere* im Familienunternehmen ernannt. Es ist eine wunderschöne Welt, in der wir heute leben. Ich freue mich, dass wir aus unseren Fehlern gelernt haben.«

»Sie hatten Glück«, fährt er an Elias Shariq gewandt fort, »weil ich sehr mit den Bombenanschlägen beschäftigt war. *Bei denen Sie Ihre Finger mit im Spiel haben, Elias.* Aber jetzt habe ich wieder mehr Zeit. Sie müssen mir jetzt etwas liefern, sonst gehe ich direkt zu Hassan. Das ist keine leere Drohung. Er sitzt inzwischen fünf Türen weiter den Flur hinunter. Ich gehe zu ihm und rede mit ihm über die Pikrinsäure.«

Dann springt er unvermittelt auf. Dabei sieht er, wie Elias Shariq seinen Anwalt unterm Tisch am Jackett zieht. Er will es verbergen, aber Lindberg hat es bemerkt.

»Mein Mandant lehnt dieses Verh...«

»Sie haben mir eben etwas geliefert, vielen Dank dafür«, unterbricht er ihn, stützt sich auf den Tisch und beugt sich zu Shariq.

»Deshalb gebe ich Ihnen jetzt noch eine Stunde Bedenkzeit, Elias *Eriksson.*«

Mit diesen Worten verlässt Lindberg den Raum.

60

Obwohl er weiß, dass er gleich zurückmuss, bleibt er unschlüssig vor der Tür stehen. Fünf Türen weiter.

Sein Zögern hat damit zu tun, dass er da nicht reinwill. Er will nichts mit dieser verdorbenen Welt zu tun haben, will nicht mit ihr in Berührung kommen. Für das, was er nun vorhat, würde er niemals eine Genehmigung dafür bekommen. Niemand darf davon erfahren, vor allem nicht das NOVA-Team. Aber er muss gegen Elias Shariq alias Elias Eriksson etwas in der Hand haben. Und dafür braucht er dieses Ass im Ärmel, dieser Mistkerl darf ihm einfach nicht entwischen.

»Also, was ist jetzt?«, fragt der Wachmann neben ihm.

Als Anton Lindberg ihm zunickt, spürt er selbst, wie folgenschwer diese Entscheidung noch sein kann. Aber er ist schon so lange hinter diesen Typen her. Seit ihn das Problem der Organisierten Kriminalität beschäftigt und verfolgt.

Der Mann in der Zelle sieht ganz gewöhnlich aus, was schnell passiert, wenn man Häftlingskleidung trägt. Sowohl die Jogginghose als auch das grüne T-Shirt haben deutliche Mottenlöcher, und die dunklen Bartstoppeln des Mannes sind auf dem besten Weg, ein Vollbart zu werden.

Der Beamte befiehlt dem Gefangenen, sich aufs Bett zu setzen, und befestigt die Handschellen an dem im Boden verankerten Tisch. Auf ein Zeichen von Lindberg verlässt er die Zelle, lässt aber die Luke in der massiven Tür offen stehen. Lindberg hört, wie er seinen Posten in Hörweite einnimmt.

»Hassan«, sagt er und setzt sich auf den Stuhl.

»Noch so ein Bulle«, schnauzt der Anführer der Hjulsta-Gang und durchbohrt ihn mit seinen eiskalten Augen.

»Pikrinsäure. Gehört das bei euch zur Standardschmuggelware?«

»Warum unterhalten wir uns über Dinge, die sowieso niemals in einem Gericht verhandelt werden?«, erwidert Hassan mit einem Lächeln, das wohl schläfrig und gelangweilt aussehen soll. Aber Lindberg spürt seine Wachsamkeit.

»Weil es nicht um Ihren Fall geht«, bestätigt er.

Nein, die demonstrative Langeweile von Hassan beeindruckt ihn überhaupt nicht. Denn der Bandenführer ist nicht in der Lage, seine Neugierde zu verbergen.

Oder hat er sich das alles nur ausgedacht, fragt sich Lindberg.

»Du kannst den Kerl wieder mitnehmen!«, ruft Hassan in den Flur. »Der langweilt mich.«

Lindberg hat sich einiges von Ryds Verhörtechniken abgeguckt. Sich jetzt ruhig zu verhalten ist der perfekte Schachzug. Denn es ist unverkennbar, dass Hassan neugierig geworden ist.

Aus dem Flur ist kein Laut zu hören. Niemand schaut durch die Luke. Und Anton Lindberg sitzt vollkommen reglos da.

»Wessen Fall ist es dann?«, knickt Hassan schließlich ein.

»Pikrinsäure«, wiederholt Lindberg nüchtern.

Die Lüftungsanlage ist das einzige Geräusch im Raum, monoton und unermüdlich. Lindberg kann sich nur vorstellen, wie schwer es sein muss, bei diesem Geräusch zu schlafen.

Schließlich streckt Hassan die Hände in die Luft, soweit es die Handschellen zulassen.

»Ich weiß nicht einmal, was diese Pisssäure ist.«

»Sie ist ein wesentlicher Bestandteil von selbst gebauten Bomben mit großer Reichweite. Von der Sorte, die derzeit im ganzen Land explodieren und eine Menge Leute töten. Und die Hjulsta-Gang importiert das Zeug aus dem Balkan. Wir haben Beweise dafür. Bald werden wir auch in der Lage sein, die Säure exakt dieser einen Lieferung zuzuordnen.«

»Gebt mir Bescheid, wenn ihr so weit seid«, sagt Hassan.

»Sie wissen also, von welcher Lieferung ich spreche?«

Hassan sieht Lindberg mit seinen Eisaugen an, der nicht daran denken will, wie viele Tote und Gefolterte diese Augen schon gesehen haben. Hassan wendet den Blick nicht von ihm ab, nicht eine Sekunde lang. Seine Augen folgen ihm sogar, als Lindberg aufsteht und auf den Beamten wartet, der ihm die Tür öffnen muss.

Erst als der Schlüssel ins Schloss gesteckt wird, regt sich Hassan.

»Mir tut jeder leid, der versucht, uns zu spalten, Herr Polizist«, sagt er mit kühler, klarer Stimme. »Ist Ihnen eigentlich klar, wie leicht man herausfinden kann, wo Sie wohnen?«

Bevor die Tür aufgeht, schießt Hassan mit seinem Zeigefinger auf ihn. Er bläst den imaginären Rauch von seinem Finger, dann fällt die massive Tür hinter Lindberg ins Schloss.

61

Shabir Sarwani sitzt gekrümmt vor seinem Rechner. Die anderen Kollegen tun dasselbe. Lindberg, Ankan und Ryd hocken an ihren Arbeitsplätzen, von ihren Leuten umgeben, und scheinen ähnlich vertieft in ihre Aufgaben zu sein.

Fast wie bei einem Wettkampf.

Sarwani hat alle Informationen über den vom Erdboden verschluckten Börje Sandblom zusammengetragen, sich alternative Theorien und Szenarien über sein Verschwinden ausgedacht und alle nur erdenklichen Archivunterlagen und Register aufgelistet, in denen er auftauchen könnte. Am Ende nimmt er sich die Fotos vor, die er mithilfe der Bildbearbeitung für die professionelle Gesichtserkennung vorbereiten wird.

Als er das Programm öffnen will, sieht er die kleine Zahl über einem Symbol am oberen Bildschirmrand. Daraufhin überprüft er sein Postfach und stellt fest, dass zu den vierundachtzig ungelesenen Mails eben eine weitere hinzugekommen ist.

Er hat tatsächlich eine Antwort erhalten. Es gab einen Treffer für das wutverzerrte Gesicht auf dem Odenplan, der kurz zuvor mit dem Träger des militärgrünen Rucksacks zusammengeprallt ist. Das gewaltbereite Gesicht findet sich, was nicht weiter überrascht, im Strafregister. Als Sexualstraftäter, aber vor allem im Zusammenhang mit dem Verkauf von Methamphetamin. Sein Name ist Slobodan Jovanović, und sein Vorstrafenregister wird immer länger, je weiter Sarwani nach unten scrollt.

Dann öffnet er das Foto vom Odenplan erneut. Der aggressive Mann wurde gerade von der Person mit dem Rucksack angerempelt, die den tödlichen Rucksack bei den Schaulustigen abstellt und sofort in der Menschenmenge untertaucht.

Slobodan Jovanović hat den Täter gesehen.

Und Sarwani sieht, dass Jovanović vor einem halben Jahr freigelassen wurde, nachdem er eine dreijährige Haftstrafe wegen Drogendelikten abgesessen hat. Es gibt weder einen Vermerk zu seiner Arbeitsstelle noch zu einer Privatadresse, auch keine Liste mit Verwandten oder einer Partnerin. Er findet lediglich eine Adresse bei einer gewissen Vesna Damnjanović in Farsta, die allerdings mit einem Fragezeichen versehen ist.

So unauffällig wie möglich zieht er seine Jacke von der Stuhllehne und verlässt unbemerkt den Raum.

Der Wettkampf kann für die anderen gerne weitergehen, aber ohne Shabir Sarwani. Er spielt in einer ganz anderen Liga.

62

Auch Sonja Ryd beteiligt sich nicht an dem Wettkampf. Sie sitzt zwar auch an ihrem Rechner, aber sie weigert sich, den rotgesichtigen Börje Sandblom mit der rücksichtslosen und komplexen Bombenserie des Terrorbombers in Verbindung zu bringen. Dabei hat sie weder einen polizeilichen noch einen philosophischen Einwand, es ist nur ein Vorurteil.

Ryd beschäftigt vielmehr ein anderer mittelalter Mann, der es ihr viel schwieriger macht, ihn zu lesen. Die Stunde, die sie ihm gegeben hat, ist bald um. Er wird gleich unten am Empfang sein. Sie schnappt sich ihr iPad und geht los.

Im Flur begegnet ihr Eva Nyman.

»Sag bitte nicht, dass die SÄPO den Fall übernimmt«, bricht es aus Ryd heraus.

»Am besten verlieren wir kein Wort darüber«, erwidert Nyman und hebt abwehrend die Hände. »Aber die Drohung ist vorerst vom Tisch. Wir haben eine Frist von achtundvierzig Stunden bekommen.«

Sonja Ryd schnauft erleichtert und legt ihrer Chefin eine Hand auf die Schulter.

»Danke dir, Eva. Ich möchte hier und jetzt schon einmal zu Protokoll geben, dass ich alle zukünftigen Angebote ablehnen werde, den Chefposten zu übernehmen. Krass, wie du dich immer mit den Bürokraten herumschlagen musst.«

»Verstanden! Wo gehst du gerade hin?«

»Nach unten«, sagt Ryd und sieht auf ihre Uhr. »Ich bin in ein paar Minuten mit Frisell verabredet.«

»Du weißt, dass ein Teil unserer Vereinbarung besagt, dass

Frisell sich *nie* verspäten darf«, mahnt Nyman. »Wenn weder er noch der Beamte unten sich innerhalb deiner ›paar Minuten‹ meldet, hat er Vertragsbruch begangen.«

Ryd sieht auf die Uhr.

»Ich muss den anderen Bescheid geben, dass wir noch genau achtundvierzig Stunden Zeit haben«, sagt Nyman und drückt die Schwingtür auf. »Schreib mir, wie es mit Lukas gelaufen ist«, ruft sie ihr über die Schulter zu.

In der Sekunde klingelt Ryds Handy. Es sind noch drei Minuten bis Vertragsbruch. Sie erwartet die träge Stimme vom Empfang, sieht dann aber Frisells Nummer auf dem Display.

»Wir haben in drei Minuten einen Termin«, sagt sie kühl.

»Ich weiß. Es tut mir leid. Da ist eine Sache, die ich noch klären muss. Das habe ich nicht geschafft.«

»Was denn für eine Sache?«, fragt Ryd, schaltet mit der freien Hand ihr iPad an und öffnet die App. Sie sieht den roten Punkt blinken und auch den grünen. Die Fußfessel und das Handy. Sie befinden sich an ein und demselben Ort. So, wie es sein soll.

»Das kann ich jetzt nicht erklären«, sagt Frisell. »Sie müssen wir vertrauen. Können wir unser Treffen um eine Stunde verschieben?«

»Ich sehe hier, dass Sie sich auf Östermalm befinden und die Sturegatan hochgehen. Was machen Sie da?«

»Ich erzähle es Ihnen nachher. Jetzt muss ich auflegen.«

Und das tut er auch. Ryd starrt fassungslos auf ihr Telefon. Danach überprüft sie erneut die App. Der rote und der grüne Punkt haben sich nicht voneinander getrennt, alles unter Kontrolle.

Sie sieht, dass Frisell sich inzwischen an der Grenze seines zulässigen Bewegungsradius im Stadtteil Gärdet befindet, zwar nah an der Grenze, aber nicht beunruhigend nah.

»Da ist eine Sache, die ich noch klären muss ... Sie müssen mir vertrauen ... Jetzt muss ich auflegen.«

Nichts daran war wirklich seltsam. Er hat sich rechtzeitig gemeldet, wenn auch ziemlich knapp. Er hat Standardformulierungen verwendet. Vertrauen aufgebaut. Sich einer vertrauten Sprache bedient. Und ihre berufliche Neugierde geweckt.

Es ist alles in Ordnung. Sie sehen sich in einer Stunde. Dann wird sie erfahren, wo er war.

Unschlüssig bleibt Sonja Ryd im Flur stehen. Sie hat etwas im Auge, das sie irritiert.

Einen Splitter.

Das fühlt sich einfach nicht richtig an. Warum hat er sich so spät gemeldet?

Östermalm. Warum Östermalm?

Das ist doch typisch für Lukas Frisell. Etwas stimmt nicht, aber man kann den Finger nicht drauflegen. Wie erstarrt verharrt sie, ein paar unendliche Sekunden lang. Dann hat sie eine Entscheidung getroffen. Es eilt.

Sie rennt hinunter in die Garage, bekommt problemlos einen Zivilstreifenwagen zugeteilt und verlässt das Präsidium Richtung Fridhemsplan. Das Ziel lautet Östermalm. An einer roten Ampel überprüft sie Frisells Aufenthaltsort. Der Punkt läuft durch den kleinen Sturepark und geht auf die Kreuzung über den Valhallavägen zu, ganz in der Nähe vom Fußballstadion.

Es ist Hauptverkehrszeit. Sie kramt das Blaulicht aus dem Handschuhfach und schaltete es ein. Es ist dichter Verkehr, sie hält das Lenkrad mit den Knien, während sie das iPad kontrolliert und parallel versucht, Frisell anzurufen. Er geht nicht ran.

Als sie auf die Karte mit dem grünen Punkt wechselt, muss sie feststellen, dass er nicht mehr angezeigt wird. *Der Punkt ist weg.*

Lukas Frisell muss es gelungen sein, das Handy auszuschalten.

Das kann ungewollt passiert sein. Vielleicht hat er jemanden aus der Unterwelt getroffen, und der fordert ausgeschaltete Telefone. Noch spürt Ryd den Schatten eines Vertrauens.

Bis ihr klar wird, dass er das Handy gar nicht ausschalten *kann*. Das ist nämlich der Trick an dieser Art der Überwachung.

Sie umfährt den Park Tegnérlunden und wird verschluckt vom Verkehr am Sveavägen. Keine Chance, sich durch dieses Knäuel aus Fahrzeugen zu drängen, auch nicht mit Polizeisirene. Sie versucht, die Spuren vor sich aufzuspalten, aber es geht nur zäh vorwärts, während die Sirene erbarmungslos jault. Sie muss sie ausschalten, um telefonieren zu können. Aber damit sitzt sie fest, mitten auf dem Sveavägen. Denn das Blaulicht reicht nicht aus, um die zynischen Autofahrer zu beeindrucken.

Ryd versucht, Nyman zu erreichen. Erfolglos. Wahrscheinlich wieder eine Sitzung. Als sie es schafft, den Sveavägen in Begleitung eines Hupkonzerts zu überqueren und die Tegnérgatan hinaufzufahren, trennen sie nur noch fünf Minuten von Frisell und seiner verdammten Fußfessel. Der rote Punkt hat angehalten, sie hat jetzt eine Adresse. Sie erreicht die Birger Jarlsgatan und wählt die Nummer von Ankan. Die geht ans Telefon, als Ryd die Sirene doch kurz aktivieren muss.

»Lidingövägen 28. Was ist da?«, brüllt sie.

»Warte, beruhige dich, Sonja. Ich sehe nach ...«

»Los, mach schneller.«

»Da ist die Kavalleriekaserne.«

»Was sagst du da?« Ryd biegt mit quietschenden Reifen vom Karlavägen in die Sturegatan und schaltet endlich die Sirene aus. »Was zum Teufel ist eine Kavalleriekaserne?«

Vor ihr liegt eine große Herausforderung: die riesige Kreuzung zwischen Valhallavägen und Sturegatan, die dann zum Lidingövägen wird. Aber sie kann die Sirene nicht wieder einschalten – sie muss in der Lage sein zu sprechen.

»Das ist die Kavallerie, unsere Kavallerie«, sagt Ankan.

»Unsere? Was meinst du damit?«

»Die Reiterstaffel der Polizei.«

Auf einmal setzt sich der rote Punkt wieder in Bewegung. Ryd ist es gelungen, die Kreuzung zu überqueren, als sie sieht, dass der Punkt sich auf sie zubewegt. Er ist nur noch dreihundert Meter von ihr entfernt. Ein kleines Verkehrschaos zwingt sie, die Sirene doch wieder einzuschalten.

Gleich wird sie vor Frisell und seiner Fußfessel stehen. Laut der App kommt er direkt auf sie zu.

Da sieht sie, wie eine kleine Gruppe von berittenen Polizisten auf der anderen Straßenseite den Lidingövägen hinunterreitet. Trotz Verkehrslärm und Polizeisirene ruhig zu bleiben ist eine der Feuerproben, die die Pferde in der Reiterstaffel bestehen müssen. Während sie sich durch den zähen Verkehr schlängelt, bricht unter den Pferden Unruhe aus.

Ihre Sirene jault noch, als sie an den Pferden vorbeikommt. In diesem Moment passiert sie auch den blinkenden roten Punkt auf der Karte. Dort befindet sich Lukas Frisell und seine Fußfessel.

Dann aber bäumt sich eines der Pferde dramatisch auf. An einem seiner Vorderbeine sieht Sonja Ryd aus dem Augenwinkel eine schwarze Fußfessel.

Ihr frustrierter Schrei übertönt das Heulen der Sirene.

63

Der unverwechselbare Geruch von Kastanien steigt Lukas Frisell in die Nase, als er vor dem stattlichen Tor in Vasastan steht und wartet. Er legt den Kopf in den Nacken, sieht in den Himmel und schnuppert.

Seltsam, in der Nachbarschaft wachsen keine Kastanien. Ist ihm so etwas Ähnliches vor Kurzem nicht schon einmal passiert?

Er kann den Übergang vom Nachmittag in den Abend fast physisch spüren. Sogar hier in der Stadt spürt er ihn. *Noch.* Noch gibt es auch hier Natur. Die Parks Observatorielunden und Vasapark sind nicht weit.

Während er wartet, lässt er die vergangenen Stunden Revue passieren. Die provisorische Werkstatt in der Inedalsgatan. Das technische Genie Alonzo, der das Paket und den Wagen schon bereitgestellt hatte. Die Fahrt zum Stureplan. Die Anweisungen.

»Warum ausgerechnet die Kavalleriekaserne?«, hatte er gefragt.

»Ich habe einen Freund dort. Das wird ein Spaß. Ein bisschen Party, Amigo.«

»Ein bisschen Party?«

»Du gehst die Sturegatan hoch. Ruf sie drei Minuten vor Ablauf deiner Frist an. Erinnerst du dich an die Anleitung, wie man das Telefon ausschaltet?«

»Das hast du mir vor einer halben Minute erklärt, Alonzo.«

»Du rufst an, dann präparierst du das Handy. Exakt drei Minuten, Amigo. Selbst wenn sie Verdacht schöpfen sollten, würden sie es in der Zeit nicht zu dir schaffen. Aber darauf wird sowieso niemand kommen.«

»Doch, eine schon«, sagt Frisell und schlägt die Wagentür zu.

Dann wandern seine Gedanken noch tiefer in die Vergangenheit zurück. Er steht vor einem Gefangenentransporter, sieht sein Spiegelbild im Fenster des Fahrzeugs, er trägt eine Polizeiuniform, und sein Haar ist nicht lang, sondern eher militärisch kurz geschoren. Ein junger Mann mit schwarzem Haar, hellbrauner Haut, Trainingsanzug und Fesseln umarmt ihn.

»Ich vertraue dir, dass du dich jetzt um meine Familie kümmerst, Amigo.«

»Auf mich kannst du dich verlassen«, sagt Frisell.

Der junge Alonzo gibt ihm einen Klaps auf die Wange und lächelt unbeholfen.

»Wir sehen uns in vier Jahren, Amigo.«

Dann schlurft Alonzo zu den Wachen, die an der Wagentür auf ihn warten.

Die ältere Ausgabe von Lukas Frisell holt sein entschärftes Nokia heraus und betrachtet es eine Weile. Dann steckt er es wieder in die Innentasche seiner alten Kakijacke und schüttelt den Kopf.

Der sonderbare Lauf des Lebens.

Er hielt sein Wort und kümmerte sich um die Familie seines Informanten Alonzo. Er hätte gern mehr für ihn getan, aber Alonzos umfangreichen Internetbetrug konnte auch er nicht ignorieren. Frisell sorgte dafür, dass Alonzos Frau und seine Tochter vor möglichen Feinden sicher waren.

Das ungleiche Paar, der geniale Netzbetrüger und der junge Polizist, waren Freunde geworden. Frisells skeptische Haltung gegenüber dem Internet hatte aber nicht zuletzt auch mit Alonzos frühen Betrügereien zu tun.

Lukas Frisell sieht sich um. Noch ist die Luft rein. Obwohl es verwunderlich ist. Zwar befindet er sich in der Stockholmer Innenstadt, aber sein stilles Warten neben dem Tor unter den ausladenden Ornamenten müsste doch von irgendeinem aufmerksamen Nachbarn bemerkt werden.

Hoffentlich dauert es nicht mehr so lange.

Seine Stimmung kippt, als er an das Gespräch denkt, das er vor Kurzem geführt hat. Mit einer Person aus seiner Vergangenheit, einer Frau, die aus dem längst verdrängten Morast aufgetaucht war.

Er hat sich von Alonzo bis zur Kavalleriekaserne fahren lassen. Sein Polizeiinstinkt sagte ihm, dass es unendlich viel Zeit in Anspruch nehmen würde, sie auf dieser kurzen Autofahrt zu entdecken.

Vor fast einem Jahrzehnt hatte Lukas mit seiner ehemaligen Studentin Sofia kurz nach dem Ende des Semesters eine kurze Affäre. Sie war über einen Verwandten an eine Wohnung in der Djurgårdstaden gekommen, zwei Gehminuten von Skansen entfernt, wo sie eine feste Stelle als Tierärztin angetreten hatte. Plötzlich konnte er sich wieder an ihren nackten Körper erinnern, vor allem an die Tattoos, die sich über ihre Haut schlängelten.

Die Tätowierungen waren zwar mittlerweile etwas verblasst, aber zum Glück wohnte sie noch dort. Er war neugierig gewesen, wie ihre gespaltene Zunge inzwischen aussah, aber sie sah aus wie eine ganz normale Zunge. Sie über die Operation zu befragen, schien ihm unpassend. Außerdem interessierte ihn in Wirklichkeit nur eine Sache.

Nach einigen Schwierigkeiten erinnerte sich Sofia an eine alte Adresse in Vasastan, wo Verwandte ihrer Freundin wohnen.

Dort steht Lukas Frisell und wartet.

Der Kastanienduft, der in der Luft hing, ist verflogen. Nur das Warten ist geblieben. Ein Warten, das ihn mit ungewohnter, aber spürbarer Traurigkeit erfüllt.

Da kommt ein junger Mann durch das Tor. Frisell springt darauf zu und hält es auf.

In diesem Zustand der Trauer geht er in den dritten Stock. Selten haben sich seine Schritte so schwer angefühlt, nicht einmal als er im Wald hungern musste. Damals hatte er andere Kraftressourcen.

Am Klingelschild steht Eriksson.

Frisell klingelt, von drinnen ist kein Ton zu hören. Er wartet eine Weile. Noch befindet er sich auf der richtigen Seite des Gesetzes. Der nächste Schritt wird weitaus schlimmer sein. Er klingelt ein zweites Mal und wartet, bis die letzten Geräusche der Zivilisation verstummt sind.

Dann übertritt er die Grenzen des Rechts.

Er zückt seinen alten Dietrich und dringt ohne Schwierigkeiten in die Wohnung ein.

Frisell atmet tief ein und aktiviert das Dunkle in ihm. Es ist keine riesige Wohnung, und es riecht auch nicht abgestanden. Dennoch ist klar, vor allem als er den dreibeinigen Tisch aus der Zeit der Jahrhundertwende sieht, dass hier eine alte Frau lebt oder gelebt hat.

Gelebt hat. Denn die Wohnung wirkt unbewohnt. Sie ist abgenutzt, staubig, dunkel. Frisell schleicht mit der Wachsamkeit eines Waldbewohners durch die Zimmer. Er findet nichts Geheimnisvolles, Verborgenes. Und doch spürt er eine Präsenz.

Hier, in dieser Wohnung, haben sich erst vor Kurzem Menschen aufgehalten.

In der Ecke des Schlafzimmers steht ein alter Kleiderschrank, der sich bei näherer Betrachtung als ein Metallschrank entpuppt. Er ist in den alten Kleiderschrank eingebaut und mit einem sehr starken Vorhängeschloss versehen. Frisell versucht, das Schloss mit seinen Dietrichen zu öffnen. Vergebens.

Aber er gibt nicht auf, ist überzeugt davon, dass einer passen muss. Er unternimmt einen weiteren Versuch, lässt sich mehr Zeit. Es dauert eine Weile, aber dann hört er das vertraute Klicken. Er öffnet die Metalltür.

Die Enttäuschung ist groß. Der Schrank scheint leer zu sein. Er leuchtet ihn sorgfältig mit seiner neuen Taschenlampe aus, die in der Seitentasche seiner Hose gesteckt hat. Und da sieht er es.

In dem Metallschrank befindet sich eine kleinere Schublade, eine Art Sicherheitsbox. Sie ist ebenfalls verschlossen. Und ihm ist sofort klar, dass er keine Chance haben wird, dieses Schloss zu knacken.

Enttäuscht will er die Metalltür zuschlagen und gehen, als er in der hinteren Ecke ein kleines Papierknäuel sieht.

Er hebt es auf. Faltete es auseinander.

Es ist eine Rechnung. Ihn interessiert nicht der Gegenstand der Rechnung, sondern nur die Adresse, die darauf steht.

Midjegränd 13, Tomtjärla.

Er steckt den Zettel in seine Jackentasche und verschwindet. Wird unsichtbar.

64

Im Spiegel des Aufzugs in Farsta betrachtet Shabir Sarwani seine Wunden. Es ist das erste Mal, dass er so direkt mit ihnen konfrontiert wird. Der Aufzug ist der kleinste, mit dem er je gefahren ist, er wird quasi gegen den Spiegel gepresst, kann nicht wegsehen.

Er sieht wahnsinnig erschöpft aus, blass, hat überall Hämatome, Wunden, ständige Kopfschmerzen – und hat nicht auch sein Hörvermögen gelitten? Er hat ein beunruhigendes Klingeln in den Ohren. Ein Tinnitus?

Er könnte wirklich Urlaub gebrauchen.

Trotz der widrigen Umstände gelingt es ihm, die gelb-rote Uniformjacke anzuziehen. Er steckt seine Pistole in den hinteren Hosenbund und klingelt an einer Tür, an der »Damnjanović« steht. Anhand der Schatten hinter dem Spion kann er sehen, dass er beobachtet wird.

»Hier ist DHL«, sagt er leise. »Ich brauche eine Unterschrift für dieses Päckchen.«

Als die Tür geöffnet wird, packt Sarwani das Türblatt und reißt sie auf. Hinter einer kräftig gebauten Frau sieht er ins Schlafzimmer, wo ein Mann seine Kleidung zusammenrafft und aus dem Zimmer stürzt.

Sarwani schiebt die Frau zur Seite, stürmt dem Mann hinterher und zieht seine Pistole.

Im Flur liegt scheinbar strategisch platzierter Müll, über den er steigen muss, und als er endlich das Schlafzimmer erreicht, ist niemand da. Er sieht nach links, über das Nebenzimmer gelangt man auf einen Balkon. Auch hier muss er sich durch Müll und Zeug kämpfen. Vom Balkon aus sieht er einen halb nackten Mann, der über einen Hof humpelt und in einem der Nachbargebäude verschwindet.

Für einen kurzen Moment erwägt Sarwani, die Verfolgung aufzunehmen. Doch als er auf dem Geländer sitzt, gibt er sich seinem körperlichen Zustand geschlagen. Gefasst schwingt er sich zurück auf den Balkon.

Die Frau steht an der noch offenen Haustür und hat die Arme über einem dünnen Sommerkleid verschränkt, das nicht nur schief, sondern auch falsch herum sitzt.

»Habe ich Sie und Slobodan gerade bei etwas gestört, Vesna?«, fragt er, ohne die Waffe wegzustecken.

Sie starrt ihn wortlos und voller Hass an.

»Wo ist er hingelaufen?«, fragt er. »Wo kann er sich verstecken?«

Die Frau schweigt standhaft. Ihre Augen aber sind dunkel und wütend.

»Warum antworten Sie nicht, Vesna? Glauben Sie wirklich, dass Ihnen das hilft?«

»Ich spreche nicht mit Arabern«, faucht ihn Vesna Damnjanović an.

Sarwani seufzt und steckt seine Waffe zurück in den Hosenbund.

»Genau genommen bin ich Afghane.«

65

Es ist unfassbar eng in dem winzigen Verhörraum. Anton Lindberg plagt Übelkeit, seit er Hassans Zelle verlassen hat. Er hat Ankan mitgenommen, aber sie passen kaum zu viert an den Tisch.

Ankan hat nur einen einzigen Auftrag: Sie soll Elias Shariq genauestens beobachten. Lindberg hält seinen geheimen Trumpf in der Hand, als er sich zu den beiden Männern auf der anderen Seite des Tisches beugt.

»Ich habe mit Hassan gesprochen. Er weiß nichts über irgendwelche Pikrinsäure. Allerdings fand er es, Zitat, *interessant*, dass Sie das Schmuggelauto der Gang für private Geschäfte benutzt haben.«

Lindberg sieht dabei nicht etwa Elias Shariq an, sondern Ankan. Sie nickt.

»Hassan wird mit Ihnen reden wollen, wenn Sie zusammen einsitzen«, fährt Lindberg fort.

Schweigen.

»Was ich wiederum *interessant* finde, ist, dass Sie sich so viel Mühe gegeben haben, Ihren richtigen Name zu verheimlichen. In Ihren Kreisen ist es wohl nicht von Vorteil, Halbschwede zu sein.«

Lindberg sieht wieder zu Ankan, die erneut kurz nickt.

»Dank verschiedener Überwachungskameras ist es möglich, die Route des besagten Fahrzeugs in der Nacht zu rekonstruieren, in der Sie, Elias Eriksson, festgenommen wurden. Sie fahren dabei immer wieder an einer bestimmten Adresse in Vasastan vorbei. Dort wohnt Ihre geheime, aber leibliche Mutter – die vierundsiebzigjährige Birgitta Eriksson.«

Das bringt den erfahrenen Anwalt offenbar aus dem Gleichgewicht.

»Wollen Sie ernsthaft behaupten«, ruft er aufgebracht, »dass mein Mandant im Haus seiner alten Mutter Sprengstoff lagert?«

»Vielleicht. Zum Beispiel wenn die Mama nicht zu Hause ist«, antwortet Lindberg mit einem Grinsen. »Oder wenn die Mama in einem Heim für Demenzkranke lebt?«

Ein letztes Mal sieht er zu Ankan. Sie nickt.

Ohne ein weiteres Wort verlassen sie den Raum.

»Es war ganz klar, dass er auf das mit der Mutter reagiert hat«, sagt Ankan, als sie kurz darauf im Auto sitzen.

»Wir werden gleich sehen, was diese Reaktion zu bedeuten hat«, sagt Lindberg, biegt vom Odenplan ab und windet sich durch das dichte Netz der Straßen von Vasastan.

»Wie geht es dir, Anton?«, fragt Ankan.

Er schüttelt nur abwehrend den Kopf. Aber Ankan bleibt hartnäckig.

»Du bist nicht mehr ganz du selbst. Irgendetwas belastet dich doch.«

Als sie keine Antwort erhält, wechselt sie das Thema.

»War das alles wahr, was du vorhin gesagt hast?«, fragt sie.

»Wahr ist, dass er früher Elias Eriksson hieß und eine Mutter namens Birgitta Eriksson hat, die ihn spät bekam und jetzt dement ist.«

»Und das andere?«

»Der Rest hatte eher den Zweck, unsere Versuchsanordnung zu kalibrieren«, sagt Lindberg lächelnd. »Damit du dich auf das Wesentliche konzentrieren konntest, bevor ich die entscheidende Frage stelle. Du hast dich zu einer richtigen Profilerin entwickelt.«

»Weil ich wieder date, oder was?«

»Auch deswegen«, gibt Lindberg zu. »Du hast die ganze Zeit dein Präzisionsradar eingeschaltet.«

»Das muss man als Frau, wenn man datet«, murmelt Ankan.

Lindberg parkt vor einem Tor, das mit ausladenden Ornamenten verziert ist. Ankans Set an Dietrichen verschafft ihnen schnell und unkompliziert Zugang zum Treppenhaus. Keuchend laufen sie die drei Stockwerke hinauf, bis sie vor einer bescheidenen Haustür mit der Aufschrift »Eriksson« stehen.

Anton Lindberg hat einen Durchsuchungsbefehl in der Tasche, aber als Ankan ihren Dietrich einsetzen will, stellen sie fest, dass die Tür unverschlossen ist. Sie ziehen ihre Dienstwaffen, öffnen leise die Tür, betreten die Wohnung und geben sich gegenseitig Deckung.

Sie rufen »Polizei«, aber gedämpft, um im Treppenhaus nicht zu viel Aufmerksamkeit zu erregen.

Konzentriert arbeiten sie sich von einem Zimmer zum nächsten vor. Es sind wenige, die Wohnung ist schnell gesichert. Ankan streift sich Latexhandschuhe über und geht im Schlafzimmer in die Hocke. Sie streicht mit dem Zeigefinger über den Boden.

»Hier ist eben noch jemand gewesen«, sagt sie.

Lindberg tritt hinaus in den Flur, schließt die Haustür und geht ins Wohnzimmer.

Auf einem altmodischen Kaminsims stehen gerahmte Fotos, die mit einer leichten Staubschicht bedeckt sind. Lindberg bleibt an zwei Fotos hängen, jeweils von einem Brautpaar, wobei die Frau bei beiden dieselbe ist. Sie ist auch auf einem anderen Foto zu sehen, das so alt ist, dass es schon rissig geworden ist. Sie steht allein vor einem Tempel in Palmyra, wie man dem Aufdruck entnehmen kann, und strahlt übers ganze Gesicht. Mit ziemlicher Sicherheit handelt es sich dabei um Birgitta Eriksson. Auf einem anderen, leicht vergilbten Foto sitzt ein vielleicht zwölfjähriges Mädchen mit wallendem rotem Haar und leuchtenden grünen Augen auf Birgittas Schoß. Anton Lindberg fällt noch ein anderes Foto auf. Auch er streift sich Handschuhe über und hebt das Foto hoch, das am äußersten Rand der Fotogalerie steht. Es zeigt einen zehnjährigen Jungen mit sehr sanft ausgeprägten arabischen Gesichtszügen.

»Kommst du mal«, ruft Ankan aus dem Schlafzimmer.

Lindberg stellt das Foto zurück und geht zu ihr. Ankan steht vor einem alten Kleiderschrank. Sie öffnet die Tür und gibt den Blick auf einen neueren Metallschrank frei, dessen Tür angelehnt ist. Vorsichtig öffnen sie die Stahltür und entdecken eine Art Sicherheitsbox, die fest mit dem Schrank verschweißt ist.

»Ich erkenne diesen Typ von Schloss«, sagt Ankan und zeigt auf die Box.

»Wie meinst du das, ›erkennen‹?«, fragt Lindberg. »Ich glaube, das lässt sich nicht knacken.«

»Das ist der neueste Schrei. Die alten Dietriche funktionieren da nicht. Aber ich habe vor ein paar Monaten einen Kurs belegt. Und danach einen Dietrich der neuesten Generation erhalten. Den habe ich dabei.«

»Der Hammer«, sagt Anton Lindberg.

Ankan holt ihre beachtliche Sammlung an Dietrichen hervor, wählt einen aus und führt ihn in das Schloss der Sicherheitsbox. Konzentriert bahnt sie sich ihren Weg durch das Innenleben des Schlosses. Da klickt es, und die kleine, massive Tür lässt sich öffnen.

In einem durchsichtigen Glasgefäß schwimmen zwei winzige gelbliche Körner in einer Flüssigkeit.

»Das ist Pikrinsäure«, murmelt Anton Lindberg leise.

66

Eva Nyman steht vor einer Glaswand und starrt den Mann in weißer Schutzkleidung an, der dahinter in dem abgedunkelten Raum arbeitet. Sein ganzer Körper ist verhüllt, sie kann nur seine Augen sehen.

»Warum ist dieser Glaskäfig nötig?«, fragt sie.

»Der ist für dein *drittes* Anliegen unabdingbar, Eva. Du hältst uns hier ziemlich auf Trab. Aber von vorne«, antwortet der Kriminaltechniker mit tiefer Stimme.

»Ich würde eher sagen, dass euch der Terrorbomber auf Trab hält.«

»Dein erstes Anliegen: Die Wohnung in der Vasastan. Bei den gelblichen Körnern handelt es sich tatsächlich um Pikrinsäure. Das ist eine äußerst instabile, hochexplosive Substanz, die niemals trocken transportiert werden sollte. Wir haben viele Spuren gefunden, von mindestens zwei Personen, nach deren DNA wir noch suchen. Außerdem gibt es Hinweise darauf, dass jemand in der Wohnung war, kurz bevor deine Fußsoldaten durch die Räume getrampelt sind. Aber von dieser Person haben wir kaum physische Spuren, höchstens einen Fußabdruck im Staub.«

»Birgitta Eriksson ist seit gut einem Jahr in einem Heim für Demenzkranke untergebracht«, sagt Nyman, mehr zu sich selbst. »Ihr Sohn hat die Wohnung offenbar noch nicht verkauft, sondern sie stattdessen als Lagerraum benutzt. Und vermutlich auch als Treffpunkt.«

»Die Spurensicherung ist noch nicht abgeschlossen, ich melde mich, wenn wir was Neues haben. Das Badezimmer könnte noch interessant werden, wir haben Spuren einer unbekannten Säure in der Badewanne gefunden. Aber mach dir nicht zu viele Hoffnungen.«

»Das tue ich selten. Was ist mit Anliegen Nummer zwei?«

Der Kriminaltechniker hält etwas hoch. Es ist schwarz, ringförmig und aufgeschnitten.

»Die Fußfessel«, sagt er überflüssigerweise. »Unsere besten Techniker haben die ganze Nacht versucht herauszufinden, wie es ihm gelungen ist, die Fußfessel abzunehmen, ohne einen Alarm auszulösen, und sie dann am Bein eines Pferdes anzubringen.«

»Und, haben sie es geschafft?«

»Sie wurde mithilfe von externer Elektronik entkoppelt und allein durch physische Kraft geöffnet. Der eigentliche Wechsel vom Menschen zum Pferd muss in der Kavalleriekaserne stattgefunden haben, kurz bevor die Reiterstaffel den Kasernenhof verließ. Alles muss mit klinischer Präzision und offensichtlich unbemerkt durchgeführt worden sein. Unsere Techniker waren tief beeindruckt.«

»Aber warum an das Bein eines Polizeipferdes?«

Der Kriminaltechniker zwinkert ihr zu.

»Wenn man das hier nicht versteht, dann hat man keinen Humor.«

»Humor?«

»Wenn wir mal alle rechtlichen Aspekte beiseitelassen, ist diese Aktion wahnsinnig lustig. Einem Polizeipferd eine Fußfessel anzulegen …«

Nyman schweigt und versucht, aus ihrem Gedankenkarussell auszusteigen. Es ist tatsächlich ziemlich lustig.

»Meine Leute befragen die Kollegen in der Kaserne. Bisher ist es uns nämlich ein Rätsel, wie das vonstattengegangen sein soll«, sagt sie.

»Diese Art von Fußfesseln hat durchschlagenden Erfolg, auch international. Aber wenn man ein bisschen in der Firmengeschichte gräbt, stößt man auf ein paar frühere Fälle, einen in Norwegen und einen in Finnland, wo die Fessel gelöst werden konnte. Damit geht ja niemand hausieren. Das nennt man wohl Schwund.«

Nyman seufzt.

»Und das Handy? Man kann doch den Peilsender, den ihr eingesetzt habt, eigentlich nicht ausschalten?«

»Es gibt ein eingebautes Schlupfloch«, sagt er. »Wenn man den richtigen Mikroschalter in dem Schaltkreis ausschaltet, funktioniert das. Aber der ist sehr schwer zugänglich. Und wenn man den falschen ausschaltet, geht der Alarm sofort los. Das erfordert große Sorgfalt.«

»Und das soll Lukas Frisell allein und ohne technische Hilfsmittel bewerkstelligt haben, während er die Sturegatan hinaufgeschlendert ist?«

»Vielleicht hat er eine ruhige Hand oder wurde auf seinem Spaziergang von einem Experten begleitet. Auf jeden Fall müssen ihm mindestens zwei Personen in der Kaserne geholfen haben.«

Eva Nyman nickt und schüttelt gleichzeitig den Kopf.

»Kommen wir zu deinem dritten Anliegen«, fährt der Techniker fort, zieht eine Schublade auf und legt vorsichtig einen Brief auf seine Arbeitsfläche. Nyman kann die maschinengeschriebene, altmodisch formulierte Adresse sofort erkennen: »Kriminalhauptkommissarin Eva Nyman, NOA, Polizeipräsidium, Stockholm«.

»Er kam heute mit der Post, stimmt's?«, sagt sie. »Brief Nummer vier. Und du hast ihn gleich einkassiert, bevor ich ihn überhaupt lesen konnte.«

»Bis jetzt haben wir noch nichts Verwertbares gefunden, was diesen von den vorherigen Briefen unterscheidet. Nur, dass wir ihn diesmal früher erhalten haben. Ohne Kontaminierung.«

Obwohl Nyman nur seine Augen sehen kann, liest sie den Vorwurf darin.

»Es ist definitiv dieselbe Schreibmaschine«, fährt er fort.

»Das gleiche Papier, der gleiche Anschlag. Und er wurde gestern vom Briefzentrum in Rosersberg abgeschickt.«

»Also absolut nichts Neues?«

»Na, der Text natürlich. Aber sonst nichts. Ich muss den Brief noch mikroskopisch untersuchen, ein paar DNA-Tests durchführen und so weiter. Deshalb auch dieser Glaskäfig, damit es nicht zu Verunreinigungen kommt.«

»Ich brauche bitte unbedingt den Text, bevor du mit der Untersuchung beginnst.«

»Ich mache ein paar Fotos und maile sie dir.«

Eine große Kamera ist fest über dem Tisch angebracht. Es blitzt ein paarmal, dann tippt der Techniker auf einem in Plastik gehüllten Computer herum. Nymans Telefon meldet Sekunden später den Eingang der Fotos.

Sie liest den Brief noch an Ort und Stelle. Als sie das Labor verlässt, ist sie kreidebleich im Gesicht.

Sonja Ryd steht in der Morgensonne auf der Inedalsgatan, fünfhundert Meter von der Polizeiwache entfernt. Sie entsperrt ihr iPad und wechselt von der Karte mit den roten Linien zum Protokoll. Sie wählt eine Ansicht, in der man ablesen kann, wo sich Lukas Frisell länger als fünf Minuten aufgehalten hat. Es ist eine umfangreiche Liste.

Sie findet den Ort, an dem er war, als sie ihn anrief, um über das Symbol zu sprechen. Über den Kreis im Kreis. Das Symbol, das ihn bei ihrem Gespräch sowohl blass als auch wütend gemacht hat. Dann aber hat Ryd einen fatalen Fehler begangen und ihm eine Stunde Aufschub gewährt. Allein der Gedanke daran raubt ihr den Atem. Zwei harte Stunden lang hat sie heute früh im Fitnessstudio trainiert, um sich dafür zu bestrafen.

Das Bemerkenswerte ist, dass er nach dem Treffen mit ihr im Präsidium an denselben Ort zurückgekehrt ist. Dort blieb er etwa eine Viertelstunde, dann ist er mit einem Auto weggefahren. Es muss möglich sein, dieses Auto zu identifizieren. Vielleicht war es ein Taxi, denn es machte am Stureplan halt, dort, wo alle Taxis stehen.

Eine kleine Treppe in der Inedalsgatan führt hinunter zu einer gewöhnlichen Kellertür mit einem Briefkastenschlitz. Sie klopft an. Nichts passiert. Sie zückt ihren Dietrich und verschafft sich Zutritt. Es ist eine einfache Werkstatt. Dort stehen ein paar kaputte Fahrräder, ein alter Transformator, ein paar Stühle mit Farbflecken und eine Werkbank, auf der ganz offensichtlich gehämmert und gesägt wird. An der kurzen Seite der Werkbank sind mehrere Schraubstöcke unterschiedlicher Größe angebracht. Ryd entdeckt keinen Staub und auch sonst kein Anzeichen dafür, ob die Werkstatt genutzt wird oder nicht. Im Gegenteil, sie ist einfach nur sehr ordentlich aufgeräumt.

Vielleicht ein bisschen *zu* aufgeräumt.

Ryd schaut aus dem Fenster des Souterrains. Sie sieht die Beine einer Frau, die auf dem Bürgersteig vorbeigeht. Weiter nichts. Dennoch spürt sie es ganz deutlich.

Sie kann auf eine philosophische und polizeiliche Ausbildung zurückgreifen und glaubt nicht an Übersinnliches. Trotzdem ist sie hundertprozentig davon überzeugt, dass die Flucht von Lukas Frisell in dieser unscheinbaren Werkstatt geplant wurde. Wie auch immer sie sich zugetragen hat.

Da meldet ihr Handy den Eingang einer Textnachricht.

»Krisensitzung im Wartesaal. Sofort. Brief 4. Eva.«

67

Als Sonja Ryd in den Wartesaal stürmt, sind die anderen Mitglieder des NOVA-Teams bereits vor Ort. Sie setzt sich neben Ankan, und Eva Nyman schaltet ohne einleitende Worte den Projektor an. An der Wand erscheint der vierte Brief, bei dem das gesamte Blatt von oben bis unten vollgeschrieben ist und sich der Text in einer Endlosschleife wiederholt. Nyman bleibt ihrer Gewohnheit treu und liest den Brief laut vor.

… Dies ist keine Warnung mehr, ihr seelenlosen Sprösslinge des verlorenen Sinns. Inzwischen wisst ihr, wozu ich fähig bin und wie leicht es ist, euch zu täuschen. Ihr seid alle gleich, ihr starrt auf eure Handys, bereit, eure Seelen zu verkaufen, und erst recht bereit, euch einer Gehirnwäsche zu unterziehen. Ihr wisst, was euch erwartet, und doch unternehmt ihr nichts, denn das Leben soll weitergehen wie bisher, und der große Verrat bleibt ungesühnt. Nun wisst ihr auch, dass das Nest der Todesvögel in seinem eigenen Petroleum in Flammen aufgehen und in Ruinen des Verfalls verwandelt wird. Am Muttertag, als Erinnerung an das, was uns alle erwartet. Nicht zuletzt denjenigen, der den größten Verrat begangen hat. Der heilige Zorn ergießt sich schon über das Land, das den Sinn des Lebens vergessen hat. Ich konnte euch täuschen, zweimal sogar, und ich werde es wieder tun. Ihr werdet nicht begreifen, wie das geschehen konnte, aber ihr werdet zum Gespött der ganzen Welt werden. Dies ist keine Warnung mehr …

Eva Nyman lässt das Ende des Briefes, das zugleich auch sein Anfang ist, ausklingen. Es ist vollkommen still im Wartesaal.

»Kommentare?«

Sonja Ryd sitzt reglos da, bereit für die Flut ihrer Gedanken. Shabir Sarwani ergreift das Wort und sagt das, was alle denken.

»Das Nest der Todesvögel wird in seinem eigenen Petroleum in Flammen aufgehen, am Muttertag. Damit ist ein *Flughafen* gemeint. Die Todesvögel fliegen mit Kerosin, also leichtem Petroleum, und ihr Wohnsitz ist ein Flughafen.«

»Und morgen ist Muttertag«, ergänzt Nyman.

»Damit muss aber nicht Arlanda gemeint sein, es könnte auch Bromma sein«, gibt Anton Lindberg zu bedenken. »Wenn sie in Stockholm und Umgebung bleiben. Ansonsten gibt es noch Västerås, Landvetter oder jeder andere schwedische Flughafen. Malmö, oder warum nicht gleich Kopenhagen? Oder ein Militärflugplatz?«

»Ist er wirklich in der Lage, einen Flughafen in die Luft zu jagen?«, fragt Ankan. »Das kommt mir so schwer und ... unmöglich vor.«

»Er hat schon ganz andere schwere Dinge getan«, sagt Nyman. Wir müssen das sehr ernst nehmen. Erhöhte Alarmbereitschaft auf allen Flughäfen des Landes mit Schwerpunkt auf dem größten und symbolträchtigsten von allen, Arlanda. Wie ich schon sagte, morgen ist Muttertag.«

»Der will wirklich Arlanda in die Luft jagen?«, sagt Sarwani mit gedämpfter Stimme.

»Das ist eine Terrorzelle«, widerspricht ihm Lindberg. »Das ist kein Mann, kein *ER*, das ist eine Zelle. Und ein Mitglied dieser Zelle sitzt bei uns in Untersuchungshaft.«

»Und was hat er bisher preisgegeben?«, fragt Nyman gefasst.

»Darum geht es doch nicht. Ich kann ihn unter Druck setzen.«

»Aber was hat er gesagt? Hat er überhaupt mit dir gesprochen?«, hakt Nyman nach.

»Okay, nein, hat er nicht!«, gibt Lindberg zu. »Aber ich habe sein Geheimversteck gefunden, ihn enttarnt. Lass mich ihn noch mal bearbeiten, dann wird er die Wahrheit schon noch ausspucken. Du wirst sehen.«

»Willst du ihm auch das Bürgerliche Gesetzbuch auf den Kopf schlagen?«, fragt Nyman.

Lindberg verstummt. Er verneint.

»Was können wir dem Brief noch entnehmen?«, fragt Nyman.

»Dass er uns schon zweimal reingelegt hat«, sagt Ryd. »Das erste Mal war am Odenplan, und das zweite Mal war seine spektakuläre Flucht.«

»In diesem Fall ist Lukas Frisell der Verfasser der Briefe«, sagt Nyman. »Ist er wieder aufgestiegen und unser Hauptverdächtiger? Ist er deshalb abgehauen?«

»Oder er ist auf dem Weg zu einem FKK-Strand auf Teneriffa«, sagt Lindberg. »Er hat sich von seinem Idealismus verabschiedet und den Wald satt. Der will nur noch in der Sonne liegen und vögeln.«

»Was sollte sonst mit dem zweiten Mal gemeint sein?«, fragt Ryd.

»Die legen uns doch die ganze Zeit rein«, schimpft Lindberg. »Ich bezweifle stark, dass Elias Shariq-Eriksson von einem wie Frisell Befehle entgegennehmen würde.«

»Wenn er Frisells Auftragskiller ist, macht er es ja für Geld«, kontert Ryd. »Er hat weder Überzeugungen noch Moral, aber die Währung Geld versteht er. Das Geld gibt ihm die Befehle.«

»Konzentration«, sagt Eva Nyman und steht auf. »Wir hatten achtundvierzig Stunden Zeit, *bevor* uns ein Frisell entwischt ist, der uns eigentlich niemals hätte entwischen dürfen. Jetzt haben wir noch etwa dreißig Stunden. Unsere Kollegen sitzen uns im Nacken und stehen in den Startlöchern, um den Fall zu übernehmen. Trotz des Debakels mit Frisell haben wir ihn noch nicht aus der Hand gegeben, aber die Zeit drängt.«

»Muttertag«, greift Sarwani einen der Fäden auf. »War der Muttertag von Anfang an sein Hauptziel? Hat der Muttertag für ihn eine besondere Bedeutung? Was ist mit Elias' Mutter?«

»Wenn er nicht doch schon *heute* seine Drohung wahr macht, dann bleibt uns wenigstens bis morgen Zeit, um der Lösung näherzukommen«, fährt Nyman fort. »Und die konkreteste Spur, die wir im Moment haben, ist dieser Börje Sandblom.«

»Aber das ist keine richtige Spur«, sagt Ryd. »Wenn es eine Spur sein soll, dann müssten wir eine engere Verbindung zwischen Frisell und Sandblom finden, enger als die Tatsache, dass sie beide Überlebenskünstler und Prepper sind, die jahrelang ziemlich nah beieinandergelebt haben. Zwischen Frisells Unterschlupf und Kallfors sind es nicht mehr als zehn Kilometer. Börje wohnt südlich von Kallfors, irgendwo an der Grenze zwischen Uppland und Gästrikland. Vielleicht sind sie sich sogar mal im Wald begegnet. Sandblom hat ihm von den Umweltverbrechen von Merplast erzählt, was hervorragend zu Frisells Plan passte, an dem er so lange gebastelt hat. Er hat das einfach in seinen großen Plan integriert. Wir hätten sein Gerede über diese *Pläne* ernster nehmen sollen.«

»Und mit Elias Eriksson als Auftragskiller und Pikrinsäureschmuggler wäre die Zelle doch komplett«, sagt Lindberg. »Frisell ist der Kopf, Sandblom der Mann fürs Grobe und Eriksson der Mörder und Schmuggler. Zusammen sind sie das Terrorbomber-Trio.«

»Aber dann hätte Frisell alles von seiner Waldhöhle aus geplant«, sagt Ankan. »Oder, genauer gesagt, aus seiner ›Schreibhöhle‹. Ich habe Experten gefragt, die meinen, dass er sich dann *wirklich* damit auskennen müsste, wie man

Daten auf einem Rechner löscht. Und sein persönliches Dokument, sein ›Buch‹, das ich gerade lese – das ist so naturverbunden, dass man sofort reingezogen wird, ich sag es euch, das ist irre. Da gibt es nicht den Hauch von Hass. Die Techniker haben die Speicherdaten seiner Dateien überprüft, die reichen acht Jahre zurück. Außerdem muss Sandblom den Anschlag auf Merplast allein durchgeführt haben. Er hat also die Bombe im Büro des Geschäftsführers installiert, ihn durchs Fernglas beobachtet und im richtigen Augenblick den Fernzünder betätigt. Denn die anderen beiden saßen zu diesem Zeitpunkt ja in Untersuchungshaft?«

»Möglich«, sagt Lindberg. »Er verfügt über die nötige Ortskenntnis. Diese Tat hätte er tatsächlich, auf exakten Befehl von Frisell, allein durchführen können.«

»Ich bin mir noch nicht sicher, ob hier schon wirklich alle Puzzlestücke an der richtigen Stelle sind«, sagt Nyman. »Aber es ist gut, dass wir den Fall aus einem anderen Blickwinkel betrachten. Gelingt es uns, eine Verbindung zwischen Frisell und Sandblom herzustellen? Vielleicht mithilfe der Videoaufnahmen, Sonja? Hast du sie schon gesichtet?«

»Nicht persönlich«, gibt Ryd zu. »Das sind insgesamt achtzehn Stunden Material. Aber die Kolleginnen haben das getan. Und sie erstellen eine Liste mit ihren Beobachtungen.«

»Ausgezeichnet«, sagt Nyman. »Jetzt mal ehrlich, wie viele Vorlesungen dieser Art fanden zu der Zeit in Schweden statt? Das wird doch bestimmt die Prepper aus der Gegend angelockt haben?«

»Guter Gedanke«, ruft Ryd. »Wir hatten noch die Idee, alte Anwesenheitslisten durchzusehen. Ich habe mich bei der Universität erkundigt, sie waren zunächst pessimistisch, ob es diese Listen noch gibt. Aber es besteht offenbar eine winzige Hoffnung.«

»Prima, hakt da unbedingt nach. Wir sind auch gerade von den Kollegen aus Gästrikland informiert worden, über eine mögliche Spur von unserem Börje Sandblom.«

Das Wartezimmer starrt Eva Nyman erwartungsvoll an.

»Anton und Ankan, auf euch wartet ein Hubschrauber. Ihr habt zehn Minuten. Wahrscheinlich müsst ihr über Nacht bleiben. Holt euch Börje Sandblom, verstanden?«

68

Auf dem Feld außerhalb von Kallfors wartet eine Gruppe von Uniformierten auf ihren Befehl. Der Hubschrauber dreht eine Runde über die Fabrikanlage der Merplast AG. Die Reparaturen scheinen bereits begonnen zu haben, ein Lastwagen verlässt das Gelände mit einer Lieferung.

Das Leben geht weiter.

Inklusive Mikroplastik.

Nachdem sie sich vor dem Windzug der Rotorblätter in Sicherheit gebracht haben, werden Anton Lindberg und Ankan von einer großen, beeindruckenden Frau in Uniform begrüßt.

»Hallo, Ulla«, nickt Lindberg und schüttelt ihr entschlossen die Hand.

Kriminalkommissarin Ulla Hultqvist kommt gleich zur Sache: »Wir haben Hinweise erhalten, dass ein Mann, auf den die Beschreibung von Börje Sandblom passt, im Baton Rouge gesichtet wurde.«

»Bitte wo?«, fragt Lindberg.

»Das ist ein Kollektiv im Sumpfgebiet nordwestlich von Kallfors.«

»Ein Sumpfkollektiv namens Baton Rouge?«

»Ich schlage vor, dass wir direkt dort hinfahren, und ich erzähle Ihnen ein bisschen was auf dem Weg.«

Insgesamt vier Polizeifahrzeuge – drei Streifenwagen und ein Mannschaftswagen – brechen in Richtung Baton Rouge auf. Lindberg und Ankan sitzen auf dem Rücksitz eines Streifenwagens, auf dem Beifahrersitz vor ihnen sitzt die kräftige Ulla Hultqvist. Ihre tiefe Stimme ist so durchdringend, dass sie sich nicht umdrehen muss, um gehört zu werden. Lindberg fragt sich jedoch, ob der tapfere Fahrer nicht auf Dauer einen Hörschaden riskiert. Zumindest auf seinem rechten Ohr.

»Baton Rouge ist eine bunte Mischung aus Mitgliedern der Bewegung *Grüne Welle*, Haschischkonsumenten, Bikern, Schnapsbrennern, Impfgegnern und amerikanischem Trailerpark. Den Gründer und Freigeist Tosh Larson erinnerte die Gegend an die Sümpfe von Louisiana, und deshalb benannte er sie kurzerhand nach der Hauptstadt des ärmsten Bundesstaates der USA. Ein ehemaliger Bewohner von Baton Rouge hat Börje Sandblom als regelmäßigen Besucher identifiziert.«

»Gibt es in Gästrikland viele von diesen Kollektiven?«, fragt Ankan.

Ulla Hultqvist lacht.

»Man sollte nicht unterschätzen, wie viele Menschen der Zivilisation entkommen wollen«, sagt sie. »Die wollen aus den unterschiedlichsten Gründen aufs Land ziehen.«

»Wir hatten Sie das schon beim letzten Mal gefragt«, sagt Lindberg, »und ich frage noch einmal: Wissen Sie, wie viele Prepper und dergleichen sich hier in der Umgebung aufhalten?«

»Ich hatte Ihnen das erste Mal schon mit Nein geantwortet und muss es leider wieder tun. Wir haben versucht, es herauszubekommen, aber die Waldgebiete hier sind groß und undurchdringlich. Wir können unmöglich alles kontrollieren, was dort draußen passiert.«

Die Polizeikarawane biegt in einen kleinen Waldweg. Der Himmel hat sich verdunkelt, Regen liegt in der Luft, der sintflutartige Regen von gestern ist auf den Feldern stehen geblieben, sodass sie nicht mehr aussehen wie Felder. Sie ähneln eher Sümpfen oder Reisfeldern in Vietnam. Der Weg wird immer schmaler.

Als sie das handgemalte Schild »Baton Rouge« passieren, öffnet der Himmel seine Schleusen.

Es regnet in Strömen, als die Karawane hält. Vor sich sehen sie eine Mischung aus amerikanischen Südstaaten und Hippiekollektiv. Die meisten der improvisierten Unterkünfte sind Wohnwagen, die früher über die Straßen rollten, aber jetzt durch allerlei Umbauten zu festen Behausungen wurden, dem unbarmherzigen Zahn der Zeit zum Trotz.

Ein spindeldürrer Mann mit der Lederweste eines Motorradclubs tritt den Polizisten entgegen. Der Regen macht es unmöglich, die Männer hinter ihm genau zu sehen, aber es ist unverkennbar, dass es sich bei ihnen um seine Leibwächter handelt. Die eine oder andere Schrotflinte schimmert durch die Regenwand.

Ziemlich sicher wurde auch hier und da schon eine Dienstwaffe in einem der vier Polizeifahrzeuge entsichert. Das gilt auf jeden Fall für Lindberg und Ankan.

Ulla Hultqvist geht auf den klapperdürren Mann zu.

»Tosh. Was ist denn das für ein Scheißwetter?«

Sein zerfurchtes Gesicht verzieht sich zu so etwas wie einem Lächeln.

»Ulla! Was verschafft mir die Ehre eines so noblen Besuches?«

Sie hält ihm ein laminiertes Foto hin. Tosh Larson wischt sich den Regen aus den Augen, betrachtet das Foto und schüttelt den Kopf.

»Er nennt sich Börje Sandblom, aber wir wissen nicht, ob das sein richtiger Name ist. Er wurde ein paarmal hier bei euch gesichtet.«

»Niemand von uns zählt, wie viele Siedler wir hier haben«, sagt Larson und zeigt hinter sich. »Und wir glauben fest an den Grundsatz der persönlichen Freiheit und Integrität. Wenn hier jemand ›gesichtet‹ wurde, kann es schwer werden, ihn zu finden.«

»Gleichzeitig seid ihr – oder zumindest du, wenn ich mir das Willkommenskomitee so ansehe – Fremden gegenüber nicht sonderlich aufgeschlossen.«

Tosh Larson ruft seine Männer nach vorne. Es zeigt sich, dass es doch nur drei sind. Vorhin sah es nach deutlich mehr aus.

Lindberg bemerkt, dass sich Ankan Tosh Larson und seinen Männern nähert, um deren Reaktion zu beobachten, während sie das Foto von Börje Sandblom betrachten. Sie alle schütteln den Kopf, aber vielleicht nicht aus demselben Grund. Lindberg spürt, wie blank er bei so etwas ist.

»Wir müssen alle Siedler befragen, Tosh«, sagt Ulla Hultqvist. »Ich hoffe, ihr lasst uns gewähren.«

Tosh Larson seufzt, macht aber eine zustimmende Geste, bevor er und seine Männer sich zurückziehen und von dem zunehmenden Regen verschluckt werden.

Ulla Hultqvist versammelt ihre Mitarbeiter. Sie bilden einen Kreis, wie eine Fußballmannschaft vor dem Anpfiff. Auch Ankan und Lindberg sind Teil der Formation.

»Soweit ich weiß, sind nur wenige dieser Leute registriert, was bedeutet, dass wir keine Ahnung haben, wen wir da antreffen werden. Also geht keiner von uns allein. Wir geben uns gegenseitig Rückendeckung. Da wir sechzehn Leute sind, teilen wir uns in acht Paare und zwei Gruppen auf. Die eine Gruppe beginnt unten, die andere oben. Ich schlage vor, dass je einer unserer Stockholmer Kollegen in einer der Gruppen vertreten ist, damit wir alle einen Experten oder eine Expertin für diesen Fall an unserer Seite haben.«

Der Kreis öffnet sich, es bilden sich wortlos Paare.

Lindberg geht mit Hultqvist und gehört zur Gruppe in der unteren Hälfte, Ankan wird ein muskulöser Uniformierter zur Seite gestellt und befragt die Bewohner der oberen Hälfte.

Ankan wirft Lindberg einen Blick zu, während die acht Polizisten sich ans obere Ende der Anlage aufmachen. Lindberg sieht in die dunklen Wolken. Er seufzt laut.

Das wird ein aufregender Nachmittag.

69

Mit einer Vollbremsung kommt der Streifenwagen zum Stehen. Der Beamte schaltet das Blaulicht aus, dann dreht er sich zu Sonja Ryd um und lächelt ihr zu. Sein Auftrag lautete, sie so schnell wie möglich nach Ultuna zu bringen. Das hat er erfolgreich erledigt. Sie bedankt sich mit einem Nicken und steigt aus.

Sie hat eine Tasche dabei, um über Nacht bleiben zu können, denn sie geht davon aus, dass es eine langwierige Unternehmung wird.

Im Sekretariat, das am Wochenende eigentlich nicht besetzt ist, sitzt eine ältere Frau und liest. Das Institut ist leer, es ist Samstagnachmittag. Die Frau legt ihr Buch zur Seite und sieht Ryd über die Ränder ihrer Lesebrille an.

»Ich vermute, Sie sind …«

»Sonja Ryd. Dann sind Sie Vanja Pärn?«

Die Frau nickt und steht auf.

»Es tut mir leid, dass Sie extra meinetwegen herkommen mussten.«

»Ich muss unbedingt meinen John le Carré fertig lesen«, erwidert Pärn lächelnd. »Außerdem wohne ich ganz in der Nähe, machen Sie sich keine Sorgen. Sie wollten einige alte Anwesenheitslisten durchgehen?«

»Ja, und zwar für die offene Vorlesungsreihe über Notfallvorsorge von 2013 bis 2015.«

»Ich erinnere mich vage an solche Listen«, sagt Vanja Pärn. »Aber es ist unwahrscheinlich, dass die so lange aufbewahrt worden sind. Vielleicht haben wir trotzdem Glück, weil die offenen Vorlesungen zentral finanziert wurden. Kommen Sie mal mit, Sonja.«

Sie gehen langsam über den spärlich bevölkerten Universitätscampus.

»Habe ich das richtig verstanden, dass Sie auch eine Übernachtungsmöglichkeit im Studentenwohnheim benötigen?«

»Das hängt ein bisschen davon ab, wie schnell ich im Archiv fertig bin, aber ja, sehr gerne. Wenn das möglich ist?«

»Ich befürchte, Sie werden sie brauchen«, sagt Pärn und hält Ryd einen Schlüssel hin. Ryd weiß nicht, ob sie diese Worte besonders zuversichtlich stimmen.

Das ungute Gefühl verstärkt sich noch, als Pärn die Tür zum alten Kellerarchiv öffnet und eine Neonröhre einschaltet. Das flackernde Licht fällt auf Regalmeter dicker alter Akten, so weit das Auge reicht.

»Ich weiß«, sagt Pärn mitfühlend. »Das Archiv ist seit meiner Pensionierung stiefmütterlich behandelt worden. Aber wenn diese Anwesenheitslisten irgendwo sind, dann hier.«

Während Ryd noch fassungslos die Regale anstarrt, drückt ihr die alte Dame eine Faltkarte in die Hand.

»Damit Sie heute Nacht nach Hause finden. Ich gebe Ihnen auch meine Zugangskarte, mit der Sie sich morgen früh auf dem Campus frei bewegen können. Und zum Beispiel auch in die Bibliothek kommen.«

Sonja Ryd bedankt sich herzlich. Kaum ist sie allein, verschafft sie sich einen Überblick. Die älteren Dokumente befinden sich auf der rechten Seite, die neueren auf der linken. Sie entscheidet sich für die linke, da sie dort mehrere Dokumente aus den 2010ern findet. Ab und zu sind die Ordner beschriftet und datiert, andere wiederum haben keine weiteren Angaben, und wiederum andere sind mit kryptischen Buchstabenkombinationen versehen.

Sisyphosarbeit ist nichts dagegen.

Am Anfang sitzt sie im Schneidersitz, später lehnt sie sich gegen die Regale und am Ende liegt sie auf der Seite, unterm Kopf einen Stapel Ordner. Sie muss ununterbrochen niesen und hat das Gefühl, dass ihr Inneres mit einer dicken Staubschicht bedeckt ist.

Was Ryd dennoch antreibt, ist das Gefühl, ganz nah dran zu sein. Sie findet Nachschreibeklausuren und tatsächlich auch Anwesenheitslisten, die sich auf Seminare und Vorlesungen beziehen, die kurz vor oder nach dem gesuchten Zeitraum stattgefunden haben. Es gibt einigermaßen lesbare Namen auf einigermaßen gut erhaltenen Unterlagen. Doch der richtige Ordner ist nicht dabei. Und der Gedanke, dass sie anderswo nützlicher wäre, erschwert ihre Suche erheblich.

Schließlich hält sie es nicht länger aus. Sie verlässt den Keller, tritt hinaus an die Luft, die sich noch nie so frisch angefühlt hat, und faltet Vanja Pärns Karte auf. Dann schlendert sie durch den lauen Maiabend zum Studentenwohnheim.

Kurz darauf liegt sie auf einer Couch, stochert in einem Fertigsalat und trinkt ihren Wein in großen Schlucken. Sie lässt ihren Gedanken freien Lauf. Sie sieht Lukas Frisell vor sich, und es beschleicht sie zunehmend das Gefühl, etwas übersehen zu haben.

Die Sonne ist noch nicht untergegangen, und jetzt wäre eine hervorragende Gelegenheit, alles noch mal in Ruhe durchzugehen. Sich zu sammeln für den morgigen, alles entscheidenden Muttertag. Aber daraus wird nichts. Sie ist zu müde. Sie spürt, wie ihr die Augen zufallen. Sie wird morgen einfach früher aufstehen. Sie hatte gedacht, sie wäre ausdauernder.

Sie sollte sich unbedingt die Zähne putzen. Wenigstens, um den Staub auszuspülen, den sie noch nicht heruntergeschluckt hat. Stattdessen nimmt sie einen weiteren Schluck

Rotwein. Da klingelt ihr Handy. Sie setzt sich auf, blinzelt. Versucht, sich zusammenzureißen.

Eva Nyman kommt gleich zur Sache.

»Ich bin zu einer Regierungssitzung gebeten worden, Sonja, wir machen gerade fünf Minuten Pause. Wir sind mitten in einer hitzigen Diskussion darüber, ob wir den Flughafen Arlanda schließen sollen. Die meisten scheinen sich *dagegen* auszusprechen.«

»Vielleicht ist denen die Drohung zu vage …«

»Die Schließung des mit Abstand größten Flughafens des Landes wäre ein gewaltiges Unterfangen«, sagt Eva Nyman. »Ich kann sie gut verstehen, aber die Polizistin in mir schreit aus Protest laut auf. Ich soll dienen und schützen, wie das die Amerikaner sagen.«

»Sind wir noch dabei?«, fragt Ryd atemlos. »Oder haben sie uns schon rausgekickt?«

»Sie wollen NOVA loswerden, brauchen uns aber doch. Wir verfügen über das Wissen und die Informationen, und das wissen sie. Es gibt einen Kompromiss. Ab Mitternacht wird ein gemischtes Team aus Gruppenleitern in Arlanda eingesetzt. Soll ich dabei sein?«

»Du fragst mich, ob du bei diesem Team aus der Führungsriege dabei sein sollst?«

»Ich muss jetzt rein, es geht weiter. Ich vertraue dir, Sonja. Meiner Meinung nach bin ich in unmittelbarer Nähe der Ermittlungen wahrscheinlich nützlicher. Was sagst du: Ja oder nein?«

Ryd antwortet, ohne nachzudenken.

»Natürlich ja, Eva. Auf jeden Fall. Wir brauchen dich dort in Arlanda.«

»Danke«, sagt Nyman unerwartet warmherzig.

Ryd meint, im Hintergrund die Stimme des Justizministers zu hören. Und ist das nicht die Stimme des Premierministers? Eva Nyman legt auf.

Sonja Ryd starrt auf ihr Handy und muss feststellen, dass

sie mit diesem Telefonat ihr letztes Fünkchen Energie verbraucht hat.

Ohne sich auszuziehen, lässt sie sich rücklings auf das Sofa fallen. Und schläft sofort ein.

70

Es war ein langer Tag. In den merkwürdigen Behausungen von Baton Rouge wurden viele Lampen ein- und wieder ausgeschaltet. Der Gestank, der Geruch des Sumpfes ist inzwischen verschwunden, sie haben sich daran gewöhnt. Und niemand, wirklich niemand in Baton Rouge, hat Börje Sandblom gesehen.

Der Regen hat aufgehört, die Nacht bricht an. Die Wege zwischen den Behausungen sind schlammig.

Anton Lindberg und Ulla Hultqvist klopfen an die Tür eines Wohnwagens in der Mitte der Siedlung. Niemand antwortet, aber die Tür steht einen Spalt offen.

Sie treten ein.

Die Schrotflinte, mit der auf sie gezielt wird, hat ein vollkommen übertriebenes Kaliber. Wenn sie abgefeuert wird, würden sowohl Lindberg als auch Hultqvist durch die dünnen Wände nach draußen geschleudert und wie rosa Mikroplastik in der Gegend verstreut werden.

»Ragnar«, sagt Hultqvist beschwichtigend und steckt die Waffe langsam wieder in ihr Holster. »Ich wusste nicht, dass du jetzt hier wohnst.«

»Die haben mir versichert, dass hier *kein* Bulle herkommt«, sagt der Mann mit den zotteligen Haaren. Die Flinte zittert gewaltig in seinen Händen. Er sieht aus, als hätte er beim Gähnen einen Krampf im Kiefergelenk bekommen. Es ist ganz offensichtlich, dass er zuvor Drogen eingeworfen hat. Und zwar etwas Hartes.

Lindberg hatte sich endlich locker gemacht. Er hatte mehrere Behausungen mit dem Gefühl betreten, dass alles passieren könnte. Noch nie hatte er in den letzten Jahren so viel und so oft an seine Töchter gedacht wie an diesem Tag.

Und dann das. Ein zittriger, unberechenbarer Junkie mit einer Schrotflinte, mit der man einen U-Bahn-Waggon umlegen könnte.

Lindberg weiß, dass er ihn ausschalten kann. Vielleicht würde es ihm gelingen, ihm die Flinte zu entwenden und auf das gähnende Maul zu richten, bevor Ragnar Zeit hat zu reagieren. Aber das würde eine Präzision erfordern, zu der er im Moment kaum fähig ist.

»Ragnar«, sagt eine kräftige Altstimme, die sich nicht vorrangig an Ragnar, sondern an Anton richtet. Ulla Hultqvist lässt beide Hände sinken.

Da begreift Lindberg, was sie von ihm will. Vorsichtig sichert er seine Waffe und lässt sie im hinteren Hosenbund verschwinden. Und hebt seine Hände hoch.

Da hält Ragnar schon keine Schrotflinte mehr in den Händen. Stattdessen hat Ulla Hultqvist sie und nimmt die unterarmdicken Patronen heraus. Sie wirkt auf einmal größer und machtvoller als je zuvor. Fast übermenschlich.

Ohne Lindberg anzusehen, streckt sie ihm die riesige Waffe hin. Er greift danach und stellt fest, dass er sie kaum halten kann.

Hultqvist wirft die Patronen durch die Eingangstür nach draußen in den Schlamm. Dann streckt sie Ragnar das Foto von Börje Sandblom hin.

»Du kennst ihn, oder?«

Es ist ein Wunder, dass Ragnar überhaupt sprechen kann.

»Ich habe keine Ahnung, wer das ist.«

»Aber du hast ihn doch hier in Baton Rouge schon einmal gesehen, oder?«

»Ach, was soll's. Ja, hab ich«, stößt Ragnar hervor. »Ich dachte, ihr seid hinter meinem Dealer her. Hab mich schon wieder beruhigt. Er kommt am Donnerstag.«

Ragnar starrt erst die beiden und dann das Foto von Sandblom an. Ihm wird klar, dass er einen großen Fehler begangen hat.

»Ich meine nicht den da, nein. Den habe ich nur mal gesehen. Aber das ist lange her. Glaube ich.«

»Wo hast du ihn denn gesehen?«, fragt Hultqvist.

»Oben bei Ugutz. Manno, habe ich das eben laut gesagt?«

»Wir wissen schon, dass Ugutz sein Kumpel ist«, lügt Hultqvist und wirft Lindberg einen unmissverständlichen Blick zu. Er soll die Füße stillhalten.

»Super«, sagt Ragnar. Das Zittern hat nicht aufgehört. »Dann hab ich ja nichts verraten.«

»Wenn du mir sagst, wo Ugutz wohnt, bekommst du auch deine Flinte wieder«, sagt Hultqvist lächelnd.

»Zwei Häuser weiter«, schnaubt Ragnar. »Aber er ist nicht da. Freitag und Samstag ist er nie da.«

»Danke dir, Ragnar. Weißt du, was dieser Typ hier auf dem Foto und Ugutz machen, wenn die sich sehen?«

»Ficken? Kiffen? Beten? Was weiß ich denn? Sie waren vor einem halben Jahr auf jeden Fall dicke Freunde. Seitdem ist der nicht mehr hier gewesen. So, und jetzt gib mir die Flinte zurück.«

»Gleich«, sagt Hultqvist und greift nach der Flinte, die ihr Lindberg reicht. »Ugutz kommt also morgen früh wieder?«

»Wenn ich aufwache, ist er immer schon da. Ich glaube, der jobbt in einer Kneipe in Gävle.«

Ulla Hultqvist nickt, bedankt sich und geht. Mit der Flinte unterm Arm. Lindberg folgt ihr.

»Du hast gesagt, ich bekomme meine Flinte wieder!«, brüllt Ragnar ihr hinterher.

»Du bekommst sie, wenn du mir deine Waffenlizenz zeigst«, sagt Hultqvist.

Sie seufzt ergeben.

»Dann müssen wir also morgen früh wieder hierherfahren«, sagt sie zu Lindberg gewandt. »Ich hatte wirklich gehofft, dass uns das erspart bleibt.«

»Nicht zu vergessen der Donnerstag«, meint Lindberg und prustet.

»Warum Donnerstag?«

»Wenn Ragnars Dealer vorbeikommt.«

71

Es ist nicht nur Muttertag, sondern auch Sonntag. Das bedeutet, dass sich keine Menschenseele auf dem Campus aufhält. Wie ferngesteuert läuft Sonja Ryd zu einem Snackautomaten, den sie gestern im Vorbeigehen gesehen hat. Mithilfe der Zugangskarte, die ihr Vanja Pärn gegeben hat, kommt sie in den Genuss eines schnellen, sehr ungesunden Frühstücks, bevor sie in ihren Keller zurückkehrt.

Er verschluckt sie förmlich. Sie spürt, wie sie buchstäblich von innen austrocknet. Die Zeit vergeht ungeheuer langsam und gleichzeitig viel zu schnell. Schließlich ist heute der Tag, an dem *das Nest der Todesvögel in seinem eigenen Petroleum in Flammen aufgehen und in Ruinen des Verfalls verwandelt wird*.

Nach einer gefühlten Ewigkeit findet sie einen Ordner mit alten Anwesenheitslisten aus dem Jahr 2013. Sie muss sie sortieren und landet schließlich beim richtigen Datum. Vor ihr liegt die Anwesenheitsliste von Frisells öffentlicher Vorlesungsreihe über »Gesundheit und medizinische Versorgung in der Isolation«.

Ihr stockt der Atem. Das muss die Liste sein, die in dem Videomitschnitt herumgereicht wurde. Sie lässt sie eine Weile auf einem meterhohen Stapel aus alten Aktenordnern liegen. Dann holt sie tief Luft und nimmt sie sich vor.

Leider besteht die Liste nur aus Unterschriften, ohne eine Spalte, in der die Namen in Druckbuchstaben stehen. Die Hälfte der Namen ist unleserlich, die andere Hälfte nichtssagend.

Bis sie fast am Ende der Liste angelangt ist. Diese gekritzelte Unterschrift kann sie mit so gut wie hundertprozentiger Sicherheit entziffern.

»Börje Sandblom« steht dort.

Die Unterschrift des mutmaßlichen Überlebenskünstlers, der am lautesten gegen die Emissionen der Merplast AG in Kallfors protestiert hat – der Mann, der an seiner linken Hand nur noch zwei Finger hat. Sandblom nahm also an Lukas Frisells Vorlesung teil und hat dort das Symbol der beiden Kreise gesehen.

In der Vergangenheit hat Ryd Sandblom absichtlich ignoriert, und zwar aus dem ganz einfachen Grund, dass sie nicht eine Sekunde lang daran geglaubt hat, dass er der Terrorbomber ist. Aber seine Hand hat sie stutzig gemacht, die kommt ihr bekannt vor.

Sie sieht sich die Fotos von den Protesten in Kallfors noch einmal genauer an, die Aufnahmen von dem großen, rotgesichtigen, wütenden Mann – und ist nach wie vor nicht überzeugt.

Aber die Verbindung zwischen ihm und Frisell ist endlich hergestellt. Und da fallen ihr noch die anderen Fotos von der Facebook-Seite »SLUmkid of SLU« ein. Sie scrollt, bis sie auf einem der beiden Partyfotos, auf denen Frisell von Frauen umringt steht, das findet, wonach sie gesucht hat: das *Corna*-Zeichen.

Leise flucht sie vor sich hin.

Natürlich macht Börje Sandblom nicht das *Corna*-Zeichen, es sieht wegen seiner intakten Finger nur so aus. Darauf hätte sie früher kommen können. Aber ihre Vorurteile haben sie in die Irre geführt.

Er war definitiv dabei, als das Kreis-im-Kreis-Symbol an das Whiteboard gezeichnet wurde. Jetzt deutet sehr viel mehr darauf hin, dass Sandblom doch der Terrorbomber ist. Oder zumindest ein Mitglied des Terrorbomber-Trios.

Ryd ruft umgehend Nyman an.

»Börje Sandblom hat an Frisells Vorlesungen teilgenommen.«

»Sehr gut«, ruft Nyman. »Jetzt sollten wir ihn bald haben. Er hat einen Kumpel in einer Art Kollektiv in Gästrikland besucht. Ankan und Anton sind dort, um diesen Kumpel in Empfang zu nehmen. Er wird hoffentlich im Laufe des Vormittags eintreffen. Wahrscheinlich weiß er, wo Sandblom sich aufhält.«

»Okay«, erwidert Ryd und spürt eine gewisse Leere. Ihre Aufgabe hier in Ultuna ist erledigt.

»Ich schicke auch Shabir zu ihnen hoch, es wird im Laufe des Tages wahrscheinlich eine Großrazzia geben«, fährt Nyman fort. »Er wird denselben Hubschrauber nehmen müssen wie ich.«

»Den du nimmst, weil du …?«

»Weil ich das tue, wozu du mir geraten hast«, unterbricht sie Nyman. »Ich werde Teil des Teams in Arlanda sein. Und du fährst bitte direkt nach Gästrikland, Sonja, damit auch du dabei bist, wenn Börje Sandblom festgenommen wird. Für dich steht in der Polizeiwache in der Svartbäcksgatan in Uppsala ein Zivilfahrzeug bereit.«

Es ist alles arrangiert. Sonja Ryd hat wirklich keinen Grund, noch länger auf dem Campus zu bleiben. Und doch zögert sie. Eine Stimme in ihr sagt, dass sie noch nicht fertig ist.

»Ich melde mich wieder«, sagt sie und legt auf.

72

Ryd entscheidet sich dagegen, nach Gästrikland zu fahren. Sie lässt auch das Archiv hinter sich und richtet sich in der Bibliothek der Universität für Agrarwissenschaften ein, um sich zu sammeln und das Geschehene mit anderen Augen zu betrachten.

Sie kehrt zu dem Moment zurück, als Frisell beschloss, das NOVA-Team hinters Licht zu führen. Er hatte seine Flucht schon in dem Moment geplant, in dem er die Fußfessel bekam. Nicht unbedingt, um tatsächlich zu fliehen, aber um dazu in der Lage zu sein, um die Möglichkeit zu haben.

Nur warum?

Sonja Ryd erinnert sich an das seltsame Gefühl, das sie bei den Verhören von Frisell beschlichen hatte, das Gefühl, dass er es war, der sie verhörte. Was für ein Gefühl war das?

Er hatte seine Verhaftung geplant.

Lukas Frisell ließ sich vorsätzlich und absichtlich festnehmen. Er ließ sich in seinem Unterschlupf im Wald ohne Gegenwehr abführen, nachdem Eva Nyman ihm von den Verdächtigungen und den Briefen erzählt hatte. Um herauszufinden, was die Polizei weiß. Und er erfuhr während des Verhörs immer mehr, von ihr und über sie. Vielleicht wurde ihm allmählich klar, dass der Täter – der ihm die Schuld für alles geben will – in seiner Vergangenheit zu finden ist. Ryd könnte schwören, dass er nicht wusste, wer es war – in diesem Punkt konnte sie sich auf ihre Menschenkenntnis verlassen –, aber er würde den Täter sofort erkennen, wenn er ihm gegenüberstünde. Und dann würde er sich ganz allein um die Angelegenheit kümmern, ohne NOVA, ohne NOA, ohne die Polizei.

Es gab zwei Optionen.

Die erste: Frisell wartete auf ebendiesen Moment, zu erkennen, wer es ist, und dann zu handeln.

Die Alternative ist weitaus problematischer. Die besagt nämlich, dass Lukas Frisell doch der Terrorbomber ist. Er hat sie mit der Fußfessel reingelegt – warum sollte ihm das nicht gelungen sein angesichts all der anderen Finten, die er schlug? In dem vierten Brief ging es ziemlich oft darum, jemanden reingelegt zu haben.

Aber der Frisell, den Ryd in den Gesprächen – oder auch Verhören – kennengelernt hat, ist ein lakonischer Mensch, der niemals diese blumige, apokalyptische Sprache verwenden würde. Es sei denn, er hat absichtlich *sein altes Ich* imitiert. Denn es ist die Sprache, die er als der Frisell benutzte, den Eva Nyman damals als junge Kommissarin kennengelernt hatte. Und in den sie sich vielleicht auch ein bisschen verliebte. Die Sprache sollte sie direkt ansprechen. Sein Plan war, die Ermittlungen aus der Untersuchungshaft heraus zu verfolgen und seine Komplizen so dirigieren zu können. Elias Shariq, der die erforderlichen Morde beging, und Börje Sandblom, der für die Bombe in Kallfors zuständig war. Auf diese Weise hätte sich auch der Verdacht gegen Sandblom abgeschwächt.

Ergab das irgendeinen Sinn?

Frisell konnte nicht schon im Voraus wissen, dass er die neue Fußfessel tragen würde, die sich noch in der Entwicklung befindet. Oder etwa doch?

Was für ein sonderbares technisches Genie hatte Frisell an seiner Seite? Und wie konnte er so schnell mit ihm in Kontakt treten, ohne Internet, ohne Handy? Hätte er das nicht alles lange im Voraus planen müssen? Vielleicht hat das technische Genie beruflich mit derlei Überwachungsgeräten zu tun? Vielleicht arbeitet die fragliche Person sogar in der

Firma, die sie herstellt? Und wusste so vor allem, wie begeistert die Staatsanwaltschaft von der Idee war, sie zu testen?

Nachdenklich sitzt sie in der menschenleeren Bibliothek.

Wann hat sie ihre Überzeugung verraten? Wann hat sie aufgehört, an die Schuld von Lukas Frisell zu glauben? Wann hat er sie das erste Mal reingelegt? War es an jenem Abend in der Bar? Als er behauptete, das Konzept des bargeldlosen Bezahlens nicht zu kennen?

Lüge, Lüge, Lüge.

Er hatte vorgehabt, Sonja Ryd um den Finger zu wickeln, so wie er damals Eva Nyman um den Finger gewickelt hat.

73

Shabir Sarwani wartet schon seit einer Stunde. Seine Beine sind eingeschlafen, die Wunden im Gesicht brennen. Aber er weiß, dass Slobodan Jovanović früher oder später bei seiner Mutter in Runkeby auftauchen wird. Ein Zeuge, dessen Aussage er in den Untiefen des Strafregisters hervorgekramt hat, wusste zu erzählen, dass Slobodan sie jeden Tag besucht.

Deshalb hat er auch dafür gesorgt, dass seine Mutter nicht mit ihm in Verbindung gebracht werden kann. Der Name auf dem Klingelschild klingt vollkommen anders. Somalisch?

Sarwani lauert in der Wohnung gegenüber und späht durch den Türspion. Die Bewohner hat er weggeschickt. Aber das Warten fängt an, schmerzhaft zu werden. Er ist gezwungen, sich zwischendurch zu strecken und in Bewegung zu bleiben.

Als er seine Position am Türspion wieder einnimmt, hört er den Fahrstuhl. Die Türen öffnen sich, und ein Mann torkelt auf äußerst wackligen Beinen heraus. Eine traurige Version des notorischen Sexualverbrechers und Metamphetamin-Dealers. Es besteht kein Zweifel, dass er sein Zeug auch selbst konsumiert.

Sarwani stürmt aus der Wohnung und drückt den großen Mann gegen die Fahrstuhltür. Er bohrt ihm den Lauf seiner Pistole in die Wange.

»Ich habe keine Zeit für den Scheiß, Slobodan. Du warst auf dem Odenplan, als der Typ den grünen Rucksack abgestellt hat. Und du bist mit ihm zusammengeprallt. Ich will wissen, wie der Mann aussah?«

Slobodan Jovanović ist leichenblass. Er zittert so sehr, dass seine Zähne aufeinanderschlagen.

»Aber das war kein Typ.«

»Wie meinst du das?«

Jovanović sackt nach unten, Sarwani sieht nur noch das Weiße in seinen Augen. Jetzt bloß nicht ohnmächtig werden, denkt er.

Nach einigen kritischen Sekunden werden Iris und die viel zu großen Pupillen wieder sichtbar.

»Das mit dem Rucksack war eine Püppi.«

»Eine Püppi?«

»Na, eine Frau, Mann. Die hatte ein Fernglas um den Hals.«

74

Lüge, Lüge, Lüge.

Sonja Ryd ist so aufgebracht, dass sie ein paar Runden durch die nach wie vor menschenleeren Bibliotheksräume dreht.

Wenn das tatsächlich so sein sollte, wenn Frisell sie vorgeführt haben sollte, wurde damit eine neue Ära eingeläutet. Sie hat sich noch nie so reinlegen lassen, wurde noch nie von einem Schwerverbrecher um den Finger gewickelt. Sie will es nicht wahrhaben, das kommt gar nicht infrage.

Sie fühlt sich verraten, im Stich gelassen. Für den Bruchteil einer Sekunde muss sie an ihren Ex denken, aber den Gedanken schiebt sie schnell wieder beiseite. Normalerweise trinkt sie vormittags nie, aber jetzt könnte sie einen Drink gebrauchen.

Sie bleibt an dem Wort *Verrat* hängen.

Im letzten Brief gab es zwei Details, die ihr aufgefallen waren. Das eine war die etwas selbstgerechte Prahlerei darüber, jemanden *getäuscht* zu haben. Das andere war der *Verrat.*

Sie kehrt an ihren Platz zurück, um sich den vierten Brief erneut durchzulesen. Gegen Ende scheint der *Verrat* nichts mehr mit der Klimaproblematik zu tun zu haben. Vor allem an zwei Formulierungen bleibt sie hängen.

Der große Verrat bleibt ungesühnt.

Und: *Nicht zuletzt denjenigen, der den größten Verrat begangen hat.*

Verrat, Verrat, Verrat.

Ein unaufmerksamer Leser würde den Verrat logischerweise mit dem Klima in Verbindung bringen. In Ryd aber wächst der Verdacht, dass sich hinter dem Verrat am Klima auch ein *persönlicher* Verrat verbirgt.

Sie hört in ihrem Inneren Nina Strömblads metallische Stimme, wie in einer Tonaufnahme. Einer heimlichen Aufnahme, die ihr ein muskulöser Kollege mit einem breiten, rotblonden Schnauzbart zugespielt hat.

Du hast es da oben in Uppsala richtig krachen lassen, Lukas.

Ryd starrt eine Weile ausdruckslos vor sich hin. Ihr Verstand arbeitet auf Hochtouren. Eine wilde Jagd nach Verbindungen, Zusammenhängen, nach dem großen Ganzen.

Sie sieht das Gesicht von Lukas Frisell vor sich. Hat unzählige Versionen von ihm in ihrem Gedächtnis gespeichert. Nur ganz selten hat er stärkere Emotionen gezeigt. Ein paarmal passierte es doch, hauptsächlich im Zusammenhang mit seiner Ex-Frau. Aber nur ein einziges Mal wurde er blass, auffällig blass.

Wann war das noch mal?

Sie sucht krampfhaft in ihrem ohnehin schon überlasteten Kopf.

Bunte Farben im Gesicht …?

Ein Farbenspiel.

Ja, genau.

Im Polizeipräsidium, bei Zimtschnecken, Thermoskanne und Notfallknopf, der Wachmann vor der Tür. Die Aufnahmen seiner Vorlesung vom Herbst 2013 flackerten über sein Gesicht. Sie erinnert sich an sein aufrichtiges Erstaunen, als er seinem jüngeren Ich dabei zusah, wie das ein aufgeladenes Symbol an das Whiteboard zeichnete. Der Kreis im Kreis.

Aber was passierte dann?

Sie hatten sich darüber unterhalten. Ryd hatte den Ton ausgeschaltet und sich wieder hingesetzt. Das bunte Farbenspiel der Aufnahmen flackerte weiter über sein Gesicht, während sie ihm das Foto zeigte, das Ankan von dem Baum im Vasapark gemacht hatte. Hatte sich sein Ausdruck verändert, als er das Symbol erkannte?

Unfassbar. Es war eine Dreistufenrakete.

Die erste Zündung war, als sie damals die Mail von Eva Nyman bekam und ihr erster Gedanke lautete: *Bloß nicht die SÄPO*. Als sie sich wieder Frisell zuwandte, fand sie, dass er regelrecht verängstigt wirkte, und als sie den Laptop zuklappte und damit das Farbenspiel beendete, sah sie, wie blass er tatsächlich war.

Das hatte sie offenbar dazu bewogen, den Kardinalfehler zu begehen und ihm später die Auszeit zu gönnen. Während er längst seine Flucht vorbereitet hatte.

Die drei Stufen seines Schocks mussten demnach folgende sein:

Stufe 1: Frisell beobachtet sich dabei, wie er das Kreis-im-Kreis-Symbol zeichnet.

Stufe 2: Er sieht auf dem Handyfoto, dass auch der Mörder dieses Symbol verwendet hat.

Stufe 3: ?

Die letzte Stufe muss sich vollzogen haben, während sie mit Nymans Mail beschäftigt gewesen ist. Und in dieser Zeit kann nur eine Sache für die abermalige Veränderung verantwortlich gewesen sein.

Die Filmaufnahme.

Aber sie hatte doch alles gesehen. Sie hat gesehen, wie Lukas Frisell sich von seinen Studierenden verabschiedete: »Wir sehen uns nächsten Freitag, auf der anderen Seite der Ruinen des Verfalls.«

Das war doch das Ende der Aufnahme? Oder etwa nicht?

Sie öffnet die Aufzeichnung und geht direkt ans Ende des Videos. Nachdem er sich verabschiedet hat, packt er seine Sachen zusammen. Etwa eine Minute lang sieht man von schräg oben, wie die Studierenden aufbrechen. Viel erkennt man nicht.

Dann taucht eine junge Frau mit kurzen roten Haaren auf,

bleibt vor dem Pult stehen, bevor auch sie aus dem Bild geht. Ihr Gesicht ist aus dieser Einstellung kaum zu erkennen.

Ryd lässt die Aufnahme weiterlaufen und sieht, dass die Frau etwas auf das Pult legt, vielleicht einen Zettel?

Kurz bevor die Rothaarige den Saal verlässt, dreht sie sich um. Ihr Gesicht wird nun doch noch von der Kamera eingefangen, Ryd kann ein Standbild anfertigen. Auch auf diese Entfernung ist die Intensität ihres Blickes zu spüren.

Und sie erinnert Ryd an jemanden. Intuitiv öffnet sie den Ordner mit den Fotos von »SLUmkid of SLU«. Auf einem von ihnen sitzen sechs Frauen um einen Tisch herum in der Uni. Ganz links sitzt eine, die traurig in die Kamera sieht. Ihre kurz geschorenen Haare sind rot, ihre Augen leuchtend grün.

Das ist doch eindeutig dieselbe Person wie im Vorlesungssaal? Die etwas auf das Pult gelegt hat?

Sonja Ryd schickt beide Fotos an ihr Handy, steckt ihr iPad in den Rucksack und bricht auf.

75

Sonja Ryd hat Glück. Ausnahmsweise mal. Einer von zwei Videoanrufen ist erfolgreich. Sie erreicht Leif Stierna, den ehemaligen Kollegen von Frisell an der SLU. Es ist Prüfungszeit, und Stierna sitzt in seinem Arbeitszimmer und korrigiert.

Der Mann, der aussieht wie ein Forscher aus dem Katalog, sitzt auf einem ergonomisch geformten Stuhl, den Stift in der Hand und einen Stapel Klausuren vor sich auf dem Tisch.

Wortlos hält ihm Ryd das Handy in die Kamera. Die Forscherfalte wird tiefer, während Leif Stierna das Porträt der jungen Rothaarigen mit den leuchtend grünen Augen betrachtet. Er nickt.

»Ich meine, mich an sie zu erinnern«, sagt er und streicht sich über seinen Spitzbart. »Aber ich bin leider so schlecht mit Namen.«

»Das Foto ist vom Oktober 2013«, sagt Ryd. »Ich wäre Ihnen wahnsinnig dankbar, wenn Sie sich auf eine kleine Zeitreise begeben könnten.«

Stierna lehnt sich zurück.

»Sie hatte etwas sehr, darf ich das so sagen, *Feuriges* an sich. Eines Tages hat sie sich ihre langen roten Haare einfach abgeschnitten. Aber sie studierte nicht bei uns, sie war bei den Veterinärmedizinern. Ich glaube, ihr Schwerpunkt war Wildtiermanagement oder so was in der Art. Aber ich weiß leider nicht mehr, wie sie hieß.«

»Hatte sie etwas mit Lukas Frisell zu tun?«

»Das kann ich Ihnen nicht sagen«, antwortet Stierna. »Aber er war damals ja ein ziemlicher Casanova …«

Viel mehr erfährt Sonja Ryd nicht. Sie verabschiedet sich und hofft, dass ihr zweites Telefonat mit Vanja Pärn mehr Früchte tragen wird.

In diesem Augenblick zählt sie eins und eins zusammen. Denn als sie bei der Architektin Jonna Carlgren in Södertälje das Foto der traurigen Frau mit den fünf anderen am Tisch sah, war Ryd davon überzeugt gewesen, sie zu kennen. Und das tat sie auch, weil sie die Frau kurz zuvor schon einmal gesehen hatte. Auf einem anderen Foto, auf dem sie mit einer weiteren Frau und Frisell zu sehen ist. Nur hatte sie da eine vollkommen andere Frisur.

Sie öffnet das Foto auf ihrem Handy. Eine der beiden Frauen trägt ihr braunes Haar kurz, ist mit Tattoos übersät und hat eine gespaltene Zunge. Die andere hat feuerrote Haare – und himmelt Frisell mit ihren grünen Augen an.

Feuerrote Haare hat auch die Frau, die im Kreis ihrer Kommilitoninnen sitzt und traurig in die Kamera sieht. Nur sind sie sehr kurz geschnitten. Diese Niedergeschlagenheit spricht zu Ryd, aber sie kann nicht hören, was sie sagt. Das eine Foto ist vom Herbst 2013, das andere wurde im Frühjahr 2014 geschossen.

Konzentriert läuft Ryd durch die leeren Flure des Instituts. Sie spürt, dass sie etwas Entscheidendem auf der Spur ist.

Vanja Pärn wartet wie verabredet im Sekretariat auf sie.

»Und, wie haben Sie geschlafen?«, fragt sie lächelnd.

»Hervorragend, danke«, sagt Ryd und erwidert das Lächeln. Dann zeigt sie auch Pärn das Foto von der jungen Frau. Vanja Pärn setzt ihre Lesebrille auf, neigt ihren Kopf mal zu der einen, dann zu der anderen Seite und lässt sich viel Zeit, das Foto zu studieren.

»Das ist Elin Eriksson.«

Sonja Ryd atmet scharf ein.

»Elin Eriksson?«

»Ja. Sie hat Veterinärmedizin studiert, im Frühjahr 2014 aber aufgehört. Kurz vor dem Examen. So eine Verschwendung.«

»Was meinen Sie mit ›aufgehört‹?«

Vanja Pärn zuckt mit den Schultern.

»Sie hat abgebrochen. Ich kann mich nicht an die genauen Umstände erinnern, aber Elin war eine hervorragende Studentin. Deshalb kam diese Entscheidung sehr überraschend. Sie war ausgesprochen intelligent, und ich erinnere mich, dass ich versucht habe, sie zum Bleiben zu überreden.«

»Erinnern Sie sich vielleicht noch an mehr, Vanja? Es ist doch ungewöhnlich, so kurz vorm Examen abzubrechen? Wenn sie nicht ganz besondere Umstände dazu gezwungen haben. Von denen die Uni dann doch Kenntnis erlangt hätte?«

Ryd spürt, wie die anfängliche Aufrichtigkeit der alten Dame schwindet.

»Das waren persönliche Gründe«, sagt Pärn zurückhaltend. »Sie wollte keinen Skandal erzeugen.«

»Einen Skandal?«, wiederholt Ryd, obwohl sie schon weiß, dass Pärn ihr nicht mehr verraten wird.

»Es tut mir leid, an mehr kann ich mich nicht erinnern. Elin hat es nicht weiter ausgeführt.«

»Aber Sie haben versucht, sie aufzuhalten? Damit sie ihr Studium nicht abbricht? Und das trotz der Gefahr eines *Skandals*?«

Vanja Pärn schüttelt entschuldigend den Kopf und beginnt, ihre Sachen zusammenzupacken.

»Ich bitte Sie, liebe Vanja«, fleht Ryd und legt zaghaft eine Hand auf den Arm der pensionierten Sekretärin.

Pärn erstarrt. Bleibt stehen. Ihr Blick verliert sich in der Weite.

»Wenn man von einem Skandal spricht, wird wahrscheinlich einer der Dozenten involviert gewesen sein, oder?«

Die alte Dame sieht Ryd lange an. Man merkt ihr an, wie sie innerlich mit sich kämpft.

»Vielleicht. Möglicherweise.«

Dieses leise Zugeständnis führt dazu, dass Ryd es auf einmal schrecklich eilig hat und sich deshalb für einen etwas unprofessionellen Weg entscheidet.

»War es Lukas Frisell?«, fragt sie.

Ryd kann förmlich hören, wie bei Vanja Pärn der Groschen fällt. Aber der Blick, mit dem sie Sonja Ryd ansieht, ist aufrichtig und unerschütterlich loyal.

Und er sagt mehr als tausend Worte.

Da klingelt Ryds Handy, Eva Nyman ruft an. Ryd drückt sie weg.

76

An diesem Sonntag fahren nur zwei Streifenwagen nach Baton Rouge. Allerdings sind alle Beamten, außer Ankan und Anton, bedeutend schwerer bewaffnet als am Tag zuvor.

Sie parken die Fahrzeuge so, dass sie von dem eintreffenden Ugutz nicht gesehen werden können. Damit dieser keine Vollbremsung macht und es zu einer lebensgefährlichen Verfolgungsjagd kommt.

Inzwischen warten sie schon seit Stunden. Ankan schüttelt gerade ihr Bein aus, das eingeschlafen ist, als Tosh Larson auf seinem Posten auf dem Aussichtsturm, wo er die meiste Zeit des Tages verbringt, den Arm hebt.

»Auto kommt«, übersetzt Ulla Hultqvist mit ihrer tiefen Stimme. Sie hat sich auf einem Baumstumpf direkt an der Einfahrt von Baton Rouge postiert und trägt die MP5, als wäre sie eine Spielzeugpistole. Ihre Leute haben an der Strecke dahinter Posten bezogen.

Lindberg und Ankan wiederum stehen etwas unterhalb von Hultqvist, rechts und links der Straße. An dieser Formation käme höchstens ein Panzer vorbei.

Sie können das Fahrzeug hören, bevor sie es sehen. Da vor der Einfahrt zum Gelände eine scharfe Kurve ist, sehen sie das viel zu schnell fahrende Auto erst, als es nur noch knapp zehn Meter von der Einfahrt entfernt ist.

Lindberg und Ankan springen auf den matschigen Weg und heben ihre rechte Hand. Aber der Wagen ist viel zu schnell und gerät auf dem lehmigen Untergrund ins Schlingern. Ankan und Lindberg hechten in entgegengesetzter

Richtung in den angrenzenden Wald. Da springt Hultqvist auf die Straße, legt ihre MP5 an und zielt auf den Fahrer des Wagens. Der kommt einige Meter vor ihr zum Stehen. Mit erhobenen Händen steigt der Fahrer aus dem Fahrzeug.

Es ist ein junger Mann, der zitternd vor den Beamten steht.

»Die Hände bleiben oben! Wer sind Sie?«, brüllt Hultqvist ihn an.

Der Fahrer ist ganz bleich um die Nase.

»Mein Name ist Shabir Sarwani. Und ich fürchte, ich habe gerade meine Kollegen überfahren.«

77

Sonja Ryd hat sich erneut in der Bibliothek eingerichtet. In der Datenbank der Uni war die Identifikationsnummer von Elin Eriksson gespeichert, und mithilfe ihrer verbleibenden Kolleginnen im Polizeipräsidium war es ihr gelungen, sehr interessante Informationen über sie herauszubekommen.

Elin ist nicht mehr in Schweden gemeldet, hat einen jüngeren Halbbruder, der mehrere Strafregistereinträge hat, sowie eine Mutter, die in Vasastan wohnt. Zu viele Details also, die Sonja Ryd stutzig machen.

Ankan und Lindberg haben doch gerade eine Wohnung in Vasastan durchsucht und Pikrinsäure sichergestellt. Und der Verdächtige hieß Elias Shariq beziehungsweise Elias Eriksson, der spätgeborene Sohn der mittlerweile senilen Birgitta Eriksson.

Ryd öffnet den Bericht ihrer Kollegen und findet unter den Aufnahmen der Kriminaltechniker auch ein gerahmtes Foto auf einem Kaminsims, an dem sie hängen bleibt. Sie zoomt näher heran. Es ist das Foto einer etwa Zwölfjährigen mit welligem, rotem Haar und stechend grünen Augen. Dann legt sie zwei weitere Fotos daneben. Das erste ist das einer jungen Frau mit sehr kurzen roten Haaren, die Frisell nach seiner Vorlesung einen Zettel aufs Pult legt. Das zweite zeigt dieselbe junge Frau mit feuerrotem Haar, die mit ihren grünen Augen den partyhungrigen Lukas Frisell anhimmelt.

Kein Zweifel.

Es handelt sich um ein und dieselbe Person.

Ihren digital hochversierten Kolleginnen in Stockholm

gelingt es, auch an die Daten im Unirechner zu kommen. Sie finden nur Bestnoten und überschwängliche Zeugnisse, vor allem für ihre Arbeiten über Wildtiere, die als »bahnbrechend« bewertet wurden.

»Ich könnte unter Umständen noch an weitere Informationen gelangen«, sagt Enok, eine der Assistentinnen, die sie gerade an der Strippe hat.

Sie klingt reserviert, zögerlich, was Ryd neugierig macht.

»Ich höre«, sagt sie.

»Es entspricht möglicherweise nicht dem geltenden Recht …«

»Ich höre immer noch.«

»Theoretisch wäre es möglich, an ihre Krankenkassendaten zu kommen«, sagt Enok vorsichtig.

»Und wie lange würde das, rein hypothetisch, dauern?«

»Nicht mehr als eine Stunde.«

»Keine Sekunde länger als eine halbe Stunde«, sagt Ryd und legt auf. Dann schließt sie die Augen, um in Ruhe nachzudenken.

Elin Eriksson besuchte die Vorlesungsreihe von Lukas Frisell über Notfallvorsorge und Überlebenskunst. Börje Sandblom nahm ebenfalls teil, wie aus der Unterschrift auf der Anwesenheitsliste hervorgeht. Nach der Vorlesung, in der Frisell das Kreis-im-Kreis-Symbol gezeichnet hat, legte Elin etwas, möglicherweise einen Zettel, auf Frisells Pult. War das der Moment, in dem das Terrorbomber-Trio gegründet wurde?

Börje – Elin – Lukas.

Ryd scrollt immer hektischer durch die Dateien, auf der Suche nach einem Namen, einer Telefonnummer. Eva Nyman war doch höchstpersönlich mit Shabir und Anton in Sandviken?

Sie findet die Aktennotiz, wählt die Nummer.

»Lokalzeitung Sandviken, Eva-Lotta am Apparat«, antwortet eine Frauenstimme träge.

»Sind Sie Eva-Lotta Thelin? Mein Name ist Sonja Ryd. Ich arbeite mit Kriminalhauptkommissarin Eva Nyman an einem Fall, über den Sie neulich mit ihr gesprochen haben.«

»Und das war nicht irgendein Fall«, erwidert Thelin und klingt überhaupt nicht mehr träge.

»Da sagen Sie was. Wer war außer Börje Sandblom noch bei dem Protest gegen die Merplast AG?«

Eine Weile herrscht Schweigen am anderen Ende der Leitung.

»Nur ein paar, drei insgesamt«, antwortet Thelin. »Die waren nicht aus Kallfors, sondern aus der Umgebung.«

»Und Sie können sich an keine weiteren Namen erinnern?«

»Nein, leider nicht. Aber Sie haben doch die Fotos bekommen. Ich glaube, die Kumpel von Börje Sandblom sind dabei, zumindest die von der gescheiterten Protestaktion im Großen Gemeindesaal von Kallfors.«

Ryd verabschiedet sich und macht sich sofort auf die Suche nach den besagten Fotos. Eins sticht ihr besonders ins Auge. Börje Sandblom sitzt schmollend an einem Tisch auf einer Art Podium. Hinter ihm steht ein wütender junger Mann mit einer gelben Baseballmütze. Aber da ist noch eine weitere Person im Hintergrund zu sehen.

Es ist eine junge Frau mit kurzen roten Haaren.

78

Flug und Landung verliefen problemlos. Eva Nyman musste ein ganzes Stück Weg vom Hubschrauberlandeplatz zum eigentlichen Flughafen Arlanda zurücklegen und läuft jetzt im Zickzack durch die hektische Abflughalle im Terminal 5, dem großen internationalen Terminal. Sie befürchtet, dass der Schweiß auf ihrem eleganten hellgrauen Hosenanzug zu sehen ist. Hier und da sieht sie diskrete Gruppen, die sich langsam durch die Halle bewegen.

Polizeibeamte, wie es scheint.

Suchtrupps.

Aber die umstrittene Entscheidung von ganz oben steht fest: Der Flughafen bleibt geöffnet, und das Einsatzteam versucht, Ergebnisse zu generieren, während die Flugzeuge weiterhin ungestört starten und landen. Die Räumung von Arlanda aufgrund einer »nicht mehr als mutmaßlichen Bedrohung« wird als ein zu großes und kostspieliges Unterfangen erachtet.

Das nationale Bombenentschärfungskommando ist dennoch vor Ort und arbeitet sich mithilfe der Taskforce, aber auch einer wachsenden Anzahl von Polizeibeamten aus den Nachbarbezirken durch den Flughafen. Ziel ist, die mögliche Bombe zu finden, bevor sie explodiert. Auch Sicherheitskräfte, die sich freiwillig gemeldet haben, sind aus weiten Teilen Mittelschwedens angereist.

Es ist Sonntagnachmittag, Muttertag, und es ist ein geheimer Großeinsatz.

Nyman spürt, dass einige der Reisenden, wahrscheinlich

die erfahrensten unter ihnen, auf die Anwesenheit der Einsatzkräfte in Zivil reagieren. Sie scheinen Verdacht zu schöpfen. Sie fragt sich, wie lange die Entscheidung, den Flugbetrieb aufrechtzuerhalten, noch Bestand haben kann. Die Frage ist, ob das Risiko einer Katastrophe auf diese Weise nicht größer wird.

Je näher sie der SkyCity kommt, dem Restaurant- und Ladenbereich zwischen den Terminals, an der kleineren Sicherheitskontrolle im Terminal 5, desto intensiver spürt sie es. Vielleicht ist sie etwas überempfindlich, aber sie spürt eine Panik, die sie noch nicht in Worte zu fassen vermag.

Nyman drängt sich an einer Gruppe älterer Frauen vorbei, die flüsternd auf einen sehr auffälligen Suchtrupp zeigen, der sich direkt unter der großen Informationstafel aufhält.

Im Zentrum von SkyCity wartet ein Mann auf sie, der zweifelsohne ein Polizist in Zivil ist. Sie nicken sich zu, dann bringt er sie zu ihrem Ziel.

79

Shabir Sarwani sitzt auf einem Baumstumpf am Rande der Anlage und erholt sich von dem Zwischenfall. Verstohlen sieht er sich um, die anderen halten sich in gebührendem Abstand. Ankan versucht verbissen, den Schlamm von ihren Kleidern zu reiben, während Lindberg schon längst aufgegeben und sich damit abgefunden hat, dass der Lehm in Klumpen an seiner Jacke und Hose hängt.

Da gibt Tosh Larson ihnen erneut ein Handzeichen.

Kurz darauf ist ein Automotor zu hören.

Sie stehen jetzt höher, näher an der Siedlung. Ganz vorne haben sich die uniformierten Beamten postiert. Hultqvist steht an vorderster Front. Ein alter VW-Bus rumpelt auf Baton Rouge zu. Der Mann, der aussteigt, ist ein ergrauter Hippie mit olivfarbener Haut. Er hält die Hände über den Kopf und blickt eher sarkastisch als ängstlich drein.

»Sind Sie Ugutz?«, fragt Hultqvist, umringt von ihren ebenfalls uniformierten Kollegen.

»Das kommt ein bisschen darauf an, wer fragt«, kontert der Mann und grinst.

»Bitte keine doofen Witze«, erwidert Hultqvist und versucht, dabei nicht zu lachen. Dann hält sie ihm das laminierte Foto von Börje Sandblom hin.

Ugutz nickt langsam.

»Ja, das ist Txomin«, sagt er. »Ein merkwürdiger Kauz. Aber *mein* Kauz.«

»Können Sie die Geschichte von vorne erzählen?«, sagt Ankan.

»Aber halten Sie sich kurz«, sagt Lindberg. »Wir haben keine Zeit für Märchen.«

»Das habt ihr sowieso nicht verdient«, sagt Ugutz. »Wir sind Jugendfreunde. Ich weiß, er nennt sich jetzt Börje, aber wir sind in einer sehr kleinen baskischen Enklave außerhalb von Uppsala aufgewachsen.«

»Börje Sandblom ist also Baske?«, fragt Ankan erstaunt.

»Er ist in Schweden geboren. Als Txomin Larrazabal.«

»Und warum hat er seinen Namen geändert? Und sich für einen so typisch schwedischen Namen wie Börje entschieden?«

»Weil er schon immer so verdammt schwedisch aussah. Und oft knallrot war. Es nervte ihn, weil die Leute es komisch fanden, dass er so einen seltsamen Namen wie Txomin hat.«

»Hat er Ihnen das erzählt, als er Sie hier in Baton Rouge besucht hat?«

»Er hat mir viel erzählt.« Ugutz lacht. »Aber das ist schon lange her. Ich habe ihn seit sechs Monaten nicht mehr gesehen.«

»Hat er auch erzählt, was er für Pläne hat?«, fragt Ankan.

»Nein, aber er war aufgedreht. Zum ersten Mal in seinem Leben war er davon überzeugt, etwas *Wichtiges* zu tun. Er hatte immer eher zu den Verlierern gezählt, der arme Txomin. Ganz im Gegensatz zu mir, der in einer Kneipe in Gävle Biergläser spült. Aber ich war noch nie in irgendwas Kriminelles verwickelt.«

»Können Sie bitte zur Sache kommen?«, seufzt Lindberg.

Ugutz lächelt ihn an.

»In der achten Klasse wollte Txomin die Mädchen beeindrucken und hat sich dabei die halbe Hand weggesprengt.«

Sarwani hat sich der Gruppe langsam genähert und mischt sich jetzt in das Gespräch ein.

»Hat er sich viel mit Sprengstoff beschäftigt?«

»Er war damals erst vierzehn, verdammt«, sagt Ugutz und

schüttelt den Kopf. »Aber ja, das war sein Hobby. Später wurde er dann quasi zum *Mozart der Sprengstoffe*.«

»Wissen Sie, worum es sich bei dem *Wichtigen* handelt, an dem er beteiligt war?«, fragt Ankan.

»Er hat sich immer leidenschaftlich für die Umwelt eingesetzt. Damit hat es bestimmt zu tun gehabt.«

Entweder interessiert es Ugutz wirklich nicht, oder er ist ein hervorragender Schauspieler.

»Aber Sie können uns zu Txomins Haus führen, oder?«, fragt Ankan.

»Bei aller Liebe, als Haus kann ich das nicht bezeichnen«, sagt Ugutz. »Und ich hause in Baton *fucking* Rouge.«

»Los geht's«, sagt Ankan.

Eine Stunde lang dauert die Reise der Karawane in die Wildnis. Lindberg fährt den Mietwagen von Sarwani, Ugutz sitzt auf dem Beifahrersitz und zeigt ihm den Weg, zwei Streifenwagen folgen. Was gerade noch Straße und Weg gewesen ist, endet bald. Um sie herum weit und breit nur noch Wald.

Unter einer Kuppel aus herabhängenden Ästen ist ein Lieferwagen versteckt, der mit Sicherheit nicht seit sechs Monaten dort steht.

Txomin Larrazabal alias Börje Sandblom ist damit wohl vor Kurzem noch gefahren. Und scheint auch jetzt zu Hause zu sein.

Ugutz deutet in den Wald.

»In diese Richtung, irgendwo zwischen fünfhundert Metern und einem Kilometer«, sagt er. »Genauer kann ich es nicht sagen. Aber ihr dürft dem Txomin nichts tun. Er ist so fromm wie ein Lamm.«

Alle versammeln sich. Einer der Beamten protestiert vergeblich gegen Hultqvists Anweisung, bei Ugutz zu bleiben. Der Rest folgt dem Quartett, bestehend aus Ankan, Lindberg, Sarwani und Hultqvist.

»Ihr habt doch alle gehört, was er gesagt hat, oder?«, fragt Sarwani in die Runde und überprüft seine Dienstwaffe.

»Du meinst wegen Börjes Hand mit dem *Corna*-Zeichen?«, fragt Ankan.

»Nein, ich meine den *Mozart der Sprengstoffe*«, sagt Sarwani.

80

Sonja Ryd sieht sich das Foto von der gescheiterten Protestkundgebung in Kallfors genauer an. Die junge Frau trägt ihr Haar noch kürzer als sie, aber es ist unverkennbar rot, und obwohl man ihr Gesicht nur im Profil sehen kann, besteht kein Zweifel, dass es sich um Elin Eriksson handelt. Jahre, nachdem sie ihr Studium abgebrochen hat. Sie sieht wesentlich mitgenommener aus als auf den Aufnahmen von der Vorlesungsreihe. Und auch verlebter als auf den Fotos von »SLUmkid of SLU«.

Hat diese Elin Eriksson die letzten Jahre im Wald verbracht?

Ryd überprüft die Bilder des Facebook-Profils. Das erste Foto – auf dem die Frau mit dem außergewöhnlich roten, wallenden Haar Lukas Frisell mit ihren grünen Augen anhimmelt – ist auf Ende August 2013 datiert. Das zweite, auf dem sie mit stoppeligen roten Haaren und einer Aura tiefer Traurigkeit zwischen ihren Kommilitoninnen am Tisch sitzt, ist vom März 2014.

Sechs Monate später.

In diesen sechs Monaten muss etwas passiert sein.

Ryd wendet sich wieder den Videodateien zu. Zwei Wochen vor der Vorlesung »Gesundheit und medizinische Versorgung in der Isolation« und dem Kreis-in-Kreis-Symbol im Oktober 2023 hat Frisell eine andere Vorlesung gehalten. Sie trägt den Titel »Körperpflege als Überlebensnotwendigkeit«.

Sie hat sich die Vorlesung bereits angesehen, allerdings

nur im Schnelldurchlauf. Sie weiß ungefähr, wo sie suchen muss.

Am Ende eines langen Vortrags kommt Frisell zur Sache: »Kurzum, man muss seine Haare kurz geschoren tragen, wenn man sich ernsthaft für ein Leben im Wald entscheidet. An keinem anderen Ort vermehrt sich das Ungeziefer so leicht …«

Ryd drückt auf Pause.

Die hochtalentierte Tiermedizinstudentin Elin Eriksson besucht Lukas Frisells Vorlesungen über den Ausstieg aus der Zivilisation. Sie haben Ende August zusammen gefeiert. Etwas mehr als einen Monat später hat sich diese intelligente junge Frau wahrscheinlich die Haare abrasiert. Es ist wohl kaum ein Zufall, dass sie dies nach einer Vorlesung tut, in der die Unabdingbarkeit einer Kurzhaarfrisur im Wald betont wird.

Sonja Ryd schließt daraus zwei Dinge. Erstens, dass Elin Eriksson Frisell bewunderte und seine Worte und Gedanken ausgesprochen ernst nahm. Zweitens, dass sie möglicherweise den Plan hatte, die zivilisierte Gesellschaft hinter sich zu lassen, genau wie er. Es ist nicht ausgeschlossen, dass sie Prepperin war, als sie Jahre später bei der Protestversammlung in Kalltors auftaucht.

Sowohl Elin Eriksson als auch Börje Sandblom wurden von Lukas Frisell inspiriert. Aber nur eine von ihnen hat ihm einen Zettel auf das Pult gelegt.

Da klingelt Ryds Telefon.

»Ich bin es«, sagt Enok. »Es ist möglich, dass ich, rein hypothetisch, etwas gefunden habe.«

»Alles, was wir sagen, bleibt rein hypothetisch«, erwidert Ryd. »Hast du denn etwas Bemerkenswertes in Elin Erikssons Krankenkassendaten gefunden?«

Enok räuspert sich.

»Drei Monate nach ihrem Studienabbruch hatte sie eine Totgeburt.«

Ryd starrt stumm auf die Buchrücken im Regal vor sich.

»Schließ die Datei«, sagt sie leise, »und lösch alle Spuren. Dieses Gespräch hat nie stattgefunden.«

Sie kann förmlich hören, wie Enok nickt.

Ihre Gehirnzellen arbeiten auf Hochtouren.

Sie scrollt zu dem Bild der sechs Tiermedizinstudentinnen an einem Cafétisch zurück, konzentriert sich auf die kurz geschorene, deprimiert wirkende Elin Eriksson. Kann sie die Andeutung eines winzigen Schwangerschaftsbauches erahnen? Oder bildet sie sich das nur ein?

Hatten Lukas Frisell und Elin Eriksson eine kurze Affäre, und sie wurde schwanger? Wenn man Leif Stiernas Worten glaubt, war er damals »ein ziemlicher Casanova«. Hat er sie mit der Schwangerschaft alleingelassen?

Der große Verrat bleibt ungesühnt. Kann das damit gemeint sein?

Vielleicht hatte Frisell so viele Affären in seiner Unizeit, dass er sich gar nicht an Elin Eriksson *erinnert*? Vielleicht hat er auch nie erfahren, dass sie schwanger war. Und auch nicht, dass ihr Kind eine Totgeburt war?

Oder es tangierte ihn ganz einfach nicht.

In Gedanken kehrt sie in den Besprechungsraum im Polizeipräsidium zurück. Als Frisell seiner ehemaligen Affäre Elin Eriksson dabei zugesehen hat, wie sie den Zettel neben seinem Rucksack auf das Pult legte, muss ihm klar geworden sein, worum es damals ging.

Um etwas so Einfaches und Zeitloses wie Rache.

Die Aktionen der Terroristen waren nicht nur ein machtvoller Klimaprotest, sie waren von Anfang an persönlich motiviert. In diesem Fall von einer enttäuschten, verlassenen Frau.

Hell hath no fury like a woman scorned.

Elin Eriksson kannte Lukas Frisells Sprache und seinen Stil, und außerdem hatte sie Zugang zu seiner DNA. Zusammen mit ihren beiden Helfern, Börje Sandblom und Elias

Shariq-Eriksson, plante Elin die Terroranschläge und wurde zur Terrorbomberin.

Sie wollte Frisell die Schuld geben. Eine Schuld, die er in ihren Augen verdient hat.

Lukas sah Elin in der Videoaufnahme, begriff, wie alles zusammenhing, und tauchte unter, um sie zu finden.

Allein, ohne Polizei.

Seine Flucht hatte also nichts damit zu tun, dass er schuldig war. Im Gegenteil, er wollte die Schuldige finden.

Und dort sind sie jetzt.

Wie zum Teufel soll sie Elin Eriksson aufspüren? Und damit auch Lukas Frisell?

Sie lässt sich tief in das Bibliothekssofa sinken und ist wie gelähmt. Ihr Gehirn aber läuft offenbar weiter auf Hochtouren, und plötzlich kommt ihr eine Idee. Sie schnappt sich ihr iPad und öffnet die Überwachungs-App, mit der sie Frisell verfolgt haben.

Die Seite, die Bewegungen der Fußfessel meldet, ist tot. Frisells Routen durch die Stadt, bevor die Fußfessel am Bein eines Polizeipferdes landete, wurden zwar archiviert, aber inzwischen blinkt dort natürlich nichts mehr, weil die Fußfessel längst entsorgt wurde. Auch auf der zweiten Seite erwartet Ryd das Gleiche, denn Frisell wird das Handy wohl kaum wieder eingeschaltet haben.

Und doch.

Auf der Karte, die das Zentrum von Schweden abdeckt, blinkt es.

Ein grüner Punkt.

Das deaktivierte Nokia 3310 von Lukas Frisell ist wieder eingeschaltet worden.

Der blinkende grüne Punkt scheint förmlich Löcher in den Bildschirm des iPads zu bohren.

81

Eva Nyman hat sich dem Führungsteam in der Kommandozentrale auf dem Flughafen Arlanda angeschlossen, die kurzerhand in einem Konferenzraum über der SkyCity eingerichtet wurde.

Die Polizei hat zivile Kräfte akquiriert, die an Computern sitzen und die Suchaktion koordinieren. Über mehrere Monitore stehen sie in direktem Kontakt mit der Führungsebene im Stockwerk über ihnen. Abgebildet sind die Areale, die bereits durchsucht wurden und noch durchsucht werden müssen.

Bald stellt sich heraus, dass Eva Nyman sich einem anderen Team anschließen soll, um etwas Praktisches, etwas Handfestes zu erledigen. Ihr wurde eine Gruppe von Polizeibeamten aus Uppland zugewiesen, um ein bestimmtes Areal in der Nähe des Terminals für Inlandsflüge zu durchsuchen. Die Polizisten haben sich mit Eva Nyman zu einer ersten Strategiebesprechung in einer abgelegenen Ecke am Rand der SkyCity zusammengefunden. Es geht um die Bildung der Teams, die Klärung von Kommunikationsabläufen und Bewegungsmustern.

Als sie gerade im Begriff ist, den Kollegen und Kolleginnen Anweisungen zu geben, klingelt ihr Telefon.

»Wenn ihr irgendetwas Ungewöhnliches bemerkt oder seht, müsst ihr mich oder einen anderen Vorgesetzten sofort informieren.«

Dann gewinnt die Neugier die Überhand.

Und sie schaut auf ihr Handy.

Es ist eine SMS einer unbekannten Nummer.

Nyman zögert einen Moment, bevor sie die knappe Nachricht liest.

»18:43, Terminal 5. Booom. Viel Glück, Eva Nyman.«

Sie überträgt die Leitung der Gruppe einem Kollegen und eilt zurück zur Kommandozentrale.

82

Sie dringen immer tiefer in den Wald. Ihr Ziel ist Börje Sandbloms Unterschlupf. Sie bewegen sich in einer Formation, die einem Rhombus gleicht: Sarwani geht an der Spitze, Ankan und Lindberg an den Flanken und Hultqvist am Ende. Ihnen folgen weitere Beamte.

Der Wald ist dunkel, dicht bewachsen und feucht, wie eine unwegsame Verlängerung des Sumpfgebietes, in dem Baton Rouge aus vollkommen unerklärlichen Gründen entstanden ist. Der üppige Laubwald dämpft alle Geräusche. Ihre Schritte sind kaum zu hören.

Ihre Aufmerksamkeit konzentriert sich auf alles, was explodieren könnte: Tretminen, Drahtminen, Selbstmorddrohnen, was auch immer. Denn es ist aller Wahrscheinlichkeit nach Börje Sandblom, der die sehr präzisen Sprengsätze des Terrorbombers entworfen hat.

Auch die große Bombe, die möglicherweise im Flughafen von Arlanda installiert wurde.

Am Muttertag.

Sie kommen nur langsam und mit großer Vorsicht voran. Dann endlich taucht das Versteck von Börje Sandblom auf. Sie kauern sich hinter einen hohen Busch. Verglichen mit dem Unterschlupf von Lukas Frisell, ist die Behausung nicht beeindruckend. Sie sieht eher aus wie wahllos zusammengestückeltes Wellblech. Aber sie wissen, dass der Schein trügen kann. Angesichts Sandbloms Erfahrung mit Sprengstoff werden sie nicht den Fehler begehen, ihn zu unterschätzen.

Sie sehen eine Art vorgeschriebenen Weg zur Hütte, die

zwischen zwei großen Steinen hindurchführt. Es ist Ankan, die den Draht entdeckt. Nur ein paar unvorsichtige Schritte, und sie alle wären pulverisiert worden.

Nach einer gründlichen Überprüfung der unmittelbaren Umgebung steigen sie langsam und vorsichtig über den Draht, einer nach dem anderen. Direkt hinter den Steinen entdecken sie ein Fass, das auf den Weg zwischen den Steinen ausgerichtet ist. Das Fass mit dem Sprengstoff.

Es sieht aus, als hätte Sandblom es selbst gezimmert. Und sehr, sehr gefährlich.

Sie markieren den Stolperdraht für die Polizisten, die nachrücken, und setzen ihren Weg durch die seltsame Stille fort.

Kurz vor der getarnten Tür sehen sie mithilfe ihrer Ferngläser eine Fläche am Boden, die sich von der Umgebung abhebt. Möglicherweise verbirgt sich darunter eine Tretmine. Die einzige Möglichkeit, sich Zutritt zur Hütte zu verschaffen, besteht darin, die Tür aus einiger Entfernung zu öffnen und von der Seite hineinzuspringen.

Der Sprung wird für sie eine echte Herausforderung sein. Ein winziger Fehltritt, und die Mine explodiert.

Es ist ungeschriebenes Gesetz, dass Sarwani diese Herausforderung als Erster annimmt.

Lindberg steht bereit, um die Tür mit einem langen Stock aufzustoßen, den er neben einem Hackklotz gefunden hat.

Sarwani entsichert seine Dienstwaffe und versucht, das Szenario einmal durchzuspielen, um mögliche Fehler auszuschließen. Er bereitet sich auf einen weiten Sprung vor, der weder zu lang noch zu kurz sein darf. Wenn er zu weit springt, prallt er gegen den oberen Türrahmen und fällt rückwärts auf die potenzielle Mine, wenn er zu kurz springt, landet er direkt auf ihr. Wenn er an der richtigen Stelle landet, muss er mehr oder weniger in die Hütte rollen, denn die Deckenhöhe ist sehr niedrig. Die Vorstellung, dass der hochgewachsene Börje Sandblom dort lebt, ist absurd.

Im Inneren könnte alles Mögliche auf ihn warten.

Lindberg und Sarwani tauschen einen letzten Blick aus. Ankan hebt ihre Hand und spreizt alle fünf Finger. Dann vier, drei, zwei.

Eine seltsame kleine Pause. Dann.

Eins.

Lindberg reißt die Tür mit dem Holzstock auf. Sarwani springt hinein.

Schon während des Sprungs schlägt ihm ein bestialischer Gestank entgegen. Benommen bleibt er auf der Schwelle hocken, droht nach hinten zu kippen. Aber Lindberg gelingt es, ihn mit dem Stock nach vorne zu schieben.

Sarwani kippt vornüber und rappelt sich mit erhobener Waffe auf. Da hört er, wie Ankan ihm nachspringt, hinter ihm landet und würgt.

Von einem winzigen Flur gehen drei Metalltüren ab.

Gemeinsam nähern sie sich einer der Türen. Obwohl Ankan ihren Würgereiz kaum unterdrücken kann, gibt sie Sarwani Rückendeckung, als dieser in den ersten Raum vorstößt. Es ist ein Lagerraum, gefüllt mit allem, was ein Prepper braucht.

Wovon Börje Sandblom besonders viel im Regal stehen hat, ist Kunstdünger.

Als sie wieder herauskommen, steht Lindberg schon vor der nächsten Metalltür, auch Hultqvist ist dazugekommen. Beide sehen aus, als würden sie sich jeden Augenblick übergeben müssen. Sarwani nickt ihnen zu und steuert auf die dritte Tür zu. Ankan positioniert sich so, dass sie die Tür ungehindert öffnen kann.

Eine kleine Bewegung. Sarwani stürzt in den Raum.

Der Gestank ist überwältigend.

Der Raum besteht aus einem Tisch und einem Stuhl, auf dem jemand sitzt und sich nachdenklich über etwas auf dem Tisch beugt. Ein Mann in Tarnkleidung, der mit dem Rücken zu ihnen sitzt und eine Kalaschnikow vor sich liegen hat.

Sarwani schreit ihm etwas Unverständliches zu, erhält aber keine Antwort. Die Kalaschnikow bleibt unberührt auf dem Tisch liegen.

Sarwani und Ankan gehen mit erhobenen Dienstwaffen um den Tisch herum. Sie hören, wie Lindberg und Hultqvist hinter ihnen stöhnend den Raum betreten. Der Mann stützt sich mit den Ellbogen auf dem Tisch ab. Er hat sein Gesicht in die Hände gelegt. Die linke Hand hat nur zwei Finger, den kleinen Finger und den Zeigefinger.

Es ist die *Corna*, das Teufelszeichen der Hardrock- und Metal-Fans.

Aber die Hand ist grünlich.

Das gilt auch für den restlichen Körper. Grünlich und schon halb verwest.

Sarwani weicht zurück. Vor der Leiche liegt eine umgekippte Pillendose.

»Preppersein ist nichts für Anfänger«, sagt Ankan mit heiserer Stimme.

Neben der Pillendose liegen ein Kugelschreiber und ein Zettel mit winziger, kaum lesbarer Schrift. Börje Sandblom, alias Txomin Larrazabal, hat einen kurzen, aber prägnanten Abschiedsbrief geschrieben, der im wahrsten Sinne des Wortes nach der Enttäuschung des Lebens stinkt. Sarwani dreht sich zu den anderen um und liest den Brief laut vor.

»Diese verdammte Elin. Dieses widerliche und wunderbare Teufelsweib hat mich reingelegt. Ihr geht es einen Dreck ums Klima. Ich habe alle Bomben für sie gebaut, aber sie ist auf ihrem eigenen Scheißkreuzzug. Gegen den Mann, den sie in Wirklichkeit immer noch liebt. Ich sterbe jetzt, und ich hoffe, sie wird es auch bald tun.«

Sarwani würgt, unterdrückt den Brechreiz.

»Slobodan Jovanović hatte recht. Der Terrorbomber ist tatsächlich eine Frau.«

83

Vor ihr liegen noch zwei Kilometer. Sonja Ryd zoomt näher an den grünen Punkt heran, der in den tiefsten Wäldern von Gästrikland blinkt. Er hat sich noch nicht von der Stelle bewegt.

Es fühlt sich an, als hätte Lukas Frisell sie zu sich gerufen.

Das hatte ihr Instinkt schon in der Bibliothek gesagt, als sie den blinkenden grünen Punkt entdeckte. Formal hätte sie den Fund natürlich sofort melden und dafür sorgen müssen, dass der nächste Streifenwagen direkt dort hinfährt, um den Flüchtigen zu verhaften.

Aber hier ging es nicht um einen Ausrutscher eines flüchtigen Kriminellen. Vielmehr war es eine persönliche Geste, der Appell eines Polizeibeamten an eine Kollegin.

Deshalb konnte sie auch nicht das Zivilfahrzeug von der Polizeistation in Uppsala abholen, das für sie bereitgestellt worden war. Stattdessen nahm sie sich ein Taxi und fuhr zu einer Autovermietung.

Jetzt hat sie noch knapp zwei Kilometer auf der Landstraße vor sich, bevor sie abbiegen muss. Jetzt ist der richtige Zeitpunkt.

Sie drosselt ihr Tempo und wählt die Nummer von Frisells Handy, dem Nokia 3310, das er von der schwedischen Justiz ausgehändigt bekommen hat. Sie wartet, sie hört das Freizeichen, sie spürt, wie sie schwitzt.

Die Landstraße ist leer, keine anderen Fahrzeuge weit und breit. Eine seltsame Stille.

Der Anruf wird entgegengenommen, aber es meldet sich

niemand. Doch Sonja Ryd spürt die Nähe eines Menschen am anderen Ende der Leitung.

»Elin Eriksson?«

Anhaltendes Schweigen, dann wird das Gespräch beendet.

Sie starrt wie gebannt auf den blinkenden grünen Punkt. Nach einer Weile hört er auf zu blinken.

Das war ein Zeichen. Sie überprüft die Position, an der Frisells Handy das letzte Mal geortet wurde.

Tomtjärla.

Eine Sommerhaussiedlung. Fremdes, unbekanntes Terrain.

Da klingelt ihr Handy. Frisells Nummer.

Er muss sein Nokia wieder eingeschaltet haben, als Zeichen. Vielleicht hat er es sich inzwischen anders überlegt. Sie geht ran.

»Nummer 13. Midjegränd 13«, sagt eine bekannte, tiefe Männerstimme.

Dann wird auch dieses Telefonat abrupt beendet.

Er hatte seine Meinung nicht geändert. Er wollte nur etwas klarstellen.

Dann ist es Zeit, die Landstraße zu verlassen.

Schwer vorstellbar, dass es in diesem Wald Sommerhäuser geben soll. Es ist kaum möglich, über die Baumkronen zu sehen. Dann aber taucht das Schild plötzlich wie aus dem Nichts auf.

Tomtjärla.

Bevor man in die Sommerhaussiedlung einbiegt, kommt man an einem kleinen Platz mit einem Schild vorbei, auf dem ein großes M prangt. Ryd hält an.

Wenigstens gibt es hier Empfang. Sie nimmt das iPad und überprüft zunächst, ob der blinkende grüne Punkt noch aktiv ist, nachdem Frisell sie angerufen hat.

Das ist er, aber sie hat die Karte so stark herangezoomt, dass die Anzeige hin und her springt. Unmöglich zu sagen, wo genau in Tomtjärla sich das Handy befindet.

Sie versucht es mit der Adresse bei Google Maps. Midjegränd 13. Seltsamerweise erhält sie keine Treffer. Warum sollte Frisell sie zu einer Adresse locken, die es gar nicht gibt? Welches Ziel verfolgt er damit?

Denn mittlerweile hat sie gelernt, bei Lukas Frisell vor allem nach dem Ziel zu fragen.

Will er auf diesem Weg an sie herankommen?

Sie töten?

Sie gibt Midjegränd 1 ein. Wenn es einen Weg mit diesem Namen geben sollte, dann wenigstens mit dieser Hausnummer.

Und tatsächlich. Ein kleiner rostroter Tropfen markiert einen Ort, etwa hundert Meter von ihrem Standort entfernt. Sie setzt ihre Suche fort. Mit Midjegränd 2, 3, 4, 5. Sie alle existieren. Und so weiter: 6, 7, 8, 9, 10, 11, 12. Aber nicht 13. Auch nicht 14, 15, 16. Das bedeutet, dass Midjegränd nur zwölf Parzellen hat, nicht dreizehn.

Elin Eriksson ist die Dreizehnte am Tisch.

Sonja Ryd schaltet in den Luftbildmodus und zoomt immer näher heran, bis die kleine Straße völlig verpixelt ist. Dann zoomt sie wieder heraus und fährt die etwas größere Hauptstraße entlang, die durch Tomtjärla führt.

In einer kleinen Sackgasse findet sie, wonach sie sucht. Eine Formation, bei der es sich um eine Reihe von Briefkästen handeln könnte.

Das ist ihr Ziel.

Es sind tatsächlich Briefkästen.

Sie stehen vor der Einfahrt in die Sackgasse. Der Abschnitt Midjegränd ist eine kleine Siedlung auf der rechten Seite. Dazu gehören die Briefkästen mit den Nummern 1 bis 12.

Aber es gibt auch einen Briefkasten für Midjegränd 13. Für das Grundstück, das eigentlich gar nicht existiert.

Sonja Ryd steckt das iPad in ihre Tasche und steigt aus. Sie sieht sich um. Kein Mensch weit und breit. Es ist ein grauer, düsterer Frühlingstag. Sie hört einen Vogel, dessen Stimme sie nicht zuordnen kann. Er singt ein seltsam melancholisches kleines Liedchen, das sie begleitet, als sie den Briefkasten mit der Nummer 13 öffnet.

Darin liegt ein ausgeschaltetes Nokia 3310. Sie nimmt das altmodische, weinrote Handy und steckt es in ihre Tasche.

Langsam dreht sie sich um und schreckt zurück.

Nur einen Meter hinter ihr steht Lukas Frisell.

84

Booom.

Eva Nyman wurde in das Büro des Chefkoordinators der Aktion am Flughafen Arlanda gerufen. Er trägt eine Glatze und sitzt kerzengerade an seinem provisorischen Schreibtisch, umgeben von weiteren provisorischen Arbeitsplätzen. Er hat Nymans Handy in der Hand.

»18:43, Terminal 5. Booom. Viel Glück, Eva Nyman«, liest er mit tiefem Bariton vor.

»Ich finde vor allem die Interjektion bemerkenswert.«

Er lacht.

»›Booom‹?«, wiederholt er fragend.

»Sehen Sie sich bitte das nächste Foto an«, sagt sie mit ruhiger Stimme.

Auf dem ist ein handgeschriebener Zettel zu sehen, auf dem »Booom, motherfucker« steht.

»Mit drei o.« Er nickt.

»Und das Datum!«

Der Chefkoordinator sieht sie durchdringend an, dann überprüft er das Datum.

»Verstehe, der Anschlag am Odenplan.«

»Der Zettel lag zusammen mit zwei rosa Luftballons in einem Rucksack auf dem Bahnsteig.«

»Was brauchen Sie?«, fragt er, ohne lange zu zögern.

»Ich will mehr Führungsverantwortung«, antwortet Eva Nyman, ebenfalls ohne Zögern. »Und eine große, digitale Zeitanzeige, die in der Führungszentrale bis 18:43 runterzählt.«

Dieses Mal lacht ihr Gegenüber schallend laut. Aber der Ausbruch ist genauso schnell vorbei, wie er gekommen ist.

»Hiermit übertrage ich Ihnen die Führungsverantwortung. Und die Techniker werden schon vor Ort sein, wenn Sie zurück sind.«

»Aber wie soll das so schnell gehen, die Kommandozentrale ist doch nur zwei Minuten von hier entfernt«, erwidert sie verblüfft.

»Ich befürchte, dass sich das gerade geändert hat«, sagt der Chefkoordinator und zeigt auf den großen Bildschirm hinter sich, auf dem ein Zoommeeting zu sehen ist, von denen Nyman so viele während der Pandemie geleitet hatte. Unter den zahlreichen Gesichtern meint sie den Polizeipräsidenten zu erkennen.

»Ich verstehe nicht ganz?«

»Es wurde gerade beschlossen, den Flughafen Arlanda doch zu evakuieren«, sagt er und reibt sich über seine Glatze. »Wir versuchen, den Flughafen Abschnitt für Abschnitt zu räumen, aber ich befürchte, das wird nicht so geschmeidig laufen, wie wir uns das vorstellen.«

Es ist eindeutig, dass die Teilnehmer des Meetings, alle Minister, auf ihn warten.

Die Nachricht von der Schließung des Flughafens hat sich in dem Moment herumgesprochen, als Eva Nyman die SkyCity betritt und sich auf den Weg zurück zur Kommandozentrale macht. Das Erste, was ihr begegnet, sind drei Anzugträger, die rücksichtslos durch die Gänge hechten. Einem Familienvater gelingt es im letzten Moment, seinen dreijährigen Sohn in Sicherheit zu bringen.

Zum Glück hat sich die Panik noch nicht auf alle übertragen, Passagiere wie Personal wollen die Nachricht nicht richtig wahrhaben, sind ungläubig. Hier und da gibt es Entsetzen und Geschrei, aber dann sieht sie auch Reisende, die sich im Terminal 5 in die Schlange an ihrem Gate stellen.

Ein hysterisch schreiender, übergewichtiger Mann in Jogginghose schubst Eva Nyman in einen Sushi-Stand, bevor sie endlich den Eingang der Kommandozentrale erreicht. Sie bleibt kurz stehen und beobachtet die eingeleitete Evakuierung.

Sie wirkt sehr unkoordiniert.

85

Sonja Ryd lässt vor Schreck ihre Tasche fallen, deren Inhalt ergießt sich über den Boden. Wortlos hebt Lukas Frisell ihre Sachen auf und packt sie in seinen eigenen militärgrünen Rucksack. Ryds leere Tasche steckt er in den Briefkasten.

»Die ist nicht geeignet für einen Tag im Freien«, sagt er. »Die müssen Sie später wieder abholen.«

Sie sehen einander an. Es gäbe so viel zu sagen, aber sie bleiben beide stumm.

»Sie haben sich die Haare geschnitten«, bricht Ryd schließlich das Schweigen.

»Eher rasiert«, grinst Frisell und streicht sich über die kahle Kopfhaut. »Auf Anraten einer Expertin.«

Ryd lächelt.

»Hübscher Rucksack«, sagt sie.

Lukas Frisell lacht.

»Der ist dreizehn Jahre alt, von Nordic Army Assault. Und ja, ich weiß, der sieht genauso aus wie die Rucksäcke vom Odenplan. Das habe ich viel zu spät gemerkt.«

»Diese Elin Eriksson kennt Sie wirklich gut, sie kann Sie in allem nachahmen.«

Frisell nickt langsam.

»Ich nehme an, dass Sie schon festgestellt haben, dass Midjegränd 13 weder ein Grundstück noch ein Haus ist, sondern nur ein Briefkasten«, wechselt er das Thema. »Die Eigentümergemeinschaft hat mir gesagt, dass sie ein paar Tausend Kronen im Jahr für die Vermietung des Briefkastens erhält.«

»Und was bedeutet das?«

»Dass niemand weiß, wo sich Elins Unterschlupf befindet«, sagt Frisell. »Aber ich bin bereit, ihn aufzuspüren.«

Ryd nickt, als wüsste sie, was er mit *aufspüren* meint. Sie brechen auf.

»Warum ausgerechnet hier entlang?«

»Das kann ich nur mit meiner jahrelangen Erfahrung erklären«, murmelt Frisell. »Elin will nicht beobachtet werden, wenn sie zum Briefkasten geht und ihre Post abholt. Sie meidet Straßen. Das bedeutet, sie kommt aus dem Wald.«

»Sie sind die perfekte Mischung aus Prepper und Polizist.«

»Überlebenskünstler und Bulle«, schnaubt Frisell.

Es ist ein grauer, düsterer Muttertag, sie dringen immer tiefer in den dichten Wald vor, reden nicht viel. Frisell achtet auf ihre Umgebung, nimmt Gerüche, Wind und Bodenbeschaffenheit wahr.

Spuren lesen?

Ryd folgt ihm auf den Fersen und muss sich eingestehen, dass sie ihm zu hundert Prozent vertraut.

In einer geschützten Bodensenke bleibt Frisell abrupt stehen und setzt sich auf einen Stein. Dann holt er eine Thermoskanne aus seinem Rucksack.

»Kaffee gefällig?«, fragt er.

Ryd nickt und setzt sich neben ihn.

»Ich meine, das meiste verstanden zu haben«, setzt Ryd an. »Bis auf diese eine Sache: Die Tiermedizinstudentin Elin Eriksson, eine Spezialistin für Wildtiere, hat Sie vergöttert und Ihre Ideen zur Krisenvorsorge und zum Überleben in der Wildnis idealisiert. Sie hatten eine Beziehung oder Affäre, die Elin mit einem Zettel anbahnte. Den hat sie Ihnen während Ihrer Vorlesung im Oktober 2013 auf das Pult gelegt. So weit, so gut. Aber was geschah dann?«

Frisell nimmt einen Schluck Kaffee, verzieht das Gesicht.

»Man merkt schon, dass der Kaffee ein paar Jahre alt ist.«

»Wie bitte? Sie haben sich den alten Kaffee aus Ihrem Unterschlupf geholt? Warum?«

»Um ihn aus einem Versteck zu retten, das die Polizei noch nicht entdeckt hat«, entgegnet Frisell und zieht eine Sig Sauer 226 aus der Jackentasche, die frühere Dienstwaffe der schwedischen Polizei. Er legt sie auf den Stein.

Ryd zieht ihre nagelneue Glock 17 und legt sie daneben.

»Einer der wenigen Bereiche, in denen der Gang der Zeit nicht sichtbar wird«, sagt Frisell, während er die beiden Waffen betrachtet.

»Sie sind Zivilist«, sagt Ryd. »Ich hoffe, Sie haben einen Waffenschein?«

Frisell schüttelt den Kopf.

»Sie drücken sich davor, mir meine Frage zu beantworten.«

Frisell lächelt und nimmt einen Schluck von seinem antiken Kaffee.

»›Du hast mir ermöglicht, mein wahres Ich zu sehen‹«, sagt er.

Ryd wartet, nippt an ihrem Kaffee, der in der Tat furchtbar bitter schmeckt.

»Das stand auf dem Zettel, den Elin mir aufs Pult gelegt hat«, erklärt Frisell. »Aber ich war damals schon woanders. Ich war in Gedanken schon längst hier, im Wald, meine wilde Junggesellenzeit hatte ich hinter mir gelassen.«

»Trotzdem haben Sie sich auf sie eingelassen? Und danach vergessen, dass es sie gab?«

»Unsere Affäre dauerte nur ein paar Wochen.« Frisell seufzt. »Ich war auf dem Sprung, hatte den Ort gefunden, an dem ich leben wollte, und hatte sogar schon angefangen, ein Fundament zu legen.«

»Elin wäre gerne mitgekommen, oder?«

»Sehr gerne, aber ich wollte es richtig machen, und das heißt allein.«

»Haben Sie ihr von Ihrem Unterschlupf erzählt?«

»Nein, kein Wort zu niemandem. Sie gehörte zu meiner Vergangenheit. Obwohl unser Verhältnis noch weiterlief.«

»Und Sie sind nicht auf die Idee gekommen, dass Elin die Terrorbomberin sein könnte, bis Sie ihr Gesicht in dem Videomitschnitt Ihrer Vorlesung gesehen haben?«

Frisell seufzt ein weiteres Mal und schüttelt den Kopf.

»Nein. Als hätte ich da ein Loch in meiner Erinnerung. Ich war auf dem Weg, mein Leben total umzukrempeln. Sie war dabei höchstens eine wunderschöne Ablenkung. Ich weiß, wie schrecklich und erbärmlich das klingt, aber so war es nun einmal.«

Ryd hätte sich um ein Haar verplappert.

Aber es wäre der falsche Zeitpunkt, Frisell jetzt von der Schwangerschaft zu erzählen.

Und von der Totgeburt.

Sie braucht Lukas Frisell im Vollbesitz seiner geistigen Kräfte, wenn sie eine Begegnung mit Elin Eriksson in *ihrem* Wald überleben will. Und entscheidet sich deswegen für den vorsichtigeren Weg.

»Aber Sie haben Elin gegenüber von Eva Nyman gesprochen, oder? Warum sollte sie sonst ihre Briefe ausgerechnet an Eva schicken?«

»Ich erinnere mich, dass sie mich ständig über meine Vergangenheit befragt hat. Ich muss Eva erwähnt haben, aber eher in einem Nebensatz.«

Ryd wechselt erneut das Thema.

»Wussten Sie, dass Elin ihr Studium abgebrochen hat?«

»Nein. Ich war zu sehr damit beschäftigt, an meinem neuen Zuhause zu arbeiten und in der Welt des Waldes anzukommen. Anfang 2014 habe ich einen Zahn zugelegt und, ehrlich gesagt, nur noch darauf gewartet, dass endlich das Semester zu Ende ist und ich mein letztes Gehalt ausgezahlt bekomme, um mich endgültig verabschieden zu können.«

»Kann es sein, dass Elin Ihnen in den Wald gefolgt ist?«

Frisell verstummt und starrt ins Leere.

»Ich habe das Ausmaß ihrer Fixierung damals nicht bemerkt. Unsere Affäre war eines Tages einfach vorbei.«

»Ich meine auch nicht damals, sondern später?«

»Sie hat sich erst zu erkennen gegeben, als ich schon beschlossen hatte, den Wald wieder zu verlassen. Sie hat mir das Symbol – den Kreis im Kreis – in den Rahmen meiner Haustür geritzt.«

»Die Spurensicherung hat nichts dergleichen gefunden.«

»Ich habe die Stelle sofort wieder glatt geschliffen, ich wollte nichts damit zu tun haben. Mir wurde klar, dass mich jemand aufgespürt hatte – es war ja mein Symbol –, aber ich habe nie die Verbindung zu Elin hergestellt. Das war für mich wohl zu weit hergeholt. Erst als ich verdächtigt und verhaftet wurde, habe ich begriffen, dass ich in eine Falle gelockt worden bin. Mein Ziel war es deshalb, so viele Informationen wie möglich zusammenzutragen, um den Schuldigen auf eigene Faust zu finden.«

»Sie war besessen von Ihnen, Lukas. Sie hat Ihre Sprache gelernt, die Sprache der Apokalypse, sie hat Ihre DNA aufbewahrt, sie ahmt Sie nach. Sie müssen sie wirklich sehr enttäuscht haben. Und nicht nur auf der zwischenmenschlichen Ebene.«

Seine Traurigkeit berührt sie.

Bevor sie aufbrechen, steckt sich Frisell seine Sig Sauer in den hinteren Hosenbund. Dann reicht er Ryd ein Fernglas und hängt sich selbst eines um den Hals.

Sie stapfen weiter durch einen Wald, der sich schon nach wenigen Schritten wie ein Urwald anfühlt. Das Licht ist besonders, und es würde Sonja Ryd nicht wundern, wenn es diesen Wald schon seit der Eiszeit gibt.

Ihr ist unbegreiflich, wie viel Leben es in diesem Wald gibt, wie viel dort kreucht und fleucht. Sie ist und bleibt ein Stadtkind, das die Kraft der Natur nie wirklich verstehen wird. Sie versteht sie nicht, aber sie spürt sie.

Vor allem, als die beiden eine Lichtung erreichen, die sich vor ihnen wie eine Theaterbühne auftut. Mitten im Urwald. Eine Bühne aus längst vergangener Zeit. Wie ein antikes griechisches Theater. Der Kampf zwischen der natürlichen Barbarei und der neu erfundenen Zivilisation ist hier noch in vollem Gange.

Dieser Wald ist vielleicht sogar älter als die älteste griechische Zivilisation.

Sie betreten vorsichtig die Lichtung. Das Nachmittagslicht fällt von allen Seiten durch die Baumkronen. Dort, wo sich die Strahlen treffen, in der Mitte der Lichtung, steht ein kleines Denkmal.

Ryd und Frisell gehen näher heran, knien sich neben ein kleines Grab, das nicht größer als einen halben Meter ist. Dort kann nur ein Kind begraben liegen.

Ein Säugling.

Das Kreuz, das auf dem Grab steht, ist aus Holz, und an der Stelle, an der die Bretter aufeinandertreffen, ist ein Symbol eingeritzt.

Es ist ein Kreis in einem Kreis.

Der eisige Nordwind erfasst sie.

In dem inneren Kreis ist ein kleiner, aber gut sichtbarer Punkt.

Lukas Frisell stützt sich mit den Händen auf dem Boden ab und starrt in die Mitte des Kreises.

Da begreift er.

86

Beim Anblick des Punktes in der Mitte des Kreises wird Lukas Frisell in eine andere, vergangene Zeit zurückversetzt.

Es ist Oktober 2013, und er schließt die Tür seiner kleinen Wohnung auf dem Campus in Ultuna auf. Er trägt seine Outdoorkleidung, kommt gerade aus seinem Wald. Er hatte noch keine Zeit, den grünen Militärrucksack abzustellen, als es an der Tür klingelt.

Lukas Frisell wirkt nicht überrascht, sondern bittet die junge Frau mit den kurzen roten Haaren und den stechend grünen Augen mit einem Lächeln herein.

Doch das Lächeln ist nicht von Dauer. Sie sagt kein Wort, sondern wirft sich in seine Arme und küsst ihn leidenschaftlich. Er kann nicht anders, als den Kuss zu erwidern. Sie springt hoch und schlingt ihre muskulösen Beine um seine Hüften. Die Lust überwältigt sie beide.

Aber es ist nicht der Geruch der Begierde und des großen, gegenseitigen Verlangens, der ihn umwirft, auch nicht, als sie nackt sind, zwei ineinander verschlungene Körper, auf denen sich das letzte Licht des Herbsttages spiegelt. Nein, ein anderer Geruch lässt ihn nicht mehr los. Wahrscheinlich ist es doch ein Parfüm, obwohl es unglaublich natürlich riecht.

Er hat ihn in der Nase, als sie aufs Bett fallen, sogar als ihre Beine sich spreizen und ihn noch ein ganz anderer Geruch erreicht.

Es riecht nach Kastanien, aber in der Nähe wachsen keine Kastanien.

Er riecht es, während er langsam in sie eindringt. Zentimeter für Zentimeter.

Er hält inne, sie auch.

Die Ruhe vor dem Sturm.

Dann bricht der Sturm los und reißt das Licht aus dem Flur mit sich, das durch die noch offene Eingangstür fällt, um dann zu einem knisternden Farbenregen zu werden.

Ihr Geruch, dieser besondere Geruch von Kastanien, vergeht nicht, er bleibt in dem Raum, in dem der Sturm der Leidenschaft nicht aufhören will zu toben.

87

Eva Nymans braungraues Haar ist zerzaust, ihre Anzughose hat Flecken vom Sushi. Sie sieht an die Wand in der Kommandozentrale. Der Chefkoordinator hatte ihr zugesagt, dass die Techniker vor Ort sein würden, wenn sie eintrifft. Was sie nicht waren, aber kurz darauf kommen sie und bringen die Uhr an.

Und schon beginnt sie herunterzuzählen. 48:00 zeigt sie an, dann 47:59.

Die Uhr zählt herunter bis 18:43 Uhr, die Zeit, die in der Textnachricht stand. Ihnen bleiben weniger als achtundvierzig Minuten, bis die nächste Bombe explodieren könnte.

Nyman hatte sofort nach Erhalt der Nachricht überprüft, welche Flüge um 18:43 Uhr erwartet werden. Es gab mindestens acht Abflüge und Ankünfte, bei denen sich – je nach Grad der Verspätung – eine Menschenmenge entweder an Bord eines Flugzeugs oder auf dem Weg dorthin befinden sollte.

Mit anderen Worten: Acht Gates im Terminal 5.

Diese acht Gates wurden daraufhin sofort überprüft, aber ohne nennenswerte Ergebnisse, man konnte nichts Konkretes finden.

Eva Nyman hat sich mit ihrer neuen Rolle und Führungsverantwortung bestens arrangiert. Sie beobachtet an den Monitoren das Durcheinander der Evakuierung im Erdgeschoss. Verfolgt, wie die Polizei und die Sicherheitskräfte Abschnitt für Abschnitt sichern, während ihre Mitarbeiter die Ergebnisse sorgfältig auf digitalen Übersichtskarten vermerken.

Die Uhr an der Wand springt auf siebenundvierzig Minuten.

88

Lukas Frisell kehrt in die Gegenwart zurück, er starrt nach wie vor auf den kleinen Punkt in der Mitte des Kreises. Der Mittelpunkt, ein brennender Punkt.

Sie knien noch immer neben dem kleinen Kreuz.

Ryd spürt, dass Frisell von seinen Emotionen überwältigt ist, wohl zum ersten Mal seit langer Zeit. Von tiefen, menschlichen Gefühlen. Zumindest sieht es so aus.

Sie kann sich nicht erinnern, wann sie selbst das letzte Mal von echten menschlichen Gefühlen überwältigt wurde.

Doch, sie weiß es. Aber sie kann jetzt nicht dorthin zurückkehren.

Es ist Frisells verleugnetes Kind, das dort begraben liegt. Sein Symbol, der Kreis im Kreis, hat Elin zum Symbol für einen Menschen im Menschen gemacht.

Ein Kind im Bauch der Mutter. In der Mitte des Kreises liegt das Kind, das nie leben durfte.

Und es ist Muttertag.

Booom, motherfucker.

Es ist die Arroganz von Lukas Frisell, die diese Spirale der Gewalt in Gang gesetzt hat.

Diese Erkenntnis erschüttert ihn sichtlich, aber Sonja Ryd gelingt es, ihn hochzuziehen, damit sie ihren Weg fortsetzen können. Sie setzen sich langsam in Bewegung, lassen das Grab zurück. Je tiefer sie in den Wald vordringen, desto wacher wird Lukas Frisell.

Ryd kann nicht sagen, was in Frisell vorgeht, aber sie verfolgt diesen Wandel mit wachsender Aufmerksamkeit.

Er streift umher, beobachtet, vergleicht, überprüft.

Dann wirft er die Arme in die Luft.

»Was ist los?«, fragt Ryd.

»Ich weiß nicht, aber es fühlt sich an, als würde ich nach Hause kommen.«

»Und was bedeutet das?«

»Dass es sich *wirklich* anfühlt wie in meinem Wald. Als wäre es mein Wald.«

»Der befindet sich etwa einhundertfünfzig Kilometer südlich von hier, Lukas.«

»Das weiß ich doch. Aber das hier ist eine Kopie meines Waldes.«

»Eine Kopie?«

»Wenn es stimmt, was Sie sagen, ist mir Elin damals heimlich in den Wald gefolgt, hat sich alles gemerkt, vielleicht fotografiert und versucht, das Gleiche hier nachzubilden. Das ist viel zu ähnlich, um ein Zufall zu sein.«

Sogar der waldscheuen Ryd fallen jetzt die Ähnlichkeiten auf. Elin Eriksson hat eine Welt entdeckt und ausgebaut, die der von Lukas Frisell beängstigend ähnlich ist.

Sie kommen an einen See, finster und spiegelglatt unter einem schmutzig grauen Himmel. Als würde er ein dunkles Geheimnis verbergen. Hier vermischen sich Geräusch und Geruch, Lärm und Gestank.

Neben dem Waldsee ist eine Sprengstofffalle angebracht. Eine bemerkenswert exakte Kopie der Falle, die Frisell an seinem Teich installiert hatte. Er hebt den Kopf, er kann den Sprengstoff riechen.

Ihre Spiegelungen im See sind verschwommen. Als ob Menschen, die sich darin spiegeln, nicht wirklich existieren.

Sie bahnen sich ihren Weg durch einen Wald, der immer dichter wird. Aber Frisell hat kein Problem, Elins Unterschlupf zu finden. Es braucht ein erfahrenes Auge, um den Hügel mit seinen sanften seitlichen Konturen als etwas anderes als eine natürliche Erhebung zu erkennen. Aber er sieht es. Die Stelle, an der die Anhöhe in eine kleine Senke übergeht, wirkt unnatürlich. Im Grunde genommen ähnelt die gut getarnte Behausung der von Frisell bis aufs Kleinste, aber sie wurde ausgebaut, erweitert.

»Als wolle sie mir damit etwas sagen«, flüstert er und kauert sich ins Moos.

»Wie meinen Sie das?«, flüstert Ryd, während sie ihre Glock entsichert.

»Sie will mir zeigen, dass sie besser ist als ich. Sie hat jahrelang jeden meiner Schritte verfolgt – und das Schlimmste ist, dass ich sie nie gesehen, ja nicht einmal ihre Anwesenheit gespürt habe.«

»Sie muss sehr viele Fotos von Ihnen und Ihrer Welt gemacht haben.«

Frisell nickt.

»Sie hat mich beobachtet, überwacht, mich nachgeahmt, reingelegt, übertroffen. Ich habe alle Ideale verraten, die sie hatte. Ich habe unsere Beziehung verraten und unser totes Kind, von dem ich nicht einmal wusste. Aber auch als Vorbild habe ich sie im Stich gelassen.«

»Inwiefern? In Ihrer Rolle als Überlebenskünstler?«

Frisell nickt erneut.

»Das höchste Ideal ist, wirklich nah an der Natur zu leben, ohne das Klima zu beeinflussen. Ich habe dieses Ideal verraten, indem ich mir Strom beschafft, mir einen Computer zugelegt, Bier und Wein und den verdammten Whisky versteckt habe. Aber ich habe auch im Kleinen versagt. Ihrer rigorosen Weltanschauung zufolge habe ich sie betrogen. Und zwar in jeder Hinsicht.«

»Vielleicht wusste sie sogar von Ihren Ausflügen nach Uppsala …?«

»Sie war da, bei mir im Wald«, sagt Frisell. »Ich hatte eine Frau kennengelernt und mich im *Flustret* in Uppsala mit ihr getroffen. In der Zeit muss sie bei mir gewesen und herumgeschlichen sein.«

»Wie kommen Sie darauf?«

»Als ich an diesem Tag nach Hause kam, machte ich einen Spaziergang hinunter zu meinem kleinen Waldsee, um die Falle abzubauen. Ich hatte beschlossen, den Wald zu verlassen, und hatte mit meiner Verabredung im *Flustret* darüber gesprochen. Als ich nach Hause kam, entdeckte ich diese Schnitzerei in meinem Türpfosten.«

»Das Kreis-im-Kreis-Symbol.« Sonja Ryd nickt. »Sie wollte Ihnen zeigen, dass es sie gibt.«

»Vielleicht sogar mehr als das«, sagt Frisell nachdenklich. »Vielleicht ist sie mir bis zum *Flustret* gefolgt und hat mich belauscht. Das hat ihre Enttäuschung noch verstärkt, und dann wollte sie mir zeigen, dass alles seinen Lauf nehmen würde. Dass meine Zeit fast abgelaufen war. Dass ich geopfert werden und zum Terrorbomber deklariert werden würde. Alles als verdiente Strafe für meinen unendlichen Verrat.«

Ryd atmet tief ein. Und wieder aus.

»Sie haben wahrscheinlich recht«, sagt sie dann. »Aber was sollen wir jetzt tun? Im Hier und Jetzt?«

Frisell hebt sein Fernglas, sucht die Umgebung ab.

»Ich kann mindestens vier Stellen ausmachen, die sich von drinnen als Beobachtungsposten eignen.«

Dann zieht er seine Sig Sauer 226 und entsichert sie.

Auf Sonja Ryd wirkt der kaum sichtbare Unterschlupf im fahlen Licht des grauen Tages ausgesprochen friedlich.

89

Die Uhr an der Wand hat bis auf neunundzwanzig Minuten heruntergezählt. Nach wie vor ist die Evakuierung in vollem Gange: Die Monitore auf den Schreibtischen zeigen mehr oder weniger chaotische Szenen aus einem zunehmend verwüsteten internationalen Terminal.

In einer anderen Kameraeinstellung sieht Eva Nyman die Medien vor Terminal 5 eintreffen, Kleinbusse mit Reportern und Fotografen, die auf die Barrieren zustürmen, die zum Glück rechtzeitig errichtet wurden. Nyman meint, Eva-Lotta Thelin von der Lokalzeitung in Sandviken unter den Reportern zu erkennen. Ihr hatte sie ein vielleicht voreiliges, unüberlegtes Versprechen gegeben.

Auf einem der Monitore ist eine Karte des Terminals zu sehen, auf der alle bereits durchsuchten Bereiche abgebildet sind. Bald haben sie die Hälfte des Areals durchsucht.

Bisher wurde keine Bombe gefunden.

Eva Nyman will sich nicht hinsetzen. Stattdessen läuft sie in der Kommandozentrale auf und ab. Dabei bleibt sie hoch konzentriert. Denn als Sekunden später ein Alarm ausgelöst wird, reagiert sie blitzschnell.

Sie tippt auf eine freie Tastatur vor einem der Monitore und öffnet eine Aufnahme, die den Bildschirm in vier Quadrate unterteilt. Aufnahmen von vier Bodycams.

Eine der Aufnahmen zeigt einen schwer bewaffneten Einsatzbeamten, der in die Kamera winkt.

»Hier Einheit 129 an Leitstelle. Können Sie mich hören?«

»Wir hören«, sagt einer der Zivilisten in der Kommandozentrale in sein Headset.

»Wir befinden uns unter Gate 6«, sagt der Polizeibeamte. »Hier soll sich ein unbekanntes Objekt befinden. In der Nähe des Flugzeughalteplatzes. Dieser Bereich wird nicht von Kameras überwacht. Wir gehen jetzt rein.«

»Seien Sie vorsichtig«, sagt der Mann.

Eva Nyman lehnt sich über den breiten Schreibtisch und nimmt ein anderes Headset.

»Woher stammen die Informationen?«

Der bewaffnete Polizeibeamte kehrt zurück und starrt in die Kamera.

»Drei Evakuierte haben die Einheit 129 passiert und uns informiert.«

»Evakuiert von wo?«

»Sie trugen gelbe Westen, also vermute ich, dass sie zum technischen Personal gehören.«

»Hm«, sagt Nyman. »Okay, machen Sie weiter.«

Der schwer bewaffnete Polizist schüttelt den Kopf und schleicht geduckt in den dunklen Gang zwischen ein paar Säulen. Die Aufnahmen der Bodycams zeigen, wie ihm fünf oder sechs Polizisten mit erhobenen Waffen folgen.

Auch der Polizist mit der Bodycam folgt ihnen.

Dann wird der Bildschirm in der Kommandozentrale schwarz.

90

Im Schutz des Unterholzes beobachtet Sonja Ryd, wie Lukas Frisell eine Metamorphose durchmacht. Als würde er ein zweites Gesicht aufsetzen. Er erinnert sie eher an ein Tier als an einen Menschen. Er hat Witterung aufgenommen. Und eine Entscheidung getroffen.

»Wissen Sie noch, wie Sie in mein Haus eingedrungen sind?«, fragt er.

»Wir haben uns aufgeteilt«, antwortet Ryd. »Shabir und ich haben die Hintertür genommen.«

Frisell nickt.

»Das Gleiche muss jetzt leider auch passieren«, sagt er. »Elin hat meine Konstruktion kopiert. Wenn wir nicht beide Ausgänge abdecken, kann sie uns entkommen. Und das wollen wir nicht.«

Ryd erinnert sich genau an das Gefühl bei Frisells Festnahme. Auch dieses Mal muss sie ihre Panik vor einer möglichen Nahtoderfahrung in kühle, besonnene Entschlossenheit umwandeln.

»Ich kann verstehen, wenn Sie das nicht tun wollen«, sagt Frisell milde.

»Ich will das alles nicht«, murmelt sie. »Ich will, dass die Leute miteinander klarkommen. Wie gehen wir vor?«

Er sieht sie an, bis sie ihn mit einer ungeduldigen Geste zum Weiterreden auffordert.

»Ich übernehme die Vorderseite«, sagt er. »Sie folgen Ihrer inneren Landkarte und gehen auf die Rückseite. Es sieht aus wie bei mir. Wenn alles so ist wie bei mir, dann gibt es keine

Schlösser an den Türen, und wir können problemlos eindringen.«

Sie nickt. Die beiden begeben sich auf ihre Positionen. Frisell befindet sich auf der linken Seite des Unterholzes. Ryd auf der rechten.

»Lukas«, flüstert Ryd. »Sie ist Ihre Stalkerin. Sie hat sich ihre kleine Welt als eine bessere und reinere Kopie von Ihrer errichtet. Sie sieht sich selbst als eine bessere Version von Ihnen. Sie glaubt, sie kennt Sie in- und auswendig. Wir müssen auf eine Weise vorgehen, mit der sie *nicht* rechnet. Und Sie müssen so denken, wie Sie normalerweise *nicht* denken.«

»Sie meinen, Platztausch?«, fragt er.

Ryd nickt.

»Das ist gravierender, als man glaubt«, sagt sie.

Frisell sieht sie mit hochgezogenen Augenbrauen an.

»Im schlimmsten Fall bedeutet es, dass sie Sie erwischt und nicht mich.«

Ryd lächelt.

»In diesem Fall befreien Sie mich, einverstanden?«

Ihre Blicke treffen sich. Frisell nickt todernst.

Dann brechen sie auf, mit vertauschten Rollen.

Am Anfang können sie sich noch hinter Büschen und Steinen verstecken. Jedes Mal hebt Sonja Ryd ihr Fernglas. Eine merkwürdige Ruhe hat sie durchdrungen. Als hätte sie ihre Panik vor einer Nahtoderfahrung überwunden.

Sie ist hoch konzentriert, als würde sie sich mit der militärischen Präzision eines Gebirgsjägers bewegen. Aber vielleicht bildet sie sich das auch nur ein. Vielleicht existiert diese Präzision nur in ihrem Kopf.

Dann gibt es vor ihr keine weiteren Verstecke, sie kauert hinter dem letzten Busch. Das Fernglas erhoben. Die Tür ist nicht mehr weit. Sie wird sie öffnen können.

Da ist kein Schloss.

Als sie das Fernglas senkt, kommt ihr die Tür viel weiter weg vor. Und als sie sich langsam erhebt, um den letzten, schicksalhaften Schritt zu wagen, fragt sie sich, wie die Wespe in ihre Jacke gekommen ist und ihr in die Schulter stechen konnte.

Sie schaut zu ihrer schmerzenden linken Schulter, und auf einmal dreht sich alles um sie. Sonja Ryd sieht nichts als um sich selbst drehende, kreiselnde Wolken.

91

Die Bodycam taucht durch die Dunkelheit und kommt auf der anderen Seite wieder heraus. Der dunkle Gang, der unter Gate 6 hindurchführt, endet in einem Raum, der sich unmittelbar neben den Start- und Landebahnen befindet. Auf den Monitoren herrscht wildes Chaos, bis sich das Bild wieder stabilisiert.

Es ist auch wieder hell genug, sodass Eva Nyman das Team von Polizeibeamten sehen kann. Sie dreht den Ton lauter, hört ein Keuchen und aufgeregte, aufgewühlte Stimmen.

In etwa zehn Metern Entfernung von dem Polizisten, dem sie bis hierhin gefolgt sind, steht ein Beamter und zeigt auf einen großen Pappkarton, der in dem kargen Raum vollkommen fehl am Platz wirkt.

Die Bodycam des Polizisten nähert sich dem Objekt, Nyman erkennt die Stimme des Mannes, der vor wenigen Minuten die Zentrale gerufen hat.

»Haben wir noch genug Zeit, um auf das Bombenkommando zu warten?«

»Die waren eben noch auf der anderen Seite des Terminals«, sagt eine Stimme, die so laut ist, dass sie dem Träger der Bodycam gehören muss.

»Verdammt, dann müssen wir es selbst machen. Mustafa?«

Ein Polizist, der Helm und Schutzbrille trägt, erscheint im Bildausschnitt, nickt energisch und geht auf den großen Karton zu.

Vorsichtig öffnet er die Klappen des Kartons. Trotz des

relativ großen Abstands kann Nyman sehen, wie seine Hände zittern.

Nichts passiert. Keine Bombe, keine Explosion. Mustafa kommt zu seinen Kollegen mit der Kamera zurück.

»Das gehört wohl in eines der Cafés oben im Terminal«, keucht er.

»Was soll das heißen?«, faucht ihn der Gruppenleiter an.

»Das ist eine Espressomaschine. Scheint eine Fehllieferung zu sein.«

Eva Nyman stöhnt auf und hört, wie sich hinter ihr die Tür der Kommandozentrale öffnet. Drei Personen in Zivilkleidung, von denen zwei auffällig verdreckt sind, betreten den Raum. Es sind Anton Lindberg, Shabir Sarwani und Annika Stolt.

»Warum gehst du nicht ans Telefon?«, fragt der am wenigsten dreckige Sarwani.

»Ich habe zu tun«, erwidert Nyman und sieht auf dem Display ihres Handys, dass sie zehn verpasste Anrufe hat. Von allen dreien. Sie zeigt auf die Uhr an der Wand, die gerade Minute sechsundzwanzig unterschritten hat.

Sarwani nickt und gibt ihr einen kurzen Lagebericht.

»Börje Sandblom ist schon seit über einer Woche tot. Bei dem Terrorbomber scheint es sich um eine Frau namens Elin zu handeln, in die Börje unglücklich verliebt war.«

»Ist Sonja nicht zu euch gestoßen?«

»Nein, sie hat sich nicht mehr bei uns gemeldet. Und in 25 Minuten und 41 Sekunden soll hier in Arlanda die nächste Bombe explodieren?«

»Wenn wir sie nicht aufhalten, ja«, sagt Nyman und starrt auf die Monitore. »Ihr könnt mir das alles später erzählen, jetzt schicke ich euch erst mal wieder los.«

»Wohin denn?«

»Ihr sollt die Bereiche überprüfen, die noch nicht kontrolliert wurden. Ihr seht ja, dass wir nicht mehr viel Zeit haben. Die Evakuierung ist fast abgeschlossen, wir müssen den Flughafen so weiträumig wie möglich kontrollieren, bevor auch wir uns zurückziehen. Ich schicke euch per Mail den Link zu der digitalen Karte. Teilt euch so auf, wie ihr es für richtig haltet.«

Nyman zeigt ihnen die Areale, die noch nicht durchkämmt wurden. Keiner der drei zögert auch nur eine Sekunde.

92

Der Geruch sagt ihr, dass sie eingesperrt ist, noch bevor sie begreift, dass sie sich tatsächlich nicht bewegen kann.

Es riecht nach Erde, echter Erde, Erde als Ursprung, als Ende.

Denn du bist Erde und sollst zu Erde werden.

Es ist stockdunkel. Und es dauert noch ein paar weitere Sekunden, bis Sonja Ryd begreift, wo sie ist. *Was* sie ist.

Lebendig begraben.

Sie atmet tief und langsam ein und aus, in der eiskalten, klaren Erkenntnis, dass sie auf keinen Fall in Panik geraten darf.

Das Atmen fällt ihr schwer. Auch hier dauert es eine Weile, bis sie den Grund dafür kennt. Es liegt an dem Lappen, der in ihrem Mund steckt.

Als sich ihre Augen an die Dunkelheit gewöhnt haben, stellt sie fest, dass zwischen den Holzlatten Licht durchsickert. Sie versucht, logisch zu denken.

Befindet sie sich in einem bereits ausgehobenen Grab? Warum ist noch keine Erde auf dem Deckel?

Laute Geräusche lassen sie zusammenzucken. Es knarrt und klappert, als der Deckel der Kiste geöffnet wird. Er ist mit Scharnieren versehen und schwingt langsam auf.

Das Licht blendet sie. Als würde ihr Gehirn jeden Moment explodieren. Dennoch versucht sie, so viele Eindrücke wie möglich in sich aufzunehmen. Sie sieht die Scharniere des Sarges, sieht ihre Hände und Füße, die mit starken Hanfseilen gefesselt sind, und sie sieht Erde, die in etwa anderthalb Metern Höhe von den Kanten des Grabes herunterrieselt.

Vielleicht ist es auch mehr als das.

Bald wird sie fast zwei Meter unter der Erde liegen.

Der Sargdeckel muss von oben mit einem Stock oder etwas Ähnlichem geöffnet worden sein. Von dort hört sie auch die raue Frauenstimme, ohne das dazugehörige Gesicht zu sehen.

»Ich nehme an, du bist die neueste Eroberung von unserem lieben Lukas? Ich frage mich, welchen Namen du mir nennen würdest, wenn du könntest.«

Ryd versucht, trotz Lappen im Mund zu brüllen. Um Frisell zu verraten, wo sie ist. Aber es ist unmöglich. Sie bekommt kaum einen Ton heraus. Nur gedämpfte, wortlose Laute.

Ryd hört einen tiefen Seufzer und sieht, wie sich jemand über das Grab beugt. Es ist eine Frau mit sehr kurzen, roten Haaren.

»Ich habe euch beide gesehen«, sagt sie. »Es ist doch bezeichnend, dass der Verräter seine Geliebte in meinen Wald mitnimmt. Die wahrscheinlich auch noch eine Polizistin ist. Und *natürlich* sind keine anderen Polizisten in der Nähe.«

Ryd tritt gegen den Rand des Sarges, reißt und zerrt an ihren Fesseln. Aber es bewirkt nichts.

»Ihr habt mich aus dem Konzept gebracht, das muss ich zugeben. Eigentlich sollte Lukas da unten liegen, nicht du. Er sollte erfahren, wie es ist, im Mutterleib verleugnet zu werden und dann zu sterben. In der Mitte des Kreises. Jetzt erlebt ihr beide es gemeinsam.«

Sie greift nach einem kräftigen Spaten.

»Jetzt werde ich deinen Liebsten umbringen, Kleines. Aber ich verspreche dir, ich komme zurück. Dann werde ich ihn zu dir nach unten werfen, damit ihr eng umschlungen in die Ewigkeit reisen könnt. Hört sich das nicht romantisch an?«

Das Letzte, was Sonja Ryd sieht, ist, wie die Rothaarige sich ein Gewehr umhängt, ihre Pistole einsteckt und eine Textnachricht verschickt.

»Gate F29. Booom«, sagt sie, wie zu sich selbst. Dann winkt sie Ryd und stößt mit dem Spaten den Sargdeckel zu. Ryd hört, wie die Erde nach jedem Spatenstich auf dem Sargdeckel aufschlägt und nach und nach jede Spalte zwischen den Latten bedeckt.

Bis auch das letzte bisschen Licht erlischt.

93

Ihnen bleiben noch neunzehn Minuten, bis die Bombe gezündet wird.

Die vergangenen Minuten fühlten sich endlos an, bedeutungslos in ihrer Ereignislosigkeit. Auf den Monitoren wird das bereits durchsuchte Areal immer größer, weitere Polizeikräfte sind eingetroffen. Der Terminal 5 wurde inzwischen fast vollständig durchkämmt.

Doch Nyman befürchtet, dass es trotzdem nicht reichen könnte. Es gibt zu viele Möglichkeiten, Sprengsätze heimlich über das Personal oder andere Wege an Orte zu schmuggeln, die das Bombenräumkommando mit seiner schwer zu transportierenden Hightech-Ausrüstung nicht erreichen kann.

Vielleicht ist es an der Zeit, die vollständige Evakuierung einzuläuten. Alle, einschließlich der Geschäftsleitung, sollten das Flughafengelände verlassen. Aber noch ist es nicht so weit. Noch haben sie neunzehn Minuten.

In den letzten Minuten hat sie versucht, eine zusätzliche Aktion zu starten, indem sie die Kollegen und Kolleginnen der neu eingetroffenen Polizeikräfte die Areale erneut überprüfen lässt, die bereits durchsucht wurden. Die grüne Farbe dieser Teams nimmt allerdings noch einen minimalen Teil der Gesamtkarte ein.

Aus neunzehn Minuten werden achtzehn. In ihr macht sich Hoffnungslosigkeit breit, die sie um jeden Preis verdrängen muss.

Ihr Handy meldet den Eingang einer Nachricht. Von einer unbekannten Nummer.

Sie ist einfach und unmissverständlich.

»Gate F29. Booom.«

Nyman meldet das sofort ihren Vorgesetzten und gibt ihre Order an die Zivilisten in der Kommandozentrale weiter.

»Leiten Sie augenblicklich alle Suchaktionen zum Gate F29 um. Noch maximal zehn Minuten, dann werden wir die vollständige Evakuierung einleiten.«

Wenn man bedenkt, wie viele Suchtrupps im Terminal 5 unterwegs sind, befinden sich nur sehr wenige von ihnen bei den F-Gates des Terminals. Und dafür gibt es auch eine Erklärung.

Nyman sieht einem der Mitarbeiter über die Schulter. Auf dem Bildschirm kann sie mitverfolgen, wo sich ihre neuen Teams aufhalten. Da die F-Gates des Terminals komplett abgedeckt wurden, also ganz in Rot auf der Karte erscheinen, gibt es dort praktisch keine Patrouillen mehr. Vor allem das Bombenentschärfungskommando ist am anderen Ende des Terminals, viel zu weit weg. Sie werden das niemals schaffen.

Nyman fordert den Kollegen auf, die Bodycam zu aktivieren, die dem Gate F29 am nächsten ist. Sekunden später sehen sie das wackelige Bild, das sich Gate F29 nähert. Einer der acht Gates, von dem gegen 18:43 ein Flieger starten sollte.

Und tatsächlich ist der Bereich auf Nymans Monitor rot, er wurde bereits durchsucht. Wenn sie beim letzten Mal nichts übersehen haben, muss dort vor Kurzem etwas *hingebracht* worden sein.

Der Zähler springt auf siebzehn Minuten, als Eva Nyman auf den Aufnahmen der Bodycam eine bekannte Gestalt erkennt, die in einer Gruppe auf das Gate F29 zuläuft.

Es ist Shabir Sarwani.

Noch sechzehn Minuten und sechsundfünfzig Sekunden.

94

Elin Eriksson ist nicht in ihrem Unterschlupf. Das spürt Lukas Frisell sofort, als er durch die hintere Tür eintritt. Trotzdem durchsucht er systematisch alle Räume. Seine Nervosität steigt, er will so schnell wie möglich hier raus. Sonja Ryd sollte längst da sein.

Er gelangt in einen Raum, in dem es nach Chemie riecht. Der Geruch kommt ihm bekannt vor. Er kramt in seiner Erinnerung, während seine Augen sich an die Dunkelheit gewöhnen. Genau danach riecht es auch: wie in einer dunklen Kammer, einer Dunkelkammer. Nach Entwickler, Fixierer. Er schaltet seine Taschenlampe ein und sieht sich um. Vereinzelt hängen ein paar Fotos an einer Wäscheleine, die Wände hingegen sind voller Bilder.

Sie alle bilden einen einzigen Ort ab, seinen Unterschlupf im Wald. Aus allen nur erdenklichen Perspektiven. Elin Eriksson muss unzählige Male bei ihm gewesen sein, ohne dass er es nur ein einziges Mal bemerkt hatte.

Was ihm sofort ins Auge fällt, ist, dass der Vergrößerungsapparat batteriebetrieben ist. Kein Strom, nirgends.

Ein Gefühl von Ekel packt ihn, er schleicht weiter zum Haupteingang, von wo Sonja dazustoßen sollte. Zieht seine Waffe und sieht sich wachsam um. Aber keine Spur von Elin.

Vorsichtig geht er weiter, seine Sig Sauer aus den frühen 2000ern im Anschlag. In einem früheren Leben war das seine Ersatzwaffe, wenn er zu Fuß in den sogenannten »Problemvierteln« auf Streife war. Jetzt fühlt sie sich klein und machtlos an gegen Elins Waffe, wahrscheinlich ein modernes Jagdgewehr.

Er verlässt den Unterschlupf durch den Haupteingang. Es wäre zwar besser gewesen, sie im Inneren zu überrumpeln, aber er fühlt sich im Freien viel wohler.

Und er war früher mal ein ziemlich guter Schütze.

Er kann rekonstruieren, auf welchem Weg sich Ryd der Behausung genähert und hinter welchem Busch sie Schutz gesucht hat. Das Gras am Boden ist heruntergedrückt, als hätte jemand, der doppelt so viel wiegt wie er, dort eine ganze Weile gestanden. Oder als hätte jemand einen anderen getragen.

Dann aber verliert sich diese Spur.

Er fühlt sich sicher im Wald. In einem Wald, der seinem zum Verwechseln ähnlich sieht, es aber nicht ist. Er schaut hinauf in den blassblauen Himmel und nimmt Witterung auf. Riecht aber lediglich den lauen Maiabend, der sich ankündigt.

Die Abenddämmerung ist noch in weiter Ferne, aber der Muttertag neigt sich dem Ende zu. Seinem entscheidenden Ende.

Lukas Frisell verwandelt sich wieder in ein Tier, er schärft seine Sinne, seinen Hör-, Seh- und Geruchssinn. Er darf die Positionen nicht aus den Augen lassen, die für eine Scharfschützin infrage kommen, nicht mal für eine einzige Sekunde. Langsam bewegt er sich vorwärts, wachsam in alle Richtungen.

Er besitzt die Routine und die Originalität, sie die flammende Wut und ein kreatives Nachahmungsvermögen. Frisell weiß, dass er seinem fortschrittlichen, zu allem entschlossenen Klon begegnen wird.

Nachdem er sich für eine Richtung entschieden hat, macht er sich auf den Weg durch den stillen, trostlosen Wald. Alle Sinne weiter bis aufs Äußerste geschärft. Der Wald ist ein lebender Organismus, den er nur zu gut kennt.

Zweimal bemerkt er etwas Ungewöhnliches, ein Geräusch, einen Schatten, aber seine Sinne können ihn schnell beruhigen, dass es sich um die natürliche Geräuschkulisse des Waldes handelt.

Beim dritten Mal aber ist es anders.

Er sieht einige abrupte Bewegungen, begleitet vom Rascheln des Gebüschs, das gleich wieder verstummt. Die Hand, die seine Waffe hält, zittert. Nicht ausgeschlossen, dass das Zielfernrohr eines modernen Jagdgewehrs bereits auf seine Brust oder seinen Rücken gerichtet ist.

Die Hand hört nicht auf zu zittern.

Als plötzlich ein Reh aus dem Gebüsch springt, schafft es Frisell zum Glück noch, den Impuls zu unterdrücken. Er schießt nicht.

95

Eva Nyman hebt ihren Blick vom Monitor. Noch elf Minuten. Die Gedanken, die ihr durch den Kopf gehen, sind zu zahlreich und wirr, um sie in Worte zu fassen.

Noch 10:59 Minuten.

Die vollständige Evakuierung geht nun zügig voran, doch sie kann die Einsatzkräfte am Gate nicht erreichen.

Sie sieht in den Aufnahmen der Bodycam, wie sich das Team dem Gate nähert. Die Gatenummer F29 leuchtet auf. Der Wartebereich davor ist menschenleer, ebenso das Flugzeug, das in großer Eile geräumt wurde. Es hat etwas Gespenstisches, wie sich die schwer bewaffneten Beamten durch den verlassenen Flughafen bewegen.

Außer dem Keuchen der Männer sind keine Geräusche zu hören. Während einer schnellen Durchsuchung eines Areals, zu dem auch ein Café gehört, sieht Eva Nyman Shabir Sarwani im Bild auftauchen. Nyman schreit bestimmt zum zehnten Mal in ihr Headset, um die Männer zu erreichen, ohne Erfolg. Mit der Verbindung stimmt offensichtlich etwas nicht.

Das Team sammelt sich zu einer Besprechung, an der Nyman teilnimmt, ohne teilnehmen zu können. Ihre Anweisungen fallen wie die Saat auf den Felsen.

»Das Gate zum Flugzeug steht offen«, sagt ein großer Mann, der Anführer des Teams.

»Aber das Flugzeug wurde bereits durchsucht«, protestiert eine Männerstimme aus dem Off.

»Wenn sich an diesem Gate eine Bombe befinden soll,

dann im Flugzeug«, sagt eine Polizistin mit erhobener Waffe.

Eva Nyman brüllt erneut, dass die Evakuierung begonnen hat und sie sich zurückziehen sollen. Aber vergebens. Entweder hat einer von ihnen die Kommunikation mit der Kommandozentrale gekappt, oder es liegt ein technischer Fehler vor.

Die Bodycam nimmt das Gate auf. Die Glastüren zur Gangway stehen in der Tat offen, als hätte das Bodenpersonal den Ort Hals über Kopf verlassen.

Der Teamleiter und die Polizistin schauen sich an. Obwohl die Aufnahme wackelt, kann Nyman sehen und hören, was sie sich zurufen.

»Fuck it!«

Sie stürzen die Gangway hinunter zum Flugzeug.

Der Beamte mit der Bodycam folgt den beiden nicht. Im Gegenteil, er sinkt zu Boden, lehnt sich gegen eine Wand und gibt einen lauten, schluchzenden Laut von sich. Seine Kamera aber zeichnet weiter auf, was in der Gangway geschieht. Insgesamt fünf Polizisten sind auf dem Weg ins Flugzeug.

Das Schluchzen wird immer lauter. Das Bild wird schwarz, als der Polizist sich nach vorne beugt und seinen Kopf zwischen die Knie steckt.

Eva Nyman stellt erleichtert fest, dass Shabir Sarwani nicht zu den fünf Beamten gehört, die sich ihren Anweisungen widersetzt haben.

96

Frisell sieht dem Reh etwas zu lange nach. Mangelnde Konzentration kann fatal sein.

Doch es passiert nichts. Die Stille nach diesem kleinen Zwischenfall ist geradezu ohrenbetäubend. Er sucht sich eine Stelle, an der er sich im Schutz des Unterholzes auf das weiche Moos setzen kann. Dann nimmt er ein paar tiefe Atemzüge, sein Blick ruht auf seiner Waffe. Langsam lässt das Herzrasen nach.

Es stört ihn nicht, dass seine Hand zittert, das war auch bei früheren Einsätzen so. Für ihn war es immer ein Zeichen höchster Konzentration, und er hofft inständig, dass es auch jetzt so ist.

Noch drei tiefe Atemzüge, dann bricht er auf.

Elin hinterlässt keine sichtbaren Spuren, obwohl sie Sonja Ryd durch den Wald trägt. Wohin will sie mit ihr?

Bis hierher konnte er seiner inneren Karte folgen, weil die Umgebung seiner so sehr gleicht. Jetzt aber verliert er die Orientierung. Er findet keine Anhaltspunkte, in welche Richtung er gehen soll.

Das Einzige, was ihn vorantreibt, ist sein Versprechen. Ein Versprechen, das er halten will. Er hat Sonja Ryd versprochen, sie zu befreien.

Er folgt seiner Intuition, überzeugt davon, dass Elin so handeln würde wie er, sich so bewegen würde wie er.

Erneut fällt sein Blick auf seine Waffe. Er war früher ein hervorragender Schütze, und bei den seltenen Gelegenheiten im Wald, bei denen er die Waffe benutzen musste, war er alles andere als eingerostet. Aber wie würde das jetzt sein? Das kann niemand sagen.

Außerdem sind es besondere Umstände.

Der Geruch des herannahenden Abends dringt in seine Nase. Er vermischt sich mit etwas anderem, mit einem weiteren Geruch, den er zuerst nicht zuordnen kann. Es dauert jedoch nur wenige Sekunden, bis er die Erinnerungen seines Geruchssinns durchforstet hat. Dem stärksten und lebenswichtigsten aller Sinne.

Dann weiß er, woher er diesen Geruch kennt.

Nachdem er seine Sprengfalle abmontiert hatte, entdeckte er das Symbol am Türpfosten seines Unterschlupfs. Das Kreis-im-Kreis-Symbol. Damals roch es nach Kastanien.

Dann geht auf einmal alles ganz schnell.

Frisell springt auf und zielt auf ein Gebüsch in etwa dreißig Metern Entfernung. Dort steht Elin Eriksson und zielt mit ihrem Jagdgewehr auf ihn.

Der Schuss hallt durch den Wald. Frisell wirft sich zur Seite und drückt gleichzeitig ab.

Er spürt, dass er getroffen wurde. Spürt, wie sein Wesen förmlich zerteilt wird. Wie er bis dahin unvorstellbare Schmerzen empfindet.

Und wieder riecht es nach Kastanien.

97

Eva Nyman hat inzwischen zwei Monitore vor sich. Auf dem einen läuft die Aufnahme einer Überwachungskamera, die eines der zivilen Teammitglieder geöffnet hat. Sie zeigen das leere Gate F29. Es ist nichts zu sehen. Das Team ist im Inneren des Flugzeugs verschwunden, während der Träger der Bodycam nach wie vor schluchzend auf dem Boden sitzt.

Eine zweite Überwachungskamera wiederum, die ein weiteres ziviles Teammitglied ausfindig gemacht hat, zeigt, wie drei Männer sich durch das Stockwerk unter dem Gate vorwärtsbewegen.

Einer der drei ist Shabir Sarwani.

Sie befinden sich in einem Bereich mit Werkstatträumen, von denen man direkten Zugang zu dem frisch betankten Flugzeug am Gate hat. Dann aber verschwinden die Männer aus dem Bildausschnitt.

Nyman sieht an die Wand. Es sind noch 03:27 Minuten.

Sie hat aufgehört zu atmen.

Ein Stockwerk über den drei Männern taucht das Team aus dem Inneren des Flugzeugs wieder auf und stürmt davon. Der Beamte mit der Bodycam rappelt sich auf und folgt ihnen.

Sarwani sieht auf seine Smartwatch, an der er den Timer eingestellt hat.

Noch 01:24 Minuten.

Die drei Männer haben sich einander auf dem Weg ins Erdgeschoss vorgestellt, um leichter kommunizieren zu können. Shabir, Anders und Nicke rennen durch die verwaisten Werkstatträume des Flughafens.

Sie teilen sich auf und schwärmen aus.

Noch vierzig Sekunden.

Sarwani will seinen Kollegen den Befehl zur Evakuierung zurufen, als Nicke ihnen etwas von der anderen Seite des Raumes aus zubrüllt.

»Was zum Teufel ist das?«

Nicke zeigt auf einen Gegenstand, dessen Farbe in Sarwani sofort Assoziationen auslöst. Er kennt diese Farbe vom Odenplan, und beinahe wäre sie das Letzte gewesen, was er in seinem Leben gesehen hätte.

Ein militärgrüner Rucksack steht an einen Flugzeugtrolley gelehnt, mit denen Flugzeuge mit Lebensmitteln beliefert werden.

Dieses Mal aber ist Sarwani zu weit weg, um selbst handeln zu können. Nicke ist näher dran.

Primärladung – Sekundärladung.

Rucksack – Flugzeugtrolley.

Die kleinere Ladung zündet durch ihre Sprengkraft die größere Ladung, die wiederum das vollgetankte Flugzeug in die Luft jagen wird.

Die Tertiärladung.

Das Nest der Todesvögel wird in seinem eigenen Petroleum in Flammen aufgehen.

»Wirf den Rucksack so weit weg wie möglich, und geh in Deckung«, brüllt er Nicke zu.

Er sieht, wie Nicke den Rucksack schnappt und in die entgegengesetzte Richtung des Flugzeugtrolleys rennt.

»Weg damit, verdammt noch mal«, schreit ihm Sarwani hinterher und wirft sich hinter eine Säule.

Eva Nyman hat nun auf beiden Monitoren die Werkstatträume unter Gate F29 im Blick.

Aber sie kann keinen der drei Beamten sehen.

Auch Sarwani nicht.

Dafür aber sieht sie, wie die Uhr auf 18:43 Uhr umspringt.

Sie hat immer noch nicht geatmet.

Aus 00:01 wird 00:00.

98

Lukas Frisell verliert weder seine Waffe noch das Bewusstsein, als ihn der Schuss trifft. Er liegt auf dem Rücken im Moos, wedelt mit der Waffe durch die Luft und weiß nicht, wo oben und unten ist. Aber er hat die Situation unter Kontrolle. Merkwürdigerweise hat er sie unter Kontrolle.

Wo ist sie?

Wann kommt sie?

Wird sie ihn töten?

Er hört Bewegungen, aber dann passiert nichts. Sie kommt *nicht*, um ihn zu erschießen.

Oder doch?

Als sich die Vernunft in seinem geschundenen Körper zu Wort meldet, drängt sich ihm die Frage nach dem Warum auf. Er muss aufpassen: Wenn er jetzt seine Konzentration aufgibt, wird ihn der Schmerz ein für alle Mal übermannen und die Kontrolle übernehmen. Das darf auf keinen Fall passieren.

Das Warum muss also vorerst warten. Wie so oft während seiner Jahre im Wald zwingt er sich, bei seiner Konzentration zu bleiben. Doch Elin taucht einfach nicht auf.

Darum kann er sich ganz rational um seine Verletzung kümmern. Der Schuss hat seine linke Schulter getroffen und dabei wohl eine Arterie verletzt, denn er verliert viel Blut. Er versucht, die Wunde mit einer Art Druckverband zu versorgen, indem er sich Pflanzen unter die Jacke stopft. Trotz des hohen Blutverlustes muss er weiter, um Sonja Ryd zu finden. Er muss es wagen.

Aber wo soll er nach ihr suchen? Die Schmerzen zwingen ihn in die Knie. Er rappelt sich wieder auf, sein Rucksack ist ihm vom Rücken gerutscht.

Da hört er Alonzos Stimme, wie er ihm in seiner kleinen Werkstatt in der Inedalsgatan die Technik erklärt: *Wenn sie das Standardprogramm für die Überwachung benutzen, sehen sie die Fußfessel als einen roten Punkt, der auf der digitalen Karte blinkt. Dein Nokia aber wird auf einer anderen Karte, parallel dazu, abgebildet und blinkt in einer anderen Farbe. Dieses Programm, diese App kann man problemlos auch auf einem Handy, einem iPad oder ähnlichem aufrufen.*

Da hatte Frisell beschlossen, dass er Sonja Ryd auf diesem Weg eine Nachricht zukommen lassen wird, wenn die Zeit reif ist.

Und hat sie damit zum Tode verurteilt.

Frisell erinnert sich, dass Ryd bei den Briefkästen ihre Tasche fallen ließ und er den Inhalt in seinem Rucksack verstaut hat. Mit schmerzverzerrtem Gesicht wühlt er nun keuchend in seinem Rucksack. Das iPad ist eingeschaltet, nicht passwortgeschützt und ausschließlich mit der Überwachungssoftware ausgestattet.

Lukas Frisell hat sich seit Jahren nicht mehr mit moderner Technik beschäftigt, er hat keine Ahnung vom Umgang mit diesem Tablet und der App. Es öffnet sich eine digitale Karte von Stockholm.

Erst als er vorsichtig mit den Fingern über die Karte fährt, bemerkt er, dass sie sich bewegt, dass er hinein- und herauszoomen kann. Aber das hilft ihm nicht weiter. Weil auf dieser Karte nichts blinkt.

Erneut hört er Alonzos Stimme.

Dein Nokia aber wird auf einer anderen Karte, parallel dazu, abgebildet und blinkt in einer anderen Farbe.

Zunehmend genervt probiert Frisell alle möglichen Bewegungen auf dem Touchscreen aus und schafft es schließlich, das Fenster zur Seite zu wischen. Dahinter taucht ein zweites

Kartenbild auf, und in der Mitte dieser Karte blinkt ein grüner Punkt.

Trotz seines elendigen Zustands entgeht ihm die Ironie der Situation nicht. Im Herbst 2008 musste Liselott Lindman sterben, weil er sich weigerte, digitale Hilfsmittel einzusetzen. Und nun, so viele Jahre später, kann er Sonja Ryd dank dieser digitalen Hilfsmittel retten.

Wenn er selbst überlebt.

Er studiert die Karte und weiß genau, in welche Richtung er gehen muss.

Ohne seine Waffe auch nur eine Sekunde aus der Hand zu legen, richtet er sich auf und folgt dem grünen Punkt. Um Sonja zu finden.

Der Weg ist die reinste Qual, obwohl er keine physischen Schmerzen empfindet, nur seelische. Seine Seele ist wie eine einzige große Wunde.

Er kommt an einen steilen Hügel, hinter dem sich der grüne Punkt befindet. Wenn er die Karte richtig gelesen hat.

Es fühlt sich an, als würde er den Mount Everest besteigen. Der Schmerz zwingt ihn immer wieder in die Knie. Jeder Schritt kostet unendlich viel Selbstüberwindung. Aber er schafft es hinauf und kauert sich oben auf den Kamm.

Er schließt die Augen. Dann wagt er es, über den Kamm zu spähen. Dort unten steht Elin und schaufelt Erde in eine Grube.

Doch es ist keine Grube, sondern ein Grab.

Er zittert am ganzen Körper. Seine Seele zittert.

Sonja Ryd liegt in diesem Grab.

Tot oder lebendig?

Elin hat sich ihr Jagdgewehr über die Schulter gehängt. Aber es sieht merkwürdig aus, hängt irgendwie schief. Und auch ihre Bewegungen sind ungelenk, der Spaten sticht nicht mit besonders viel Kraft in den Erdhaufen.

Jetzt weiß er auch, warum sie nicht zurückgekommen ist, um ihn zu erschießen. Sie ist ebenfalls verwundet. Sie muss davon ausgegangen sein, dass sie ihn tödlich getroffen hat. Deshalb hat sie ihre Kräfte für einen weiteren Mord aufgespart.

Für diese Beerdigung.

Was darauf hindeutet, dass Sonja Ryd noch lebt. Damit Elin sie lebendig begraben kann.

Er legt das iPad auf den Boden und entsichert seine Waffe. Er will so nah wie möglich sein, bevor sie ihn entdeckt. Schleicht immer näher heran. Da dreht sie sich zu ihm um.

Trotz der Entfernung sieht er ihren durchdringenden Blick, der nicht ausweicht. Ein Blick so grün wie die Farbe des Waldes. Wie der blinkende grüne Punkt auf einer Karte.

99

Eva Nyman sieht, wie der Timer von 00:01 auf 00:00 springt. Am stärksten ist das Gefühl, nicht sterben zu wollen. Sie muss noch dieses eine Telefonat führen.

Einer der Monitore wird abrupt schwarz.

Auf dem anderen sieht sie zu, wie die Welt explodiert.

Rauch, Staub und geborstene Baumaterialien werden in die Werkstatträume unter dem Gate F29 geschleudert.

Die Bombe ist explodiert.

Die Bombe ist tatsächlich explodiert.

Alle im Raum sehen sich fragend an.

Denn nach dem ersten Schock melden sich Fragen.

Müssten sie die Detonation nicht eigentlich hören können?

Oder zumindest die Erschütterung spüren?

Handelt es sich nur um eine kurze Zeitverzögerung, eine trügerische Atempause, bevor das Nest der Todesvögel wirklich in seinem eigenen Petroleum in Flammen aufgeht?

Gleich wird es eine zweite, gewaltige Explosion geben.

Jeden Moment ist es so weit.

Dann plötzlich ist der Bann gebrochen, und Entsetzen breitet sich in der Kommandozentrale aus.

»Besorgt mir alle möglichen Kameraeinstellungen von der Explosion«, ruft Eva Nyman und erkennt ihre eigene Stimme kaum wieder.

Den Kollegen gelingt es tatsächlich, mehrere Überwachungskameras anzuzapfen. Auch das noch nicht evakuierte Personal aus Terminal 5 reagiert auf die Explosion, einige rennen zum Zentrum des Geschehens, andere fliehen in die entgegengesetzte Richtung. Ein paar Kameras sind ausgefallen, in anderen Aufnahmen sieht man Rauch, Feuer und Asche.

Sie erhält Übersichtsbilder von den Start- und Landebahnen und den Halteplätzen der Flugzeuge. Viel lässt sich jedoch nicht erkennen. Die Kamera am Gate F29 ist ausgefallen, aber in den Aufnahmen des benachbarten Gates kann man sehen, dass das Flugzeug dort unversehrt ist. Leichter Rauch steigt in der Nähe der Vorderräder auf, aber er kommt aus dem Inneren der darunterliegenden Werkstätten.

Es ist zu einer Explosion gekommen.

Doch sie war viel, viel schwächer, als sie hätte sein sollen.

Oder stimmt das alles nicht?

»Was zum Teufel ist da los?«, schreit Eva Nyman.

100

Lukas Frisell muss sich an einem Ast abstützen, aber seine Waffe hat er fest auf die grünen Augen von Elin Eriksson gerichtet, die etwa zwanzig Meter von ihm entfernt neben einem großen Erdhaufen steht. Ihr Gewehr hängt über ihrer Schulter, im Holster steckt eine Pistole. Sie stützt sich mit schmerzverzerrtem Gesicht auf dem Spaten ab.

»Auf diese Entfernung wirst du mich nicht treffen. Der erste Schuss war ein Glückstreffer. Dieses Mal werde ich schneller sein«, sagt sie heiser.

»Bist du bereit, darauf dein Leben zu verwetten?«, entgegnet ihr Frisell mit brüchiger Stimme.

Elin lächelt, sie ist blass.

»Sogar von hier sehe ich, wie bleich du im Gesicht bist, Lukas. Ich wusste, dass ich dich getroffen habe. Eigentlich hatte ich vor, dich hierherzuschleppen, damit du wenigstens im Tod mit deiner Geliebten vereint bist. Aber leider hatte ich nicht die Kraft dafür.«

Frisell spürt, wie ihn nun ebenfalls die Kräfte verlassen und er sich immer fester an den Ast klammern muss.

»Ich werde dich treffen, Elin.«

»Hast du mich eigentlich jemals Elin genannt? Lass mich nachdenken. Ich werde deinen Tod wie einen Selbstmord aussehen lassen. Alle werden denken, dass Lukas Frisell der Terrorbomber ist und seine kleine Bullenfreundin lebendig begraben hat.«

Alles dreht sich. Frisell muss sich stark konzentrieren, um nicht das Bewusstsein zu verlieren.

»Es war ein Mädchen, falls es dich interessiert, Lukas. Du hast eine Tochter bekommen. Aber dieses Mal wird die Welt sehen, wie schuldig du bist. Das letzte Urteil, Lukas. Und das an Muttertag. Booom, motherfucker.«

Sie lässt den Spaten los und nimmt das Gewehr von der Schulter.

Frisell versucht, seine Waffe still zu halten, setzt alles auf eine Karte und leert sein Magazin.

Elin springt hinter den Erdhaufen.

Frisell lässt sich auf die Knie fallen und robbt Meter für Meter auf sie zu, wohl wissend, dass ihn jederzeit eine Kugel treffen könnte. Aber er erreicht den Erdhügel ohne weitere Schussverletzungen.

Es ist kälter geworden. Die Luft ist ungewöhnlich dünn. Eine schwarze, schwere Regenwolke verdunkelt die kleine Lichtung.

Er nimmt einen tiefen Atemzug, vielleicht ist es sein letzter. Dann schiebt er sich um den Erdhaufen herum. Dort sieht er Elin, die sich gegen den kahlen Baumstamm der Kiefer lehnt. Sie hat ihr Gewehr im Arm und starrt ihn mit ihren leuchtend grünen Augen an.

Mit toten, grünen Augen.

Auf ihrer Jacke hat sich ein großer Blutfleck gebildet.

Sein Körper hatte sich offenbar an die Kunst des Schießens erinnert. Stärker als an andere Dinge.

Frisell kriecht zurück auf die andere Seite des Erdhaufens und sieht hinunter in die Grube. Sieht den Sarg unten im Grab liegen.

»Sonja«, ruft er, so laut er kann.

Keine Antwort. Er versucht es ein zweites Mal.

Er spürt, dass er viel Blut verliert, zieht die Jacke enger um sich, um den Druck seines Behelfsverbandes zu verstärken.

So kurz vorm Ziel ist er gezwungen aufzugeben.

Da hört er ein Geräusch von unten. Aus dem Sarg.

Ein dumpfes Klopfen, Tritte gegen Holz.

101

Als Eva Nyman die noch einsatzfähige Überwachungskamera aus den Werkstätten unter dem Gate F29 einschalten lässt, hat sich die Staubwolke endlich gelegt. Alles ist mit einer dicken grauen Schicht bedeckt. Man erkennt so gut wie gar nichts, weder Gegenstände noch Menschen.

Es klingelt. Nyman braucht viel zu lange, um zu begreifen, dass ihr Handy dieses Geräusch von sich gibt. Es ist ein Videoanruf, via FaceTime. Auf dem Display erscheint etwas, das aussieht wie ein Geist.

Das ansonsten in weißen Staub gehüllte Wesen ist übersät mit roten Flecken, wo sich der Staub mit Blut vollgesogen hat.

»Es war die Primärladung«, sagt das Wesen, und da erst erkennt sie Shabir Sarwanis Stimme.

»Was?«

»Nur die Primärladung ist explodiert. Die Sekundärladung nicht und auch das Flugzeug nicht. Nur die Pikrinsäure, Eva. Aber ich weiß nicht, ob er da noch heil herausgekommen ist.«

»Von wem sprichst du?«, fragt Eva Nyman und hat das Gefühl, ihren Körper von außen zu betrachten.

»Von Nicke«, sagt Sarwani ernst. »Keiner von uns beiden ist ein Held, Eva, der einzig wahre Held des heutigen Tages ist *Nicke.*«

»Ich verstehe kein Wort, Shabir.«

»Egal. Die Rettungssanitäter sollen sofort herkommen«, sagt er und beendet den Anruf.

Als wäre das Handy vergiftet, wirft Nyman es vor sich auf den Tisch und starrt es an.

Da klingelt es erneut.

»Ich bin mir nicht sicher, ob ich jemals wieder sprechen kann.«

102

Mit letzter Kraft lässt sich Lukas Frisell über den Rand der Grube rollen und fällt einen Meter tief. Er schlägt hart auf den zur Hälfte mit Erde bedeckten Sarg auf. Ein unbeschreiblicher Schmerz jagt ihm durch den Körper.

Mit dem Rücken gegen die Grubenwand gepresst, gelingt es ihm irgendwie, sich hochzuschieben. Unter größter Anstrengung greift er nach dem Spaten, der am Rand der Grube liegt.

Jeder Spatenstich ist die Hölle. Hat er überhaupt noch einen Tropfen Blut im Körper? Den Spaten wieder und wieder über seinen Kopf zu heben ist eine irrsinnige Sisyphusarbeit. Nur sein Wille hält ihn am Leben, denn eigentlich hat er keine Kraft mehr. Bis er endlich genug Erde weggeschaufelt hat, um den Deckel der Kiste anzuheben.

Sonja Ryd sieht ihn mit weit aufgerissenen Augen an. Erschöpft bricht er über ihr zusammen. Aus unbekannten Tiefen seines Seins bringt er die Kraft auf, ihre Fesseln zu lösen, bevor er erneut reglos neben ihr niedersinkt.

Ihr gelingt es, ihn zur Seite zu rollen und sich aufzusetzen. Sie reißt sich den Knebel aus dem Mund, hustet und spuckt. Sie reibt sich die Handgelenke, bringt wieder Leben und Gefühl in ihre Gliedmaßen. Dann löst sie auch ihre Fußfesseln und schafft es, erst sich und dann Frisell aus dem Grab hochzuhieven.

Wie eine Geburt.

Sie schleppt ihn um den Erdhaufen herum und schreckt zurück, als sie die tote Elin Eriksson sieht. Doch das Absurde ist normal geworden, und so legt sie Frisell direkt neben die Tote.

Sie zieht ihm die Jacke aus und befreit seine Wunde von Pflanzenresten. Das Blut läuft ungehindert aus der Wunde. Dann reißt sie sich ihre Jacke vom Körper und drückt sie fest gegen seine Schulter, verknotet sie mit den Jackenärmeln und erzeugt so einen festeren, effektiveren Druckverband.

Frisell ist kreidebleich im Gesicht.

Sie durchsucht seine Jackentaschen. Nichts.

Auch sein Rucksack ist nirgends zu sehen.

Sie sieht, wie das Leben aus Lukas Frisell weicht, ohne jede Möglichkeit, ihm sonst noch zu helfen. Sie sitzt in der Wildnis fest, zusammen mit diesen tragischen Eltern, die bald beide tot sein werden, ganz in der Nähe des Grabes ihrer gemeinsamen Tochter.

Eine kranke Form von Gerechtigkeit.

Sie schaut zu Elin, ihrer letzten Chance. Schiebt dann ihre Finger vorsichtig in die blutgetränkte Jackentasche, zieht das Handy heraus und lehnt sich gegen den Baumstamm zwischen den beiden. Eine mehr als sonderbare Symmetrie.

Wie besessen wischt sie das Blut von dem weinroten Nokia 3310. Lukas Frisells Handy, das Elin ihr abgenommen hatte.

Die Tasten lassen sich kaum drücken. Das ganze Telefon ist in Blut getränkt. Es wäre ein Wunder, wenn es noch funktionieren würde. Aber das muss es. Es muss.

Das Leben von Lukas Frisell hängt davon ab.

Sie drückt eine Taste. Das Display leuchtet auf.

Mit zitternden Händen wählt sie die Nummer von Eva Nyman.

»Ich bin mir nicht sicher, ob ich jemals wieder sprechen kann«, sagt Nyman mit einer seltsamen Stimme.

»Ich bin's, antwortet Ryd dumpf. »Sonja.«

»Warum bist du nicht hier? Wenn du wüsstest …«

»Wir brauchen den Rettungshubschrauber«, unterbricht

sie Ryd. »Schnell! Wir verlieren ihn sonst, wir verlieren Lukas Frisell.«

»Was ist denn …«

»Ihr könnt euch an dem Standort seines Nokias orientieren.«

Sie lässt das Telefon fallen, lehnt sich zurück und schließt die Augen.

Jetzt hätte sie *wirklich* gerne einen Drink.

EPILOG

103

Als Sonja Ryd die Tür zum Kontrollraum öffnet, ist nicht mehr Muttertag. Es kommt ihr vor wie eine Zeitreise, wie ein Besuch in einem vergangenen Leben.

Vier kritische Augenpaare empfangen sie. Das NOVA-Team hat sich versammelt. Und hier gehört sie hin.

Durch das Fenster, das von der anderen Seite ein Spiegel ist, sieht man den alten Tisch, an dem Ryd Lukas Frisell verhört und befragt hat. Noch ist der Verhörraum leer.

Kriminalhauptkommissarin Eva Nyman sitzt auf dem einzigen Stuhl in dem winzigen Kontrollraum. Ihr Haar hat sich endgültig entschieden, welche Farbe es ab jetzt haben wird. Es ist grau geworden.

»Wir haben uns gerade gefragt, wo du wohl bleibst, Sonja«, sagt Nyman und lächelt sie an.

»Lukas lebt«, sagt Sonja Ryd statt einer Antwort.

Die vier Augenpaare sehen sie konzentriert an. Sie hält ihren Blicken stand. Gern sogar.

»Er hat die OP heldenhaft überstanden«, führt sie aus. »Er hatte durch die Schussverletzung mit Elin Erikssons Jagdgewehr sehr viel Blut verloren – aber zum Glück hat er mich gerettet und dadurch auch sich selbst. Warten wir mal ab, wie lange er es im Krankenhaus aushält.«

»Apropos Helden«, sagt Shabir Sarwani. »Der Held unserer Geschichte ist eindeutig Nicke.«

»Nicke?«, fragt Ryd überrascht.

»Ist es dir tatsächlich gelungen, alle Schlagzeilen und Nachrichten der letzten vierundzwanzig Stunden zu verpassen?«, fragt Ankan und öffnet ihre hochgesteckten blonden Haare.

»Sorry, ich habe die Nacht im Krankenhaus verbracht, weil ich lebendig begraben war«, erwidert Ryd zickig.

»Nicke heißt eigentlich Nicolas Adeleke«, sagt Sarwani. »Meine größte Sorge ist, dass ich ihn gestern in den sicheren Tod geschickt habe.«

»Das musst du mir genauer erklären«, fordert ihn Ryd auf.

Sarwani schüttelt den Kopf.

»Er war von uns dreien am nächsten dran. Und wir hatten nur noch zehn Sekunden Zeit. Ich rief ihm zu, dass er den Rucksack wegschleudern und dann in Deckung gehen soll. Er hat ihn sich geschnappt und ist losgerannt. Es ist ihm tatsächlich gelungen, ihn loszuwerden, bevor er ihm in der Fresse explodiert ist.«

»In der Fresse?«, wiederholt Ryd konsterniert.

Sarwani wirft die Hände in die Luft.

»Die Rekonstruktion der Ereignisse deutet darauf hin, dass er ihn wegwerfen konnte, was ihm das Leben gerettet hat. Aber ich weiß nicht genau, wie es ihm geht. Er liegt im Löwenströmska Krankenhaus auf der Intensivstation und überlebt das alles hoffentlich. Die Medien – die schwedischen und die ausländischen – haben ihn zum ›Bombenhelden von Stockholm‹ gekürt.«

»Berechtigt, weil er die Primärladung weit genug von der Sekundärladung entfernt hat!«

»Absolut. Er ist weit genug gerannt, sodass die Pikrinsäure im Rucksack nicht die größere Sekundärladung – aus DDNP – in dem Flugzeugtrolley entzünden konnte.«

»Und diese Explosion hätte wiederum das vollgetankte Flugzeug erfasst, dessen Explosion wohl auf mindestens ein benachbartes Flugzeug übergegriffen und so eine fatale Kettenreaktion am Terminal 5 ausgelöst hätte. Polizeiobermeister Nicolas Adeleke aus Tensta hat sich den Titel des Helden in der Tat verdient. Außerdem lenkt es die Aufmerksamkeit etwas von NOVA ab.«

»Und was machen wir dann hier?«, fragt Sonja Ryd.

»Wir hoffen, dass wir endlich eins und eins zusammenzählen können.«

Anton Lindberg tritt vor. Ryd registriert ganz beiläufig, dass sein widerspenstiges hellbraunes Haar ziemlich lang geworden ist. Und auf seiner Stirn hat sich neuerdings eine Sorgenfalte gebildet.

»Ich versuche es mal«, sagt er.

»Und ich werde dir mit großem Interesse zuhören«, sagt Ryd.

Lindberg lacht.

»Ohne dich bekomme ich das doch gar nicht hin.«

Sonja Ryd blinzelt ein paarmal. Sie versucht, die Teile eines großen Puzzles zusammenzusetzen.

»Ohne mich?«, wiederholt sie fragend.

»Jeder hier weiß, dass du die Beste bist«, sagt Lindberg.

Eva Nyman räuspert sich, fordert alle zur Ruhe auf.

»Aber ich habe mich nicht vorbereitet«, sagt Ryd zu Nyman gewandt.

»Du bekommst das nötige Material«, sagt Nyman. »Aber ich weiß, dass du ohnehin alle Details des Falls im Kopf hast.«

104

Der Anwalt betritt den Raum zuerst, gefolgt von dem Bandenmitglied. Sie lächeln sich an, mehr oder weniger herzlich, dann setzen sie sich.

Eine andere Tür zum Verhörraum wird geöffnet, und ein gut gebauter Mann mit widerspenstigem Haar kommt herein.

»Ich bedauere, dass ich Ihnen diese Nachricht übermitteln muss«, sagt er, verstummt dann aber und setzt sich ebenfalls an den Tisch.

Der Anwalt und der Angeklagte wechseln Blicke.

»Mein Mandant …«, sagt der Anwalt.

»… hat jetzt die Wahl«, unterbricht ihn Anton Lindberg, »zu erfahren, was mit seiner Schwester passiert ist.«

Elias Eriksson alias Elias Shariq, der Mann, der bisher noch kein einziges Wort gesagt hat, reagiert mit einem kurzen Schaudern auf diese Äußerung.

»Die Situation ist jetzt eindeutig«, erwidert der Anwalt. »Ab jetzt gilt ›Kein Kommentar‹, einverstanden, Elias?«

»Kein Kommentar«, wiederholt Elias. Dabei wirkt er irgendwie zerbrechlich. Auch seine Stimme, die Anton Lindberg zum ersten Mal hört, ist weitaus weniger protzig als sein Auftreten. Sie klingt viel heller, sanfter als erwartet.

»Wir werden dennoch Frage für Frage durchgehen müssen«, sagt Lindberg lächelnd. »Und ich möchte gleich zu Beginn eine Sache erwähnen. Hassan, der Kopf der Hjulsta-Gang, hat eine lebenslange Freiheitsstrafe bekommen, die er im Kumlabunker absitzen wird, dem drittgrößten Hochsicherheitsgefängnis des Landes. Dort werden auch Terroristen untergebracht, die zum Beispiel den größten und bedeutendsten Flughafen Schwedens in die Luft sprengen wollten. Das nur als Grundlage für alle weiteren ›Kein Kommentare‹. Haben Sie das verstanden?«

Die beiden Männer vor ihm bleiben stumm.

»Ich möchte Ihnen meine Kollegin Sonja Ryd vorstellen«, sagt Lindberg.

Ryd betritt den Raum und legt eine dicke Mappe auf den Tisch.

»Ich will Ihnen als Erstes ein Foto zeigen«, sagt sie, streicht sich über ihre kurzen Haare und schiebt Elias ein Foto hin.

Darauf ist Elin Eriksson zu sehen, die neben einem ausgehobenen Grab an einem Baum lehnt. Ihre Augen starren ins Leere, sie ist tot.

Dieses Vorgehen hatten sie in dem kleinen Kontrollraum lange diskutiert. Das Für und Wider abgewogen. Denn es wird darüber entscheiden, ob sie die ganze Wahrheit erfahren. Oder ob »Kein Kommentar« das letzte Wort bleiben wird.

Ryd und Lindberg beobachten die Reaktion von Elias Eriksson ganz genau. Er hat seine Augen geschlossen, als er seine Schwester auf dem Foto erkannte. Jetzt sitzt er reglos am Tisch, die Augen nach wie vor geschlossen, aber in ihm geht einiges vor, das sehen sie ihm an.

»Mein Beileid«, sagt Ryd leise.

Elias öffnet die Augen. Sieht sie unverwandt an.

Noch ist es ein Unentschieden. Der Daumen des Imperators zeigt zur Seite. In den nächsten Sekunden werden sie wissen, ob er sich nach oben oder nach unten dreht.

Es war Sonja Ryd, die sich ganz sicher ist, dass Elin ihrem Bruder wirklich etwas bedeutet hat. Noch bleibt er ihnen eine Antwort schuldig.

»Es ist vorbei, Elias«, fährt Ryd in demselben ruhigen, sanften Ton fort. »Ich weiß, dass Sie Ihre Schwester sehr geliebt haben.«

Er hält ihrem Blick stand. Auch sie weicht nicht zurück.

»Was für ein Mensch war Ihre Mutter?«, fragt sie. »Bestimmt keine einfache Persönlichkeit, oder?«

»Kein Kommentar«, sagt Elias. Aber Ryd entgeht nicht, dass er am liebsten etwas anderes tun würde, um das Ansehen seiner Schwester zu retten.

»Wir müssen auch nicht über Ihre Mutter sprechen«, lenkt sie ein und legt ihre Handflächen auf den Tisch. »Wir können stattdessen über Elin reden.«

»Kein Kommentar«, wiederholt Elias. Sein Anwalt flüstert ihm etwas ins Ohr. Daraufhin scheint Elias sich noch weiter zu verschließen.

»Lassen Sie uns einen Schritt zurückgehen«, sagt Ryd mit einer solchen Sanftheit in der Stimme, wie sie Lindberg bei ihr noch nie gehört hat. »Wie war Ihre Kindheit, Elias? Wir wissen, dass Ihre Mutter Ihren syrischen Vater, Najeeb Shariq, in Palmyra kennengelernt hat.«

Elias Eriksson alias Elias Shariq sitzt regungslos da und starrt auf einen unsichtbaren Fleck an der Wand.

»Eine Sache dürfen Sie nicht vergessen, Elias. Sie werden wegen Mordes, Mitgliedschaft in einer terroristischen Vereinigung und Vorbereitung schwerer staatsgefährdender Gewalttaten angeklagt und verurteilt werden, ganz gleich, ob Sie mit uns reden oder nicht. Aber Sie bekommen die Möglichkeit, Ihre Strafe in einer anderen Einrichtung abzusitzen als dieser Hassan, der dann nichts von Ihrem Verrat der Hjulsta-Gang erfahren wird und Ihnen somit auch keinen Auftragskiller auf den Hals hetzen kann. Ihr Geständnis wird beim Strafmaß berücksichtigt. Aber vor allem wird es Ihnen dort in der Haft besser ergehen.«

Ryd wirft Lindberg einen kurzen Blick zu und stellt erstaunt fest, dass seine Sorgenfalte noch tiefer geworden ist. Der Anwalt beugt sich erneut zu Elias und flüstert ihm etwas zu. Der aber schiebt ihn weg.

»Sie war meine Mutter. Sie war keine gute Mutter, aber ich habe sie geliebt.«

Ein zweiter kurzer Blickwechsel zwischen Lindberg und Ryd.

»Das hat Elin auch getan«, sagt Ryd. »Deshalb hat sie auch die Rolle Ihrer Mutter übernommen, als Ihre leibliche anfing zu trinken. Elin war zehn Jahre älter als Sie und ist, ohne zu zögern, mit vierzehn Jahren in diese Rolle geschlüpft.«

»Wir haben auf dem Land gelebt«, sagt Elias geistesabwesend. »Mit vielen Tieren und so. Ich habe keine Ahnung, wie sie das damals alles geschafft hat. Sie musste für mich Mutter sein und für ihre eigene auch.«

»Ihr gefiel es auf dem Land, oder? Aber Ihnen nicht, stimmt's?«

»Als ich dann sechzehn wurde, nicht mehr. Das war mir alles zu langsam und langweilig da draußen.«

»Deshalb sind Sie nach Hjulsta gezogen, zu der Familie Ihres Vaters, und haben seinen Nachnamen angenommen. Aber Sie haben nie eine offizielle Namensänderung beantragt?«

»Das machte doch keinen Unterschied.« Elias zuckt mit den Schultern. »Mein Vater hat mich nie interessiert. Und er ist kurz danach zurück nach Syrien gezogen. Ich habe bei meinen Cousins und Cousinen gewohnt.«

»Oder haben Sie Ihren schwedischen Nachnamen behalten, um so den Kontakt zu Ihrer Halbschwester zu behalten? Der Sie sehr nahe standen, richtig? Die Sie über alles geliebt haben?«

Elias zuckt erneut mit den Schultern, dann lässt er sie hängen. Ryd sieht, wie sich eine Träne löst und langsam über seine Wange läuft.

»Wollen wir noch mal ganz von vorne anfangen?«, fragt Ryd und legt ihre Hand auf seine. Er stößt sie nicht weg. Schweigend bleiben sie eine Weile so sitzen.

»Wie hat alles angefangen?«, fragt sie mit milder Stimme. »Fangen Sie ganz am Anfang an.«

Mit seiner freien Hand wischt sich Elias die Träne von der Wange.

105

Sonja Ryd kann sehen, wie ihre etwas waghalsige Aufforderung in einem Gehirn arbeitet, das vollkommen anders funktioniert als ihr eigenes.

Fangen Sie ganz am Anfang an.

Elias öffnet den Mund. Jetzt wird sich alles entscheiden.

»Ich saß im Gefängnis, als Elin in den Wald zog«, sagt er. »Sie tauchte einfach unter, das war nicht ihre Art. Erst nach Jahren habe ich wieder von ihr gehört. Sie und so ein verdammter Prepper, Börje *fucking* Sandblom, hatten einen Plan ausgeheckt.«

»Und wann war das?«

»Vor etwa einem Jahr. Es ging ums Klima. Sie hatten beide … Wie hat sie das noch mal formuliert? Es war ihnen klar geworden, ›wie dringend es ist, den Klimasündern endlich Einhalt zu gebieten‹. Sie brauchten mich für ihren Plan. Was sollte ich da tun? Das war schließlich meine Schwester. Elin und Elias, die Unzertrennlichen. Natürlich wollte ich ihr helfen. Auch wenn mir das Klima scheißegal ist.«

»Und wozu brauchten sie Sie?«

»Für die groben Sachen. Und für den Import dieser gelben Scheißsäure, die *verdammt* instabil ist. Ich habe sie vom Balkan über die Hjulsta-Gang eingeschleust. Es durfte keine Spur zu Elin führen.«

»Aber da war noch die Sache mit der Wohnung Ihrer Mutter …«

»Mama ist irgendwann wieder auf die Beine gekommen, da habe ich schon längst für die Jungs in Hjulsta gearbeitet.

Sie verkaufte das Haus auf dem Land, das Elin wie verrückt renoviert hatte, und kaufte die Wohnung in Vasastan. Elin hat nicht protestiert. So konnte sie endlich Veterinärmedizin studieren, ihr großer Traum. Sie hatte schon immer ein Herz für Wildtiere. Kurz darauf war Mama schon dement und kam in ein Heim. Elin und ich haben die Wohnung behalten. Und das war ein smarter Move, denn sie wurde quasi unser Hauptquartier.«

»Das Hauptquartier der Terrorbomberin.« Sonja Ryd nickt.

Elias Eriksson lacht laut auf.

»Echt, diese Scheißmedien und ihre dämlichen Spitznamen immer …«

»Wer übernahm die Planung?«

»Daran war ich nicht beteiligt. Elin hat uns gesagt, was wir tun sollen. Börje ist eine arme Wurst mit seinem Bauerngesicht und der kaputten Hand, aber er ist eben doch ein Meister der Bomben. Ich glaube, er ist ein bisschen zurückgeblieben, wenn ich ehrlich bin.«

»Dann hat Börje gar nicht zusammen mit Elin an der Universität für Agrarwissenschaften studiert?«

»Nein, niemals. Börje und Studieren? Nein, aber er hat so Zeug in der Schule gelernt, wie man ein Prepper wird und so. Ich glaube, er hat schon im Wald gelebt, als Elin und er sich kennenlernten.«

»Und wie wurde daraus dann ein Trio?«

»Das war ein bisschen wie bei James Bond. Ich sollte einen Typen verfolgen, der mit seinem BMW von seinem Haus in Uppsala nach Stockholm fuhr. Schön nah dranbleiben, aber nicht zu nah. Als wir an einem gelb blühenden Feld vorbeikamen, habe ich wie verabredet Elin angerufen. Sie stand in der Nähe auf einem Hügel, hat den BMW mit dem Fernglas beobachtet und ihn in die Luft gejagt. Der Wagen ist direkt in den gelben Acker geschossen. Ich fuhr einfach vorbei und weiter in die Stadt.«

»Wissen Sie, wie die Bombe im Auto angebracht wurde?«

»Nein, aber ich weiß, dass Elin und Börje am Tag davor zu dem Haus in Uppsala gefahren sind. Mehr nicht.«

»Und wie lief das im Vasapark?«

»*Yes*, das war etwas schwieriger. Das Ziel war es, eine Bombe in das Büro einer Agentur mit so einem komischen Namen zu schleusen. Elin war hinter diesem Typen her, Jesper irgendwas. Ich bin ihm gefolgt, der war im *Tennstopet* zum Mittagessen verabredet. Er jammerte seiner Begleitung die Ohren voll über eine verspätete Lieferung, die nun erst Samstagnachmittag eintreffen würde. Am nächsten Tag habe ich im Vasapark gewartet, bis der DHL-Bote kam. Den habe ich mir geschnappt und ihn und das Paket zu Börje und Elin gebracht. Börje hat eine maßgeschneiderte Bombe angefertigt. Dann habe ich mir die Klamotten des Paketboten angezogen, bin zurück zur Werbeagentur und habe das Paket bei einer sehr gut aussehenden Frau abgeliefert, der ich gesagt habe, dass es sehr zerbrechlich ist und sie vorsichtig sein soll.«

»Und was ist mit dem DHL-Boten passiert?«

Der Anwalt hat die ganze Zeit schweigend neben seinem Mandanten gesessen und zugesehen, doch jetzt greift er ein.

»Ich würde sagen, an dieser Stelle kommt ein ›Kein Kommentar‹.«

»Das Einzige, was hier kommen sollte, ist *die ganze Geschichte*, wenn wir die strafrechtlichen Konsequenzen für Elias Eriksson anpassen sollen. Ich will keine frisierte Version Ihrer Geschichte hören. Wenn Sie mir nicht mehr liefern wollen, sind wir raus.«

Elias schüttelt den Kopf.

»Ich habe den Wagen auf dem DHL-Parkplatz in Västberga abgestellt und den Schlüssel ins Handschuhfach gelegt. Danach bin ich zu Elin und Börje rausgefahren, während der Bote in einem Säurebad in unserer Badewanne lag.

Ich hatte da eine sehr effektive Mischung zusammengerührt.«

Sonja Ryd hofft inständig, dass niemand bemerkt, wie sie erschaudert – aus Entsetzen, aber auch aus Zufriedenheit.

»Doch Elin wollte bei der Explosion dabei sein, stimmt's? Woher wusste sie, wann es passiert? Wäre es nicht auch denkbar gewesen, dass Jesper Sahlgren schon auf dem Weg in die Agentur war, als Sie das Paket abgeliefert haben? Direkt, nachdem ihm Frida Söder Bescheid gegeben hatte?«

»Ich habe ein paar Kids aus Hjulsta auf ihn angesetzt. Sie saßen in einem Auto vor Jespers Haus in Täby und haben ihn beobachtet. Die sind toptrainiert, schlafen im Wechsel und waren so wach, als er am Sonntagmorgen losfuhr. Sie haben uns angerufen, und Elin ist sofort zum Vasapark gelaufen.«

»Wir gehen weiter, zur Serverhalle in Västerås. Sind Sie da zu dritt hingefahren?«

»Nein, da war Börje schon verschwunden. Er hat noch die drei Bomben – für Västerås, die Plastikfabrik in Kallfors und Arlanda – gebaut und ist dann abgetaucht. Am Anfang hatten wir Angst, dass er geschnappt wird und uns verrät. Aber es passierte nichts.«

»Dann hatte er die Bombe für die Serverhalle zu dem Zeitpunkt schon vorbereitet?«

»Ja, ich kenne einen Typen, der in diesem Höllensaal arbeitet, deshalb haben wir uns auch für Västerås entschieden. Aber ich werde euch nicht verraten, *wer* das ist. Er hat mir erzählt, wie das mit den Lieferungen für Ersatzteile und so funktioniert und dass die Sendungen aus den USA für den technischen Abteilungsleiter auf einem ganz bestimmten Tisch abgestellt werden. Mein Kontakt hat Elin auch den Zugriff auf eine der Überwachungskameras besorgt, damit sie den ganzen Scheiß von der Wohnung in Vasastan aus live miterleben kann. Wir wussten, wie die Pakete aussehen, und wir wussten, mit welchen Lieferwagen die Sendungen vom Flughafen abgeholt werden. Wir haben den Wagen abgefangen und angehalten, mit Elin als Lockvogel. Frau mit Motorschaden und so. Ich habe den Boten plattgemacht, dann haben wir den Adressaufkleber von der Sendung aus den USA auf unser Paket geklebt. Danach habe ich das Paket zur Serverhalle gebracht, und die Kids aus Hjulsta durften den Wagen in den Wald fahren und anzünden. Für den Boten gab es wieder ein Säurebad.«

»Wie alt sind diese Kids eigentlich?«

»Das ist eindeutig mehr als *die ganze Geschichte*, Sonja Ryd.«

»*Fair enough*. Dann war es Zeit für den Odenplan ...«

»Das war ein Kinderspiel. Ich habe den einen Rucksack unten auf den Bahnsteig gebracht, Elin hat den anderen oben auf dem Odenplan abgestellt.«

»Was wissen Sie über die Briefe, die Elin geschrieben hat, Elias?«

»Nichts. Ich weiß, dass sie einem Bullen oder so Briefe geschickt hat, aber damit hatte ich nichts zu tun.«

»Und dann sind Sie verhaftet worden?«

»Ja, ist das nicht peinlich, ausgerechnet von den Järva-Bullen einkassiert zu werden ...«

»Das bedeutet aber auch, dass Sie bei dem Anschlag auf die Merplast AG oben in Gästrikland nicht dabei waren?«

»Das war auch nicht notwendig. Elin hatte ja Börjes Bombe. Sie kannte den Ort, hatte sich ihren Posten im Wald schon ausgesucht. In der Nacht davor hat sie die Bombe im Büro des Geschäftsführers installiert. Im Sofa. Ihr Plan war es, die Bombe genau auszurichten und sie am nächsten Tag aus der Ferne zu zünden.«

»Das klingt alles machbar. Arlanda hingegen war weitaus komplizierter, habe ich recht?«, sagt Ryd.

»Zuerst mussten wir ausreichend Sekundärladung besorgen, um so einen Flugzeugtrolley füllen zu können. Das hat eine Zeit lang gedauert, weil wir das Material nur in kleinen Portionen bekommen haben. Aber ich habe meine Kontakte, und wir haben das Zeug überall in den Werkstatträumen am Gate verstecken können. Genauso wie die Timer.«

»Aber Sie saßen doch in Untersuchungshaft ...«

»Meine Kumpel kannten Elins detaillierten Plan. Ihr war das Datum superwichtig. Der Rucksack mit der Primärladung durfte erst an diesem Tag zum Flughafen gebracht werden. Sie sollten warten, bis die Evakuierung in vollem Gange war, dann erst die Sekundärladung in den Trolley füllen, schließlich den Rucksack danebenstellen und den Timer aktivieren.«

»Sie müssen Ihren Leuten ja richtig viel Geld dafür angeboten haben«, sagt Ryd.

»Oder es sind halt richtig gute Kumpel«, erwidert Elias und sieht zu seinem mittlerweile leichenblassen Anwalt.

Dann schließt er die Augen, vielleicht muss er an seine Schwester denken. Aber er darf jetzt nicht schweigen, Sonja Ryd hat noch eine letzte wichtige Frage.

»Und Elin ging es bei alldem nur um das Klima? Sind Sie sicher? Sie hatte kein anderes Motiv?«

Elias öffnet die Augen und schüttelt den Kopf.

»Was sollte das gewesen sein?«, fragt er leidenschaftslos.

Hoffentlich hat sie ihn damit nicht auf eine Idee gebracht. Ryd will auf keinen Fall, dass er sich an Lukas Frisell festbeißt. Elias Shariqs *Kontakte, Kids* oder *Kumpel* will man nicht als Feinde haben.

Erschöpft bleibt sie sitzen, während Elias seinen nervösen, handlungsunfähigen Anwalt aus dem Raum begleitet. Mit dem Zeigefinger streicht sie über die Buchstaben, die in die Tischplatte geritzt sind.

»F. R. E. I.« steht dort.

Alle sind jetzt frei. Alle außer Sonja Ryd. Sie steckt nach wie vor in ihrer eigenen Geschichte von Verrat und Betrug fest. Aber wenigstens wurde sie nicht lebendig begraben.

Dann dreht sie sich zu Anton Lindberg.

Aber der sitzt nicht mehr neben ihr.

Er steht in der Tür zum Kontrollraum und winkt sie zu sich.

106

Als die beiden eintreten, steht Eva Nyman auf und nickt Sonja Ryd zu.

»Was für ein Glück, dass er nichts von Lukas wusste«, sagt sie. »Aber dieses Verhör hat äußerst unerwartete Wendungen genommen.«

»Oder auch nicht«, wirft Ryd ein. »Er hat seine Schwester geliebt und hätte alles für sie getan.«

»Unter anderem zwei DHL-Boten durch den Abfluss entsorgt«, murmelt Shabir Sarwani. »Dedik Jaya und Wilhelm Bock.«

»Hier kann wohl auch kaum von Strafminderung die Rede sein«, wirft Ankan ein.

Eva Nyman nickt.

»Unsere Kolleginnen gehen gerade alle Aufzeichnungen von den Überwachungskameras in Arlanda durch. Gerade kam eine rein, auf der *wahrscheinlich* einer von Elias Shariqs *Kumpeln* zu sehen ist, kurz nachdem er den Rucksack mit der Primärladung platziert hat. Er muss genau gewusst haben, wo die Kameras aufzeichnen, aber an einer Stelle war er nicht aufmerksam genug. Also, so sieht er aus, zumindest von hinten. Die Großfahndung ist bereits raus.«

Zu sehen ist eine kurze Sequenz. Für den Bruchteil einer Sekunde ist ein Mann zu sehen, der um eine Ecke biegt. Das Einzige, was man erkennen kann, ist eine türkisfarbene Trainingsjacke mit drei deutlich sichtbaren weißen Streifen.

»Wird nicht einfach, ihn auf Grundlage dieser Aufnahme aufzuspüren«, sagt Ankan.

»Ich weiß«, antwortet Nyman seufzend. Sie scheint noch mehr auf dem Herzen zu haben.

»Zwei Sachen will ich euch unbedingt noch sagen, neben der Nachricht, dass wir Elins Schreibmaschine gefunden haben. Ihr alle habt einen fantastischen Job gemacht und dafür gesorgt, dass unser NOVA-Team eine feste Größe innerhalb der NOA bleiben wird. Wir sind die ›Sondereinheit für außergewöhnliche Verbrechen‹, was auch immer das bedeuten mag.«

Es ist mucksmäuschenstill im Raum.

»Ich gehe davon aus, dass ihr alle damit einverstanden seid. Ansonsten müsst ihr eure Einwände bitte jetzt vorbringen.«

Es gibt keine Einwände. Nur stummes, überglückliches Schweigen.

»Das Zweite ist, dass ich heute einen Antrag bei den Kollegen vom internen Personalwesen gestellt habe, Lukas Frisell wieder in den aktiven Dienst aufzunehmen.«

Alle nicken.

»Da wir voll besetzt sind, wird Frisell als zusätzlicher Berater des NOVA-Teams fungieren.«

Alle nicken.

Ankan geht als Erste und zieht die anderen förmlich mit sich aus dem Raum.

Alle folgen ihr, außer Sonja Ryd, die von Eva Nyman zurückgehalten wird. Ryd hat keine Ahnung, was ihre Chefin von ihr will.

Nyman lässt sich wieder auf den Stuhl fallen, Ryd setzt sich auf die Schreibtischkante.

»Du hast da gerade ganz großartige Arbeit geleistet«, sagt sie und zeigt auf das Fenster zum Verhörraum.

»Du hast mich nicht zurückgehalten, um mir *das* zu sagen, oder?«

Nyman lächelt.

»Ich weiß nicht so richtig, ob wir beide wirklich ein gutes

Team sind, Sonja. Wir beide, zusammen. Ich meine nicht NOVA, das NOVA-Team ist *definitiv* sehr gut.«

»Ob wir ein gutes Team sind? Ich weiß es auch nicht, Eva.«

»Du hast mit Frisell dein eigenes Ding gemacht. Du hast mir nicht vertraut, hast mich nicht bis zum Ende eingeweiht. Ich habe dich machen lassen, obwohl du mich weggedrückt hast. Wir waren uns auch nicht einig, wie wir das Verhör von Elias Eriksson gestalten sollen. Du hattest recht, dein Weg war der richtige.«

Es entsteht eine kleine Pause.

»Ich will gleich ein Telefonat führen, das ich die ganze Zeit vor mir hergeschoben habe.«

»Und du willst mich als Zeugin dabeihaben?«

»Eher als Unterstützung«, korrigiert Nyman. »Als meine beste Freundin. Ich habe sonst niemanden.«

Ryd nickt. Nyman starrt auf ihr Handy.

»Nein, so ein Quatsch«, sagt sie dann und steckt es in ihre Jackentasche.

Ryd packt sie am Arm.

»Eva, das ist offensichtlich sehr wichtig für dich. Hör auf, es ewig aufzuschieben. Ich bin hier. Ruf da jetzt an.«

»Ich habe mir geschworen, diese Nummer nie wieder anzurufen. Ich komme auch allein zurecht.«

»Natürlich, aber es ist weniger lustig und schön. Und das sage ausgerechnet ich. Auch ich kann mir nicht vorstellen, jemals wieder eine Beziehung zu führen.«

Nyman holt tief Luft und wählt. Ryd hört eine Frauenstimme am anderen Ende der Leitung.

»Hallo. Ich bin's, Eva.«

Nach ein paar unendlichen Sekunden des Schweigens antwortet die Stimme, aber Ryd kann nicht hören, was.

»Es tut mir so schrecklich leid, was passiert ist. Ich will dich um Verzeihung bitten. Aus tiefstem Herzen.«

Ryd hört, dass auch das beantwortet wird. Ihr kommt die Stimme sogar irgendwie bekannt vor.

Eva Nyman lacht und wischt sich eine Träne aus dem Augenwinkel.

»Ich würde sehr gern zum Essen zu dir kommen, Nina.«

107

Die Ärzte protestierten lauthals, als Lukas Frisell darauf bestand, vorzeitig entlassen zu werden. Endlich ist er wieder in seiner kleinen Wohnung in der Agnegatan, die ihm von der Polizei zugewiesen wurde. Aber er ist nicht allein.

»Es fühlt sich an, als würde das Blut in meinem Körper jemand anderem gehören«, sagt er.

Vor ihm auf dem Sofa sitzt ein grinsender Mann und lehnt sich genüsslich nach hinten. Dann schüttelt er den Kopf.

»Red keinen Quatsch, Amigo. Du weißt ganz genau, wer du bist.«

»Tu ich das wirklich, Alonzo? In diesem Kopf muss einiges zurechtgerückt werden. In den verdammten Ruinen des Verfalls.«

Alonzo hat noch nicht aufgehört, den Kopf zu schütteln.

»Wir sollten feiern«, sagt er. »Ich hätte mal eine Flasche Tequila mitbringen sollen. Mann, du bist wieder ein richtiger Bulle, Lukas Frisell.«

Frisell grinst.

»Tequila, das wär's jetzt. Aber vermutlich nicht besonders förderlich, nach allem, was passiert ist.«

»Komm schon, Amigo. Lass uns in eine Kneipe gehen. Das Krankenhaus ist doch um die Ecke. Im Notfall holen die dich da mit dem Rollstuhl ab. Mach dir keine Sorgen. Und glaub nicht, dass ich nicht weiß, was da in deinem geheimnisvollen Schädel brodelt.«

Alonzo hat schon immer seine Gedanken lesen können. Daran hat sich offenbar nichts geändert.

»Es geht um Liselott Lindman«, fährt Alonzo fort. »Leugnen ist zwecklos.«

»Ich sehe diesen verdammten Dick Lindman frei herumlaufen und am Strand von Goa einen Joint rauchen.«

»Dann hol ihn dir jetzt, Amigo. Aber sag mal, was war das für ein Telefonat vorhin, als ich gekommen bin? Das klang wie deine Frau?«

»Ex-Frau, und sie heißt jetzt Nina Strömblad. Zweite Scheidung. ›Wiedergeschieden‹, wie sie das nennt.«

»Aha. Und worüber habt ihr gesprochen? Du sahst ein wenig schockiert aus?«

»Ich bin mir nicht sicher, ob ich das alles richtig verstanden habe. Sie sagte, sie hätte ›sich mit Eva Nyman versöhnt‹.«

»Mit *der* Eva Nyman? Mit der du zusammengearbeitet hast?«

»Ganz genau. Die Nyman, die mich die ganze Zeit gejagt hat und jetzt meine Chefin ist. Nina und sie haben sich nach unserer Scheidung angefreundet, und dann ›hat das eine zum anderen geführt‹.«

Alonzo lacht herzhaft.

»Ich glaub's ja nicht, Amigo. Nina ist nach dir zur Lesbe geworden?«

»Und Eva womöglich auch«, sagt Frisell und grinst. »Ich glaube, wir sollten jetzt wirklich einen Drink nehmen.«

Sie lachen und feixen, wie es mittelalte Männer gerne tun, wenn sie der Vergangenheit nachhängen.

»Wer war eigentlich diese mörderische junge Frau, die dir an den Karren wollte?«, fragt Alonzo und klingt auf einmal ganz anders.

Frisell sackt in sich zusammen.

Er sieht Elin Eriksson vor sich, spürt ihre unglaubliche Kraft und Energie, ihre großartige Persönlichkeit, die sich am Ende in unendlichen Hass verkehrte. Er denkt an das gemeinsame Kind, von dem er nichts geahnt hatte.

Erst jetzt holt ihn die Trauer ein. Die Trauer über seine tot geborene Tochter trifft ihn mit voller Wucht. Die Trauer darüber, dass er der Mann ist, der er ist.

»Das erzählst du mir später, Amigo«, sagt Alonzo und klopft ihm auf die Schulter. »Jetzt gehen wir was trinken.«

Da klingelt es an der Tür.

Mühsam steht Lukas Frisell auf und schleppt sich zur Tür, späht durch den Spion.

Niemand da.

Aber er hat nichts zu verlieren, also öffnet er.

Sonja Ryd hat sich außerhalb des Sichtfeldes an die Wand gedrückt.

Sie schnuppert in die Luft und hält ihm dann einen Karton mit Rotwein hin.

»Was hältst du von ein bisschen Ethanol?«

108

Es ist ein komisches Gefühl, in ein leeres Haus zu kommen. Normalerweise ist das Reihenhaus in Huvudsta voller Leben von den Stimmen und der Energie seiner beiden – den Erziehern in der Schule zufolge – äußerst *dynamischen* Töchter. Aber weil Anton Lindbergs Schwiegermutter darauf bestand, ihre Tochter und die Enkelkinder noch länger als nur am Muttertag bei sich zu haben, sind sie noch in Tårnby geblieben.

Es war ein langer Arbeitstag, aber ganz anders als die Tage davor. Er würde es fast wagen, von *Harmonie* zu sprechen.

Sie haben es geschafft. Sie haben die Serie der Terrorbomberin beenden können. Jetzt können Stockholm und Schweden vielleicht doch wieder zu einer Form von Normalität zurückkehren. Wenn es so etwas überhaupt gibt.

Anton Lindberg bleibt einen Augenblick auf dem Kiesweg stehen, der zu seinem Haus führt.

Zu Hause. Denkt er und seufzt. *Endlich zu Hause.*

In den eigenen vier Wänden.

Er schließt auf, macht das Licht im Flur an und geht in die Küche, um sich eine kalte Dose Bier aus dem Kühlschrank zu nehmen. Gleich wird er es sich auf dem Sofa gemütlich machen und ein Champions-League-Spiel schauen.

Mit der Bierdose am Mund schaltet er das Licht im Wohnzimmer an.

Auf dem Sofa sitzen zwei Jugendliche, die sich auf ihren Maschinengewehren abstützen und grinsend Chips in sich hineinschaufeln.

»Sie müssen die Kids entschuldigen«, sagt eine Stimme aus dem Halbdunkel, »die haben keine Manieren.«

Das Letzte, was Anton Lindberg sieht, bevor ihm das Blut in den Adern gefriert, ist eine türkisfarbene Trainingsjacke mit drei deutlich sichtbaren weißen Streifen.